KB109147

몬테코어

Montecore:
En Unik Tiger
Jonas Hassen Khemiri

몬테코어

요나스 하센 케미리 장편 소설
홍재웅 옮김

민음사

마미, 바바, 하마디, 로트피에게 감사하며

사람들은 단지 내가 두 다리로 걷는 이상한 호랑이라고 생각하지요.
— **호랑이 조련사 콤비 '지크프리트 앤드 로이'의 로이 호른**

일러두기

1 본문의 각주는 작품의 일부이며, 미주는 옮긴이 주이다.
2 원서에 이탤릭체로 강조된 부분은 고딕체로 구분했다.

차례

프롤로그

 안녕하세요, 서점에서 뒤적거리며 서 계시는 독자 여러분! 왜 이 특별한 책을 위해 시간과 돈을 투자해야 하는지 제가 설명해 보겠습니다!

 세상에서 가장 훌륭한 아빠이자 이 책의 슈퍼 영웅이 뉴욕의 고급 펜트하우스에서 흰색 양복 차림으로 거닐고 있는 모습을 함께 상상해 봅시다. 새의 그림자가 붉게 물든 하늘을 뒤덮고 택시의 경적 소리가 잦아들며 뒤편에 있는 엄청나게 큰 자쿠지에서는 물방울이 솟아오르고 있습니다.

 우리의 영웅이 맨해튼의 대중들을 바라보고 있습니다. 그가 자신의 삶에 대한 기억을 떠올리고 있는 동안 남성미 넘치는 그의 말총머리가 바람에 나부낍니다. 튀니지 고아원에서 받은 보잘것없는 교육, 스웨덴으로의 이주, 그리고 그의 직업을 위한 투쟁. 훌륭한 사진 컬렉션, 잦은 실망들, 반복되는 배신들. 태양이 가라앉고 자쿠지의 기포들이 간간이 보글거리고 있는 동안, 자신의 직업에서 말년에 이뤄낸 성공을 생각하니 그의 얼굴에 미소가 그려집니다.

그때 갑자기 희미하게 향수를 불러일으키던 기억들이 중단됩니다. 그의 개인 전용 승강기에서 내려 환호성을 외치며 풍선을 들고 오는 깜짝 손님들은 누구일까요? 카르티에 브레송과 리처드 애버던 같은 사진 예술의 곡예사들이 손을 흔들고 있습니다. 살만 루슈디와 나오미 클라인 같은 유명한 지식인들도 초대를 받았습니다. 코피 아난과 스팅처럼 커다란 마음을 지닌 세계적인 양심가들도 도착합니다. 웨이터가 그의 이름을 장식해 새긴 거대한 케이크를 내오는 동안 샴페인 뚜껑이 하늘로 날아오릅니다. 저녁이 다 가기 전에 가죽옷을 입은 보노가 「이븐 베터 댄 더 리얼 싱(Even Better Than the Real Thing)」을 어쿠스틱 버전으로 부르며 그의 오십 세 생일을 축하해 줍니다.

우리의 영웅은 눈물을 흘리며 자신의 친구들에게 감사 인사를 전합니다.

보잘것없고, 부모도 없던 소년이 어떻게 이런 어마어마한 성공을 거두게 되었을까요?

이 책과 여행을 할 분들은 바로 표를 구매하세요, 그러면 곧 아시게 될 겁니다!

1

정말 오랜만이구나!

이 글을 쓰고 있는 사람이 누구인지 알아맞힐 수 있겠니? 지금 이렇게 자판을 두드리고 있는 사람은 바로 카디르란다! 네 아빠의 오랜 옛 친구 말이야! 아마도 날 기억할 거야, 그렇지? 열심히 머리를 들어 올렸다 내렸다 하던 네가 그립구나. 내가 스톡홀름에 있는 너희 집을 방문한 것이 1986년이었을 거야. 늘 미소를 짓던 네 엄마, 갓 태어난 어린 네 동생들, 사진 스튜디오를 새로 차려서 우쭐해하던 네 아빠가 생각난다. 너는 옆에서 나와 네 아빠가 스웨덴어 공부하는 것을 열심히 거들곤 했지. 우리만의 언어 규칙들을 기억하니? 그때 넌 뚱뚱하긴 했지만 언어에 재능이 많았고 아이스크림과 '페즈' 사탕을 몹시도 좋아하던 착한 아이였지. 그러던 아이가 이제는 갑자기 데뷔 소설이 나온다고 하니, 원! 대단히 축하한다! 아, 만사가 평온할 때는 세월이 유수처럼 흘러가는 것 같아, 그렇지?

네 책을 내는 출판사에서 네 이메일 주소를 알려 주었단다. 그래서 네 아빠에 관한 새로운 이야기를 가지고 너의 재능을 발휘할 수 있을지 물어보려고 편지를 쓴다. 넌 네 아빠가 지금 어디에서 무얼 하는지 알고 있니? 지난 팔 년간 그랬던 것처럼 아직도 너와 네 아빠 사이에 무거운 침묵만 흐르고 있는 거니? 나와 네 아빠는 한 달 전까지만 해도 지속적으로 연락을 주고받으며 서로의 우정을 확인했는데, 갑자기 네 아빠가 내게 보내던 이메일을 중단해 버렸지 뭐냐. 그 바람에 너무 걱정이 되어서 내 가슴 언저리가 딱딱하게 굳어 버리는 것 같다. CIA에 납치를 당해서 관타나모 수용소에 후송되어 오렌지색 죄수복을 걸치고 있는 것은 아닐까? 모사드[1]에 유괴됐나? 노동자들을 노예처럼 부리는 파라과이의 공장을 사진에 담아서 폭로한 것 때문에 그 앙갚음으로 네슬레사가 네 아빠를 붙잡아 놓고 있는 건가? 정치적 유명세로 볼 때 네 아빠는 괄목할 만한 성장을 했기 때문에, 지금 상황에서는 이 모든 게 충분히 일어날 만한 잠재적인 가능성이 있는 일이다. 스웨덴에 다시 정착한 이후에 네 아빠는 사진작가로서 눈부실 정도의 성공을 거두어 왔거든.

최근 몇 년 동안 네 아빠는 카메라를 정치적 무기로 삼아 전 세계를 누비고 다녔단다. 또 네 아빠는 뉴욕의 어느 고급 펜트하우스에 거처를 정해 놓고, 책장에는 온갖 동시대 문학 작품들을 가득 채워 놓았지. 그러고 나서 달라이라마와 브루스 겔도프 같은 국제적으로 명성이 자자한 세계적인 개선가들처럼 시간을 보냈단다. 저녁에 쉴 틈이 생기면 평화 회담에 참석하거나 실내 인테리어가 가죽으로 되어 있고 쌍방향 윈도 브러시가 장착된, 네 아빠가 아끼는 연보라색 메르세데스 벤츠 500SL을 타고 거리를 질주하곤 했지.

내게 편지 좀 주렴……. 너의 성공은 네 아빠의 성공과 비슷한 거니? 출판 계약을 하면 너도 백만장자나 억만장자가 되는 거니, 아니면 적어도 몇 년간 안정된 경제생활을 영위할 수 있는 정도이니? 스티븐 킹이나 댄 브라운같이 잘 알려진 문인들과 어깨동무를 하는 가까운 친구가 되든가 아니면 적어도 공식적으로는 알고 지내는 동료 사이가 되는 거겠지? 책을 쓰는 작가가 되면 얼마나 많은 여자들을 만날 수 있는 거냐? 매일 향수 뿌린 팬티를 누가 보내오는 건 아니고? 시간 될 때 내게 답장 좀 써 주면 무척 좋겠다.

나도 정말 문학적인 꿈을 지녀 왔단다. 나는 오랜 시간 동안 네 아빠에 관한 전기를 쓰는 데 전념해 보려고 계획을 세워 왔거든. 하지만 유감스럽게도 지적 부족함으로 인해 나의 야심은 절름발이처럼 못쓰게 되었고, 결국 출판사는 냉랭해지더구나. 그런데 네게 편지를 쓰기 전에 갑자기 내 머리가 번쩍이는 아이디어로 가득 채워졌단다. 너의 두 번째 책으로 네 아빠의 마법 같은 삶을 형상화해 보는 건 어떻겠니?

네 아빠 같은 사람에게 걸맞은 가치가 있는 자서전을 쓸 수 있도록 현명하게 머리를 맞대고 같이 생각해 보자꾸나. 문학적으로 세계의 모든 독자를 끌어들일 수 있는 걸작을 만들 수 있도록 우리 함께 힘을 합쳐 보자. 그러면 노벨 문학상 후보에 올라 오프라 윈프리 쇼의 텔레비전 스튜디오에 초대받을지도 모르잖니!

빠른 시일 내에 네게서 긍정적인 답변이 왔으면 한다. 그렇다고 딱하다는 동정의 생각은 갖지 말고!

새로 찾은 친구
카디르로부터

추신 — 나의 제안에 대해서 네 마음이 약해질까 봐 워드 문서 두 개를 첨부한다. 하나는 우리 둘이 쓰려고 하는 책의 프롤로그로 괜찮을 것 같고, 다른 하나는 네 아빠의 어린 시절을 보여 주는 거다. 그런데 내가 글을 쓰는 동안만은 나를 믿어 주었으면 좋겠다. 만약 네 아빠가 할 수만 있었다면 훨씬 더 열심히 참여했을 텐데. 그리고 만약 네 아빠가 곧 출판될 네 소설에 대해서 알았더라면, 빛나는 자부심으로 네 아빠는 거리를 온통 밝게 비추었을 거란다.

옛날에 튀니지 서부에 사퀴야트 시디 유수프라고 불리는 한 마을이 있었다. 1949년 가을에 내가 태어났던 곳이다. 이곳에서 나는 가족적인 분위기의 전원적인 삶을 살고 있었는데, 1958년 비극적인 사고로 모든 것이 끝나 버리고 말았다. 내 아버지와 내 어머니, 그리고 네 명의 어린 형제자매들이 모두 목숨을 잃었다. 우연이기는 했지만, 알제리 민족해방전선(FLN)[2] 지지자들을 쫓고 있던 알제리의 프랑스 제국주의 세력이 발사한 폭탄이 불행하게도 우리 마을에 떨어져 마을 전체를 쑥대밭으로 만들고 말았다. 이 사고로 예순여덟 명이 죽고 나 스스로는 졸지에 가족 하나 없는 고아가 되고 말았다. 안타깝게 생각하던 내 친구의 가족이 나를 젠두바시에 데려다주었고, 관대한 셰리파와 상냥한 파이잘이 반제국주의적 순교자들을 위해 운영하던 그들의 비공식적 고아원에 나를 흔쾌히 받아 주었다.

네 아빠가 그 집에 남아 있던 해골을 너에게 보여 준 적이 있을까? 그 집은 젠두바 동쪽 지역에 있었는데 지금은 폐쇄되어 버린 극장과 조각 공원에서 그리 멀지 않은 곳에 위치해 있었다. 그곳에는 청록색 덧문과 검은색 장식용 창살이 있는 공동 침실이 두 개 있었다. 또 부엌과 식당, 그리고 표면이 거칠거칠한 2인용 책상들과 닳아 버린 칠판이 놓여 있고 밤이 되면 한 무리의 바퀴벌레가 사각거리며 활보하는 교실이 있었다.

이러한 역사적인 시기에 셰리파는 이미 그녀의 펑퍼짐한 엉덩이처럼 넓은 마음을 소유하고 있는 사람이었다. 문명의 파괴를 일삼던 프랑스인에 대한 통렬한 저주만큼 무한한 잠재력을 지닌 아이들에 대한 그녀의 믿음은 이루 말할 수 없이 컸다. 셰리파의 남편인 파이잘은 매우 소심한 마을 선생님이었다. 불임 때문에 아이를 가질 수 없었던 그는 대의를 위해 목숨을 바친 희생자들의 외로운 자식들을 돌보는 일을 하는 셰리파에게 권한을 줄 수밖에 없었다. 나는 거구에다가 근육질의 신체를 지닌 디브와 소피아네라는 형제들과 함께 숙소를 사용했는데, 그들의 부모는 프랑스인들이 '생쥐 사냥'이라는 우스꽝스러운 이름을 붙였던 알제리 민족해방전선 테러리스트들을 공격하던 와중에 살해당했다. 내가 머물렀던 바로 옆방에는 즈모르다와 그녀의 여동생 올파가 살았는데, 그들의 부모는 손톱이 뽑히고 전기 충격으로 피부가 불에 탄 채 시체로 발견되었다. 그곳에는 또 청각장애인 아미네, 다른 쪽 다리에 비해서 한쪽 다리가 짧은 나데르, 그리고 배가 엄청나게 튀어나온 데다 매일 밤 방귀를 뀌어 대는 오마르도 있었다. 그들의 부모와 형제자매들은 모두 테러리스트로 의심되는 자들을 상대로 한 프랑스 군대의 효율적인 사냥에 의해 처형되고 희생되었다.(주의 사항이 있다. 책에서는 아이들의 이야기와 관련해서 비극적인 것에 너무 무게를 두지 마라. 프랑스 문명 전파에 따른 수백만 명의 죽음보다는 네 아빠가 신비하게 등장한 것에 대해 초점을 맞추어라.(맛있는 오믈렛을 위해서 썩은 달걀은 쓰지 말아야 한다.))

1962년 말에 네 아빠와의 첫 만남이 이루어졌다. 여러 면에서 볼 때 그날 아침은 무척 평범했다. 소피아네는 나지막이 코를 골며 잠들어 있었고 오마르가 속이 부글거리는 걸 방출할 때쯤, 나는 이미 일찍 깨서 매트리스에 누워 있었다. 아침에 펌프로 물을 퍼 올리기 위해 급히 걸음을 옮기는 셰리파의 인기척이 들려왔다. 그러고 나서 갑자기…… 목쉰 수탉 두 마리의 울음소리가 들리는가 싶더니…… 누군가 문을 두드렸다. 처음에는 약하게 들려왔지만 이후 점점 더 강해지기 시작했다.

셰리파가 중얼거리면서 문으로 다가가자, 나도 단숨에 몸을 펄떡 일으켜 세우고는 그녀의 뒤를 따라갔다. 문의 손잡이가 돌려지자 동틀 녘 아침 햇살이 문틈 사이를 비집고 들어왔고 바깥에는 ……가 서 있었다.

너의 아빠.

당시 네 아빠는 열두 살치고는 체구가 작았고 팔은 가지처럼 가늘었으며 검은 머리는 삐쭉삐쭉하게 자라 있었다. 또 셔츠에는 구토를 한 붉은 흔적이 남아 있었고 밝은 햇살에도 몸을 오들오들 떨고 있었다. 셰리파가 무슨 용건이냐고 그에게 질문했다. 네 아빠는 마른 입술을 떼며 가망이 없는 새처럼 자신의 팔을 흔들었다. 그는 헛기침을 했고 그의 목에서는 가르랑거리며 쉰 목소리가 요란스럽게 흘러나왔다. 하지만 아무 말도 들리지 않았다. 자신의 목소리가 나오지 않자 무척 놀랐던 그의 표정을 나는 생생히 기억한다.

셰리파의 동정심에는 한계가 없었다. 집이 아이들로 넘쳐나자 결국 그녀는 파이잘에게 더 이상 희생자의 자식들을 그의 돈으로 구하는 일은 없을 거라고 단언했다. 하지만 그녀가 어떻게 그럴 수 있을까? 아무 말도 하지 못하는 이 가엾은 아이를 그녀가 거리로 다시 돌려보내야 할까? 그녀가 결정을 하려고 고심하고 있는 동안에 네 아빠가 그녀에게 잘 접은 봉투 하나를 내밀었다. 그녀가 그 안에 든 내용물을 열어 보자마자, 샤워하다가 갑작스레 물이 차가운 얼음물로 변했을 때처럼 그녀의 폐에서 푸 하고 공기가 뿜어져 나왔다. 즉시 그녀는 네 아빠를 현관홀의 시원한 그늘로 안내했다. 네 아빠가 셰리파에게 무엇을 전해 주었던 걸까? 내 추측으로 그것은 설명이 담긴 편지였을 거다. 아니면 후한 액수의 돈다발이었거나.

잘못 판단한 게 아니라는 것을 재차 확인하려는 듯 셰리파가 봉투 안의 내용물을 자세히 살펴보고 있을 때, 네 아빠의 눈이 내 눈에 비치었다. 나는 그의 스펀지 같은 손을 향해 내 안정감 있는 손을 내밀며, 밝고 활기찬 미소로 환영하여 불안해 보이는 그의 눈을 진정시켜 주었다.

"내 이름은 카디르야. 너의 새로운 집에 온 걸 환영해!" 내가 운을 뗐다.

"⋯⋯." 네 아빠가 응답했다.

"에⋯⋯ 뭐?"

"⋯⋯."

네 아빠가 의심쩍어하는 눈으로 나를 대했다. 마치 사악한 마법에 걸려서 말을 할 수 없는 것 같았다. 사실, 매일 밤 연이은 폭격, 어머니의 죽음, 정신없이 달아났던 기억과 세상에서 완전하게 혼자가 되었다는 감정이 불러온 당연한 쇼크 증상이었다. 나는 네 아빠의 어깨를 토닥이며 속삭였다.

"걱정하지 마, 여기가 네 집이야."

책에서 이 장면은 매우 극적인 화약 폭발음과 교향 관현악의 베이스 튜바 소리들로 채워져야 한다.

이렇게 써라.

"그러니까 여기에 그들이 있었다. 나의 아빠와 카디르. 영웅과 그의 동반자. 영원히 내 아빠의 운명을 따르려는 카디르, 마치 로빈이 배트맨을 따라다니는 것이나 「리셀 웨폰」에서 흑인이 멜 깁슨을 따라다니는 것처럼 말이다. 그들은 새로 발견한 가장 친한 친구 사이로 서로 간의 약속을 절대 저버리지 않았다."

(어쩌면 여명이 밝아 오는 하늘에 두 마리 새가 날아올라

만나더니 서로의 부리로 인사를 나눈 다음 크루미리에산을 향해 활기차게 날아가는 모습을 그릴 수도 있을 것이다.(그 장면은 새로 시작된 우리 둘 사이의 우정에 대한 상징을 보여 줄 것이다.))

네 아빠와 난 말로 표현할 수 없을 만큼 아름다운 장미 모양으로 우리의 우정의 끈을 신속히 매듭 지어 묶었다. 이미 첫날부터 우리는 파이잘이 수업을 할 때 같은 책상에서 함께 수업을 받았다. 점심시간이 되자 나는 나이 많은 남자애들의 질투를 불러일으키지 않기 위해서 사탕을 스웨터 안에 어떻게 숨기는지 네 아빠에게 보여 주었다. 낮잠 시간 동안 내가 네 아빠의 출신에 대해 질문들을 퍼부어 대자, 네 아빠가 대답하려고 애쓰기는 했지만…… 여전히 그의 혀는 제대로 움직이지 않았다. 그는 자신의 팔을 흔들어 댔다. 그러고는 흑백 사진을 내게 보여 주었는데 양복을 입은 사람이 두 명의 유럽 사람들과 저녁 식사를 하고 있는 사진이었다. 그는 내게 말라비틀어진 밤 하나를 쥐여 주었다. 하지만 그의 입에서는 아무런 말도 흘러나오지 않았다. 그러한 이유로 곧 그는 아이러니하게도 '라디오를 삼킨 사람처럼 말을 많이 하는 사람'에 상응하는 아랍어 별명을 얻게 되었다.

네 아빠의 침묵은 셰리파의 동정심을 점점 키웠다. 그는 그녀에게 가장 예쁨을 받는 새로운 아이가 되었고 그녀가 하는 집안일을 옆에서 자주 거들었다. 그녀는 지속적으로 그와 대화함으로써 그의 침묵을 치료하고자 노력했다. 그 너는 하늘과 땅, 날씨와 바람, 마을의 소문과 관련된 일들, 말도 안 되는 후추 가격, 그리고 에로틱한 이웃의 방문들에 대해서 이야기했다.

네 아빠에 대한 셰리파의 적극적인 관심을 질투했던 파이잘은 네 아빠의 손바닥을 회초리로 아프게 매질하기 시작했다. 파이잘은 네 아빠에게서 신음 소리라도 나올 거라 예상했지만 네 아빠의 손바닥이 빨개지고 급기야 피가 흘러서 딱지가 앉아 흉터만 생겨 버렸을 뿐 네 아빠의 침묵은 깨지지 않았다.(그건 그렇고 네 아빠의 언어 장애가 나중에 네게도 옮아 간 건 좀 기괴하긴 하지? 네 어린 시절에 r과 s 같은 간단한 글자를 표현하는 데 어떤 문제가 있었는지 너도 기억하고 있을걸?)

이제 봄이 지나고 겨울이 오기 전의 가을로 날짜가 성큼 다가섰다. 밖은 서리로 덮이고 귀뚜라미 소리는 사라져 버렸다. 네 아빠와 나는 말하지 않아도 되는 게임을 했고, 해바라기 씨를 나누어 먹었고, 그 지역에서 물을 긷고 있는 여자아이들을 몰래 염탐했다. 우리는 우리 둘만 이해할 수 있는 고도의 수어를 개발해 냈다.

어머니의 비명 소리, 번쩍이는 섬광과 맹렬하게 울부짖는 소리, 그리고 밤에 넘어가던 국경선에 대한 기억으로 네 아빠는 여전히 땀으로 뒤범벅이 되어 잠에서 깨는 밤이 많았다. 항상 분명하지 않았던 모습들의 기억으로 인해 그의 눈에서는 눈물이 자주 흘러내렸다. 나는 그의 눈물을 그치게 하고 위로하려 했다. 그러나 모든 슬픔이 위로받을 수 있는 건 아니었다. 그러니까 위로가 안 되는 슬픔도 있었던 거였다. 이것이 삶의 비극적 진실이다.

이 부분에다 튀니지에서 매년 휴가를 보냈던 네 기억들의 일부를 끼워 넣었으면 한다. 내 은유적인 글의 장엄함과 경쟁하는 데 두려움을 느낀다면 네가 쓴 글에서 글자 크기나 모양을 다르게 할 수도 있다. 젠두바에 대해서 기억나는 게 좀 있니?

물론, 너는 젠두바를 기억한다…….
아빠가 자란 곳은 튀니지 서부에 있는 도시다. 그 도시에는 밀짚모자를 쓴 주름진 농부가 말등에 구부정하게 앉아 있고 빨간색 트레일러들이 실어 놓은 쇠막대들을 덜그럭거리며 지나다닌다. 북적거리던 수크,[3] 이로 하얀 베일을 깨물고 있던 하지, 독일어 자막을 넣은 중국 무술 영화를 보여 주었던 영화관 들이 기억난다.

공중목욕탕 함맘의 고동 소리, 땀으로 찌든 때를 쉴 새 없이 벗겨 대던 것, 털이 무성했던 아빠의 몸이 기억난다. 그리고 마늘 더미를 산처럼 쌓은 트럭을 타고 선인장에서 휙휙 소리가 날 정도로 빠르게 집으로 돌아오곤 했다.

하지만 가장 또렷하게 남아 있는 너의 기억은 너무나 뚱뚱해서 문을 지나다닐 때 항상 몸을 옆으로 돌려 들어가던 셰리파 할머니이다. 너를 쓰다듬으며 반갑게 맞아 주던 셰리파는 너를 '알제리 민족주의 전투원'이라고 불렀고, 살이 얼마나 쪘는지 살펴보기 위해 늘 네 허리의 군살을 쥐어 본

다음에는 언제나 아빠를 야단쳤다. 네가 이상한 스웨덴 음식으로 배를 채운다고 말이다. 그리고 파이잘 할아버지도 기억한다. 젠두바를 지켜 주었던 의사의 가방을 항상 가지고 다녔던 은퇴한 마을 선생님이다. 그는 젠두바를 언제나 옹호했는데, 뉴욕과 마찬가지로 이 도시가 사실상 많은 것들을 가지고 있다고 주장했다. 예를 들어 두 도시에는 모두 꽤 가까이에 강이 있다. 두 도시 모두 바보들이 좌지우지하고 있고, 두 도시 모두 택시가 노란색이다. 두 도시 모두 쓰레기 처리 문제로 골머리를 앓고 있는 점도 같다. 좋은 점이라면 두 도시 모두 길을 잃어버릴 염려가 없다는 거였다. 뉴욕은 격자 모양 도로망을 사용했고, 젠두바는 독창적인 알파벳 시스템을 사용했으니 말이다. 그러고 나서 파이잘이 미소를 짓는다. 젠두바의 도로 시스템을 생각해 낸 게 바로 사촌이었다고 설명할 필요가 없을 정도로 그는 희끗희끗한 콧수염을 위로 들어 올려 더욱 크게 미소를 지어 보인다.

게다가 두 도시는 모두 별명을 얻었는데, 길게 목록을 작성해야 할 정도였다. 뉴욕은 '빅 애플', '인종의 용광로', '세계의 수도', '잠들지 않는 도시'라는 별명을 가지고 있다. 젠두바는 '똥구멍', '겨드랑이', '사우나', '직장', '당나귀 엉덩이', '그릴', '화로', '오븐', 또는 아이러니한 아빠의 '냉동실' 같은 별명을 가지고 있다. 그리고 아빠가 학자인 척 약간 고상하게 말하려고 할 때만, 너희들은 이번 여름을 '항문 직장'에서 보내게 될 거라고 말했다.

그리고 너는 아빠의 친구들 모두를 기억하고 있다. 타이어 휠 캡에 테이프를 붙인 오마르의 1960년대 메르세데스 벤츠를 타고 공항에서 집으로 갔던 길, 올파의 가족과 함께 환영해 준다고 차려 놓은 쿠스쿠스를 먹었던 일, 아미네의 격렬한 포옹과 즈모르다의 따스했던 무릎을 기억한다. 돈을 더 내고 특별히 주문하지 않았는데도 바지 길이를 서로 다르게 재단해 버리는 양복 재단사 나데르가 여느 때처럼 허풍을 떨어 대기 시작하면 모두가 한숨을 쉬곤 했다. 그 외에도 너는 믿을 수 없을 정도로 굉장히 많은 것들을 기억하고 있다. 소피아네의 거대한 알통에 새긴 문신들, 땡볕에 늘 택시 운전을 해서 유난히 구릿빛으로 그을린 디브의 왼쪽 팔, 지붕에서 자던 잠, 새로 빤 침대보에서 나던 냄새, 사과 향이 나는 시샤 파이프,[4] 그리고 에미르의 공장에서 갓 구운 과자들. 해 질 녘 할머니와 넌 시내 중심가 한복판에 앉아서 쩍 쪼개지는 소리를 내며 수박을 자르고는 지나가는 자동차에 씨를 뱉다가, 디브의 택시를 보자 손을 흔들었고 그로 인해 엷은 장밋빛 색깔의 수박 물이 천천히 팔뚝으로 흘러내리고 있는데도 괘념치 않고 수박으로 디브를 유혹했다. 그런데 궁금한 건 네 아빠에 관한 책에 이런 내용들이 들어 있느냐는 것이다. 아마도 아닐 거다. 아마도 처음에는 카디르가 하자는 대로 놔두는 게 나을 것이다……. 물론 넌 카디르도 기억한다. 아빠의 가장 친한 친구. 보라색 양복을 입고 여자라면 사족을 못 쓰고 칭찬을 남발하던 사람이었다. 1980년대 중반에 스웨덴에 살던 너희 집을 방문했고, 네가 기억하지 못하는 어떤 이유로 격분해서 떠났던 사람이다. 정말 무슨 일이 일어났던 것일까?

　다음 장면은 1964년 겨울이다. 크루미리에산의 정상은 눈으로 반짝였고 네 아빠가 셰리파의 집에서 산 지도 이 년이 되었다. 이 년 내내 침묵 속에 지냈다. 아주 작은 속삭임도 없었던 이 년.
　이런 겨울날이면 모두 식당에 앉아 오들오들 떨면서, 음식을 받아 들고는 손에 입김을 불어넣었다. 네 아빠가 갑자기 일어나더니 셰리파의 부엌으로 돌진해 들어갔던 게 기억이 난다. 물론 그렇게 하는 건 절대 허용되지 않는 일이었다. 멀리서 보니까 열네 살 소년의 목이 트이고 혀가 움직이더니…… 말을 하고 있었다!
　"흐음…… 좀 더 먹고 싶어요. 아직 배가 차지 않았거든요."
　전체적으로 목이 쉰 점을 빼고 그의 목소리는 지극히 정상이었다. 셰리파의 입 모양이 동그래지더니 급기야 놀란 토끼 눈이 되어 입이 위아래로 쩍 벌어졌다.
　"죄송하지만 밥 좀 더 주시겠어요?" 보통 목소리보다 훨씬 더 큰 소리로 네 아빠가 반복해 말했다.
　"만약 내게 한 번 더 주지 않으면, 이상한 소문을 낼 수도 있어요…… 벙어리라고 믿는 사람에게서 어떤 이야기도 확인할 수는 없을 거예요. 제가 말하는 걸 이해하시겠어요? 파이잘이 알게 되는 걸 원하지 않을 텐데요, 그……."
　그 시점에서 네 아빠의 목소리는 알아들을 수 없는 속삭임으로 바뀌었다. 셰리파는 몹시 당황해하면서 (역사상 처음으로) 음식을 다시 엄청나게 많이 채워 주었다. 그날 이후 네 아빠는 더욱더 셰리파의 예쁨을 받았다.(파이잘에게서는 더욱더 업신여김을 당했고.)

왜 갑자기 네 아빠의 혀가 제대로 돌아왔을까? 절대 알수 없는 일이다. 인생이 책에 씌어 있는 대로 늘 따라 주는게 아니니 말이다. 독자의 혼란을 피하기 위해서 우리는 책에다 네 아빠의 혀가 치료될 수 있었던 명확한 동기를 진술하는 일에 최선을 다해야 할 것이다. 네 아빠가 숲으로 들어가서 밤나무 아래를 지나가다가 떨어지는 알밤을 머리에맞은 다음 소리치게 하는 건 어떨까? "아야!" 그런 다음에이렇게 말하게 하는 거다. "아야, 알밤 덕분에 벙어리였던내가 치료되었잖아, 이런 일이 있을 수 있을까." 아니면 그를마법 같은 꿈속에 갇히게 만들어서 조이스 식의 현대적인'의식의 흐름 기법'으로 그의 미래를 서술할 수도 있다. "어-어-저기-난-스웨덴-스튜어디스에게-환심을-사야-할-거야-그리고-저기-위르겐-하버마스하고-저녁-식사를-할-거야-그리고-저기-이집트의-캐나다-대사관에서-사진작가-상-수상에-대해-감사의-말을-할-거야! -내-혀를-무슨-일이-있어도-치료해야만-해!" 어떻게 하는 게 좋을지 방향을 정해 봐라.

다행스럽게도 말을 할 수 있게 되자 나와 네 아빠의 우정은 바위처럼 견고해졌다. 그가 침묵하게 된 이유에 대해서난 아무것도 묻지 않았다. 대신에 그의 부모님과 과거에 대해서 모든 것을 알고 싶어 했다. 그러자 네 아빠는 자기 목소리와 「샤이닝」에 나오는 엘리베이터의 피처럼 갑자기 뿜어져 나오는 말들로 내게 설명을 해 주었다. 그는 자기의 아버지, 모우사에 대해서 이야기해 주었는데, 모우사가 여러 나라에서 국제적으로 살았으며 밤에는 호화롭게 생긴 고가의 잠옷을 입던 부유한 알제리인이었다고 묘사했다.

"나의 아버지, 아, 나의 아버지!" 그는 마치 알라신이 쳐다볼 정도로 오랫동안 울부짖었다. (반귀머거리인 아미네만 빼고) 우리는 열심히 귀를 기울였고, 그는 약품으로 물을 정화하는 자기 아버지의 직업에 관해서 이야기를 들려주었다. 곧 온 세상 도처에 네 할아버지의 모습을 묘사하더니 네 할아버지는 사탕 공장과 주크박스 가게에 투자할 수 있을 정도로 충분한 자금을 갖게 되었다.

"그런 다음에 아버지는 모나코에서 열린 교향악 콘서트에서 어머니를 만났어. 어머니는 세상에서 가장 아름다운 모델 중 한 사람이었는데, 미국의 마이애미비치에 살고 있는 알제리인 부모님 사이에서 태어났어. 지금 어머니는 배우이고 그레이스 켈리랑 험프리 보가트와 절친한 친구야. 그런데 너, 이거 본 적 있었나?"

자부심에 용기백배하여, 네 아빠는 항상 몸에 지니고 다니던 낡은 사진 하나를 보여 주었다. 그가 말하기를 유명한 유럽 회사 탁자에 검은색 양복을 입고 앉아 있는 남자가 바로 자기의 아버지인 모우사라고 했다. 오른편에는 영화 스타인 폴 뉴먼이 앉아 있었고 왼편에는 머리에 포마드를 발라 한껏 힘을 준 록 가수 엘비스 프레슬리가 앉아 있었다.

"그리고 있잖아…… 뒤편에서 눈이 빠져라 감시하고 있는 경호원에게 신경 쓸 필요는 없어." 그는 아주 자세하게 사진을 살펴보다가 이렇게 덧붙였다.

우리들은 정말 네 아빠의 이야기에 흠뻑 매료되었다. 우리의 눈이 마치 스테레오에서 "더 얘기해 줘! 더!" 하고 소리치듯 반짝반짝거렸다.

결국 상상력이 발동해서 난리를 치는 우리에게 네 아빠는 더 크게 자극을 받았다. 네 아빠는 말을 이어 나갔다.

"우리 아버지, 모우사는 세계 역도 선수권 대회에서 금메달도 여러 번 땄고 호랑이 조련사로도 일했어. 8기통의 폰티액 자동차 네 대가 있었는데 두 대는 검은색이었고 나머지는 빨간색이었어. 지금은 파리의 부자 동네에 살고 계신데, 거기는 잔디 깎는 기계가 소형차처럼 커. 주말에는 주로 골프를 치거나 경마장에서 시간을 보내셔. 화려하게 생긴 여자들이 반라로 아버지 집의 풀장에서 수영을 하고 코코넛 향이 나는 비싼 선탠 크림을 어깨에 바르고 있어. 내가 왜 이곳으로 오게 된 걸까? 차 사고로 어머니께서 불행하게 돌아가신 후에 아버지께서는 나를 가르칠 요량으로 가난한 아이들이 다니는 학교로 전학을 시켰어. 하지만 곧…… 어느 때고, 내일이나 다음 주가 될지도 몰라. 자유를 만끽할 수 있는 프랑스 학교로 나를 데려가러 곧 오실 거야. 그러면 학교에서 단체로 영화관을 방문해서 영화계의 스타들을 만나고, 윈드서핑을 연습하고, 아버지가 수집한 초호화 크루저들을 몰아 보는 거지. 너희들이 원한다면 나를 따라와도……."

네 아빠에게 몰입이 되어 있던 내가 물었다.(문득 한 가지 의심이 좀 들어서였다.)

"너희 아버진 대체 어떻게 그런 성공을 거둔 거야?"

조심스럽게 네 아빠가 사진을 접더니, 다시 주머니에 넣으면서 말했다.

"우리 아버지는 세 가지 뛰어난 재능을 가지고 있었어. 아버지는 물을 정화할 수 있는 사람인 데다 카사노바이고 국제적인 사람이었거든!"

눈 쌓인 비탈에서 제동활강이라도 하듯 왜 그런 이야기들이 네 아빠의 입에서 술술 흘러나오게 되었을까? 모르겠다. 하지만 두 가지 흥미로운 경향을 발견할 수 있다.

1 정치적인 암흑으로 얼룩져 있는 네 아빠의 삶 전체가 여과되어서 나온 거였다. 네 아빠에게 정치라는 것은 그의 주위에 있었던 너무 많은 것들을 모두 삼켜 버린 늪 같은 거였다. 인생에서 늦게나마 비로소 네 아빠가 정치와의 관계를 재정리하려고 했던 거겠지. 너무 늦어 버렸는지도 모르지만.

2 물론 우리는 모두 네 아빠의 말이 전혀 사실이 아니라는 것을 알고 있었다. 그렇지만 우리는 그의 이야기에 매료되어 자극을 받았던 거지. 상상 속의 말들이 어떻게 그런 편안함을 선사할 수 있는지 기이하지 않니? 점성술사나 정신 분석가, 그리고 작가 같은 사람들이 이 세상에 넘쳐나는 현실이 그 이유가 되지 않을까?

네 아빠의 어린 시절에 대한 자료 수집을 끝마치기 전에 너에게 뭔가 명확히 해 두고 싶은 게 있다. 이번 프로젝트의 탁월함에 대해서 네가 여전히 주저한다면, 내가 도움을 주는 것에 대해서 어떠한 경제적 이득도 고려하지 않는다는 사실을 강조하고 싶다. 너의 스웨덴적인 인색함 때문에 우리가 공동으로 작업하는 책의 미래를 막지는 마라! 네 아빠에 관해서 수집해 놓은 자료를 편지로 교환하는 데 있어서 내가 부탁하고자 하는 것은 우리 책에 솔직함이 최대한 반영되었으면 하는 것뿐이다. 그게 전부란다. 네 아빠의 삶이 잘못된 소문으로 가득 차 버릴 수 있기 때문에 진실을 보장한다는 것은 내게 있어 극도로 중요하다. 진실만이 중요하고 진실 외의 그 무엇도 문학적인 최고 걸작을 창조하는 데 있어서 등대 역할을 해서는 안 된다. 이 약속을 어기지 않겠다고 하늘에 맹세할 수 있겠니? 그렇게 한다면 네 아빠의 배경에 관한 진실의 실체에 대해서 너와 편지를 주고받기로 약속하마. 그 이야기는 너와 미래의 우리 독자, 모두를 흥분시키거나 신경을 곤두서게 만든다기보다는 충격을 주거나 소름 끼치게 만들 것이다.

그동안 잘 있었니!

　빠르게 회신을 해 주어 고맙다! 집필과 관련한 나의 아이디어에 대해 긍정적인 네 의견을 읽다 보니 어느새 내 마음이 뜨거워지더구나.(비록 네 문장이 엉성하고 마침표 다음에 대문자 쓰는 걸 빠뜨렸음에도 불구하고 말이다.) "잘 지냈어, 인마?"라는 말이 요즘 스웨덴에서 인사말로 자주 사용하는 표현이니? 어쨌든 우리 사이의 연결 고리를 찾게 되어 무척 기쁘단다. 네게 소식을 받는 게 거의 네 아빠에게서 소식을 받는 것처럼 느껴져서, 끊임없이 내 영혼을 세차게 두드려 온 불안을 마비시키는구나. 여전히 아빠에게서 살아 있다는 어떠한 연락도 받지 못했겠지? 어젯밤 나는 네 아빠가 브라질의 거대한 도시에서 주인 없는 마체테[5]로 살해당하는 꿈을 꾸었단다. 땀에 흠뻑 젖어 잠에서 깬 나는 꿈은 꿈일 뿐이라며 내심 희망을 가졌다……

네가 "아무것도 약속할 수 없다."라는 것과 지금은 두 번째 책을 쓸 생각을 하는 것에 대해 "그으으으으렇게 내키지 않는다."(식![6]) 라는 것을 잘 이해한다. 바로 그러한 이유 때문에 내가 너를 도울 수 있어 다행이라고 생각한단다. 그보다 네가 출판사에 주체할 수 없을 정도로 화를 내는 이유에 대해서는 이해하기가 어렵구나. "진짜 링케뷔 스웨덴어[7]로 쓴 첫 번째 소설"인 네 소설을 출간해 준 노르스테츠 출판사에 왜 그렇게 화를 내는 거니? 아마 리뷰 전에 커다란 흥미를 일으키려는 출판사 사람들의 방법이 아닐까? 그 사람들을 "호르[8]스테츠"라고 부르는 것을 당장 그만두렴. 그리고 "부르주아 스웨덴 하류 바보들"도 적절한 이름이 아니잖니, 그것도 안 돼. 젊은 시절의 그런 분노는 좀 자제해서 금고 속에 잘 모셔 놓으려무나! 너의 사춘기 시절에 처했던 네 아빠의 가엾은 상황에 대한 분노가 눈사태처럼 밀려들어 온 거니? 네 아빠도 절대 가볍지 않은 상황이었단다.

팔 년이 지난 지금 네가 아빠를 마치 "용서할 수 없는 빌어먹을 배신자"처럼 써 놓은 걸 읽는 일은 내게는 이루 말할 수 없이 슬픈 일이다. 아빠와 아들은 시간을 같이해 왔고 떼려야 뗄 수 없는 사이잖아! 네 심리적 갈등은 잘 이해한다. 그런데 너와 네 아빠의 관계를 개선하는 건 힘든 일일까? 그래도 아직 네 아빠는 네 아빠다. 살다 보니 때때로 실수했을 수도 있겠지. 안 그런 사람이 어디 있을까? 유감스럽지만 난 네 아빠가 지닌 자부심의 특질에 대해 잘 알고 있단다. 그리고 그런 면이 어떤 것들을 불가능하게 만들기도 하지.(미안한 마음을 가지고 아들과 연락하는 것도 그런 것들 중 하나라고 할 수 있다.)

내가 너를 어떻게 도울 수 있을지 네가 무척 의심스러워하는 것 같구나.("아저씨가 노리는 건 뭐야."라는 식으로 말이야.) 나의 일상을 좀 설명하는 것으로 답을 대신하마. 나는 타바르카 시에서 작은 호텔을 운영하고 있다. 나이는 오십사 세. 연금을 확보하기 위해서 열심히 저축하며 살아가고 있지. 내게는 가족이 없어. 반면에 비자가 없으면 들어갈 수 없는 매혹적인 여러 나라들의 비자가 찍혀 있는 여권을 가지고 있단다. 그리고 내 하루 일과는 전통적이라고 할 수 있을 거야. 일어나서, 호텔 프런트에 가 있고, 열쇠를 받고, 관광객들에게 이곳 경치를 보여 주고, 체크아웃한 방들을 청소 아줌마에게 알려 주거든. 그렇지만 주로 조용히 앉아서 인터넷 서핑을 즐긴단다. 유머러스한 일본 광고 영상을 내려받고, 미국의 선정적인 잡지에서 제니퍼 로페즈와 패리스 힐튼에 관한 기사를 읽고, 제리 스프링거 쇼를 보고, 무료하기 짝이 없는 사전적인 지식 같은 것에 집중한단다.(너 혹시 바나나 먹기 세계 기록이 몇 개인지 아니? 스물세 개밖에 안 된단다.) 그러니까 내 말은 말이다, 남아도는 시간이 엄청나게 많다는 얘기지. 그 시간들을 스웨덴이라는 나라를 다시 방문해서 네 아빠에 관한 이야기를 너와 나누는 것에 기꺼이 할애하고 싶다는 거란다. 네 아빠에게 빚진 게 있으니까. 최소한이라도.

"정말 생생하게 극적이고 굴곡진 인생"을 책으로 출간할 필요성이 있다는 너의 방향 설정은 내가 첨부하는 문서들을 준비하는 데 나에게 커다란 영향을 주었다. 밤나무 테마가 실마리가 될 수 있는데, 그 테마로 네 아빠의 인생에 있었던 에피소드들을 함께 엮어 놓을 수 있다고 본다. 또한 진짜 이름을 사용하면 피해를 입을 수도 있으니 몇몇 사람들은 익명으로 둘 필요가 있다고 하는 의견에 대해서 나도 전적으로 동의한다. 그러니까 우린 이 책을 '소설'이라 칭하고 이름을 바꾸자꾸나. 그러면 네 아빠 이름을 어떻게 붙일까? 미래에 그의 거주지가 스웨덴으로 옮겨 간다는 사실을 예시하기 위해서는 '압바스(Abbas)' 같은 상징적인 이름을 제안한다. 그다음에 이렇게 쓰는 거지, 뭐. "그러니까 아빠의 이름은 「댄싱 퀸」과 「뱅어부메랑」 같은 노래로 1970년대 댄스 무대를 휩쓸었던 스웨덴 팝 그룹 이름과 비슷했다. 이건 우연의 일치였을까 아니면 운명의 전조였을까? 그건 나중으로 잠시 미루어 두고……." 그에게 함마라는 이름을 붙일 수도 있어. 또는 빌랄. 아니면 그의 우상이었던 로버트 프랭크와 로버트 카파의 이름을 따서 로버트는 어때?

첨부 자료를 보면 네 아빠에 관한 진실을 발견하게 될 거다. 너무 놀라 충격받지는 마라.

견실한 친구
카디르

추신 1 – 네게 긍정적인 생각들이 생길 수 있도록 도와주

마. 다가오는 출간일을 고대하며 두 엄지손가락을 예약해 두
마. 행운을 빈다!

추신 2 – 우리끼리는 계속해서 스웨덴어로 소통하면 되겠
지? 아이처럼 갈겨쓴 네 아랍어 실력은 우리가 책을 만드는
데 유용하지 않을 듯……?

1965년 봄 내내, 네 아빠는 악몽을 꾸다 한밤중에 잠에서 깨는 일이 끊이지 않았다. 차이가 있다면 이제 그는 소리를 지를 수 있었고 심지어 다른 사람들이 깰 때까지 소리를 질러 댔다는 것이다. 어느 날 밤 내가 네 아빠를 몰래 살펴보았는데 눈을 크게 뜨고 땀으로 뒤범벅이 되어 누워 있었다. 동이 틀 무렵이면 그는 창가에 서서 밖에 있는 정원을 내다보았다. 어느 날 밤 나는 조심스러워하며 슬금슬금 네 아빠한테 다가갔는데, 그가 창문 옆에 몸을 웅크리고 앉아서 바들바들 떨고 있었다. 그의 울음소리가 나지막하게 들렸고 그의 손에는 그가 애지중지하는 밤이 놓여 있었다.

"정말 몸은 좀 어떠니?" 나는 걱정하는 형제의 심정으로 속삭였다.

압바스는 재빨리 자신의 눈물을 닦더니 다시 여느 때 모습으로 되돌아가려고 애를 썼다.

"아주 좋아. 물어봐 줘서 고마워."

"하지만 왜 그런 악몽을 계속 반복해서 꾸고, 꿈속에서 쫓겨 다니는 거야?"

네 아빠가 자기의 밤을 내려다보더니 이렇게 말했다.

"비밀이 한 가지 있는데 누구한테도 얘기해선 안 돼, 지킬 수 있겠어?"

"약속할게."

"네 미래와 모든 명예를 걸고서?"

"약속할게."

"내 이야기에 대해…… 전혀 솔직하지 않았어."

"어떻게? 그 사진 속의 남자가 네 아버지가 아닌 거야?"
(의심하던 것들이 확인되었을 때 마음속에서 기쁨의 감정 같은 것이 느껴졌다는 걸 인정할 수밖에 없다.)

"아니, 아빠 맞아. 알제리 사람인 것도 맞고. 그런데…… 엘비스와 폴 뉴먼하고 친구들을 공유하지는 않았어. 아버지 옆에 앉아 있는 사람들이 누구인지 알아?"

"아니."

"바로 모리스 샬 [9]과 폴 들루브리에 [10]야."

"와우!"

"그 사람들을 알아?"

"음…… 아니. 그 사람들이 누군데?"

샬과 들루브리에라는 두 인물은 알제리가 독립을 이루기 전에 식민지였던 알제리의 책임을 맡고 있던 프랑스인 총독들이었다고 네 아빠가 설명했다.

"왜 우리 아버지가 이 사람들과 함께 앉아 있는지 알고 싶지? 왜냐하면 아버지는 아르키[11]였어. 예스맨. 적국의 협력자. 셰리파 아줌마가 이 사실을 알았다면…… 아줌마가 어떻게 했을지 상상해 봐…… 아니면 소피아네가……."

그리고 나서 몇 시간 동안 네 아빠는 자신의 진짜 이야기를 전부 내 귓가에 속삭였다. 네 아빠는 튀니지 국경선 가까이에 있는 알제리의 산마을에서 태어났다고 했다. 그의 어머니 이름은(네게는 진짜 할머니겠구나.) 하이파였다. 그녀는 프로레슬링 선수이자 배우인 헐크 호건 같은 인물들하고 맞붙어 싸우려던 엄청나게 강한 여성이었다. 하이파의 이상(理想)은 전통적인 것도 종교적인 것도 아니었다. 하이파에게는 서구적인 습관이 몸에 배어 있었고 프랑스어로 감탄사를 외치는 데 익숙했는데, 이런 면이 마을 사람들의 화를 점점 돋웠다. 그러나 하이파의 감탄사는 절대로 잦아들지 않았다.

어느 날 그녀는 자기 배 속의 아기에게 모우사가 압바스라는 이름을 붙여 주었다며 공공연히 자랑하고 다녔다. 그들은 그녀가 알제를 방문했을 때 우연히 조우했다. 모우사는 그녀에게 결혼과 호화스러운 삶으로 가득한 둘만의 미래를 약속했다. 그들의 에로틱한 만남 이후, 하이파는 무지갯빛 미래를 꿈꾸며 자신의 고향 마을로 돌아갔다. 불행하게도 모우사의 말은 통상 하는 말로 사기라고 표현하는 허황된 약속임이 드러났다. 결국 하이파는 자기 가족에게서도 버림받았다. 마을에서 그녀를 멀리하지 않고 잘 지냈던 유일한 사람은 라시드라고 하는 이웃의 젊고 가난한 농부였다.

동시에 모우사는 프랑스의 정치적 지배를 선호하는 알제리인으로서의 겉모습을 드러내기 시작했다. 모우사는 기를 쓰고 프랑스의 문명화 과업을 지지했고 고문으로 권력을 장악한 것이라는 꼬리표를 부정했다. 그는 프랑스인들에게 자신의 입을 빌려 주었고 그런 식으로 지갑을 두둑이 채웠다.

나는 압바스의 이야기를 잘랐다.

"넌 네 아버지를 만난 적은 있어?"

"그럼, 언젠가 아버지가 우리 마을을 무척 괴롭혔어. 하지만 나는 나이가 어렸고 그날 일을 많이 기억하지는 못해. 우리는 어떤 식당에서 함께 식사를 했어. 아버지의 가슴에 희끗희끗한 털이 수북했던 게 기억이 나. 경호원 두 명이 아버지 옆에서 호위하고 있었던 것도 기억이 나고. 그리고 아버지가 내게 이 밤을 건넸던 것도 기억해. 그게 다야."

"밤은 왜?"

"왜냐하면…… 글쎄 모르겠어. 내 기억을 더 또렷하게 보여 주면 좋을 텐데."

네 아빠의 영혼에 영향을 미쳤던 모우사에 관해서는 네 할머니가 그에게 해 주었던 이야기가 대부분이었다. 국제적인 명성을 지닌 아버지를 두고 있다는 사실은 네 아빠의 자부심을 대단히 북돋웠다.(창피함보다는.) 국제적이라는 희열로 가득 채워져서 다른 사람들과 다르다는 네 아빠의 감정이 극대화되었다. 마을에서는 많은 사람들이 서로 소소하게 싸움을 하며 시위를 했고, 입을 모아 프랑스인들의 지독함에 대해서 논쟁을 벌이면서 식민 지배에서 벗어나 자유를 요구하는 목소리를 높였다. 그렇지만 네 아빠의 마음속에는 정치적인 그런 것들 모두가 바이러스처럼 그려졌다. 그는 정치라는 엎질러진 기름에 자신의 발을 절대로 묻히지 않을 거라며 어린 마음에 단단히 다짐을 했다. 대신에 그는 국제적인 외부 세상에 관하여 상상의 나래를 펼쳤다.

(덧붙여 살짝 얘기하자면, 네 주변에 있는 대부분의 사람들과는 함께 식사를 하고 싶지 않은 감정을 이해할 수 있겠니? 만약 그렇다면 그 감정을 네 글쓰기에서 즐겨 보렴! 자신의 경험과는 완전히 동떨어진 어떤 행위를 실행한다는 것은 거의 불가능할 거야. 「사인필드」[12]에서 크레이머[13]의 어울리지 않는 헤어스타일을 보고 웃지 않는 것과 약간 비슷한 거란다.)

네 아빠는 알제리의 1950년대를 종식시켰던 격동의 시기를 포함해 이야기를 계속했다. 정치적으로 정말 혼란스러웠다. 시위로 거리가 피로 물들었고 테러는 사람들의 일상을 뒤흔들었다. 프랑스인들에게 향했던 사람들의 격분이 네 아빠의 고향 마을에서는 네 아빠와 할머니에게도 고스란히 옮겨 가게 되었다. 그렇지만 하이파는 순응하기를 거부했다. 그녀는 계속해서 프랑스인들에게 경의를 표했고 자신의 언어 표현에 프랑스어 구문을 곁들여 뿌려 댔으며 알제리적이기보다는 더 세계적이고 아랍적이기보다는 좀 더 국제적인 자신의 유전적인 면을 상당히 자랑스러워했다.

1962년, 네 아빠의 나이가 열두 살이 되었을 때, 에비앙 협정이 종결을 지었다. 프랑스인은 권력 이양을 약속했다. 알제리의 독립은 자명한 사실이었다. 그 결과는 일반적으로 '아랍적'이라고 부르는 카오스였다. 권력투쟁의 유혈 사태. 더 늘어난 시위. 더 빈번해진 테러. 1962년 여름에는 알제리 민족해방전선의 공격으로 1만 5000명이 숨졌다. 벤 벨라[14]가 권력을 잡고 나서는 상황이 달라졌다. 1당 체제가 시작되자 알제리 민족해방전선 외의 모든 당은 불법이 되었다.(편지해 주렴……. 용기를 잃지 말고, 아빠와의 논쟁으로 인한 상처 때문에 방해받지 말고. 민주주의와 관련해서 아랍 사람들보다 잘 삐걱거리는 국민이 어디에 있니? 네가 그것에 관해서 네 아빠의 의견에 동의하지 않는 것이 내게는 수수께끼다.)

프랑스에 협력했던 수많은 사람들, 또는 예스맨들은 용서받고 잊혀서 관료직을 성공적으로 이어 나갔다. 단지 몇 명만이 잡지에 수치스럽게 그려졌다. 그중 한 사람이 네 할아버지 모우사였다. 듣자 하니 그는 몸을 숨기기 위해 외국으로 도망쳤고, 기사 만평과 풍자만화에는 그의 모습이 프랑스의 통제를 받는 개로 실렸다. 이러한 캠페인의 결과는 어땠을까? 전형적인 아랍인의 방식으로 사람들은 멍청한 양처럼 끌려다녔다. 그들은 네 할머니의 집 밖에 서서 시위를 하기 시작했다. 그들은 네 할머니를 모욕했는데, 매일 밤 외쳐 대는 소리들이 그 지역 거리에 메아리쳤다. 언젠가 그 너의 집 대문은 서술할 가치조차 없는 악취를 풍기는 것들로 칠해졌다.

동시에 하이파는 네 아빠의 정신적 안정 상태에 대해서 걱정하기 시작했다. 자고 있는 동안 그의 치료를 시도했고, 그가 대화했던 그림자 친구들을 망상 밖으로 나오게 했다. 한 번은 그가 네 할머니의 베일을 쓰고는 그 자신을 여성으로 위장하려고 했다. 이렇게 문제가 있던 시기에 도와줄 요량으로 하이파를 방문했던 사람은 가난한 이웃 농부인 라시드뿐이었다.

보이지 않는 누군가 하이파의 부엌에 몰래 숨어 들어와서 가스관에 구멍을 내고는 전부 잠들 때까지 기다리고 있다가 담배에 불을 붙였던 그날 밤, 불행하게도 라시드가 없었다. 정체를 알 수 없는 자가 집 안으로 담배를 던져 넣고 순식간에 포효하며 번지는 불꽃 기둥을 동반하며 밤의 어둠 속으로 종적을 감추어 버렸다. 절체절명의 순간에 폭발 화재 현장에서 네 아빠를 구출해 낸 사람은 그 직전에 깬 이웃…… 라시드였다.

"그러고 나서 너를 이곳 젠두바까지 태워다 준 사람이 바로 라시드였어?"

"응, 그런 것 같아. 하지만 실제로 기억이 잘 나지 않아." 여러 시간을 혼자서 이야기하다가 동틀 녘이 되자 목이 잠겨 목소리가 갈라진 네 아빠가 내게 속삭였다. "난 토한 것밖에 기억이 안 나. 그리고 네가 현관에서 나를 반갑게 맞아 주었던 걸 기억해. 그사이에 일어났던 일은 대부분 희미하고 불분명해. 집에서 가지고 나온 거라고는 이 사진과 손에 들고 있는 밤이 전부야……."

이웃집 마당에서 수탉들이 목청을 높여 울어 댔고 내 눈은 피로 때문에 가렵고 뻑뻑해지기 시작했다. 그렇지만 나는 여전히 잠자리에 들고 싶지 않았다. 아직은 아니었다. 내가 말했다.

"정말 너무 이상해, 우리 이야기의 큰 줄기가 어느 정도 비슷한 것 같아. 우리 가족도 식민지 시기의 결과로 발생한 화재 폭발로 사라져 버렸거든……."

"음……."

"이봐, 내 말 듣고 있어?"

"음."

하지만 네 아빠는 마치 사진에 홀린 사람처럼 앉아 있었다. 나는 그를 혼란스럽게 만들거나 혼자 내버려 두고 싶지 않았다. 그래서 난 기다렸다. 마지막에 가서 그의 마비되었던 감각을 깨워 준 것은 오마르의 매트리스에서 터지듯 새어 나온 가스였다. 우리는 서로를 향해 입가에 미소를 지어 보였고 나는 이렇게 말을 이었다.

"야…… 동이 터서 날이 새기 전에 조금이라도 눈을 좀 붙이자."

난 사진의 미세한 부분까지도 잘 기억하고 있다. 사진은 까슬까슬하고 얼룩얼룩한 회색이었는데, 알제리 잡지에서 삐뚤빼뚤 뜯어낸 사진이었다. 시간의 이빨이 사진 모서리에 주름을 잡았고, 색은 누렇게 바랬으며, 귀퉁이는 잘려

나가 있었다. 하얀 이를 드러내며 미소를 짓고 앉아 있는 모우사는 눈에 띄는 반지를 끼고 검은색 양복을 입고 있었는데 그의 한쪽에는 콧수염이 얇은 샬이 앉아 있었고 다른 쪽에는 로션으로 머리털을 반듯하게 매만진 들루브리에가 앉아 있었다. 실제로 사진은 평범해 보였다. 그런데 내가 코믹한 걸 발견해서 네 아빠를 실망시켰다. 뒤에 보이는 정체불명의 경호원이 조심스럽게 자기 코 안을 후비고 있었던 거였다. 그의 집게손가락 전체가 검은 콧구멍 속으로 들어가서 보이지 않았는데, 네 아빠는 이런 멋진 사진에 흠집을 내는 짓이라고 했다. "작은 결점이 크게 중요한 건 아니잖아?" 그는 가끔 대답을 기다리지도 않고 질문을 해 댔다. 네 아빠가 이 사진을 보여 준 적이 있니? 혹시 책 속에 그 사진을 삽입하면 어떨까? 아니면 좀 다른 글씨체로 사진 아래에 너의 기억을 적어 넣을 수도 있겠다.

그리고 넌 아빠를 기억한다. 여러 해가 지난 뒤, 그는 장식장의 이름을 바꿔서 기념장이라고 부르기 시작한다. 자물쇠로 잠근 문 뒤에는 카세트테이프로 된 오티스 레딩 앨범들, 해져 버린 라벨이 붙어 있는 자그마한 향수병들, 수천 장의 네거티브 사진들이 있다. 진짜 프로들은 절대로 네거티브 사진을 버리지 않기 때문이라고 아빠가 설명한다. 아랍 신문에서 오려 낸 것으로 레스토랑에서 남자 세 명이 미소를 짓고 있는 오래된 사진도 있다. 신문이 너무 닳아 버려서 글이 거의 투명하게 비칠 정도다. 사진에 있는 사람은 누구일까? 아빠는 막 그의 목에 있는 가래를 뱉어 내고 봉투에 사진을 다시 집어넣은 다음, 그의 밤을 손에 들어 올린다. 작고 볼품없는 데다가 매끄럽지도 않아서, 네가 아빠에게 묻는다. "썩은 데다 쭈글쭈글한 밤을 왜 보관하고 있어요?" 아빠가 대답한다. "이건 보통 밤이 아니란다. 이건 행운을 가져다주는 마법의 밤이야. 내가 살아오는 동안 내 주머니에 넣어 가지고 다녔지. 언젠가 내가 젠두바 거리에서 구슬치기를 할 때 이기기 위해서 처음으로 이것을 사용했단다. 그리고 군대에서 한 여성을 강간하려는 장군을 내가 공격했을 때 고무줄총의 총알로 사용하기도 했어. 그리고 네 엄마를 처음 만났을 때 이것을 그녀에게 던져서 나를 보게 만들었지." 넌 아빠가 농담을 하고 있는지 눈치채지 못하고, 아빠가 웃으니까 너도 따라 웃는다. 그리고 그가 밤을 공중에 던져 올리고는 그것이 자신의 손에 안전하게 떨어지기 전까지 아주 여유 있게 박수를 세 번 친다.

셰리파의 집에서 자랐던 일을 네 아빠가 너에게 어떻게 설명하던? 사실 그가 알제리에서 태어났다는 말도 안 하지 않았니? 지금, 셰리파가 너의 진짜 할머니가 아니라는 충격에 휩싸여 이 글을 읽고 있는 것은 아니니? 만약 그런 경우라면 나는 뭔가 중요한 걸 너에게 상기시켜 주고 싶다. 네 아빠가 어떤 식으로 설명하기를 선택했건 간에 난 너에게 진실의 실체를 진술해 줄 유일한 사람이다. 네 아빠가 항상 이상적인 진실을 이야기했다는 것을 기억하렴. 하지만 때때로 진실의 복잡함이 그가 거짓말을 하게 만든 거였다. 알아듣겠니?

그동안 잘 있었니!

 너의 데뷔 소설이 출판된 것에 대해 찬사를 보낸다! 축
하, 축하, 축하, 축하! 네 느낌은 어떠니? 햇살 가득한 공원
에서 먹는 바삭바삭한 누텔라 크레페 같은 맛이니? 여름날
라일락 향기 속에서 목덜미에 한 기습적인 키스 같니? 손
을 놓은 채 자전거에 몸을 싣고, 태양이 드리운 다리의 실
루엣 아래로 달려 내려갈 때 머리칼 안에 파고들던 바람 같
니? 아니면 오래된 바람의 비참한 결말처럼 탁하고 곰팡이
맛이 나니?

 일전에 보냈던 서류에 대해서 여전히 답변을 기다리고
있단다. 기다리는 동안에 인터넷에 떠 있는 리뷰들을 읽었
어. 그리고 뭐랄까…… 상반되는 감정들이 교차하더구나.
네 이의 제기에도 불구하고 너는 축하를 받았지. 왜냐하면
네가 "진짜 링케뷔 스웨덴어"로 된 책을 썼기 때문이야. 들

자 하니 너는 이민자들이 사는 지역에서 사용하는 "마이크 소리를 낮춘" 것처럼 들리는 언어로 "이민자의 이야기"에 생명을 불어넣었더구나. 네 책은 자신의 언어를 고의로 버려 버린 스웨덴 태생의 남자에 관해서 다루었다고 쓰지 않았니? "진실성 있는 주제"를 탐구했다는 네 주장은 어떻게 된 거냐?

노르스테츠의 웹 사이트에서 나는 네 소설에서 발췌한 부분을 발견했어. 소설에 대한 나의 평가는…… 음…… 솔직히 말하자면 야즈[15]가 1980년대에 부른 「디 온리 웨이 이즈 업(The Only Way Is Up)」을 흥얼거리게 하는구나. 무슨 말인지 알겠니? 네 아빠가 절대로 하지 말라고 했던 그런 불쾌한 말들로 더럽혀지고 잘못된 것 같다는 생각이다. Bitches? Fucking? 네 아빠가 가장 싫어했던 바로 그 단어들을 소설에서 왜 사용했니? 사람들이 "오해"하는 건 당연한 일이다.

다른 질문은 네 인터뷰에 관한 거야. 왜 이렇게 수가 늘어난 거야? "망할 놈의 부르주아 속물 신문사"와는 어떤 곳하고도 결코 인터뷰하지 않겠다고 편지에 쓰지 않았니? 너의 우상 토머스 핀천이 너의 이상이라는 것은 모르게 해야 되는 거 아니냐? 그리고 《여성의 세계》라는 혁신적인 잡지에 수염도 없는 너의 모습이 완전히 노출되어 버리다니. 네 원칙은 이미 쓰레기통에 버려 버린 거냐? 예상했던 것보다 더 빨랐을 뿐이라는 걸 인정해라! 이제 누가 "배신자"냐? 아직도 네 아빠냐? 아니면 실제로 네 아빠와 네가 똑같이 형편없는 거냐?

  빨리 답장 주렴.

                              불안해하는 네 친구
                                        카디르

  추신 – 마지막 질문. 실제로 너의 주인공 이름을 어떻게 부
르면 되는 거냐? 할림 아니면 하밀? 하미드 아니면 하림? 그
에 관해 스웨덴 기자들의 의견이 일치하지 않는 것 같더구나.

다음 장면에서 우리 독자들은 1969년으로 이동한다. 군
복무 후에 네 아빠는 젠두바를 떠나기로 결심했다.

이렇게 쓰렴.
"젠두바에는 이맘과 무화과, 커다란 콧수염을 기른 여자
와 가시나무, 지친 황소와 주기적인 사막 폭풍이 있었다. 하
지만 가정으로 비유할 수 있는 나의 아빠는 없었……."
놀랄 만큼 관대했던 셰리파는 네 아빠가 수도인 튀니스
에서 법률 공부를 할 수 있도록 재정적 지원을 약속했다.
우리는 작별의 인사를 나누었지만 곧 다시 만날 것을 약속
했다.
나는 에미르의 과자 공장에 일자리를 얻으려 했다. 나는
악수와 미소를 담보로 최대한 공을 들여서 전문적으로 과
자를 분류하는 사람이 그곳에서 일할 준비가 되어 있으며

월급은 칭찬만으로도 충분하다는 사실을 에미르에게 전했다. 십 분 후 바로 나는 더러운 흰색 상의를 입고 종이 모자를 쓴 채 근무 첫날 컨베이어 벨트 앞에 섰다. 공장에서 뿜어져 나오는 열은 지옥 같았다. 오븐의 금속 원반에서 연기가 피어오르고 오븐이 돌아가며 구부러지다가 굉음 소리를 내자 돌발적으로 십 초마다 새로운 과자가 떨어져 내려왔다. 나는 하루 종일 종이 상자 하나에 더도 말고 덜도 말고 과자를 네 개씩 담았다. 작업 시간 내내 에미르는 근처를 돌아다니며 쌓여 있는 과자의 개수를 확인했다. 금방 내 손가락에는 유명한 전기기타 연주가의 손끝처럼 딱딱하게 굳은살이 박였다.

내가 과자 공장에서 일했던 1970년 여름 동안 난 네 아빠와의 관계를 다시 회복했다. 네 아빠가 공장으로 무뚝뚝하게 쳐들어와서는 자기 스스로 종이 모자를 쓴 다음 내 오른편에 떡하니 자리를 잡았던 그 모습이 오늘날까지도 여전히 생생하게 기억난다.

"압바스!" 내가 소리쳤다. "젠두바에 돌아온 걸 진심으로 축하한다! 네 법률 공부는 어떻게 된 거야?"

"넌 누구니?"

네 아빠의 목소리는 분명히 과장된 대도시 악센트로 인해 침울하게 들렸다.

"나잖아, 당연히! 카디르, 제일 친한 너의 오랜 친구!"

"응, 물론이지, 이제 네가 기억이 나."

"왜 그렇게 우울한 거야?"

"미안해. 먹구름이 껴서 내 기분이 말이 아니거든. 정치적인 폭풍 때문에 셰리파의 경제 사정이 말이 아니야. 재정이 바닥나서 학업을 계속할 수 없었기 때문에 어쩔 수 없이 과자나 분류하는 바보 같은 일을 하러 온 거야. 이 저주스럽고, 불행하고, 거지 같고, 우울하고, 엉덩이에 불난 것 같고, 가증스러운 지옥의 도시에 갇혀 버렸지, 뭐."(여기서 네 아빠는 내가 기억하는 것보다 훨씬 더 심한 욕을 계속해 댔다.)

"하지만…… 어쨌든 기쁨도 있겠지…… 그렇지 않아?"

"어떤 거?"

"우리의 우정을 다시 찾게 된 거?"

"그렇군." 네 아빠가 중얼거렸다. (하지만 그의 기쁨은 결코 내 기쁨과 견줄 것이 못 된다는 의심이 들었다.)

나에게 편지해 주렴……. 이십 대 때의 네 아빠의 모습을 알 수 있는 사진이 몇 장 있니? 그의 차림새는…… 어떤 식으로 써야 하나…… 똑똑하기로는 세계 제일이었다. 과자 공장에서 일하던 다른 시골 소년들은 한결같이 짧은 머리를 하고 욕실 슬리퍼를 신고 있었다. 그런데 튀니스에서 고향으로 돌아온 네 아빠는 달랐다. 네 아빠는 젠두바에 긴 머리 헤어스타일을 처음으로 소개한 인물이었다. 그리고 (절대 네 아빠에게는 이런 말 하지 마라.) 내가 그를 다시 만났을 때 그의 검은 머리는 여성스럽게 곱슬곱슬해서 동성애에 물들었다는 의심이 들었다.(어떻게 아빠의 긴 머리 취향이 네게도 전염되었는지 재미있지 않니? 그리고 네 아빠가 찍은 여드름투성이의 십 대 시절 네 사진을 보면 너와 네 아빠가 똑같다는 생각이 드는 것도 재밌지 않니?)

네 아빠의 양쪽 뺨에는 미소를 지으면 생기는 보조개가 있었는데, 그는 휴식 시간에 스낵을 파는 여자들한테만 그것을 보여 주었다. 그리고 아래에는 유럽에서 최고로 유행하는 나팔 청바지를 입었는데, 그는 처음엔 존 트라볼타를 모방하다 나중에는 마빈 게이를 참고해 통이 넓어진 사이즈를 제일 좋아했다. 그의 입에서는 유럽의 수많은 작가들과 예술가들, 그리고 시인들에 대한 지식이 마구 튀어나왔다. 네 아빠의 새로운 면모에 많은 사람들이 감동을 받았다.(심지어 나까지도.)

이렇게 쓰려무나.

"아빠의 젊은 시절 모습을 소개하겠습니다. 튀니스에서 고향으로 돌아온 당시 그의 속눈썹은 검은색 아치 모양이었고, 그의 눈꺼풀은 갈색 벨벳처럼 드리우고 있었으며, 그의 몸은 그리스 신처럼 훌쩍 커 있었습니다. 그의 지성은 세계화된 예술가의 그것이었고 그의 얼굴은 젊은 안토니오 반데라스의 얼굴을 약간 떠오르게 했습니다."

(물론 네 아빠는 수줍어서 얼굴이 빨개질 테고 이러한 나의 설명에 대해 전혀 동의하지 않을 거야.)

그렇지만 사진작가 파파나스타소포울로우 크리소발란티가 젠두바를 괴롭혔던 가을까지 우리는 서로 많은 말들을 주고받지 않았다. 넌 이 사진작가의 작품을 알고 있니? 한 가지는 내가 확신하는데 사진집에는 틀림없이 그의 이름을 약어로 표기했을 거야.

거리와 광장에서 파파나스타소포울로우가 도착한다는 소문이 돌았다. 그는 마치 정다운 무기처럼 자기의 카메라를 들고서 수크와 농장을 돌아다녔다. 크루미리에산의 달빛 실루엣을 찍으려는 시도로 인해 밤하늘이 (마치 번개가 치는 것처럼) 그의 카메라 플래시로 번쩍이는 것을 볼 수 있다는 소문이 나돌았다. 거리의 소년들이 그의 뒤를 졸졸 따라다녔고 그리스 문화 예술위원회가 임무로 부여한 전시회를 수행하기 위해 눌러 대는 그의 카메라 셔터 소리에 자기들의 모습을 영원히 담아낼 거라는 희망으로 우스꽝스러운 몸짓을 지어 보였다. 전통을 사랑하는 사람들은 하람[16]이라는 말을 중얼거렸고, 그리스인이 모스크 밖에서 자기들의 얼굴을 감추려고 하는 하지[17]의 사진을 찍으려고 했다는 이야기들을 했다.

다음 장면은 보통의 평일이다. 쇠로 된 접시를 뒤집어엎어서 포장하려던 과자들이 아래로 굴러 떨어진다. 얼굴에서 땀이 흐르고, 시간은 더디게 흐르고, 에미르는 사무실에서 욕을 하고, 네 아빠는 자화자찬하는 다 떨어진 제비족 청바지를 입고 있다. 점심시간이 끝나자 그가 나에게로 다가온다.

"미래에 영원히 남기기 위해서 그리스인 사진작가의 스튜디오에 초대된 사람이 누군지 알아?"

나는 모른다고 말했고, 네 아빠는 방긋 웃었다.

"나야!"

난 행운을 얻어 기뻐하고 있는 네 아빠에게 축하 인사를 하고 그리스인의 사진 촬영 시간에 친구로서 네 아빠와 동행해도 되는지 여부를 물어보았다. 긍정적인 답변을 주기 전에 네 아빠는 이런저런 생각을 했다.

우리는 일이 끝난 후 사진사가 천문학적인 가격을 지불하고 시골 재봉사에게서 이 주 동안 임대한 테라스형 아파트에 함께 갔다. 마흔살 정도 되어 보이는 술 취한 그리스인 남자가 문을 열어 주었다. 그는 꽃무늬가 그려진 쫙 달라붙는 셔츠를 입고 있었고, 그가 크게 미소를 짓자 날카로운 송곳니가 반짝거렸다.(그다음에 두 명의 소년이 방문했다는 사실을 알아차리고는 재빨리 사라졌다.)

네 아빠와 내가 첫 번째 사진 촬영 시간에 호기심에 가득 찬 눈으로 나타났던 것을 생각하니까 미소가 머금어진다. 네 아빠가 나중에 상세하게 지식을 쌓게 될 모든 것들이 바로 그곳에 있었지만, 그때 당시엔 그것들이 우주선의 장비들처럼 보였다. 플래시 케이블, 삼각대, 뒤집어진 반사 우산, 스포트라이트 조명. 내가 카메라의 개수를 세어 보았더니 서로 다른 스타일을 지닌 카메라가 세 개 있었다. 삼각대의 초점은 무늬가 있는 양탄자 위에 놓인 절반 크기 소파에 맞추어져 있었고, 촬영 소품으로 그리스인은 튀르키예 모자, 가짜 콧수염, 금쟁반, 차 세트, 옐라바,[18] 베일, 장식용 후커 그리고 가죽 슬리퍼 여덟아홉 켤레를 가지고 있었다.

그리스인이 네 아빠가 사진관의 작은 소파에 몸을 어떻게 두어야 할지 알려 주고 아주 유머러스한 터번을 머리에 두르도록 설득했다. 네 아빠는 유머를 이해하지 못했다. 카메라 플래시가 압바스를 향해 터지고 있는 동안 차가운 맞바람이 내 신체에 느껴졌다. 팔 가죽에 소름이 돋는 것도 모른 채 마치 이 짧은 순간이 미래에 대단한 결과를 가져다줄 것처럼 느껴졌다. 플래시가 터지는 내내 그리스인은 "멋져!", "대단해!", 그리고 "완벽해!"라는 말을 외쳤다.

　작업 시간이 더 늘어났고 사진을 찍으려고 셔터를 누르는 소리도 계속되었다. 때때로 네 아빠와 그리스인 사이에 소통을 위한 잠깐의 틈이 있었지만 그 당시 아랍어와 약간의 프랑스어만 할 수 있었던 나는 그들의 영어를 도저히 알아들을 수 없었다.

　그리스인은 대략 "Relax."와 "Yes, yes."라는 것 같은데 네 아빠는 "No, no."라 했나 보다. 내가 검은색 미니 사진첩, 네 거티브 카드, 저명한 패션 잡지들과 화려한 사진책들을 뒤적거리고 있는 동안, 거의 오 분마다 그런 말들이 반복되었다. 그리스인이 최상의 사진을 위해서 네 아빠의 초현대적인 제비족 청바지 단추를 어떤 식으로 풀었으면 좋겠는지 보여 주려고 갑자기 그의 카메라를 내려놓았을 때 나는 굉장히 놀랐다. 폭발한 네 아빠가 그에게 일격을 가했고, 그결과 그리스인의 코에서 코피가 터졌다. 이어서 네 아빠는 발로 그리스인의 배를 걷어찼고 땅바닥에 누워 쿨럭거리는 그리스인의 목에 침을 뱉었다. 흥분의 도가니였다. 그리스인의 손이 장클로드 반담의 기술로 네 아빠를 잡으려 하자, 네 아빠는 몸을 피하며 옆차기로 새로운 일격을 가한 다음 연이어 발차기를 날리며 그리스인에게 그의 엄마는 창녀라는 둥 그는 똥개 같다는 둥 모욕을 퍼부었다.

잠시 후 네 아빠와 나는 계단 쪽으로 내달렸다. 그리스인 은 바로 자신의 몸을 추스르지 못했고, 우리는 거리로 나와 세 블록 정도 지나고 난 후에야 뛰는 속도를 늦추었다. 그때 나는 내 손에 그리스인의 사진집 하나가 들려 있는 것을 알아챘다. 주의해라. 그건 내가 하고 싶어 한 것이 아니었다. 이렇게 쓰렴.

"친애하는 독자 여러분. 카디르는 도둑도 강도도 아닙니다. 소란 때문에 정신이 없어서 그도 모르게 그의 손이 독단적으로 한 짓이고 그 결과 사진작가 필리프 홀스먼[19]의 책을 소장하게 되었습니다. 앞으로도 우정을 돈독히 다지자는 의미로 카디르가 이 책을 나의 아빠에게 건넸습니다."

다음 장면에서 나와 네 아빠는 두 사람의 우호 관계를 회복하기 시작했다. 우리는 1970년대 초 젠두바에서 전통이라는 이상의 모순을 거부하는 유일한 사람들이었다. 우리는 함께 생활하던 기숙사 지붕 위에서 우리 두 사람만의 밤을 보냈다. 별을 관객 삼아 대마초를 피우고 셀티아 맥주[20]를 마시며 네 아빠가 튀니스에서 가져온 카세트테이프를 들었다. 저녁의 고요함 속에서 오티스 레딩[21]의 쿵쿵거리는 발소리와 제임스 브라운[22]의 쉰 목소리, 그리고 에타 제임스[23]의 블루스 같은 곡들과 함께 우리의 노랫소리가 하늘에 울려 퍼졌다. 새벽이 오면 샤를 아즈나부르[24] 또는 레오 페레,[25] 그리고 에디트 피아프[26] 같은 순수 프랑스인이 아닌 가수들의 진짜 프랑스 샹송과 함께 멜로드라마적인 분위기로 끝을 맺었다.

또한 음악이 있는 그림처럼 홀스먼의 황홀한 사진들이 있었다. 그의 뛰어난 사진들에서 보이는 영원성으로 우리는 생기를 띠었다. 거기에는 유명한 배우들이 있었다. 줄무늬 스웨터를 입은 말런 브랜도, 비애에 젖은 험프리 보가트, 시가 끝에 있는 작은 새와 시가를 피우는 앨프리드 히치콕. 흑인들의 사진도 섞여 있었다. 하품하고 있는 무함마드 알리, 땀을 흘리고 있는 루이 암스트롱, 집 모서리 뒤로 살짝 보이는 슬픈 새미 데이비스 주니어. 홀스먼의 전문인 공중에 떠 있는 점프 사진들도 있었다. 마르크 샤갈과 재키 글리슨, 딘 마틴과 제리 루이스, 리처드 닉슨과 로버트 오펜하이머. 모든 이름들이 우리들에게는 생소했고 모두의 발이 자유롭게 공중에 얼어붙어 있는 것 같았다.

그런데 주로 우리의 시선을 끈 것은 물론 여자들이었다. 아, 여자들, 그녀들은 젠두바 여인들의 모습과는 천양지판으로 달랐다!

시선을 멀리한 채 뒤쪽을 향해 의자에 반쯤 돌아앉아 있는 주디 갈런드······ 호박벌의 허리와 볼록한 가슴 그리고 속살이 드러난 어깨를 보여 주는 브리지트 바르도······ 격자무늬 주름치마를 입고 사과나무에 팔을 쭉 뻗고 있는 오드리 헵번······ 거기에는 잉그리드 버그먼의 미소도 있었고,

모자를 쓰고 안에 강아지를 넣은 가방을 든 채 교차로에 서 있는 자 자 가보르가 있었다. 흰색 속옷을 입고 반짝이는 손톱을 한 채 도로시 댄드리지가 소파에 기대어 있었다. 에로틱하게 눈을 크게 뜨고 바라보는 루실 볼, 거울에 비친 두 명의 그레이스 켈리, 수영복만큼이나 타이트한 드레스를 입고 있는 지나 롤로브리지다도 있었다. 꿈속에서 우리는 씩씩한 농부 소피아 로렌이나 목걸이와 진주 귀걸이를 한 엘리자베스 테일러에게 쫓기곤 했다.

나중에 그의 인생을 방해했던 주기적인 어둠 같은 것이 때때로 네 아빠의 분위기를 흐리게 했다. 나는 그의 눈이 밖을 보는 대신 어떻게 안쪽을 보기 시작했는지에 주목했다. 그는 자신의 어린 시절에 경험했던 침묵을 다시 찾았으며 홀스먼의 사진들과 시간을 보냈다. 그는 1센티미터 거리를 둘 정도로 가까이서 그것들을 공부했고, 신중하게 페이지를 넘겼으며, 나와 대화하거나 자신의 생각을 들려주기를 거부했다. 그런 시간이 며칠 동안 계속되었다.

그런 다음 네 아빠의 정신이 돌아왔다. 자신의 생각에서 깨어났고 홀스먼의 사진에 대한 재능에 경의를 표했다. 어느 날 그는 결정을 했다.

"카디르, 내 삶의 과제를 발견했어. 법률 공부 따윈 이제 상관없어! 나는 세계적으로 유명한 최초의 튀니지 사진작가가 될 거야. 카메라를 가지고 사진의 미래를 바꾸어 볼 거야. 이제부터 내 인생의 모든 것은 오로지 이 야망을 위해서 희생시킬 거야. 이제 우린 하루라도 빨리 이 거지 같은 곳을 떠나 도시로 떠나야만 해! 나의 길을 따라가겠어?"

나는 고개를 끄덕이며 그에게 찬성의 표시를 했다. 우리는 홀스먼의 사진과 현대 솔뮤직을 가지고 어떻게 지중해 근처에 있는 관광도시 타바르카를 찾아갈 수 있을지 미래의 계획을 짰다.

이렇게 쓰려무나.

"부드러운 안개에 만취한 가운데 친구들은 자신의 미래를 보여 주었다. 내 아버지의 야망은 국제적인 사진작가가 되는 것이었다. 카디르의 야망은 관광 가이드나 삼바 댄스 교수 또는 당구 강사였다. 혹은 미래의 호텔 주인이 되지 말란 법도 없었다. 아빠의 길은 예술이었고, 카디르의 길은 경제였다. 두 사람은 목표를 세웠고 이제 신호총의 출발 신호를……."

(이 부분을 어떤 식으로 정확하게 표현할까? 발사했다? 신호총이 쿵 울렸다? 신호총을 쏘았다? 올바르게 끼워 넣어 주렴, 고마워!)

이 꼭지의 서사에 대해 어떻게 생각하니? 그렇게 상상력이 부족한 건 아니지, 그렇지? 혹시 이 일화에 대해서 네 아빠가 써 놓은 거 있니? 넌 왜 모르니? 나도 모르거든. 내가 알고 있다면…….

잘 있었니!

엄청난 분량의 정성스러운 편지 고맙다! 작가로서 새로운 일상을 맞은 네 모습에 대해서 기쁘게 읽었다.

예테보리 도서전에 들를 시간이 있어서 운니 드로우게,[27] 카타리나 마세티,[28] 비에른 라넬리드[29] 같은 지적 거장들과 함께 만날 수 있는 문학 축제에 초대받는다는 건 정말 대단히 명예로운 일이지 않겠느냐! 네가 "매스미디어 창녀"라고 너 자신을 설명하는 건 좀 아이러니한 것 같지 않니?

네가 일부러 침묵하는 것에 대해서 어떠한 변명도 중대하지 않다고 본다. 자신의 기억들과 만나면서 경험하는 것 때문에 제어할 수 없이 밀려드는 염려를 나도 충분히 이해한다. 비슷한 감정들이 가끔 날 감염시키기도 하니까. 하지만 우리는 기억 장애에 대한 공포 때문에 우리의 책을 포기해선 안 돼! 대신에 "책의 주제 같은 것"을 결정하는 미스터리한 수수께끼의 답을 찾아보자. 나 역시도 어떻게 네 아빠가 자기 자식들을 놔두고 떠날 수 있었는지에 대한 질문을 내 마음속에 오랫동안 담아 두었다.

내가 수집한 자료에 대해서 칭찬을 아끼지 않았던 너의 논평에 대해 보여 줄 수는 없지만 상상의 모자를 벗어 인사하고 고마움을 표하고 싶다. 네가 나의 텍스트를 "생생하고", "기발하고", "굉장히 낭만적"이라고 말해 주니까 너무 기뻐서 내 뺨이 홍당무가 되더구나.

자, 네 질문에 대한 답변은 다음과 같다.

1 그래.

2 그건 그리 놀랄 일이 아니다. 네 아빠는 늦게야 경력을 쌓고 성공하기 위해 자주 스스로를 쇄신해야만 했다. 벙어리 소년에서 청바지를 즐겨 입으며 미소를 지을 때 보조개가 인상적인 청년으로, 호색적인 지하철 운전사로, 스트레스를 받는 스튜디오 주인으로, 약자들을 위해서 영웅적으로 투쟁하는 세계적인 사진작가로 옮겨 갔다. 네가 여전히 내 글 속의 네 아빠를 받아들이지 않는 것은 그다지 놀라운 일이 아니다. 하지만 그가 사진에 대해 가진 관심의 배후 사정조차 네가 알지 못한다는 것은 내게는 놀랍고 비극적이로구나.

3 아니, 정말로 아니다!

4 젠두바에서 네 아빠가 "코끼리 귀"와 "과자 귀신" 같은 별명도 있었다는 네 말이 물론 옳다. 그에 대해서 알려 준

다는 걸 깜빡했다. 네 아빠가 직접 이야기해 주었니, 아니면 튀니지에서 네가 휴가를 보낼 때 아빠의 수다쟁이 친구들 중 한 명이 말해 준 거니? 아미네였나? 내가 심각한 일에 연루되지 않았다면 너의 가족들과 함께 있었을 테고, 그들의 수다스러운 말들도 차차 변색되어 버렸을 텐데. 그리고 얘야, 네 아빠의 귀가 얼마나 큰지 혹은 체중이 얼마인지 책에서 과장하지는 말자. 곧 미용사가 그의 귀를 가려 줄 거고, 살은 해가 가면서 탄력 있는 근육으로 변하고 각이 잡혀 갈비뼈가 분명하게 드러나는 빨래판으로 변할 테니까 말이다.

5 물론, 네가 어휘에 대해서 가졌던 관심은 네 아빠가 물려준 것 같다. 예를 들어 네 아빤 어렸을 때부터 이미 사물에 자신만의 이름을 붙여 주는 경향이 있었거든. 그는 자신의 회색 티셔츠에 '은화살'이라는 이름을 붙이기도 했다. 그의 기숙사는 '은신처'가 되었다. 미래의 프랑스 여성 여행객들에게는 (그들의 피부가 백인일 경우에) '바닐라' 또는 (그들의 피부가 갈색일 경우에) '초콜릿'이라고 별명을 붙였다. 그가 만들어 내는 어휘의 기지는 너도 알다시피 항상 시끌벅적한 유머를 제공했다. 아마도 작가로서의 야망을 너에게 감염시킨 게 바로 이러한 아빠의 특기였을 거다.

6 아니, "사회복지부"도 아니고 "CSN"[30]도 네 아빠의 법률 공부를 지원해 주지 않았다. 하지만 그런 걸 물어보는 걸 보면 너는 아주 재미있는 스웨덴 사람인 것 같다. 반면에 우리는 고아원 친구들의 도움을 무척 많이 받았다. 경제적인

도움이 아니라 몸 쓰는 것 말이다. 흉터 난 얼굴과 떡 벌어진 근육이 있던 소피아네와 디브가 우리를 안전하게 보호해 주었다. 네 아빠가 대추야자를 서리했거나 내가 사기 카드 게임으로 고발당했다고 해도 도움을 받았을 것이다.

7 그는 좋아하는 곡들이 많았는데, 몇 가지 예를 들어 보마.

— 오티스 레딩의 「파파파파파(새드 송)」
— 오티스 레딩의 「시틴 온 더 독 오브 더 베이(Sittin' on the Dock of the Bay)」
— 제임스 브라운의 「슈퍼 배드(Super Bad)」
— 오티스 레딩의 「러브 맨(Love Man)」

8 그래, 네 아빠는 항상 사람들이 수군거리는 말을 받아들이기 어려워했단다. 에미르의 딸과 사랑에 빠졌다는 소문은 특히 그를 열받게 했지. 그가 자주 입에 담았던 말은 "사람들의 호기심은 너무 지나쳐."였단다. 그의 기분을 잡치게 하는 확실한 방법은 무슨 특징을 말하는 것이었다. "내가 듣기론 지난주 수요일에 네가 수크에 가서 이거 사고 그거에 그거 그리고 그거……." 그러면 네 아빠는 부정하면서 이렇게 말했다. "그런 말 한 사람이 누구야?" 누군가에게 관찰당했다는 감정은 항상 네 아빠한테 대단히 복잡한 문제를 야기했다.(네 아빠를 따라 이런 게 너한테도 영향을 미치지 않았니? 아니라면, 넌 너 자신에게 뭐라고 설명할 거니, 항상 블라인드를 치고 있는 편집증 씨? 스톡홀름 방구석에 있는 갈색 벨벳 커튼 씨?(이런 말들은 유머 작가의 말투라

고 할 수 있지, 당황하지 말렴!))

9 새집 앞에 있는 오드리 헵번. 아니면 잉그리드 버그먼의 사진 일 거야. 나도 확실치 않다.

10 "스믹"은 물론 튀니지에서 최저 임금을 의미하는 단어란다. 너 그거 몰랐니? 그리고 너 정말 "파보리제스"라는 말을 모르는 거니? '구레나룻 난 사람들'이란 뜻이잖아. 귀 앞쪽에 있는 튀어나와 있는 수염, 머리카락 아래에, 디스코 댄서한테 특히 일반적인 것, 오토바이 모는 사람과 늑대들한테서 볼 수 있는 것. 이해하겠니? 미래에 작가로서 경력을 쌓는 데 풍부한 어휘력은 정말 결정적이다.

11 그래, 네 아빠는 적당히 이름을 붙이지 않는 것에 대해 항상 자부심을 가졌지. 네 아빠에 대한 실망과 그것에 대한 이해는 앞으로 여러 해 동안 어려울 거다. 그게 네 아빠의 성격이지만 그도 그것을 기꺼이 고치려고 했단다. 하지만 골동품 같은 개한테 새로운 재주를 가르치는 게 얼마나 어려운지 아니?

내 질문을 여기에 덧붙여 회신하마. 스톡홀름 시립 극장을 위한 연극 대본을 계획하고 있다는 게 무슨 말이니? 단순히 네 생각 속에 있는 프로젝트니 아니면 실제로 그렇게 할 거니? 네 아빠의 이야기를 다른 사람의 것과 견주지 말아 줘. 마르셀 프루스트의 책과 동화책을 견주거나 무함마드 알리와 커밋 더 프로그를 견주거나 엘턴 존의 멜로디와 다른 누구의 멜로디와 견주는 것은 잘못된 거야. 알았니?

내가 첨부한 파일에서 타바르카와 우리의 랑데부에 대한 글을 발견할 수 있을 것이다.(그리고 작동하는 카메라를 처음으로 갖게 된 네 아빠의 랑데부도.)

다시 찾은 네 친구
카디르

추신 — 스웨덴에 살았던 시절부터 우리 책을 시작하자는 너의 제안은 흥미롭구나. 하지만 옳지 않아. 샤를 보들레르의 사진작가 펠릭스 나다르의 말을 네 아빠가 인용했던 것을 상기해라.

"최상의 초상화는 가장 잘 아는 사람에 의해서 창조된다." 이러한 규칙은 작가에게도 적용된다. 네 아빠의 굴곡을 어떻게 네가 (그리고 독자가) 알 수 있고 그의 역사적인 이야기를 형상화하지 않고서 나중에 했던 그의 행동들을 어찌 이해할 수 있겠니? 바라건대 네 아빠의 삶 속에서 어떤 패턴들을 너 자신에게 투영되어 있는 것처럼 알아보았으면 한다. 또한 프루스트적인 플래시백으로 네가 "이전(以前) 시대"라고 부르는 것을 형상화하기 위해서는 소름 끼치는 재능을 가진 작가여야 하는 거다. 너는 정말 그런 자질을 지니고 있니? 넌 이메일 한 통도 영어나 맞춤법을 틀리지 않고는 거의 쓸 수 없었잖니? 그래, 연대기적인 서술을 지키라는 것은 나의 명령이다.

네 아빠와 내가 젠두바의 과자 공장에서 일하는 것을 포기하고, 판지처럼 얇은 여행 가방에 짐을 싸서 목적지였던 타바르카의 집단 숙소로 들어간 것이 1972년이었다. 우리가 돈을 모을 수 있었던 것은 일본인을 연상시키는 특별한 부지런함을 지녔기 때문이었다. 경제적으로 몇 주간 안정된 상태로 우리는 새로운 삶을 향해 앞으로 나아갔다!

　곧이어 우리는 얼마 안 되는 자금으로 당시 타바르카 해안에 있던, 짚으로 지붕을 인 방 하나짜리로 된 최소한의 공간인 흰색 파이요트[31]를 세내어 공동 숙소를 마련했다. 밤에는 작은 도마뱀들이 지붕 안쪽으로 빠르게 휙 지나다녔는데 지붕 위에서 절대 떨어지지 않았다. 우리의 존재를 상징하는 것으로 이 도마뱀들을 사용하면 어떨까?("도마뱀처럼 우리 두 사람은 바닥이라고 부르는 최악의 상황에 떨어지지 않고 지붕 아래에서 인생을 질주했다.")

내가 마제스티크 호텔 레스토랑에서 접시 닦이로 일을 얻은 반면, 네 아빠는 타바르카의 사진관에 일자리를 구했다. 내가 포크와 나이프를 헹구고 컵을 반짝반짝 빛나게 닦고 있는 동안에 네 아빠는 인화 기술의 기초를 익혔다. 친절한 (하지만 심하게 사팔뜨기인) 아크라프 선생님이 압바스를 보조원으로 받아들여서 온도를 점검하고, 휘젓고, 정지하고, 정착하고, 수세하고, 건조하는 사진 기술들을 그에게 전수했다. 필름을 현상하고 나서 어떻게 사진을 인화하는지, 현상 과정 시 정지액 후에 정착액, 그리고 사진이 누렇게 변색되지 않도록 정착액을 주의 깊게 제거하는 것이 얼마나 중요한지를 알려 주었다. 아크라프의 암실에서 발견한 기구는 매우 간단했다. 아크라프는 배경막을 혼자서 칠했으며 그것에 '현대적 사랑', '고전적 사랑', '사랑의 베니스' 같은 타이틀을 붙였다. 뿐만 아니라 '아스테릭스와 오벨릭스' 같은 코믹한 이름을 붙이기도 했다. 프로 사진작가들이 보통 한 번 사용했던 정착액을 아크라프가 사용했는데, 액체가 걸쭉한 죽처럼 될 때까지 사용했다. 노출계 대신에 아크라프는 시간에 대한 자신의 직관에 의존했으며, 현상액에 네거티브를 잠깐 담그기 위해서 장갑 대신에 직접 손을 사용했다.

전체 과정에서 진정한 창조는 압바스가 음화를 만들고 아크라프가 그의 화구통을 소개할 때부터 시작이 되었다. 고객들의 생각에 사진이 충분히 이상적이라는 판단이 들 때까지 초상화 모델의 얼굴 색깔을 밝게 만들 수 있도록 그가 뾰족한 연필로 음화를 어둡게 만들었다. 이때 고객의 옷에 완벽한 명암을 주고 주의 깊게 색채를 나타내기 위해서 아크라프가 몰두한 것이 일본 종이였다. 네 아빠는 마치 마른 스펀지가 물을 빨아들이듯 이 모든 지식을 한꺼번에 빨아들였다.

네 아빠의 시간은 대부분 여권 사진을 만드는 데 할애되었고 관광객 손님들이 가지고 들어오는 네거티브들은 항상 서로 비슷했다. 관광객들은 한결같이 붉게 그을린 얼굴로 미소를 지으며 바람이 잘 통하는 아마포를 입은 채 예술의 도시 시디 부 사이드 앞, 튀니스의 수크, 카르타고의 유적 주위에 서 있는 모습이었다. 이러한 역사적인 시기에 타바르카의 관광 산업은 더디게 성장하고 있었다. 문을 연 대형 호텔은 두 개밖에 없었고 유럽 관광객의 수는 여전히 한정되어 있었다. 달리는 보트에 매달려 낙하산 타기, 바나나 보트 타기, 또는 유럽의 일간 신문과 같이 사치스럽게 느껴지는 현대의 모든 부산물들은 그때의 시간과는 멀리 떨어져 있었다. 낙타 인형이나 "나는 튀니지를 사랑해요." 또는 "우리 부모님은 튀니지에 가서 내가 가진 전부는 이 형편없는 티셔츠뿐이에요."와 같이 재미있는 글귀가 담긴 티셔츠를 파는 상점은 아직 어디에도 없었다.

그래도 타바르카의 일상은 젠두바의 밤낮과 비교되었다. 과자를 포장하는 대신에 우리는 해변 파티, 대마초, 디스코 댄스, 이국적인 호텔 방을 수시로 방문하면서 처음으로 젊은 시절의 낙천적인 자유를 누릴 수 있는 여름을 경험했다. 거짓말 하나 안 보태고, 관광객 나부랭이들이 우리 같은 시골뜨기들에 대한 갈망으로 포도송이처럼 매달려 있었다.

여기에다 나와 네 아빠가 오일을 바른 벨기에 여자애들과 림보를 추고, 성적으로 흥분한 영국인들과 디스코를 추고, 프랑스 여자애들의 엉덩이들을 살피고, 스파에서 쌍둥이 독일인을 만나는 에로틱한 장면을 하나 정도 끼워 넣을 수 있을 거야. 코코넛 음료로 우리가 건배를 하고 있는 동안, 호텔 발코니에서 무릎을 꿇은 채 향기 가득한 입을 크게 벌리고, 친구들의 엑스터시를 흡입하는 풍만한 포르투갈 여자애들을 보여 줄 수도 있을 거야.

이런 다양한 에로틱한 장면들이 엽기적으로 생각되니? 어떻게 우리가 관광객 나부랭이들의 관심을 끌 수 있었는지 묻고 싶을 것 같은데, 그렇지? 설명을 하자면, 그 시대는 지금과는 확연히 달랐다. 그 시기에 '아랍'은 도발이나 바이러스 같은 말로 일컬어지는 부류가 아니었다. 그와 거의 반대였다. 그 시기에는 아랍적인 것이 성적 주파수를 끌어당겼다. 아랍이라는 국적은 적어도…… 배럴 오르간[32]만큼 긍정적인 느낌이었다.(은유를 이해하겠니?) 밤이면 관광객 나부랭이들이 호텔 방에 우리를 초대하는 일이 많았는데, 내가 황금빛으로 빛나는 그들의 피부색을 극찬했기 때문이다. 네 아빠가 모래사장에 아랍어로 그들의 이름을 쓰거나 생각나는 아랍 시를 프랑스어로 번역해서 그들을 칭송해 주면 에로틱한 신음 소리를 내며 한숨을 쉬는 여자 관광객들이 수두룩했다.(네 아빠는 예를 들어 "자갈은 맛있다." 나 "네 수건을 가져와." 또는 "네 코는 무척 못생겼어." 같은 터무니없는 아랍어 문장을 사용한 다음, 심각한 어투로 사랑스러운 프랑스어로 번역을 해서 옮겨 주었다.)

그래도 우리의 판에 박은 듯한 일상은 꽤 차이가 있었다. 네 아빠는 '별이 뜬 하늘을 향해 슬픈 눈으로 쳐다보는 고달프고 상처받은 조용한 시인'의 모습이 습관처럼 몸에 배어 갔고, 나는 '포커에 커다란 흥미를 가지고 있으며 엄청난 유머 감각과 함께 칭찬을 아끼지 않는 접시 닦이'였다.

이렇게 화려했던 젊음의 혼란 상태는 경이로운 시간이었고 나름 특징이 있었다. 에로틱했던 모든 밤들, 모든 늘씬했던 팔다리의 환영들, 애간장을 녹이던 모든 신음 소리, 그리고 이국적인 호텔 방에서 숙취와 함께 깨어날 때 들었던 모든 후회막급의 것들을 생각하니, 향수(또는 비애)라고 부를 수 있는 특별한 기쁨으로 채워지는구나.

네 아빠가 돈을 모아 생애 최초로 제대로 된 카메라를 산 것은 가을이 되어서였다. 반짝반짝거리는 검은색의 코닥 인스터매틱 카메라는 소형으로 금속 재질이었고 필름을 넣는 방식은 상당히 현대적이었다. 우리의 책을 위해서 얼마만큼의 기술적 정보가 필요할까? 셔터 속도와 조리개, 그리고 렌즈의 종류같이 사진과 관련된 설명에 독자들이 흥미를 가질 거라고 생각하니? 그냥 이렇게 써 볼까.

"아빠는 카메라에 투자해서 당시의 타바르카에 관한 다큐멘터리 사진을 찍기 시작했다. 그의 초점은 기술보다는 사진 쪽이었다. 그는 이렇게 시적으로 읊어 대곤 했다. 사진이라는 것은 인생이라는 모래시계의 잘록한 허리 부분에 마치 욕조 마개를 끼워 넣은 것이라고나 할까?"

아니면 이렇게 써 보자.

"아빠의 카메라는 물론 고급 카메라였으며, 지금도 여전히 대단한 품질을 인정받는 X 카메라다."

(네게 가장 경제적인 도움을 제공할 만한 카메라 제품 이름을 X 자리에다 끼워 넣으렴.)

갑자기 네 아빠는 항시적으로 그 카메라를 가까이 두기 시작했다. 그는 손을 상상 속의 네거티브로 만들고, 엄지와 집게손가락으로 네모나게 사각형을 만들어, 플래시를 번쩍 터뜨리는 것처럼 굴며, 스스로에게 "Parfait, parfait."[33] 하고 중얼거렸다. 그는 '사진 예술가'로 자신을 소개하기 시작했고 프랑스제 검은색 베레모에 투자했다. 그렇게 빠져 보내는 시간 동안 그는 사진의 힘이 그의 영혼을 어떻게 변화시키는지 직접 고통스럽게 증명해 보였다.

"그러니까…… 삶의 현실은 마치 너무…… 사진이 아주 더 많은 것을…… 내가 발견한 이후…… 뭐라고 할까…… 삶은 새로운 빛을 지닌, 그러니까…… 내 말은…… (딸꾹) 눈에 보이는 모든 것들은 마치

마치

마치

(딸꾹)

영원불멸함 같은 것을 얻는다고 할까…… 내 말 알지, 카
디르? 이봐…… 듣고 있는 거야 아니면 그 네덜란드 암소의
젖통에 최면이 걸려 있는 거야?"(시인해야겠지. 난 가슴에
최면이 걸려 있었다.)

점령지 라말라에 있는 어떤 팔레스타인 가정의 집에서
2001년에 그가 내게 보낸 이메일에서 그 주제로 되돌아갔
던 게 기억난다. 그는 이렇게 썼다. "오, 카디르. 얼어붙을 수
있는 모든 것에 관한 불가사의한 통찰력보다 더 삶을 변화
시킬 수 있는 게 뭘까?" 이건 정말 아름다운 표현이어서 나
중에 책에 집어넣어야 할 부분이다.(하지만 네 아빠가 계속
썼던 다음 부분은 제외시켜라. "그런데, 있잖아…… 피에 굶
주린 점령군의 세력에 의해서 억압을 받아 온 오십삼 년! 모
든 것을 굳어 버리게 만든 개 같은!") 네 아빠의 말이 이해
가니, 아니면 그 말들에 애매한 구석이 있니? 아마도 이러
한 감정은 네가 글을 쓰면서 발견하지 않을까? 만약 그렇다
면, 네가 쓰는 글에다 한 부분을 끼워 넣으렴.

"여느 때와 같이, 온화한 카디르는 완전히 옳은……."

카디르란 이름을 기억하기는 쉽다. 네가 그의 편지를 읽
는 동안 너는 네가 글을 읽을 수 있게 된 날이자, 카디르가
방문하기 바로 일년 전이었던 그날을 기억해 낸다. 외할아버
지의 간판 가게 창고를 청소하는 일을 돕기 위해 아빠와 함

께 교외선을 타고 남쪽으로 향한다. 플랫폼에 내려 계단을 올라간 다음, 건설 중인 쇼핑센터를 지난 후, 사람들이 하나도 없어서 유령도시같이 텅 빈 광장을 가로질러 가서, 간판 가게의 문을 열어젖히자, 동그랗게 튀어나와 있는 버튼이 달린 아주 커다란 금고 뒤에 외할아버지가 숨어서 라디오 채널 P1을 듣고 계신다. 너희들이 외할아버지께 인사를 건네자 외할아버지께서는 귀에 거슬리는 쉰 목소리로 인사를 하시고는 의수(義手)를 긁으신다. 그런 다음 너희들은 바로 창고에 들어가서 아빠는 걸레를 집어 들고 코를 찌르는 듯한 냄새가 나는 특별한 용액으로 오래된 간판을 닦기 시작한다. 너는 꽉 차 있는 할아버지의 창고를 이리저리 구경한다. 한쪽 구석에는 모서리가 둥그렇게 생긴, 오래된 황색 냉장고가 자리를 차지하고 있고, 구스타브 바사 시대[34]에서 나옴 직한 병뚜껑들로 꽉 찬 비닐봉지들이 가득 차 있다. 너는 간판을 몇 번 만지작거리다 손으로 잡고 닦는 척하지만 사실 네 아빠의 움직임을 주로 흉내 낼 뿐이다. 그러다가 갑자기 너의 시선이 간판에 고정되고 드디어 외할아버지의 수집품이 괴짜 노인네의 취미가 아니라 예전 시대의 의미를 담은 궁극적인 시간 여행의 관문이라는 사실을 깨닫는다. 오직 하나만이 아니라 오래된 간판들 하나하나가 네가 학교를 들어가기 전에 연습했던 바로 그것들처럼 온갖 알파벳으로 가득 차 있다. 천천히 너는 철자를 발음하기 시작한다. 쓰-쓰-싸-마아-지-이-이인.[35] 모오오옴을 아음답게 가꾸세요! 턴라이트 비누,[36] 쓰토마톨,[37] 여여분의 좋은 소리로 유명한 필립트 야디오[38]! 글을 읽는 데 완전히 프로인 양, 네 아빠한테 뭔가 보여 줄 요량으로 처음에 넌 으쓱해 보이며 갖은 폼을 다 잡는다. 하지만 아빠는 네가 얼마나 크게 읽든 신경도 쓰지 않는다. 드이크 탐피트,[39] 피트 케뷔 종이는 여기터 판매합니다,[40] 마팃고 강하며 건강에 좋은 마테티 눈 카카오[41]. 단지 힘든 것은 s와 r 발음을 하기 어렵다는 거다. 그렇지만 간판들은 옥탄 오일이나 자연의 알칼리 얌뢰타바텐[42]과 같은 신기한 역사적 물건들에 관해 너만이 이해하는 코드, 즉 비밀스러운 메시지로 가득 차 있기 때문에 너는 계속 읽어 간다. 네 기억에 가장 강하게 남아 있는 건 희미한 수평선 앞에 갈색의 부드러운 모자를 쓰고 담뱃대를 물고 서 있는 남자가 그려진 간판인데 그 남자가 오래된 조상 같은 거라고 생각했다. 왜냐하면 그의 피부는 너처럼 갈색이고 깍지를 낀 그의 손에는 네 아빠의 손보다 털이 더 많기 때문이다. 그렇지만 실제로 그가 티데만트 투박[43]이라고 부르는 상품의 광고 모델임을 그날 바로 알게 되고, 비길 데 없는 읽기 능력을 아빠에게 뽐내려고 하자 계산대에서 외할아버지가 소리를 지른다. "티데만스라고, 망할 놈의 '스'라고! 티데만트가 아니라! 언제 다른 사람들처럼 말하는 걸 제대로 배울 거냐?" 그러자 아빠가 묻는다. "외할아버지가 뭐라고 하시니?" 네가 말한다. "내가 읽는 데 천재래요." 그러자 외할아버지가 소리친다. "아빠가 뭐라는 거냐?" 그리고 네가 말한다. "외할아버지의 간판 모음이 아주 인상적이래요."

네 아빠의 카메라가 어떤 것을 기록했는지 알고 싶니? 전부. 정말 전부였다. 그의 사진에 있는 아름다움은 그가 미래에 성공할 것이라는 사실을 예견케 해 준다. 사진에는 미소 짓는 레스토랑 주인, 낚시 대회에서 우승한 사람, 절벽에서 다이빙하는 어린 소년들이 담겨 있다. 태양의 일몰 속에 새들의 실루엣을 담은 사진이 수백 장 있다. 해변에서 대마초에 취해 있는 수많은 영국인 관광객들도 있다. 사진에는 네 아빠의 둘도 없는 친구인 나도 있다. 입을 벌리고 담배를 문 채, 역광으로 인해 가늘게 눈을 뜨고, 붉게 그을려 함박웃음을 짓고 있는 독일인 두 명과 함께 베이지색의 군대 셔츠를 입고 있는 모습이다. 아니면 네 아빠가 사진을 찍을 때, 나와 함께 어울렸던 나의 새로운 포커 동료들의 모습도 있다. 그리고 물론 사진에는 네 아빠가 자신의 모습을 직접 찍은 사진도 있다. 희미한 모습의 흑백 사진 속에서 그는 삐쳐서 자란 곱슬머리를 하고, 세심하면서도 깊은 애수에 잠긴 오티스 분위기를 풍기며, 브이 모양의 바지와 꽉 끼는 흰색 티셔츠 그리고 부드럽고 매끄러운 가죽 샌들의 낡아 버린 유럽식 차림새를 하고 있다.
　때로는 네 아빠가 산에서 출렁이며 흐르는 강물, 물 긷는 매혹적인 농부의 부인들, 아침 새벽에 드러나는 모스크 첨탑들, 그리고 밀밭에서 흔들리고 있는 허수아비들을 찍기 위해서 밤에 혼자 크루미리에산을 올라가기도 했다. 입가에 행복한 미소를 하고 새로 구운 빵을 팔에 끼고는 새벽빛이 모습을 드러낼 때쯤 그가 파이요트로 돌아왔다.

여기에서 네 아빠가 처음으로 산 카메라로 찍은 사진을 몇 장 끼워 넣으면 좋을 것 같다. 스캔해서 네게 보내는 이 사진에 대해 어떻게 생각하니? 엄청나게 뚱뚱한 데다 벨기에와 튀르키예의 혼혈인 호텔 주인의 방에서 네 아빠와 나의 모습을 담은 것이란다. 현상의 질이 아주 완벽한 것은 아니지만, 출판을 고려하면 당연히 향수와 관련해서 적절한 가치를 지니고 있지 않겠니?

이러한 일상이 해와 계절의 변화 속에서 계속되었다. 부르기바[44]가 종신제 대통령으로 선출되었고, 타바르카의 관광 산업은 네 아빠의 사진 컬렉션처럼 꾸준히 성장했다. 네 아빠는 계속해서 돈을 열심히 모아서 국제적인 사진작가의 경력을 위해 튀니지의 국경선을 벗어날 야망을 마음속에 품고 있었다.

의아해하는 독자가 아마 이렇게 소리칠지 모른다.

"외국으로 가시지 않는 이유는 무엇입니까? 그렇게 바깥 세상의 매력에 이끌려 야망을 키웠다면 타바르카에 남아 있는 이유는 무엇입니까?"

그에 대한 답은 이러하다.

"친애하는 독자 여러분. 나의 아버지가 독일 사람들이 '헨셴'[45]이라고 부르거나 영국 사람들이 '치킨 보이'[46]라고 지칭하거나 스웨덴 사람들이 '하레'[47]라고 설정하는 그런 사람이라고 생각해서는 절대 안 됩니다. 잃어버린 몇 해 또는 아무것도 안 하고 빈둥댄 시절이라고 말하는 것은 사실이 아니라 거짓말입니다. 분명, 미래에 관해서 들려주었던 제 아버지의 말씀들이 현상을 한 사진의 수효를 아마도 넘어설지 모릅니다. 물론 그는 여러 부류의 여자 관광객들에게 칵테일 음료와 선물로 광범위한 투자를 했습니다. 확실히 그는 카디르와 함께 매일 맥주를 마시고 때때로 대마초의 수증기 속에 파묻혀 저녁을 보내기도 했습니다. 하지만 나는 자랑스러운 목소리로 설파하고 싶습니다. 어느 누구인들 젊은 시절에 그렇지 않았겠습니까? 또한 내 아버지의 예정된 재능에 대해 다시 한번 상기시켜 드리겠습니다! 내 아버지는 조직에 대한 독일인의 목적의식과 스웨덴인의 취향을 가지고 국제적인 사진작가로서의 꿈을 실현시킬 정신적인 토대를 마련하기 시작했습니다.

가장 중요한 것은 언어였습니다. 압바스 자신이 자기의 교수였고 세계의 방언을 훈련하는 그의 인상적인 모습은 정말…… 감명 깊었습니다. 지금도 여전히 그는 명언을 퍼뜨리곤 합니다. '언어란 다른 사람들의 영혼이 살고 있는(또는 휴식하는) 곳으로 들어가기 위해 잠겨 있는 문을 여는 마스튀르키예가 아니고 무엇이겠습니까?'

동포들이 정치적 근본주의라고 부를 수 있는 미로로 점점 혼란스럽게 빠져 들어가고 있는 동안에 압바스는 타바르카의 서점에서 구입했던 여행용 회화 책에 많은 돈과 시간을 투자했습니다. 그는 여러 나라의 가이드 책자를 가지고 필수적인 사진 구문들을 영어, 독일어, 스페인어, 이탈리아어, 러시아어로 완벽하게 입에 익혔습니다. 카우보이가 모자를 자신감 넘치게 들어 올리면서 'Hey nice beautiful girl, how are you, do you want to please be a supermodel?'[48] 하고 말하는 걸 그는 연습했습니다. 스페인 투우사의 미소로 '¿Dónde está el museo de arte?'[49] 하고 혀짤배기 소리로 발음해 보았습니다. 이탈리아인의 직설적이며 딱딱한 화법으로 그는 'Aspetti! Può parlare piu lentamente, per favore?'[50]라고 표현해 보았습니다. 그리고 거울 앞에 서서 그는 상상으로 손을 테니스 라켓으로 만들어 공을 치며 자신에게 물었습니다. 'Tennis, Willst Du spielen?'[51] 물론 프랑스어의 완벽함은 이미 나의 아버지가 가지고 있던 자산이었습니다.

언어의 교정을 통해서 압바스는 프랑스 패션 잡지까지 자신의 투자 범위를 광범위하게 확대했습니다. 1976년에 그가 아주 매력적인 브라질 사진작가의 사진에 빠지게 된 계기가 이 잡지였습니다. 그녀의 이름은 실비아라고 표기했고 기사는 그녀가 스웨덴의 왕과 어떻게 사랑에 빠지게 되었는지에 대해 발표했던 내용을 담고 있었습니다. 압바스의 미래가 그것에 의해서 영향을 받았을까요? 어쩌면요. 그러나 아마도 그렇지 않았을 겁니다. 압바스가 반복해서 읽고 또 읽었던 그의 우상 로버트 카파[52]에게 헌정한 전기에 더 많은 영향을 받은 게 확실합니다. 카파, 벨벳처럼 부드러운 시선으로 바라보던 거장 사진작가. 그는 스페인 내전의 디데이에서부터 모든 것을 다큐멘터리로 찍었고 헤밍웨이와는 가까운 친구 사이였으며 잉그리드 버그먼과는 사랑에 빠질 뻔……

소개하겠습니다.

저의 아버지!

동쪽과 서쪽이 교차하고, 예수와 무함마드가 공존하는, 세계적으로 현대적인 만남의 장소로 상징적인 그곳에서 화해는 남성다움을 상징하는 만남입니다. 약간 인종적으로나 음악적으로 라이오넬 리치 같은!"

음……. 나는 네가 이 부분을 갈등의 이면으로 인지하지 않기를 바란다. 나중에 무슨 일이 일어났는지 생각해 본다면 젊었던 네 아빠의 가슴을 불태웠던 꿈들을 이해하는 데 독자들도 전혀 문제가 없을 것이다.

다음 장면은 1976년의 늦여름으로 독자들을 안내하겠다. 전 세계가 KC 앤드 더 선샤인 밴드[53]를 들으며 일광욕을 즐기던 해였으며, PFLP,[54] 카를로스[55] 단체, 바더-마인호프 강[56]과 같은 테러 단체들이 항공기 불법 탈취, 유괴와 폭탄 테러를 행함으로써 세상을 공포에 몰아넣었던 바로 그해였다. 그해 나와 네 아빠의 혈기 왕성한 각진 몸은 살이 붙어 몸집이 늘어나 있었다. 그렇지만 여전히 우리의 정신 상태는 변함이 없었다. 종교, 정치 또는 전통 그 어떤 것도 비키니를 입은 달콤한 여자 관광객들과 함께 해변의 캠프파이어에서 밤을 즐기는 우리를 막지는 못했다. 파도가 출렁이고 누군가 「레이디 레이디 레이디」를 기타로 연주하고, 담배를 돌리고, 짧기만 한 인생과 서양 국가들의 스트레스 그리고 매우 가치 있는 동양의 신비로움에 관해 조화로운 토론을 하였다. 이것들이 관광객들이 동그랗게 둘러앉아 우리와 함께 나누고 싶어 했던 반복적인 주제들이었다. 우리 세계와 그들 세계 사이에 일관되게 존재했던 명백한 차이점에 대해서 네 아빠는 성을 내기 시작했다.

깜깜한 밤에 보이는 우주와 모닥불 반대편에 주황색으로 이글거리는 네 아빠의 모습이 갑자기 내 눈에 들어온다. 저녁때가 되면 보통 가장 가슴이 큰 여자 관광객을 찾곤 하던 그였는데, 갑자기 두리번거리던 자신의 모습을 버렸다. 대신에 그는 하이에나처럼 등을 곧게 펴고 앉아서는 무리의 바깥쪽에 앉아 있던 몇몇 여성들을 향해서 시선을 집중하고 있었다. 그의 촉촉한 입술과 침을 삼키고 있던 그의 목이 생생하게 기억이 난다. 그다음 그가 내게는 뚜뚜뚜뚜뚜뚜와 같은 톤의 노래하는 소리로 들리던 언어를 사용하던 여성들에게 자신의 몸을 점점 더 가까이, 한 걸음 한 걸음 다가서고 있었다.

이 에피소드에서 특별한 점은 네 아빠가 여자에게 꼬리치는 실력이 납치에 가까울 정도로 갑자기 일어났다는 것이다. 그가 '시선은 수평으로 하고 감정은 마치 상처를 입은 카사노바처럼 풍부하게' 행동하려고 했을 때 그는 와인 잔을 거의 박살 내다시피 해서 발 위에 유리 조각들이 떨어졌다. 그리고 옆으로 움직이다가 발부리가 걸려 비틀거리며 활활 타고 있던 모닥불에 손을 짚게 될 뻔한 상황이었지만, 가까스로 몸의 균형을 되찾고는 수다를 떨고 있던 여성들을 향해 다가갔는데, 모두가 그가 들고 있던 와인병의 술을 받기를 거절했다. 그러자 네 아빠는?

꼬리 치기 선수 네 아빠는 그냥 그 자리에 서서 부드러운 청바지를 말아 올렸다. 바람이 그의 곱슬머리를 부드럽게 어루만졌다. 그의 두 손이 마치 여러 개인 것처럼 보였고, 발로 모래를 팠고, 이로 아랫입술을 깨물었으며…….

그때 드디어 그녀가 몸을 돌려 그를 올려다보았다. 그때까지 그녀는 네 아빠를 투명인간처럼 대하고 있었다. 그녀는…… 네 아빠의 눈을 빼앗았던 건 스웨덴 여자였다.

시간이 정지하고 파도가 멈춰 버렸다. 긴 그림자가 얼어붙어 버렸고 모닥불의 불꽃이 굳어 버렸다. 그들의 시선이 만났다. 모든 게 완전히 침묵 속에 잠겨 버리고 난 후…….

그런 다음?

그런 다음 일순간 **쿵쾅**, 그녀가 손을 내밀어 자신을 소개
했다. 그녀가 주도권을 쥐자 네 아빠는 벙어리장갑을 떨어
뜨린 것처럼 어찌할 바를 모른 채 서 있었다. 그녀의 손은
하얀 모래처럼 부드러웠지만 튀니지의 핫 칠리소스처럼 강
했고 그녀의 눈도 순종적이지 않았으며 그녀가 자기의 이
름을 말하고 나서 전혀 미소를 지어 보이지 않았기 때문
에, 그는 자기의 장난기 가득한 미소를 신경 쓰지 않는 사
람들 가운데 그녀가 바로 첫 번째임에 틀림없다고 생각했
다. 그는 그녀의 손을 잡았고 그녀의 라벤더 향기를 느꼈다.
그 향기가 그의 머릿속에 쉭 분사되었고 그가 밟고 있던 발
아래의 땅이 흔들리기 시작했다. 그의 머릿속이 혼미해지
고, 구름이 모여들고, 밤하늘에서는 번개와 함께 치지직거
리며 소리가 나더니 갑자기 하늘에서부터 수백 개의 운석
이 떨어지고, 갑자기 수평선에 있던 어선들이 조난에 사용

하는 비상 불빛을 쏘아 올리고, 하늘에서 내려온 천사들이 심포니를 합창하고, 오르간이 웅장한 소리로 연주를 하고, 길 잃은 개들이 울부짖고 대기 중에 공기가 사라지고 화산이 폭발하고 바에서 칵테일 잔들이 부딪히고 아크라프의 드로잉 연필이 음화에 닿아 부러지고 지하 연구실 어딘가에서는 리히터 스케일 측정기가 계속해서 상승하고 또 상승해서 수은 용기가 폭발하고 오일처럼 분사되어 연구자의 흰색 코트와 역사적인 팩스기 그리고 오래된 녹색 글씨의 컴퓨터 화면이 검게 변해 버렸다!

(주의 사항. 실제 현실에서는 이런 일은 절대 일어나지 않는다! 네 엄마와 만났을 때 네 아빠의 강렬했던 감정을 은유적인 상징으로 표현했을 뿐이다.)

그들의 토론은 어떤 식으로 진행되었을까? 누가 기억하겠어? 누가 신경을 쓰겠어? 어쩌면 네 아빠가 불행하게도 여왕 실비아와 비슷하다며 그녀를 찬양하려고 했을지도? 어쩌면 스웨덴의 추운 기후에 관해서 뭔가 재미있는 이야기를 했을지도? 북극곰, 펭귄, 비에른 보리 또는 아바에 관해서?

난 아는 게 없다. 그녀가 의심을 풀기까지 십오 분 정도가 걸렸다는 게 내가 아는 전부다. 그녀가 대답하는 말들이 한 번에 하나에서 서서히 그 이상으로 늘어난다. 미래에 네 엄마가 될 사람이 첫 번째 미소를 천천히 짓기 시작한다. 서서히 네 아빠는 원래 작업을 걸 때 사용하던 정해진 방식을 되찾는다. 그는 재치 있는 이야기들을 정확하게 건넨다. 손가락을 부러뜨리는 그의 마술도 보여 준다. 그가 화상 입은 부분을 몰래 불어서 통증을 식힌다.

계속해서 내 머릿속에서 이런 생각을 한다. 이것은 정말 특별한 일이다. 진정한 사랑이라고 부르는 바이러스에 압바스가 갑자기 감염되는 일은 전례 없던 일로 이번이 정말 처음이다!

나는 정확했다. 밤늦게 네 아빠가 욕정에 불타는 갈색 눈을 하고 파이요트로 요란하게 들어왔다.

"그녀의 이름은 베리만이야! 그녀의 이름은 페르닐라 베리만이야!"

그의 혀는 그 괴상한 이름을 부르고 또 부르며 주문을 외우는 듯했다. "베리만…… 페르닐라 베리만! 그녀는 스웨덴 출신의 스튜어디스야! 잉그리드처럼! 네 귀로 이렇게 우아한 이름을 직접 들어본 적 있어?"

바로 그 이상한 이름을 가진 스웨덴 출신의 스튜어디스를 평생 기다려 온 것처럼 말이다. 이곳을 방문했던 다른 모든 유럽 여성들의 기억들은 그의 마음에서 영원히 잊혀 버렸다.

나는 축하의 말로 칭찬하며 덧붙였다.

"잉그리드와 그녀가 친척이야?"

"아니, 당연히 아니지. 스웨덴에서 베리만은 아주 일반적인 이름이야. 그 이름의 상징에 대해서 듣고 싶어? 스웨덴어로 베리만의 뜻이 무언지 알아?"

"설명해 줘 봐."

"산에서 온 사람!"

"그래?"

"내 이름하고 비교해 봐…… 케미리! 거의 같잖아! 크루미리에산에서 온 사람!"

네 아빠의 소박한 행복감과는 반대로 나는 약간 변태적인 감정처럼 질투가 가득해졌다. 그를 축하하거나 그가 만들어 낸 상징을 수정해 주는 대신에 나는 이렇게 말했다.

"그러니까 오늘 저녁에 바닐라가 좀 생각난다, 이거지?"

네 아빠가 매섭게 조용해지면서, 그의 어두운 눈이 날카롭게 나에게 초점을 맞추었다.

"뭐라고?" 그가 소리쳤다. "지금 대체 무슨 말을 하는 거야? 넌 지금 '바닐라' 같은 말로 새로 찾은 페르닐라와 나의 관계를 더럽히려는 거야? 한 번만 더 하기만 해 봐!"

"미안, 미안! 내가 잘못했어!"

네 아빠는 자기의 오른팔을 내리더니, 허리춤에서 잠시 멈추고는 우정의 악수를 청했다.

"미안해, 카디르. 모르겠어…… 그건 그냥…… 이건 뭔가 특별한…… 내가 전에 전혀 경험한 적이 없던 그런 일이야."

우리가 잠들기 전에 네 아빠가 이렇게 속삭였다.

"카디르…… 그건 그렇고…… 그 유명한 하셀블라드 카메라를 생산하는 나라가 어디인지 알아?"

"어디 보자……."

"바로…… 스웨덴이야. 내가 사진에 대한 나의 꿈을 이야기하자, 그 사실에 대해 나에게 알려 준 사람이 바로 그녀였어."

그런 다음 몇 분간 침묵이 뒤따랐다.

"저기…… 카디르…… 자는 거야?"

"아니, 아직."

"그 여자 샌들 봤어?"

"아니……."

"그 신발 엄청나게 멋졌어. 하늘색."

"음……."

침묵. 도로 소음. 귀뚜라미 소리. 잠이 드는 중이었다. 그때까지.

"너…… 너 그 여자가 무슨 말을 한지 알아?"

"피곤하고 내일 일을 해야 되니까 잠을 자 두어야 한다고?"

"하하하, 아주 재밌다, 너. 아니…… 그녀가 열정의 놀라운 힘을 사진에서 사용하는 스웨덴어로 어떻게 표현하는지 말해 주었어."

침묵.

"뭐라고 그랬는지 알고 싶지 않아?"

"뭐?"

"사랑을 느꼈을 때 번개가 번쩍하는 걸 설명하는 문장을 스웨덴어로 뭐라고 하는지 알고 싶지 않으냐고?"

"알고 싶어."

"그 사람들은 '클릭'이라고만 한대. 그녀가 나를 위해 들려주었어. 스웨덴어로 이렇게 말하나 봐. '돔 세이에 보로 클릭.' 아름답지? 운명의 표시인 것 같아, 그렇지 않아?"

이런 식으로 그는 밤새도록 계속했다. 졸다가 자다가를 반복하면서 나는 튀니지로 오는 비행기에서 어떤 배우와 페르닐라가 만난 우스꽝스러운 이야기에 관해 열변을 토하는 네 아빠의 말들을 이따금 들었다. 그녀가 계획하고 있다는 간호사 교육 과정과 그녀의 정치적 연대에 대해 그가 격찬하는 말들이었다. 그녀의 풍자적인 유머, 솜털같이 부드러운 귓불, 그을린 그녀의 피부 냄새, 그녀의 라벤더 비누 향기. 푸른 핏줄이 반투명하게 드러나는 그녀의 부드러운 목, 그녀의 하늘색 샌들, 그녀의 불안한 스웨덴식 프랑스어 발음, 그가 다른 여자의 시선을 끌 경우, 그녀의 타협 없는 분노…….

그리고…… 물론…… 그가 끝없이 앵무새처럼 반복해 말하는…….

"솔직히 말해서 그녀의 미소와 비교가 되는 다른 여자의 미소를 본 적이 있어? 솔직히? 페르닐라는 나의 잉그리드가 될 거고 나는 그녀의 카파가 될 거야."

난 아무런 대답도 하지 않았다. 어떻게 네 아빠가 매력 없는 화장에, 가슴도 있는 듯 없는 듯하고 눈에 거슬리는 들창코를 가진 데다가 연약하고 가늘며 기다랗기만 한 그런 여자한테 매료될 수 있는지 이해하기가 조금 어려웠다.

그러니까 그날 밤이 그들의 첫 만남이었고 다음 며칠간의 사건들에 대해서는 잘 모르겠다. 새로 만나게 된 연인 둘이서 온종일 함께 지내는 시간 동안, 나는 호텔에서 우중충한 기분으로 일했다. 때때로 나는 그들을 어느 호텔 바에서 보았는데, 무언가 정치적인 부당함에 대해서 토론하고 있던 네 엄마는 목소리가 격앙되어 있었고 네 아빠는 자석처럼 붙어서 반짝이는 그녀의 눈을 뚫어지게 쳐다보고 있었다. 때로는 멀리서 해안가 가장자리를 거니는 그들의 애틋한 실루엣을 보았는데, 네 아빠는 180센티미터인 네 엄마를 측정할 요량인지 장교처럼 등을 죽 펴고는 필사적으로 무익한 시도를 하고 있었다. 해변의 파티에서 그들은 늘 가까이 붙어 있었고, 손도 절대 놓지 않았다. 그리고 어느 날 저녁 나는 네 아빠가 젠두바에 살고 있는 자신의 부모인 파이잘과 셰리파에게 그 여자의 이름을 말하는 소리를 듣게 되었다. 나는 아무 말도 하지 않았다.

네 아빠는 삼 주 동안 밤마다 새벽이 다 되어서야 파이요트에 돌아와서는 어처구니없게 이렇게 소리쳐 댔다.

"그녀의 이름은 베리만이야! 페르닐라 베리만!"

성적으로 어느 정도 관계까지 갔는지 나는 아는 바가 없다. 그러나 이별하기 전에 그들은 주소를 주고받았고 둘만의 관계를 위한 미래를 약속했다.

그러므로 여기에서 모든 것이 시작된다. 비행기 여행, 이주, 사랑, 결혼, 갈등, 어찌할 바 모르는 세 명의 혼혈아들, 끝이 없는 오해, 그리고 아들과 아버지 사이의 손쓸 수 없는 비극적인 침묵.

기다리는 시간 동안 사랑에 빠진 압바스는 두 가지에만 모든 주의를 기울였다. 사진 현상실의 업무와 페르닐라와의 서신 연락이 그것이다. 독일 여자 관광객들을 보는 대신에 바다를 바라보며 자기가 직접 쓴 사랑에 관한 시들을 읊었다. 성(性)과 관련해서 그는 완전히 혼자였다.(물론 나의 경우에 있어서는 성적으로 더 많은 기회와 다양함이 주어졌다.) 내가 접시 닦이에서 유리잔 닦이로 그리고 간단한 어린이 메뉴 준비 담당으로 부엌에서 단계가 올라가고 있는 동안에 네 아빠는 지역 신문에 자신의 사진을 제공하기 시작했다. 곧 그의 이름이 확산되었고, 그는 결혼식 행사를 찍는 사진사로 고용되었으며, 미용실에서 미용 전과 미용 후의 사진을 찍는 사진사로 초대되었다. 압바스에게는 사진작가로서 앞으로 그의 경력이 될 가파른 계단을 올라가기 위한 첫 번째 단계였다. 네 엄마에 대한 사랑이 그에게 드디어 관심사를 찾을 수 있도록 동기부여를 제공한 듯했다.

동시에 나는 나의 포커 동료들에게 점점 더 많은 시간을 할애했고, 내 호텔의 설립을 위한 미래의 프로젝트를 세우게 되었다.

스웨덴에서 올 새 편지를 기다리는 동안 압바스는 네 엄마의 실루엣이 작은 숲이나 코르크나무 또는 인상적인 산봉우리와 겹쳐지는 마법 같은 이중 노출 사진들을 현상했다. 이러한 사진을 위해 그는 몇 시간 동안 한숨을 쉬며 앉아 있었다. 그러고 나서 그는 그 사진들을 특별히 쓴 사랑의 시와 함께 봉투에 담아 스웨덴에 보내거나 파이요트의 벽에 붙여 놓았다.

1977년 9월에 그렇게 애타게 기다리던 네 엄마의 초대 편지가 도착했다. 압바스는 자유롭게 여행을 떠날 수 있었다. 무슨 일이 일어났을까? 그가 그녀에게 전화를 걸고는 바로 여행을 떠났을까? 기회에 대한 극도의 행복감에 취해? 사진 현상소에 작별 인사를 하자마자 지중해를 넘어 윙윙 날아갔을까? 아니, 대신에 내가 해석할 수 없는 일이 일어나 버렸다.

네 아빠는 공기처럼 투명해졌다.

그는 먼저 조용하고 침울한 분위기 속에서 일주일을 보냈다. 그런 다음 그냥 사라져 버렸다. 파이요트에 남긴 쪽지에는 글이 간단하게 적혀 있었다. "걱정하지 마. 곧 돌아올게."

난 네 아빠를 믿고 차분하게 기다렸다. 한 시간이 하루가 되었다. 아무도 그에 대해 듣지 못했다. 화가 머리끝까지 난 현상소의 아크라프가 우리를 찾아왔지만 어깨를 으쓱 들어 올려 보이며 난처한 표정을 지을 수밖에 없었다. 그의 질문에 단 한 가지 진실만을 대답할 수 있었다. 압바스의 실종에 대해 아는 게 아무것도 없다는 것이었다.

그러던 어느 날 아침 네 아빠가 돌아왔다. 네 아빠는 카메라를 목에 걸고, 몸에 꽉 끼는 폴리에스테르 셔츠에서는 퀴퀴한 냄새를 풍기며, 그의 검은색 머리에는 잔가지들이 수북하게 얹힌 모습으로 새벽녘에 파이요트로 들이닥쳤다.

"카디르! 이제 난 갈 거야. 나는 나의 통찰력을 발견했어. 이제 때가 된 거야."

"어디 있었어?"

"사진과 영적인 탐험을 했어!" 네 아빠가 빛나는 미소로 응답했다.

지금 이 순간까지도 나는 그가 여드레 동안이나 어디에

있었고 왜 그곳에 있었는지 몰라 불안하다. 네 아빠는 기이한 구석이 있는 사람이다. 아마도 의견을 말하고 받아들이는 수밖에 다른 도리가 없었던 것 같다.

타바르카에 머물라고 그를 설득하려고 했던 것을 고백한다. 내 호텔을 직접 열려고 하는 나의 계획을 이야기하고, 스웨덴에 대해서 차가운 금발 여인들과 에스키모, 꽁꽁 얼어 버리는 겨울이 있는 북쪽 나라라고 유머러스하게 이야기하며 그에게 주의를 주었다. 감기에 걸릴 위험이 크다는 것과 배고픈 북극곰의 위협에 대해서도 지적했다. 그러나 네 아빠는 그저 웃으면서 주기적으로 편지를 보내겠다고 약속했다. "친구를 잃는 것은 손해야. 하지만 사랑하는 페르닐라 없이는 인생도 없어."

이 말을 그는 몇 번이고 반복했다. 그가 한 말에 대해 나중에 설명을 요구하는 것은 치명적일 것이다.

"그렇지만 나는 네게 엄청나게 값어치 있는 일에 대해서 부탁할 게 있어. 마을 사람들은 네가 포커 판에서 최근 굉장히 운이 좋았다고 수군거리고 있던데 말이야. 내가 외국으로 이사 갈 수 있도록 내게 대출을 좀 해 줄 수 있어? 외국으로 떠나려면 여권이 필요해서 튀니지 위조 여권을 만드는 데 내가 가지고 있던 마지막 자금까지 투자했어. 나의 요청을 받아 준다면 네게 빌린 돈을 갚는 것은 물론이고 이자까지 잘 쳐줄게. 어때?"

이것은 이상적인 입장이 아니었다. 나는 어마어마한 양의 과자를 포장했고 극악무도하게 많은 유리잔을 닦았고 내 돈을 잘 간직하기 위해서 옳은 카드 패에 정확하게 모든 것을 투자했다. 그런데 그것들을 네 아빠에게 위임해 준다고? 그는 숨을 죽이고 나를 주시했다.

"내 미래는 네게 달렸어. 나를 거부하지 마. 이자를 받게 될 거야. 약속해. 나는 사진작가로 스웨덴에서 곧 성공하게 될 거야. 제발 부탁해. 우리의 사랑에 재를 뿌리지는 말아 줘!"

네 아빠의 부탁을 거절하는 게 내게는 진정 불가능했다. 나는 그에게 내가 저축해 두었던 재산을 아낌없이 위임하고 앞으로 몇 년간 이자가 얼마만큼 늘어날지 문서에 상세히 기록했다. 내 호텔을 여는 것을 잠시 보류하고 네 아빠의 행복한 여행을 소망했다.

이 장에서 중요한 무언가가 있다면, 그것은 바로 이것이다. 많은 사람들이 내가 너무 용기가 지나쳐서 곤경에 처할 수 있으니 잘 고려해 보라고 했다. 새로 칠한 복도를 걸어가는 것처럼 실제로 나는 인생을 아주 조심스럽게 살아왔다. 내게 위험이라고 해 봐야 포커 게임에서 안전한 데다 투자하는 것이 전부였다. 자신의 위험을 무릅쓰고 삶 자체에 투자하는 사람에게 훨씬 더 큰 위험이 요구되는 것이다. 스웨덴에 새로운 주소를 얻기 위해서 네 아빠는 모든 것을 걸었다. 네 엄마에 대한 사랑을 위해 모든 것을. 요나스, 절대 그점을 잊지 마라. 미래가 어떤 상황에 처하든 상관없었다.

2

요나스에게 안부를 전하며!

스웨덴에서 작가로 데뷔한 네가 이렇게 시간을 내서 너의 일상을 정성스럽게 적어 보내 준 것에 대해서 진심으로 고맙게 생각한다. "커피를 후루룩거리며 요란스럽게 마셔 대는 아주머니 세 분과 유난히 코를 킁킁거리는 불도그에 대한 책을 이야기하려고" 순스발까지 달려온 이야기를 쓸 때 너 좀 심각하지 않았니? 하하하, 그 글이 얼마나 재미있게 들리던지! 글을 쓸 때 매 순간마다 글을 쓰고 있는 상황 자체를 즐긴다는 게 정말 진심이니? 활기를 잃어버리지는 않니?

아무튼 내게 열심히 질문을 해 주니 고맙구나. 그런데 그런 정보를 네게 퍼뜨린 게 누구니? 물론 네가 다른 경로를 통해서 그런 정보를 모으고 있다는 데 대해서는 고맙지만…… 너무 의욕만 앞세우려 하지는 말렴. 사공이 많다 보면 배가 산으로 가는 법이란다.

　그런데 지금 걱정이 이만저만이 아니다. 타바르카에서 네 아빠를 "젠두바의 경마" 아니면 "튀니지의 종마" 혹은 "영원히 부정한 자"라고 묘사하는 "몇몇 출처"를 이용해서 네가 글을 쓰고 있다는 걸 알고 나니까 말이다. 그런 자료들은 정말 불순한 것들이야! 너희가 튀니지에 휴가를 가 있는 동안에 그사이를 못 참고 잡담을 해 댔던 네 아빠의 친구들이 너한테 그런 별명들을 늘어놓은 거냐? 반귀머거리 아미네였니, 아니면 땅딸보 나데르였니? 그런 뒷담화의 명수들을 믿지 마라! 확실히, 네 아빠가 카사노바로 명성을 날리기는 했지만 여러 여자들하고 끊임없이 그런 관계를 갖는 사람하곤 다르잖아. 아무튼 네 엄마를 만나고 난 뒤로 그런 일은 전혀 없었잖아!

　빨간 머리에다 풍만한 가슴을 가진 스튜어디스라며 네 엄마를 "업신여겨" 놓고 그녀에게 집적거렸다는 말도 모두 거짓말이야. 그런 걸 허위 사실이라고 하지!

　여자들이 많긴 했지만 오로지 페르닐라뿐이었어. 소문이 무성하긴 했지만 진실은 단 하나였던 거지. 이 책을 통해서 이야기하려는 바가 바로 진실이야. 다른 그 무엇도 아니야. 이제 제대로 이해하겠니?

　최근에 한 가지 문제가 나를 생각에 잠기게 한단다. 너는 우리가 쓸 책의 질적인 부분을 고려할 때 제일 큰 위험은 뭐라고 생각하니? 내 생각에는 독자가 지루해할 수 있다는 점이다. 무미건조한 문장으로 마치 독자들의 눈 안에 모래라도 들어간 것처럼 지루해하게 하는 책들이 너무나 많잖아. 책에 대한 네 안목과 나의 안목이 잘 조화될 거라 생각한다. 네가 십 대였을 때, 읽기 버거운 문학책들을 읽다가 욕을 하면서 밖으로 부리나케 달려 나가 새로 사 온 소설책들을 쓰레기통에 처박아 버렸다며, 네 아빠가 그 얘기를 자세하게 들려주더구나.(그런데 1990년대 초에, 톰 옐테와 알반 박사가 마우로 스코코, 얀 길리우, 그리고 이사벨라 스코룹코 같은 '혼혈'들을 인터뷰해서 쓴 『깜둥이들의 음모』라는 책 때문에 열 받은 너와 멜린다가 노르스테츠 출판사의 쇼윈도를 박살 냈던 게 정말 사실이니? 너의 편집자인 스테픈에게 그걸 시인했니? 하하하, 네 어린 시절이 희극적으로 혼란스러웠던 것 같구나……(하지만 네 아빠가 왜 이런 유머에 공감하지 않는지 난 잘 안단다.))

계속해서 독자들이 우리 책을 읽고 싶다는 마음을 심어 주기 위해서 나는 다음과 같이 제안을 하고 싶다. 우리 책을 새로운 문학적 전형으로 삼아 주기적으로 변화시켜 보자! 그러니까 책의 2부에서는 정말로 네 아빠가 쓴 편지글을 독자에게 처음으로 소개하는 것으로 설정하고 그 후에 네 아빠에 대한 너의 최초의 기억들을 써 내려가는 거야. 내 아이디어에 대해서 어떻게 생각하니? 이런 장치에 대해서 별 부담이 없다고 생각하는데. 그러니까 네 아빠를 이 부분에서 조종사 역할을 하게 만드는 거야. 나는 그저 대화를 보충 설명해 주는 각주 정도로 역할을 축소하고 말이야.(그리고 너는…… 옆에서 지도를 들고 있는 사람? 아니면 스튜어드? 하하하, 아주 만족스러운데.)

덧붙여 네 아빠의 편지를 스웨덴어로 유려하게 번역하는 것에 대해서는 네가 한 번 알아보렴. 나도 최대한 노력하마. 그리고 내 아이디어에 대해 네가 좋게 평가해 주었으면 하고 바란다.

한결같은 친구
카디르

안녕 카디르!

스웨덴이라고 부르는 추운 유럽의 한 귀퉁이에서 네게 몇 줄 인사말을 적어 볼까 한다. 지금 난 페르닐라의 작은 부엌에 앉아서 편지를 쓰고 있어. 집 밖은 꽁꽁 얼어붙었고 바람이 매섭게 불고 있어. 오늘도 춥기는 하지만, 그래도 약간은 견딜 만하다. 며칠 전하고 비교해 볼 때 말이야. 스웨덴 평년 기온하고 비교해 보면 올해 겨울이 정말 잔혹할 정도로 추워서 스웨덴 최저 기온을 갈아 치울 정도였고, 어느 날 밤에는 기온이 영하 30도 아래까지 떨어져 버리기도 했어. 그렇지만 시인들이 사랑이라고 일컫는 뜨끈뜨끈한 벽난로 앞에 앉아서 옷을 세 겹이나 껴입고 새로 산 세 가지 색깔의 목도리를 목에 두르고는 이 추운 겨울을 견뎌 내고 있단다.

그럼 내가 도착한 날 이야기부터 먼저 해야겠구나. 여행은 순조로웠어. 나의 새로운 조국으로 국경선을 넘을 수 있도록 페르닐라가 편지로 나를 초청했잖아. 페르닐라의 집은 스톡홀름 인근의 무척 현대적인 지역에 있어. 페르닐라가 사는 집을 일명 라드휘스라고 부르는데, 똑같이 생긴 네모난 모양의 집들 여덟 채가 줄지어 서 있고, 그중 하나가 그녀의 집이야. 집들 하나하나가 튼튼하게 지어졌고 외관은 현대적이며 색깔은 고동색이야. 그리고 거울이 붙어 있는 엘리베이터가 있는데 각 층마다 조작 버튼이 있어서 그걸 누르면 불이 들어와.

그녀가 살고 있는 7층까지 엘리베이터를 타고 올라가는데, 너무 긴장해서 가슴이 얼마나 쿵쾅거렸는지 몰라. 난 그녀가 사는 집의 초인종을 누르고는 조용히 기다렸어. 아무 응답이 없더라고. 나는 다시 초인종을 눌렀지. 아무 인기척도 없었어. 나는 초인종을 누르고, 또 누르고 다시 계속해서 눌렀어. 그러자 그녀의 이웃들이 소곤거리는 소리가 들리기 시작하는 거야. 그래서 나는 전략을 바꿨어. 나는 종이쪽지에다 이렇게 메모를 했지.

"Je t'attends à Centralen⋯⋯./ Ton Chat Unique."*

메모한 종이를 편지통에 넣고는 센트랄 역으로 다시 돌아왔어. 코냑을 섞은 커피를 마시면서 몇 시간을 카페에 앉아 있다 보니까 불현듯 불안해지면서 궁금해지더라고. 내가 도착하는 것에 대해서 페르닐라한테 미리 언질을 주었어야 하지

---

* 책에는 이렇게 번역하렴. "센트랄 역에서 당신을 기다릴게⋯⋯./ 당신만의 수고양이."(다른 여자를 만날 때마다 다른 말로 자기 자신에게 애칭을 붙이는 게 네 아빠의 전통이었지. 페르닐라와 있을 때의 네 아빠는 '수고양이' 아니면 짧고 우아하게 '카파'였단다.)

않을까? 내가 여기에 와서 그녀를 깜짝 놀라게 해 주려던 계획이 잘못된 생각이었던 걸까? 혹시 어디로 휴가를 가 버린 건 아닐까? 아무 말 없이 온 내 방식 때문에 그녀가 심하게 화내는 건 아닐까? 시간이 더 지체될수록 불안한 생각들이 꼬리에 꼬리를 물고 계속되었어. 결국 그렇게 점심때가 오후가 되고 오후가 저녁때가 다 되었지. 내 실패에 대한 실망감, 웨이트리스의 거슬리는 휘파람 소리, 산처럼 쌓여 가는 이쑤시개, 계속 먹고 있는 각설탕.

분명 그녀가 나를 잊어버린 거야. 모든 게 끝나 버렸어. 내가 대체 뭘 한 거지? 술기운 때문에 비극과 회환은 점점 불어났지.

그때였어…… 온통 실망스러운 땅거미가 드리워진 가운데 카페 입구에서 커다란 소리가 들려왔어. "압바스!"

그리고 그곳에 역광 때문에 어렴풋한 모습의 그녀가 서 있었어. 페르닐라였어. 그녀의 불같은 시선, 기다란 몸, 그리고 여신의 코. 그런 다음 그녀가 미소 짓기 시작했어. 칠흑같이 어둡던 공간에 그녀의 미소가 눈사태처럼 덮쳐 오고, 카페의 색이 새로운 차원으로 빛나기 시작했지. 유리 접시와 시시덕거리던 젊은 애송이들과 배낭여행자들, 그리고 피곤에 지친 차장들에게까지 미소가 비쳐졌어…….

나의 시선을 살피던 그녀가 자신의 머리를 좌우로 흔들면서 다가왔고 우린 서로의 미소를 나누었어. 내가 앉아 있는 탁자로 다가와서 알코올 냄새를 맡은 그녀가 지친 내 몸을 살피면서 속삭였어.

"전화라도 미리 해 주지 그랬어."

그렇게 묻자 나는 할 말이 없었지. 정말 내 머릿속에 아무 말도 떠오르지 않았어. 존재하는 거라고는 오로지 그녀뿐이었으니까. 바로 그녀! 난 재빨리 평정을 되찾고는 마시던 술병을 안주머니에 집어넣고 그녀를 따라 전철역으로 향했어.

이날 이후 우리는 밤 말리의 포스터 사진이 벽에 걸려 있고 향 냄새가 기분을 편안하게 해 주는 그녀의 자그마한 두 칸짜리 멋진 공간에서 함께 살고 있어. 페르닐라는 국내선 비행기를 타기 때문에 나 혼자 외롭게 긴 시간을 보내는 일은 거의 없어. 그녀가 일하고 있을 때면 나는 내 수첩에다 내가 관찰한 것들과 시구들을 열심히 적곤 해. 예를 들어 이런 것들 말이야.

"스웨덴…… 아, 스웨덴. 조용한 지하철, 매혹적인 여성들 그리고 다양한 가능성을 지닌 나라. 청정한 공기, 하늘처럼 맑은 물과 다리 중앙에서 바라본 숨 막힐 듯한 풍경이 있는 나라, 스웨덴. 스웨덴의 모든 것들은 향기도 색깔도 없고 적당하게 반듯반듯하고, 페르닐라의 팔뚝처럼 하얗고 분홍빛인 데다 부드럽다네. 아, 페르닐라의 피부. 절친한 친구와 이별을 고하고 왜 나는 새로이 사진작가로 태어나려 했는가, 수없이 많은 이유가 있지만 오직 한 가지 이유뿐이라네."

제일 큰 명절인 크리스마스는 별문제 없이 견뎌 냈어. 명절 전에 페르닐라가 이렇게 말했지.

"당신도 알잖아. 스웨덴의 크리스마스 전통은 매우 가족적인 행사여서 외부 사람이 손님으로 초대받으려면 상당한 시간이 걸려."

어쩔 수 없이 나는 페르닐라의 집에서 그녀를 기다리며 홀로 크리스마스 명절을 보내야 했어. 동네는 마치 묘지처럼 고요했지. 유쾌한 명절이라는 걸 느끼게 해 주는 건 어디에서도 찾아볼 수 없더군. 나는 텔레비전과 함께 시간을 보냈어. 알아들을 수 없는 스웨덴어를 이해하기 위해서 단어들을 억지로 내 머릿속에 쑤셔 넣었고, 율무스트[1]에다 술을 섞어 마셨어. 새로 산 스티비 원더의 판을 틀기도 했지. 눈 덮인 발코니에서 자주 담배를 피웠고 말이야. 내게 있어서 페르닐라가 없는 시간은 정말 몸서리칠 정도로 지겨운 경험이었어. 그녀가 나에게 대체 어떻게 한 건지 이해하지 못하겠어. 카디르, 이걸 진짜 사랑이라고 하는 걸까? 고독을 경험하며 마음이 찢어지듯 아파서 숨을 쉴 때마다 이렇게 고통스러운 것이?

크리스마스이브가 끝나고 이틀 뒤에 부모님한테 갔던 페르닐라가 돌아왔는데 나는 그녀의 눈빛이 달라진 걸 알아챘어.

"무슨 일이 있었던 거야?" 나는 그녀에게 설명을 요구했어.

"아무것도 아니야."

"어서, 얘기해 봐."

"아니야…… 말하고 싶지 않아."

"제발 페르닐라, 우리 사이에 어떤 비밀도 만들지 말자. 네 감정을 이제 내게도 나눠 줘."

페르닐라가 깊게 한숨을 쉬었고 그녀의 아랫입술이 떨렸어.

"그게 어떻게 된 거냐면…… 당신과 가까운 사람의 편견 때문에 기운이 빠지는 걸 이해하겠어?"

"글쎄, 그런 감정은 사실 내게 그리 익숙하지 않아."

"그러면 당신은 지금 내 감정이 어떤지 모를 거야. 우리 엄마는 당신과 내가 시작한 관계에 대해서 죽을 때까지도 인정을 못하겠대. 당신에 대해 이야기한 이후로 줄곧 엄마가 이슬람교도들의 공격적인 기질에 대해서 쉴 새 없이 경고를 해 대는 거야. 게다가 이슬람교도들의 테러 행위에 관한 수많은 기사들을 내게 보여 주고, 당신을 '투기꾼'이라며 끝까지 우기더라고."

"음……."

"그래서 당신을 우리 크리스마스 명절에 초대하지 않았던 거야."

"그렇지만…… 네가 그랬잖아, 크리스마스 명절을 기리는 것은 가족들 내부의……."

"내가 거짓말한 거야. 큰오빠의 짜증 나는 테니스 친구하고 미국인 여자 친구가 초대받았어. 이웃 전체가 크리스마스에 함께했어. 이웃들, 사촌들, 사촌 조카들의 짜증 나는 개까지도. 하지만 내가 사랑하고 심지어 집을 같이 쓰고 있는 당신은 아니야. 때로 나는 그들이 정말 싫어. **질색이야.**"

바로 이 순간 그녀의 울음이 터지고 말았지. 그리고 나는 떨리는 그녀의 어깨를 감싸고 그녀를 따뜻하게 품었어. 난 이렇게 생각했지. 그녀는 눈물까지도 남들과 다른 특별함이 있구나. 페르닐라의 눈물은 다른 대다수 여성들의 그것과는 거리가 멀었어. 그건 결코 포기나 나약함이라고 부를 만한 게 아니었어. 대신에 그건 안에서부터 뿜어져 나오는 화산 같은 분노로 인한 떨림이었어. 그녀는 자동차의 앞 유리 와이퍼처럼 재빠르게 손으로 눈물을 모두 훔쳤어. 물론 마음속에 머금고 있는 눈물까지 닦아 내지는 못해서인지 그녀의 자존심을 약하게 만들고 있다는 생각이 들었어. 그날 밤 내내 우리는 서로 슬픔을 어루만져 주었고 잠들면서 나는 입술로 이렇게 속삭여 주었어.

"사랑스러운 나의 페르닐라, 세상 그 무엇보다도 당신을 사랑해. 우린 이 모든 걸 극복해 낼 거야. 우린 함께 그들에게 보여 줄 거야, 우린 결코 지지 않아, **결코**! 가증스러운 너의 친척들을 모두 탄복하게 할 거야. 그들의 생각들을 부숴 버릴 거야. 그들이 용서를 빌게 할 거야. 그들은 나를 정치적 근본주의자로 매도하고, 너를 사기꾼의 딸로 몰았어. 지금 생각나는 말들을 너에게 해 줄게. 내가 실패한다면 벌로 내 이마에 문신을 새겨 넣을 거야. 내가 성공하면 당신의 친척들은 울면서 우리의 호화로운 구두를 진땀으로 닦아 줄 거야. 내 사고방식은 그들이 생각할 수 있는 그 어떤 이상보다도 더 스웨덴적인 것이 될 거야. 사진으로 성공한 나는 빌어먹을 그들의 크리스마스트리보다도 더 눈부실 거야. 우리의 경제적 자산도 젠장맞을 그들의 카크네스 타워보다도 더 높이 쌓일 거야. 케미리란 이름이 본니에르스 가문의 영향력과 록펠러 가문의 자본력을 가진 스웨덴 최고의 대가문이 될 그날까지 날을 세 보자."

페르닐라가 눈을 뜨고 다이아몬드 같은 속눈썹으로 속삭였어.

"하지만…… 우리는 국민들의 투쟁을 잊어선 안 돼."

카디르, 내게는 말이야, 이 세상 그 어떤 멋진 여성도 페르닐라보다 더 사랑스러운 여성은 없어. 우리는 우리 둘의 미래를 위해서 죽을 때까지 함께할 거라고 엄숙하게 맹세했어!

우리는 스카르프네크라는 동네에 있는 커다란 집에서 페르닐라의 친구들 전부와 함께 불꽃놀이를 하며 새해 축하 파티를 벌였어. 그 집의 바닥은 쪽모이 세공으로 된 나무 마루였고, 집에는 셀 수 없이 많은 술들이 있었어. 페르닐라의 친구들은 나를 따뜻하게 맞아 주었고 입가에 가득한 미소를 보여 주었지. 또 정치에 대한 나의 견해를 물어보았고 칼릴 지브란의 『예언자』라는 책에 대해 끊임없는 찬사를 보냈어. 12시 정각이 되니까 페르닐라가 내 옆으로 다가와서 지금 너에게 쓸 수 없는 말들을 속삭였고, 불꽃놀이로 가득 메운 하늘을 바라보며 천국에 있는 듯한 황홀한 키스를 나누었어.*

---

* 여기에서 네 아빠는 은유적인 이미지 표현을 사용한 것 같다. 그곳이 천국이었다기보다 폭음과 함께 번쩍였다는 상상이었을 거야. 아니면 뭔 것 같니? 요나스야, 다음 편지에서 네 사랑에 대해 이야기해 주렴. 너는 진지한 사랑에 빠진 적이 있었니? 네가 사랑하는 이가 암이나 욕조 가까이에 놓아두었던 토스터에 의해서 예기치 않은 일로 죽게 되는 꿈을 꾸다가 공포에 사로잡혀 땀에 흠뻑 젖은 채 밤에 일어나게 되는 그런 사랑을 경험해 본 적 있니? 그런 다음 쿵쾅거리는 심장을 진정시키고 너의 눈을 문지르고는 네 머릿속을 비운 뒤 숨을 길게 내쉰 적 있니? 그다음에 어둠 속에서 네 옆에 그림자처럼 자고 있는 그녀의 모습을 발견한 적 있니? 그녀가 엷게 코 고는 소리를 들어 본 적 있니? 다시 베개에 네 머리를 누이고는 그녀의 목덜미 부근 머리칼에 네 코를 묻고, 그녀의 부드러운 살결 내음을 맡다가 이런 느낌은 삶의 그 어떤 것으로도 측정할 수 없을 거라고 생각한 적 있니? 네 경험에 그런 것이 없다면, 솔직히 넌 인생을 산 게 아니다. 내게 물어봐라, 그런 건 내가 다 아니까. 네 아빠가 이렇게 역사적인 시대에 살고 있는 이유는 바로 이런 폭풍 같은 사랑 때

새로운 한 해가 시작되는 날 새벽에 페르닐라와 나는 함께 스톡홀름에 있는 수많은 공원과 호수 그리고 다리를 거닐었어. 하늘에서 눈발이 부드럽게 날렸고, 우리 입에서는 입김이 피어올랐고, 너무 추운 날씨 때문에 숨을 쉴 때마다 내 코털까지도 함께 얼어 버릴 지경이었어.(익숙하지는 않았지만 결코 싫은 느낌은 아니었어.) 눈 때문에 신발 아래에서는 뽀드득 소리가 났고, 태양이 아름답게 얼굴을 내밀었고, 물은 깊은 곳까지 꽁꽁 얼어붙어 있었지. 낮에는 눈에 등을 대고 벌렁 누워서 발로 차며 몸을 마구 휘젓고 있는 여러 아이들을 보았어. 페르닐라가 눈에 만들어진 이상한 모양을 가리키며 그들이 "천사"를 만들었다고 알려 주었어. 그런 다음 우린 서로 눈을 마주 보며 말하지 않았지만 마음으로 무언가를 주고받았어. 내 말을 이해할 수 있을까? 너의 빠른 답장을 기다리며 이쯤에서 글을 줄일게.

1978년 2월 2일 스톡홀름에서
압바스*

문이야. 네 아빠에게는 미안하지만 사랑에 빠진 시시한 이야기이긴 하지, 뭐.

* 네 아빠가 생각했던 것은 이런 것 같아. 하늘의 상징인 천사=눈의 상징인 하늘=보통 날씨를 상징하는 눈="우리가 천사를 얻은 거지!"=우리의 사랑은 모든 걸 변화시킬 거야, 날씨도 포함해서.

네가 읽은 것처럼 네 아빠의 편지는 정말 아름답게 씌어 있어. 우리 책에 끼워 넣기에 완벽하게 적합할 정도로 말이야. 그런데 한 가지 궁금한 게 있다. 왜 네 아빠는 페르닐라가 센트랄 역에 늦게 도착하게 된 이유에 대해서는 쓰지 않았을까? 그 이야기에 진정으로 신비한 가치를 부여할 수 있는 상황을 알고 있니? 네 아빠가 스웨덴에 도착했던 그날, 실제로 그녀는 그녀의 부모님과 함께 스키 여행을 하러 북쪽으로 가던 중이었단다. 이 주 동안 머무를 계획이었는데 네 외할머니와 싸우는 바람에 결국 그녀가 울음을 터뜨리고 말았던 거지.(네 아빠가 편지에 아무 대답도 없어서 네 엄마가 슬퍼하니, 네 외할머니가 "내가 뭐라고 그랬어?"라며 고집스럽게 자기 뜻을 굽히지 않았거든.) 웁살라 부근에서 네 엄마는 겨드랑이 쪽 팔 아래와 다리에 심한 발진이 생겼다고 했어. 그녀는 발진을 핑계로 함께 타고 있던 부모님의 차에서 내려 다시 스톡홀름으로 돌아왔지. 집으로 돌아온 네 엄마는 네 아빠의 메모를 보고 부푼 가슴으로 택시를 타고 센트럴 역으로 달려가 술에 취해 카페에 앉아 있던 네 아빠와 만났던 거야. 그녀의 몸에 생겼다고 하는 발진은 뭐였더라? 네 엄마한테 진짜 땅콩 알레르기보다 심한 다른 알레르기가 있었는데…… 그러니까 네 엄마는 어떤 거에 알레르기가 있었어…… 밤 잼 같은 거였나?(기억해 둬렴. 인생에는 모든 것이 얽히고설켜 있단다. 인생은 암호화된 패턴을 가지고 있어. 많은 사람들이 제대로 기록하지 않고 지나친 자그마한 것들까지도 책에서 확실하게 짚고 넘어가는 것이 우리의 임무란다.)

카디르, 잘 있었어?

정성스럽게 쓴 네 편지 고맙고 대출에 대한 이자가 육 개월 동안 얼마나 늘어났는지 상세하게 설명해 준 것도 고맙다. 스웨덴의 내 생활은 이제 일상이 되어 버렸어. 이제 페르닐라와 나는 영원한 동반자로 함께 지내고 있어. 타바르카에서의 너와 나처럼 말이야. 우리는 함께 여권 신장을 위한 시위에 참여하고, 원자력발전, 자본주의, 아파르트헤이트 그리고 모피 산업에 대한 비판의 목소리를 높였지. 저녁에는 영화관에서 시간을 함께 보내고 나서, 잠에서 깨어난 봄 내음들(조심스럽게 싹을 틔운 잎사귀, 핫도그 아저씨의 음식 냄새, 내 연인의 라벤더 비누 향.)을 즐기면서 지하철역을 향해 걸었어. 저번에 내가 스웨덴이라는 나라에 대해 '향기도 없고 색깔도 없는 나라'라고 표현했던 거 기억나니? 그건 더 이상 적합하지 않은 것 같아. 스웨덴의 봄은 향기가 나고 살아 있어. 사람들은 동면에서 깨어나 지하철에서 미소 짓고 때로는(물론 드물게) 엘리베이터에서 이웃들이 인사를 해. 봄의 따스함이 모든 것을 변화시키는 거지.

나와 페르닐라의 사랑은 점점 더 커져 가고, 그것과 병행해서 나는 내 사진 경력을 위해 더 많은 시간을 할애했어. 처음에는 사진작가 보조 일자리였어. 이 스튜디오에서 저 스튜디오로 걸어 다니면서, 타바르카에서 작업했던 내 사진 경력을 소개하고 조금 아니면 거의 무급에 가까운 일이라도 받으려고 했지. 나의 성공이 어느 순간에 갑작스럽게 찾아오는 것은 아닐 테니까 말이야. 사진작가들은 유감스럽지만 스웨덴어를 배우지 않은 보조 기사를 채용할 수 없다며 주저리주저리 늘어놓았어. 사진의 세계에서는 자연적으로 어렵고 까다로운 언어학이 그리 크게 요구되지 않는다는 나의 지론이 무시당했지.

다행스럽게도 페르닐라의 동료가 나를 라이노라고 하는 스웨덴핀란드인[2]에게 소개시켜 주었어. 라이노는 세심한 주의가 필요한 음식 사진을 전문으로 찍는 사진작가였어. 그의 빨간 코 위로 속눈썹이 백색 포유동물의 그것처럼 반짝거렸지. 그는 양끝이 밑으로 축 처진 텁수룩한 노란색 콧수염이 있었고, 그의 음주는 도가 좀 지나칠 정도였어. 그렇지만 물론 아크라프의 원시적인 기구들에 비해서 그의 스튜디오는 모든게 훨씬 현대적이었어. 스튜디오는 스톡홀름 가까이에 있는 플레밍스베리라는 고급 동네에 있어. 나는 감자 그라탱 요리, 따스하게 김이 나는 팔루 소시지와 진미의 고기 파이를 현상하는 라이노의 일을 매주 약 스무 시간씩 도와주고 있어. 그에게서 특별한 기술을 아주 많이 배우고 있지. 예를 들어 커피 한 잔을 찍는데, 어떻게 가장 맛있어 보이는 커피 사진을 찍는지 알아? 주방용 세제의 거품 몇 방울과 간장을 섞어서 잔을 채우는 거야. 그렇게 하면 커피 표면에 지저분하게 막이 생기는 걸 피할 수 있는 거야! 이런 과장된 방법들이 나를 사진의 마력 속으로 끌어들였어! 이것 말고 어떤 표현이 한 컵의 간장 사진으로 커피를 마시고 싶다는 욕구가 실제로 커질 수 있게 하는 그런 특권을 가지고 있을까?

사진을 맡긴 손님이 없으면 라이노의 다른 일을 보조해 주었어.*

---

* 네 아빠가 어떤 일을 했는지 알고 싶지 않니? 내가 알려 주마……. 저기 좀 봐, 누구니? 저기! 그가 보여? 라이노의 현상실에서 살짝 빠져나와서 거리를 건넌 후 라이노가 살고 있는 집의 계단으로 들어가는 게 바로 네 아빠란다.

네 아빠가 라이노의 아파트로 엘리베이터를 타고 올라가서 초인종을 누르면 속옷 차림으로 슬리퍼를 신고 있는 라이노가 맥주 냄새를 풍기면서 반갑게 맞아 준단다. 개의 목줄을 받아 들고는 라이노의 뚱뚱한 개, '골든 페처' 종의 개에게 네 아빠가 다가간다. 라이노가 부르는 그 개의 애칭은 여러 개가 있는데 멍청이, 창녀, 거시기, 바보, 카리나 아니면 똥개였지.(이런 모든 이름은 사실 라이노가 같이 살았던 전처와 관련해서 붙인 이름이야. 라이노의 전처는 국세청에서 일하던 통계학자와 바람이 나서 라이노를 버리고 떠나 버렸지.) 네 아빠가 밖으로 나가려 하자, 라이노가 네 아빠에게 비닐봉지를 건넨다.

"여기 이걸 가지고 가게."

"그러죠, 그런데 왜요?"

"이걸 가지고 나가야 해."

라이노가 하는 사진 작업들이 내가 하고 있는 일들에 늘

"알았어요, 그런데 왜요?"

"멍청이가 똥을 싸면 그걸 주워서 이 봉지에 담아야 하거든. 그러고 나서 버려야 돼."

"하하하, 사장님은 정말 재미있는 핀란드 사람이군요. 콧수염처럼 당신 유머도 장난이 아닌데요. 다녀올게요."

"농담하는 거 아니야."

"하하하!"

"이봐……. 진짜라고."

"하하하!"

"그만 웃지 못해! 똥을 주워서 치워야 한단 말이야."

"음…… 유머러스하게 농담하려고 그런 게 아니란 말이에요?"

"아니네…… 다녀와."

라이노가 개를 내보내서 계단으로 나가게 했다. 그리고 밖에는 지금 그들이 서 있다. 낑낑거리는 누런 개와 주인티를 내는 네 아빠 말이야. 둘은 봄 서리가 내린 거리를 향해 내려간다. 둘은 공원을 빠르게 돌며 산책을 하지. 개는 의기양양하게 주위를 돌며 말뚝 냄새를 맡았고, 네 아빠는 의심스럽게 개를 살피고 긴장하며 주머니에 있는 비닐봉지를 움켜쥐고 있어. 개가 제설 모래함 주변에 오줌을 누고는 화단에 코를 갖다 대고 냄새를 맡자 네 아빠는 짧게 헛기침을 하지. 개가 뒷다리를 부처처럼 구부리더니 액체에 가까운 연갈색의 똥을 싸. 네 아빠는 한숨을 쉬고는 주위를 둘러보다가, 등을 구부린 다음 혐오스러운 표정을 지으며 아스팔트에 찐득찐득하게 달라붙어 있는 똥을 긁어 담지. 신발 끈을 묶는 것처럼 상체를 앞으로 구부리고 배설물 온기를 느끼던 바로 그때 그는 스스로에게 한 가지 다짐을 한다.

"이건 절대로 헛된 일이 아니야! 사람이 이보다 더 낮아질 수 있을까? 바람난 전 부인에게서 이름을 따온 개의 설사를 치우기 위해서 외국에까지 와서 허리를 구부리고 있는 것보다 더?"

네 아빠는 배설물 비닐봉지를 들고 있던 손을 싸울 기세로 자기 머리 위로 들어 올려 보이며 공원 전체가 메아리치도록 크게 소리를 외치지.

"이제 노는 건 끝났어! 이제부터 진짜야!"

격려가 되지만, 내게 생기는 경제적인 이득은 전혀 없어. 다만 이 일의 가치와 그것의 중요성 측면에서 볼 때, 나 자신의 목표를 갈고닦을 수 있는 꼭 필요한 기회였어. 여기서 잠깐, 네가 호의적으로 빌려준 돈에 대해 고맙다는 말을 전하고 싶어. 네가 돈을 빌려준 덕분에 스웨덴에 도착해서 명예를 지켜 왔어. 페르닐라의 경제적인 도움을 받지 않아도 된 것, 그리고 내가 새로운 방식의 카메라를 구입할 수 있도록 해 준 것에 대해 네게 진심으로 고마워.

난 이 나라에 있는 수많은 주제들을 엄청나게 많이 발견할 수 있어. 내게 모티프라고 여겨지는 것들이 동네마다, 지하철역마다, 그리고 창문 하나하나에조차 존재하면서 기록되기를 기다리고 있는 것 같아. 때로는 그게 내게 영감을 주고, 때로는 스트레스를 주기도 해.* 드디어 오늘, 스톡홀름에 봄이

동시에 잿빛 하늘 틈으로 파란 하늘이 보이더니 빛이 터져 나오기 시작해. 눈부시게 내리쬐는 태양의 시선이 네 아빠의 다짐을 들은 듯 그에게로 향한다. 그가 하늘을 올려다보고 나서 팔을 내린 다음, 특별한 표시가 되어 있는 개 전용 쓰레기통에 배설물 비닐봉지를 버린다. 라이노에게 개를 돌려주고 나서도 손에서는 개가 쌌던 따뜻한 똥을 주워 담았던 느낌이 오랫동안 남아 있어. 그 느낌이 네 아빠의 꿈을 결코 포기하지 않도록 활력을 불어넣어 주었던 걸 거야.
* 네 아빠가 카메라 셔터를 계속 눌러 대며 스톡홀름 거리를 산책하는 장면을 여기에 집어넣을 수 있을 것 같아. 그는 스톡홀름 왕립 공원에서 담배를 피우는 무리를 찍고, 미소 지은 채 말을 타고 있는 경찰, 체스를 두고 있는 노인, 손을 흔드는 개 주인, 나무를 살려 내자고 토하듯 외쳐 대는 시위대를 모두 카메라에 담는다. 네 아빠는 길 잃은 관광객들, 반짝거리는 왕의 동상, 망가진 전화박스, 상징적인 다리들의 사진을 서류철

찾아왔어. 피부만 약간 따스하게 느껴질 정도로만 태양이 빛나는 스웨덴의 전형적인 날씨야. 페르닐라는 일하러 갔고, 라이노가 일찍 퇴근을 시켜 줘서 나는 스톡홀름 시내를 혼자서 산책했어. 그러다가 스웨덴어로 '후믈란스 고르드'라고 하는 공원의 벤치에 앉았지. 거리 맞은편에는 건물 모퉁이가 햇살을 받고 있었어. 새들이 지저귀었고, 정말 이 모든 것들이 완전히 조화로웠어. 그때 나는 갑자기 한 남자를 보았어. 그의 서류 가방이 흔들거리며, 가느다란 넥타이가 펄럭이고, 터벅터벅 무거운 발걸음을 옮기다 자기 손목을 힐끗하는……

'전형적인 사무실 밥벌레.' 난 생각했지. '앞으로 뛰어 봐, 불쌍한 노예여, 우리 예술가들이 이렇게 공원 벤치에서 햇살을 즐기고 있는 동안에.'

그런데 그때 괴상한 일이 벌어졌어. 근처 모퉁이를 돌아가다가 햇살과 충돌한 그가 최면에 걸린 듯 멈춰 버리는 거야. 그가 느린 동작으로 발걸음을 멈추고, 자신의 몸을 벽 근처에 기대더니, 냄새를 맡는 개처럼 자신을 목을 쭉 빼고는, 눈을 감고, 그다음에…… 그는 그냥 그렇게 거기에 서 있었어. 동상처럼 말이야. 나는 이 매력적인 장면을 당연히 카메라로 담아냈지. 흥미로웠던 것은 그런 행동을 하는 사람이 그 남자 혼자만이 아니었다는 거야. 스톡홀름 **전체**가 처음 맞은 봄날의

로 만들어 기록해 둔다. 그리고 물론, 네 아빠가 가장 마음에 들어 하는 모티프는 옷장 속에 수백 장씩이나 모아 두었단다. 눈으로 뒤덮인 모든 것들, 페달이 꽁꽁 얼어붙은 자전거들, 그 안에 내재한 갈등으로 네 아빠의 사진작가적 눈을 매우 즐겁게 해 주는 것들이었다.

다양한 모습으로 가득 채워졌던 거야. 햇살이 비치는 **모든 곳**에서, 버스 정류장에서도, 광장에서도, 사람들이 서 있게 된 곳에서도, 멋지게 차려 입고 사무실에서 일하던 스웨덴 사람들이 똑같이 머리를 뒤로 젖히고 입가에 기쁨을 한가득 머금은 채 눈을 감고 있었어. 목마른 풀처럼 수백 명의 사람들이 처음 고개를 내민 빛의 축복을 찾아 헤매고 있었던 거지. 그들의 입술에서 자주 흘러나오던 소리들을 묘사한다면 이럴 거야. "으으음." 내 카메라는 이러한 묘한 행동들을 모두 담아냈고, 이렇게 모은 각각의 사진 작품에 이름을 붙여서 '스톡홀름, 햇살이 비치는 모퉁이와 한겨울의 자전거들'이라는 타이틀로 나의 첫 전시회를 열 계획을 세웠어. 이렇게 준비해 나가면 아마도 여름쯤 준비가 모두 끝날 거야.*

멀리서도 최근 튀니지의 비극적인 운명에 대한 소식들을 유심히 지켜보고 있어. 너도 그 총파업에 참여했어? 신문의 내용들을 읽기는 했지만 내 머리로는 도저히 그 규모에 대해 감이 안 잡혀. 50명에서 200명 정도가 죽은 거야? 1000명이

---

* 미안, 그런데 말이야, 내가 에니로의 웹 사이트를 살펴보다가 유례없는 현상을 발견했단다. 라이노의 스튜디오가 어디에 있었는지 아니? 플레밍스베리에 있는 레굴라토르베엔 가까이야. 이 거리를 서쪽으로 죽 따라가면 거리가 헬소베엔으로 바뀌게 돼. 그런 다음 카트리네베리스베엔에서 오른쪽으로 돌고 멜란베리스베엔으로 계속 간 다음, 갈림길이 나오면 오른쪽 길로 가서 니블레 언덕을 넘어가…… 그러면 어디인지 한번 맞춰 보겠니? 바로 카스타니에베엔 [3]이야! 우연일까 아니면 운명의 표시일까? 어느 누가 그걸 알 수 있을까?(그리고 말이다, 카스타니에베엔이 스톡홀름에 얼마나 많은지 아니? 쉰여섯 개야! 이런 모든 것들이 나를 조금 겁나게 하거든. 이 여정은 어디에서 끝을 맺게 될까?)

체포되고? 피비린내 나는 정치의 막다른 골목에서 희생당하지 않도록 조심해!

페르닐라의 정치적 성향은 어느 정도 '나'라고 하는 사람이 반영되어 발전된 거야. 그런데 가끔 난 코트를 멋지게 차려입고 적포도주가 가득 담긴 잔을 들고 서서 잔을 흔들면서 미국 제국주의의 역겨움과 자본주의의 위협에 대해서 쓸데없는 잡담을 해 대는 동시에 턱수염을 비비 꼬면서 중동과 사다트에 대한 나의 견해에 대해서 고집스럽게 끊임없이 물어 대는 그녀의 친구들을 바라보곤 해. 그러면…… 내 눈은 경멸감으로 가득 채워지곤 하지. 그럴 때마다 난 이런 생각들을 했어. 이렇게 호화스럽게 자란 사람들이, 삶에 대해 단조롭기 짝이 없는 정치색을 가진 사람들이 대체 뭘 알아? 왜 그들은 자신들이 진실에 대해 특허라도 가진 것처럼 생각하는 걸까? 사다트를 포기한 사람이라고 부르는 것에 대해서 내가 마음 내켜하지 않자, 오히려 그들은 왜 내가 실망한 것이라고 자기 멋대로들 생각할까? 단지 사다트는 절충의 길을 모색하고자 하는 것이잖아? 그리고 왜 그들은 바클라바가 꿀맛이라는 것과 그 빌어먹을 『예언자』의 깊이에 대해서 고집스럽게 계속 내게 언급하는 걸까? 진짜로 이젠 그 책이 내 목 끝까지 차올라 버렸어. 왜 아무도 중동 지방이나 바클라바 외의 다른 것에 대해서는 이야기를 나누려고 하지 않는 걸까? 왜 아무도 오티스 레딩에 대해서는 얘기를 나누고 싶어 하지 않는 걸까? 그냥 단지 오늘 저녁만이라도 정치의 속박에서 벗어나, 굶어 죽어 가는 아프리카의 아이들을 무시해 버리고 호화스러운 거품이 나는 펀치 잔에 모은 돈으로 게임을 하는 것이 왜 안 되는 걸까? 오티스가 1절에서는 '이 부둣가 **위에** 앉아서'라고 하고 마지막 절에서는 '이 부둣가**에** 앉아서'라고 노래를 부르는 이유에 대해서 이야기를 나누는 것도 왜 안 되는 걸까? 왜 우리 인간들은 이렇게 작은 삶의 부분들에 대해서는 만족하지 못하는 걸까?

쓸데없는 말들을 늘어놓아서 미안해, 카디르. 하지만 내 말을 들어주고 이야기를 나눌 친구들이 지금 내게는 없어. 그리고 친숙한 아랍 영역 안에 돌아와 있다는 생각을 하면 어느샌가 나의 마음이 해방되곤 해. 지금까지 내가 스웨덴에 대해 가지고 있는 지식은 극히 제한적인 거야.

1978년 4월 15일 스톡홀름에서

압바스*

---

* 계속해서 진행하기 전에 분명히 네게 주지시키고 싶은 게 있다. 네가 느끼기에 확실히 일어날 수 있는 현재 튀니지의 정치 상황에 관한 모든 정보는 이 책에서는 반드시 제외해야만 한다. 요나스, 이 조언은 네 원칙으로 삼아야 하는 거야. 이 책에 현재 튀니지에 대한 정치적인 견해를 담는 몇몇 상황에서, 아무 방법으로나 해서는 안 된다는 사실은 명백하고, 핵심적이고, 주의해야 할 사항이다. 왜 그런지에 대해서는 네가 잘 이해할 수 있지? 골칫거리를 야기할 수 있는 튀니지의 여권을 지니는 게 너만이 유일하지는 않으니……

보고 싶은 카디르에게

이제 여기는 완연한 여름이야! 새들이 지저귀고, 라일락 향기가 나고 페르닐라는 이제 정식으로 나의 아내가 되었어! 조금씩 커져 가는 그녀의 배 안에는 미래의 우리 아이가 들어 있어! 우리의 미래는 장밋빛이야!

우리는 로드후세트라고 하는 법원 청사에서 간단한 의식을 거행하고 영원한 사랑을 서로 약속했어. 턱수염이 난 페르닐라의 두 동생이 결혼 증인으로 섰지만, 불행하게도 그녀의 부모님은 갑자기 감기에 걸려 버렸어. 그렇다고 해서 우리 두 사람의 행복에 (특히 나의 행복에) 어느 누구도 재를 뿌리지는 못했어. 페르닐라의 친구들은 한 몸이 된 우리에게 찬사를 보냈고, 수없이 많은 선물을 선사했어. 손으로 직접 짠 래그러그, 향로, 인도에서 만든 숄, 아랍의 긴 북인 다르부카를 받았어. 결혼식이 끝난 후에는 우리 두 사람만의 보금자리로 가서 와인과 연어 파스타로 저녁을 차분하게 즐겼어.

페르닐라와 나는 정말, 진짜 정말 행복했고, 행복으로 충만한 우리 두 사람의 기쁨은 일반 사람들의 크나큰 기쁨으로 확산되었지.* 영원히 함께하겠다고 서약한 우리의 결혼식이 끝난 후, 페르닐라와 나는 스웨덴 당국으로부터 결혼과 관련해 인터뷰 요청을 받았어. 나는 통역사와 함께 그리고 페르닐라는 통역사 없이 혼자서, 각각 서로 다른 방으로 안내되었어.

정장을 입고 입가에 미소를 띤 사람이 내게 커피를 권하면서 우리 각자의 습관에 대해 설명을 요구했어. 페르닐라는 아침 식사로 무엇을 먹느냐? 그녀가 이를 얼마나 자주 닦느냐? 보통 몇 시에 침대에 쓰러져서 잠이 드느냐? 침실에서 입는 실내복은 어떤 색깔이냐? 처음 두 사람이 만났을 때 그녀가 무슨 옷을 입고 있었느냐? 물론 그들의 목적은 우리의 결혼이 내가 스웨덴 영주권을 얻으려는 내 욕망에서 기인한 게 아니라는 사실을 확인하기 위함이었지.

각자 방에서 나왔을 때, 페르닐라는 화가 나서 얼굴이 빨개졌어. 그녀는 질문이 무척 모욕적이라고 큰 소리로 말한 다음, 당황스러워하는 접수 담당자에게 이렇게 소리쳤어. "Eins, zwei, drei, Nazipolizei."[4] 물론 인터뷰를 하면서 나도 불쾌한 감정들이 들었어. 하지만 지하철을 타고 집에 오면서, 스웨덴이라는 나라는 나름대로 공명심을 지닌 나라라고 하며 그녀를 달래 주었지. 솔직히, 결혼이 의미하는 바를 보장하는 것

* 여기에서 네 아빠가 일부 단어들을 심하게 반복했지만 너에게 그의 오류도 빠짐없이 고대로 번역해 주는 거란다.

이 원칙적으로 잘못된 것은 아니잖아. 안 그런가? 내 말이 틀렸어? 페르닐라는 나에게 아무 말도 하지 않았어.

페르닐라와의 결혼을 반대했던 그녀의 부모님과 자리를 처음 같이한 다음에 스웨덴에 대한 다른 것들도 알게 되었어. 스웨덴 사람들에게서 존경을 얻고 이민자 딱지를 떼기 위해서는 경제력이 정말 중요하다는 거야. 아바의 노래처럼 승자가 모든 것을 차지하는 거지. 카디르, 정말로 승자가 모든 것을 차지한다면, 내가 바로 그 진정한 승자가 될 거야. 이것만은 틀림없어. 성공에 대한 나의 갈망은, 내게 바보 같다고 말하며 내 영어를 이해하지 않으려 하는 아름다운 장모님 방식으로 함양된 것이거든. 내 영어가 좀 꼬이긴 했지만 그녀의 영어에 비하면 꼬인 것도 **아니야**.

아름다운 내 장모님의 이름은 '루트'야. 화장이 엄청나게 짙은데, 당신이 기독교 신념이 강한 덴마크의 귀족 가문 출신이고, 스웨덴의 이민자들이 스웨덴어를 배우고 자신의 전통을 고집하지 않으며 올바르게 처신하기만 한다면 스웨덴에 이민 오는 사람들을 절대로 반대하지 않는다는 이야기를 나에게 자주 반복해. 그런 다음 장모님은 담배를 피우던 입으로 주름진 미소를 지어 보이며, 미안하지만 오늘 저녁은 돼지고기가 포함되어 있다면서 "'오랫동안 머물 손님'에게 그리 문제가 안 되겠지?"라고 물어보지.

물론 나는 "괜찮아요."라고 대답하지만 페르닐라는 상당히 창피해하는 것 같아. 나의 아름다운 장인, '예스타'와의 관계는 좀 더 간단해. 장인어른은 대부분의 인생을 길과 다리를 건설하는 데 바치느라 구부러진 몸과 턱수염을 가진 연로한 도로 인부야. 사고로 장애가 생긴 후 조기 연금을 받고 있고, 지금은 스톡홀름 남쪽에서 가게를 하나 운영하는데 거기서 오래되고 다양한 물건들을 내다 팔아.

그의 창고를 수리할 때, 가끔 그를 도와주곤 하는데, 만날 때 인사말 "잘 있었나."와 헤어질 때 인사말 "잘 가게."를 제외하고는 우리는 오로지 침묵 속에서 협력 작업을 해. 몸짓이나 어떤 것을 가리키는 것 외에는 서로 거의 말을 하지 않아. 그렇지만 스웨덴 엘리베이터 안에서 느껴지는 특징처럼, 짓누르는 침묵이라기보다는 호의와 이해로 받아들여지는 침묵이야.

경제적으로 안정된 내 가족의 미래를 위해서 나는 로드만스가탄에 있는 레스토랑에서도 접시 닦이로 일하고 있어. 그렇지만 그 일자리는 굉장히 짧은 기간만이야. 왜냐하면 나의 스웨덴 첫 전시회를 곧 준비해야 하니까. '스톡홀름의 지형적 증거'라고 이름을 붙이려고 해.(마치 외젠 아제의 '파리의 지형도' 처럼 말이야.) 어떤지 한 번 살펴보라고 네게 사진 몇 장을 동봉할게. 떠나오고 난 후에 제법 내 재능이 많이 발전했지? 어떤 모티프가 제일 마음에 들어? 나는 머리에 꽃잎을 꽂고 울고 있는 여자애가 제일 마음에 드는 것 같아.

이번 가을에는 여러 화랑에 내 작품들을 선보여서 내 예술성을 인정받도록 해 볼 거야. 나의 재능을 부정하지 않는 사람들이 너무 실망하지 않았으면 하는 것이 내 유일한 소망이야.

나는 그저 네 삶이 내 삶의 행복한 번영을 나눠 가졌으면 해.

1978년 7월 22일 스톡홀름에서

압바스*

---

* 이후 육 개월간 나와 네 아빠 사이에 편지 교환이 없었다. 그건 그렇고, 네 아빠의 영어가 "꽝"이라는 것은 좀 지나치고 과장된 것 같다. 물론 이것은 누구나 다 아는 네 아빠의 수줍음에서 비롯된 거라고 할 수 있지. 네 아빠의 영어 실력은 프랑스어와 스페인어 실력처럼 아주 뛰어나단다. 최근 리비아의 공식 사진 경연 대회 시상식에서 "언어에 대단한 소질을 지니고 있는 그리 흔치 않은 사람입니다!"라고 카다피가 네 아빠에게 찬사를 보냈단다.

카디르, 잘 있었어?

새로 태어난 내 아들 사진을 좀 봐 봐! 내가 아빠가 되었어! 아들 이름은 스웨덴식으로 '요나스'라고 하고 아랍식으로는 '유네스'야. 국적은 스웨덴과 튀니지 모두 선택해서 이중 국적이 될 거야. 글쎄, 아들의 성격은 이 애가 태어난 날하고 똑같은 날에 죽은 사람과 정반대일 거야. 우아리 부메디엔이 1978년 12월 27일에 죽은 것이 상징적이지 않아? 내 아들이 태어난 날과 정확히 똑같은 날이거든! 이날은 정말 역사에 기록이 될 거야. 어느 급진주의자의 죽음과 미래 세계주의자의 탄생!

이 편지 때문에 당혹스러웠다면 미안해. 나의 행복은 말로 다 할 수가 없어! 가정주부(夫)가 되기 위해 접시 닦이로 일하던 것은 이제 곧 그만둘 거야! 페르닐라는 간호사 교육을 받기 시작할 거고, 나는 갓 태어난 맏아들과 많은 시간을 자유롭게 보낼 수 있게 되겠지. 이유식 퓌레를 직접 만들면서 난 전 세계에서 스웨덴에만 있는 육아 휴가를 즐길 거야. 새들이 지저귀는 공원에서 자랑스럽게 유모차를 끌고 다닐 거야. 그뿐 아니라 난 이제 더 이상 담배를 피우지 않을 거야! 불필요하고 비싼 습관들을 벗어던지는 건 별거 아닌 일이니까.

나의 행복은 말로 다 할 수가 없어. 늘 그렇듯 내 아내는 나를 사랑해. 우리의 유일한 갈등은 돈 문제에 관한 거지, 뭐. 아들이 태어나고 나서 페르닐라는 내가 스웨덴어 실력을 완벽하게 숙련하는 게 중요하다며 교묘하게 은근슬쩍 설명해 주었어. 교육청에서 보내온 엄청난 양의 서류들을 보여 주면서 스웨덴에서 스웨덴어는 매우 필수적인 지식이라는 사실을 귀에 못이 박힐 정도로 설명해 댔어. 이제 스웨덴어를 공부하는 데 장시간 투자하고, 직업은 시간제 접시 닦이 일과 무임의 스튜디오 보조원 중에 한 가지를 선택하라고 하더라고.

그래서 우리는 다음과 같이 결정했어. 다음번에 내 사진 전시회가 많은 관심을 끌지 못한다면, 나는 매일 밤낮으로 스웨덴어를 완벽히 구사하기 위해서 전념하기로 말이야. 스웨덴어는 복잡하긴 하지만 작은 새들이 노래할 때의 지저귐 같은 톡톡 튀는 듯한 톤으로 말하기 때문에 굉장히 감칠맛이 나. 어쨌든 나의 행복은 말로 다 할 수 없어!

1979년 1월 20일 스톡홀름에서
압바스

추신—네 돈에 대해서는 걱정하지 마. 빌렸던 돈은 곧 되돌려줄게. 이자가 늘어난다고 나를 더 이상 독촉하지는 말아 줘.*

---

* 네 아빠는 정말로 "나의 행복은 말로 다 할 수 없어!"라고 같은 편지에 세 차례나 반복했단다. 네가 태어난 게 말로 다 표현할 수 없을 정도로 그에게 커다란 행복을 가져다주었다는 걸 이제 깨닫겠니? 네가 태어난 후 병원에서 집으로 돌아온 날 저녁에 네 아빠는 유토피아적 단꿈에 젖었단다. 그날 밤 내내 그가 너희 집 부엌 창가에 서서 황량한 정원을 바라보며 눈물로 스스로에게 건배하고 스티비 원더의 노래 「이즌트 쉬 러블리?(Isn't She Lovely?)」(그는 she 대신에 he로 바꿔 불렀단다.)를 몇 번이나 따라 불렀는지 네 아빠가 얘기한 적이 있는지 모르겠다. 그가 후회하게 된 이유는 네가 그에게 안겨 준 실망 때문이 아니라 그가 너를 위해 너무 많은 힘을 쏟았기 때문인 것 같다. 그간 타바르카의 관광 산업이 정말 많이 성장했다. 나는 부엌 책임자에서 풀장 책임자로 그리고 그다음에는 댄스 경연 기획자로 경력을 쌓았어. 동시에 스웨덴에서는 네 아빠가 사진작가 경력을 쌓기 위해서 최대한 활발한 노력을 기울이고 있었지. 너를 낳고 나서 네 엄마가 힘을 재충전하고 있는 동안에, 네 아빠는 로드만스가탄의 레스토랑에서 시간을 보냈다. 그는 초록색 카펫에서 껌을 제거하고, 토해 놓은 화장실을 반짝반짝하게 닦고, 잃어버린 1크로나 동전들을 찾느라 계산대 아래를 샅샅이 뒤지곤 했지. 오후에는 라이노가 찍은 등심 사진의 현상 작업을 도우며 조명을 조정하고 생선 수프와 디저트 사진을 위해 빛의 대비를 조절했어. 주말이면 그는 곱슬머리를 손질하고, 베레모를 쓰고 올드 타운과 호른스가탄에 위치해 있는 이 화랑에서 저 화랑으로 열심히 돌아다녔단다. 그의 서류 가방 안에는 두 가지 준비된 사진 작품 시리즈가 들어 있었어. 화랑의 현관문 손잡이를 잡아서 돌리면, 종이 딸랑딸랑 울리고, 커다란 플라스틱 안경을 쓰고 검은색 폴로셔츠를 입은 화랑 주인들이 그를 맞고, 신경질적인 미소를 짓고, 그의 작품을 훑어보고, 흠 소리를 내고 나서, 그가 직접 제작한 그의 명함을 받아 든다. 그들은 그의 재능에 찬사를 보내지. 그들은 같이 협력할 수도 있다고 약속을 해. 하지만…… 그가 막 나가려고 할 때, 스웨덴

사람들에게 있어 아주 필수 불가결한 질문이기도 한 국적에 대한 질문을 그에게 던진다. 그리고 사진에 대한 포부와 관련해서 자기의 뿌리가 중요하지 않다는 네 아빠의 목소리는 점점 더 피곤해져 간다. 화랑 주인들은 미안하다는 말을 전하며 곧 전화를 주겠다고 약속한다. 안심이 되어 네 아빠가 집에 돌아와서 네 엄마에게 이렇게 말한다. "곧 나의 사진작가 경력이 제 궤도에 오르게 될 거야!"

이후 네 아빠는 모든 사람과 모든 것에 대해서 의심을 하게 되었는데, 화랑 주인들의 말을 곧이곧대로 믿은 데서 비롯된 게 좀 특이하지 않니? 아마도 잘될 거라고 믿고 싶은 바람 때문에, 어떤 경우에도 네 아빠를 선택하지 않을 거라는 것을 몰랐을까? 얼마나 많은 화랑 주인들이 네 아빠에게 전화를 했을까?

단 한 명도 하지 않았단다.

그러고는 몇 년이 흘렀어.

네 아빠는 1982년에 접시 닦이에서 스톡홀름 지하철 공사인 SL의 지하철 기관사로 이직했다. 옆 사람의 시험 답안지를 열심히 보고 베껴 스웨덴어 시험을 통과한 후에 새로운 직업을 얻게 된 거지…….

이쯤에서 네 아빠에 대해 기억하고 있는 가장 초기의 네 기억들을 세 가지 정도 삽입했으면 한다. 준비되었니? 건투를 빈다!

첫 번째 기억은 탁아소에서인데, 누구더라, 네가 가브리엘인가 뭔가 하는 놈과 싸우고는 낮잠 자는 방에 숨어 있다. 울고 난 후에 몸을 떨면서 숨을 거칠게 몰아쉬고 있는 너는 네 아빠를 기다리는 동안 숨어서 체력을 회복하며 탁아소 친구들의 다양한 부모들 사이에 보이는 차이점들을 머릿속에 떠올린다. 가브리엘의 부모 같은 보통 부모들은 갈색 코트를 입고, 거친 목소리로 우울한 그림자를 띠며 지친 몸으로 아이들을 찾으러 왔다가 안개처럼 사라진다. 하지만 밝은색의 유르고르덴 프로 축구팀 목도리를 목에 두른 아빠의 모습은 태양이 빛을 잃어버릴 정도다. 아빠는 베레모를 쓰고 크게 소리 내어 웃으면서 낮잠 자는 방에 들어와서는, 간지럼 공격을 마구 해 대고, 엄지와 집게손가락으로 사각형을 만들어서 네 사진을 찍는 척한다. 아빠는 화난 것 같은 탁아소 선생님들을 멋지게 달래 주고 집으로 오는 내내 너를 어깨 위에 올려놓은 채 데려오곤 한다. 그리고 보통 부모들은 안경을 쓴 채 책을 읽고, 하품을 하면서 노래 경연 대회를 보거나 복권 추첨 방송을 시청한다. 반면에 아빠는 《악투엘 포토그라피》를 구독하는데, 그 잡지의 사진들이 너무나 아름다워서 때때로 아빠는 잡지를 읽는 중간에 찬사를 보내거나 눈물을 흘리곤 한다. 그리고 보통 부모들은 보통의 직업을 가지고 일하면서 보통의 단체 여행과 보통의 볼보 자동차를 꿈꾼다. 그렇지만 아빠는 미래를 위해 예술을 변화시키는 것에 관한 꿈을 꾸며, 항상 '예술(art)'을 이야기하고 그것을 프랑스어로 말하며 긴 발음 a를 네 배나 더 늘여서 발음한다. L'aaaaaaart. 아빠는 위대한 사진작가의 자취를 어떤 식으로 좇아갈지 새로운 계획에 대해서 끊임없이 들려준다. 로버트 카파, 로버트 프랭크, 필리프 홀스먼 그리고 유서프 카쉬처럼 아빠는 사진작가로서 자신의 재능을 외국에서 널리 펼치기 위해 조국까지 바꾸었다. 모든 위대한 사진작가들은 망명을 가서 일한다고 소리치던 아빠가 네가 기억하고 있던 이름 외에 더 많은 이름들을 알려 준다. 보통 부모들은 대개 축구 선수나 정치가 혹은 몬티 파이톤 같은 코미디언을 영웅으로 꼽는다. 그렇지만 아빠의 영웅은 사진 예술의 역사를 바꾼 인물들이다. 그냥 사진이 아니라고 아빠는 외친다. 사진은 예술이고 예술은 통찰력이고 통찰력은 세상이기 때문이다! 또한 단순히 역사 자체가 아니라고 한다. 역사가 미래이고 미래가 역사이기 때문이다. 너 혹시 카르티에 브레송이 역사와 우리의 관계에 대해 말한 것을 기억하니? 우리는 과거를 지워 버리지만 트림처럼 다시 돌아온다. 기억나지? 물론 너는 기억하고 있으며, 보통 부모들이 사진작가들의 명언을 인용하지 못하기 때문에, 자랑스럽게 고개를 끄덕인다. 시내에 가면 그들은 군중 속에 섞여 사라져 버리고 그들이 손가락을 꺾어 우두둑 소리를 내면, 마치 공기 없는 「스타워즈」 우주 공간에서 난쟁이 이쑤시개를 부러뜨릴 때보다도 더 조용하게 들린다. 그렇지만 아빠가 시내로 가면 사람들은 목을 빼서 고개를 돌려 쳐다보고 아빠가 손가락을 꺾어 소리를 내면, 마치 마른 나뭇가지들을 부러뜨리거나 거대한 트럭을 산의 벙커 안에 집어넣고서 대여금고에 달린 듯한 문을 닫고 천천히 핸드브레이크를 잡아당기기 시작할 때 나는 소리처럼 엄청난 소리가 난다. 찰칵 찰칵 찰칵 하고 귓가에서 우레 같은 소리가 들린다. 바로 그때 네 아빠의 목소리가 현관에서 들리고 누가 외치는 소리인지 너는 금방 알아차린다. "이봐, 이 멍청아!" 그러면 탁아소 선생님들은 어떻게 대답해야 할지 몰라서 항상 조용해진다.

두 번째 기억은 아빠가 지하철을 운전하기 시작했을 때이다. 출입문 쪽에 앉아 있다가 종점에서 술에 취해 완전히 잠들어 버린 아저씨들을 깨우던 시절이다. 아빠가 전철 승차권에 도장을 찍어 주고 미로 같은 쿵스트레드고르덴 역의 플랫폼에서 독일 관광객들을 안내해 주던 시절이다. 놔두고 간 석간신문을 찾아내고, 열차가 가득 찼을 때 차량

사이의 문과 전철 기관사가 타는 칸까지 열 수 있는 L 키, 불량배들이 비상 정지 버튼을 눌렀을 때 에스컬레이터로 향하는 문을 열 수 있는 스퀘어 키 등 모든 것을 해결할 수 있는 거대한 열쇠 꾸러미를 찔그렁거리던 사람이 바로 아빠다. 열쇠로 모든 문을 열고, 에스컬레이터를 움직이게 하고, 유모차를 끄는 부모들이 감사함을 표시할 때 아빠는 미소로 답해 준다.

네가 가브리엘과 다른 친구들과 같이 있는 걸 피해 보려고 꾀병을 부린다는 사실을 분명히 알면서도 네가 탁아소에 빠지도록 했던 때다. 엄마가 마멀레이드 잼을 바른 토스트를 반쯤 먹다가 아빠와 네 볼에 살짝 키스하고 버스를 타기 위해 달려가자마자, 너는 침대에서 내려와 부엌에 있는 아빠에게 엄지를 들어 보인다. 그러고 나서 아빠의 직장에 함께 가고, 아빠는 식당에서 프랑스어를 섞어 가며 다른 동료들에게 자랑스럽게 너를 소개한다. "이쪽은 내 아들이자 동업자야." 그곳에는 경마 쿠폰을 가지고 있는 스테판 아저씨와 플라스틱병에서 커피를 따라 마시는 제프리 아저씨, 그리고 아빠 키의 반쯤 되어 보이고 커다란 아프로[5] 머리 모양을 하고는 네가 들어 본 적이 없는 팝아트 이야기들을 늘 말하고 싶어 하던 아지즈 아저씨가 있다. 그런 다음에 너와 네 아빠는 열차로 내려간다. 너는 아빠의 거친 손을 잡고 있다. SL에서 일하는 그들 모두가 완전한 패배자들이며, 여기에서 절대 나가지 않을 것이며, 지하철을 다람쥐 쳇바퀴 돌듯 왔다 갔다 운전하며 만족해할 것이며, 그들은 '지극히 평범'하다고 아빠가 말한다. 아빠는 프랑스와 아랍적인 것에 좀 적당하게 스웨덴적인 것이 섞인 것에 대해 상당히 자부심을 가진 것처럼 보인다.

아빠는 네게 L 키로 운전석 옆문을 열게 하고는 지하철을 운전해서 끝없는 터널을 지나 앞으로 나아가면서, 때때로, 아주 때때로 네게 전철역의 이름을 마이크에 대고 말하게 한다. 아빠는 항상 r과 s가 들어가 있는 전철역의 이름을 고르는데, 네가 발음을 제대로 못해 한층 더 재미있어지기 때문이다. "다음 떤철역은 웁뜨텐! 모든 똔님들은 내려 주떼요!" 그러고는 너희 두 사람이 함께 웃느라 뒤로 넘어가기 바로 직전에 아빠가 마이크의 스위치를 끈다. 어둠과 그림자 그리고 조용하게 전등에서 지지직거리던 소리가 기억이 난다. 아무리 두 사람 모두 웃다 죽을 것만 같아도 아빠는 이중으로 연결된, 손으로 작동하는 가속기 조종을 계속한다.

아빠는 파란색 폴리에스테르 정장을 입고 은색 SL 로고가 있는 모자를 쓰고 있다. 아빠는 팁으로 받은 동전들을 정성스레 저축한다. 그리고 아빠는 위선적으로 미소를 지어 주던 화랑 주인들 때문에 전시회를 열려던 생각을 그만두었다. 아빠는 이렇게 말한다. "지배층을 매개로 해 성공하는 한, 결코 자유로울 수 없어. 자신의 미래를 바꾸기 위해서는 홀로 우뚝 서야만 해. 내가 내 스튜디오를 시작하려고 하는 것은 바로 그런 이유 때문이야. 다른 사람에게 의존하는 데 지쳤어. 꿈을 실현시키는 것은 바로 네 아빠에게 달렸고…… 이크, 지금 역에 접근하고 있어, 준비됐니?"

마치 금속으로 만든 벌레처럼 여러 개의 마디로 나누어져 있어서 구부릴 수 있는 금속제 줄무늬 마이크 대에 가까이 가기 위해 네가 의자 위에 올라가고, 아빠가 사인을 보내면 네가 이렇게 외친다. "다음 떵거당은 외뜨테브말름 뜨토뷔."

흰색 레이저 빛의 하이라이트를 켠 전철이 터널 속에서 쉬 소리를 내며 앞으로 나아가는 동안 아빠는 눈가에 눈물이 맺힐 때까지 웃어 댄다. 갑자기 너와 네 아빠는 태양계를 벗어난다. 너와 네 아빠는 은하계 외부에 남겨진 우주 비행사들이고, 아빠는 슈바카에 있고 너는 바트 대더에 있다. 여기에서 수 광년 떨어져 있는 극비의 행성에서 너희들이 연료를 주입하려고 한다. "거의 불가능한 임무이지만 우리에게 불가능이란 없어. 맞지, 아빠?" 아빠가 초음속으로 속력을 올리자, 슈바카와 바트 대더로 돌아가는 길을 찾기 전에 너희 몸이 소립자들의 형태로 변화해서 인간에서 딱정벌레로, 치약 튜브로 그리고 크루아상으로 바뀐다. 너희들은 대기권 외부를 가로질러서, 다리가 둘 달린 수백 마리 두꺼비가 하얗게 빛을 내며 복도 주위를 서성거리고 있는 밝은 영역으로 들어가자 눈이 보이지 않는다. 아빠는 속도를 늦춘다. 조종간을 뒤로 당기자 행성의 플랫폼에서 떨어져 있는 모퉁이에 너희들이 안전하게 착륙한다. 네가 산소 튜브를 연결하고 광선 검을 곧추세운다. 네 아빠가 문을 열어 주는 수소 헬륨 장치를 돌리자마자 너는 조종석의 문을 열고 적군 경비대를 제압하기 시작한다. 연료 장치를 도킹시키고 적들이 다시 일어서기 전에 원자폭탄을 보내라고 네가 소리친다. "문 조띰하떼요. 출입문 닫께뜹니다!" 그리고 아빠가 쉭 소리와 함께 도킹 스테이션을 닫고, 조종석의 문이 철컹하고 잠기고, 다음 정거장을 향해서 최대 속도로 앞으로 달려 사라져 버린다.

세 번째 기억은 너와 아빠가 탄토 공원을 산책하고 돌아왔던 주말 아침이다. 그때 너는 삼각대를 들고 있고, 아빠는 눈 덮인 공원 벤치, 얼어붙어 버린 자전거들, 그리고 신발 자국이 중간에 찍혀 있는 얼어 버린 물웅덩이를 향해 부드러운 소리가 나는 카메라의 셔터를 누르고 있다. 사진 촬영 중간에 아빠가 목도리를 고쳐 매 주면서 너에게는 단지 이름에 불과한 것일 뿐인 것들의 이름 하나하나에 대해서 말해 준다. 그러자 곧 그것들이 네 주위에 있는 어떤 것들보다도 더 살아 있는 것처럼 느껴진다. 사진은 거짓말할 수 있기 때문에 사진이야말로 진정한 예술이라고 했던 헨리 피치 로빈슨에 관해 아빠가 열렬하게 이야기하던 것을 너는 기억한다. 그리고 독일 민중을 찍은 아우구스트 잔더의 사진집과 아제의 회색빛 파리 사진, 그리고 뉴욕의 모든 뉘앙스를 사진에 담은 애벗에 관하여 아빠가 이야기를 들려준다. 그리고 특히 세계에서 가장 위대한 전쟁 보도 사진 작가, 벨벳 같은 시선을 지녔던 카파, 바로 로버트 카파에 관해 이야기할 때 네 아빠의 눈이 얼마나 반짝거렸는지를 너는 기억한다. 그는 부다페스트에서 태어났지만 망명을 해서 이야기를 하기 위해 자신만의 고유한 방식을 발전시켰는데, 그의 친구들이 그 방식을 '카파어'라고 불렀다고 한다. 이쯤에서 너는 항상 아빠의 이야기를 중단시키고 이렇게 말한다. "그런데 아빠, 아빠도 아빠만의 언어를 가지고 있잖아요!" 그런 영웅들과 비슷하다는 말보다도 더 반가운 말이기 때문에 아빠는 미소로 대답한다. 게다가 그건 사실이다. 보통 부모들은 스웨덴어나 스웨덴어가 아닌 말로 이야기하지만 아빠만은 자기 자신만의 언어로, '케미리어'로 이야기하기 때문에 특별하다. 모든 언어가 결합한 언어, 모든 의미가 변화하고 이상한 단어들이 서로 합쳐지는 언어, 특별한 규칙을 지니며 매일매일 예외적인 언어. 아랍어 욕설, 스페인어로 된 의문사, 프랑스어로 하는 사랑의 맹세, 영어로 된 사진작가의 명언, 그리고 스웨덴어로 된 말장난들. g와 h가 요란한 소리를 내며 배 속으로 떨어지는 언어, '여행한다'라고 하는 대신에 항상 '간다'라고 하는 언어, 장난감을 항상 '바닥'에서 줍는다고 하는 언어. '맞아'가 '오케이'를 뜻하고 '허브 소금'이 '정말 맛있는'이라는 말과 유사어인 언어.(단지 엄마들이 팝콘에 허브 소금을 넣는 것을 좋아하기 때문이다.) 질병 치료는 기침, 코막힘, 타박상에 두루 바르는 연고 이름을 따서 '빅스 마찰'이고 잼과 함께 뮤즐리를 먹는 것은 '그오것'(아니면 '그냥 오래된 것')을 먹는다고 한다. 뭔가 부드러운 것은 '페르닐라적인'이고 뭔가 슬픈 것은 '엑스트라 블루'라고 하고 뭔가 대단히 좋은 것은

'엑설런트!'라고 한다. 네가 누군가에게 인사할 때, 너는 '안녕, 이 멍충아!'라고 소리친다. 그리고 네가 집에서 나갈 때는 '안녕, 집.' 하고 소리친다. 이 외에 다른 것이 더 있나? 물론이다. 이 외에도 수백 개의 특별한 단어들이 있다. 마카로니는 '유아용 변기'라고 부르고 사탕은 아랍 사탕인 '할로우아', 음료수는 튀니지의 탄산음료 '가즈우즈'로 통칭하고…… 언젠가 한동안 네 아빠가 너를 모글리라고 부르고 자신은 바기라라고 부르던 것을 기억한다. 그리고 너와 네 아빠가 경례를 붙이면서 네 엄마를 하티 대령님(그리고 외할머니는 시어 칸)이라고 부르면 네 엄마가 항상 화를 낸다.[6] 이름은 결코 아무것도 아닌 게 아니라, 너의 존재 이유를 더욱 선명하게 해 주는 것이다! 왜냐하면 아빠가 분명 엄마의 이름이 전에는 베리만이었고 우리는 케미리라고 설명해 주었으니까……. 그 의미가 뭐였지? 맞아! 산에서 온 사람! 우리는 산에서 온 사람들(männen)이고, 프랑스어로는 'les hommes de la montagne'이니, 케미리어로는 산사람들(montemännen)이다! 아들아, 알겠니? 나와 네 엄마는 서로를 의미하는 천생연분인 거야. 아무것도, 시어 칸조차도 이렇게 운명적인 사랑을 막을 수는 없단다.

사진 촬영 시간이 끝나고 난 후 네가 집으로 돌아왔을 때, 발가락이 얼음장 같고 배에서는 꼬르륵 소리가 나지만 그래도 너는 아빠와 함께 한때 작은 욕실이라고 불렀던 아빠만의 방인 현상실에 들어간다. 빨간색 조명은 (또렷한 그림자를 선호하는) 아마추어를 위한 것이므로 지금은 연한 오렌지색 백열전구로 새로이 꾸며져 있다. 천장에는 건조할 때 매달아 놓는 줄이 쳐져 있고, 철제 책상에는 복사기가 있으며, 바닥에는 화학약품을 담는 대야들이 있다. 아빠는 하나하나 차례로 주의해야 할 제품의 사용 설명서를 모두 자세하게 살피고, 불을 끈 다음, 기포를 모두 터뜨려 없애야 한다. 너는 빛이 들어오는 틈을 테이프로 막는 명예로운 작업을 맡는다. 그러고 나면 갑자기 너를 거의 질식시켜 버릴 것 같은 어둠이 찾아온다. 아빠가 필름을 나선형 릴에 장착하고 찰칵하는 소리가 날 때까지 필름을 감는다. 그런 다음 다시 빛이 들어와 밝아지면, 여느 때처럼 너는 숨을 쉴 수 있게 된다. 그리고 아빠는 현상액을 붓고 휘젓기 시작하면서 타바르카에서 어떻게 그가 우연히 정착액과 함께 새로운 길을 걷게 되었는지에 관한 이야기와 부유한 독일인 관광객이 손님이었다는 이야기를 들려준다. 그러고 나서 벽에 구멍을 뚫어서 걸어 놓은 《악투엘 포토그라피》의 클래식 시리즈에서 오려 놓은 사진을 전부 쳐다보느라 너의 시선이 이리저리 움직이자, 아빠가 현상통을 흔들며 웃는다. 그 사진들에서는 어떤 해군 병사가 무척 유순해 보이는 간호사 부인을 떠났다가 후회를 하게 되어 도시에 돌아와서는 처음으로 서로 키스를 나누고, 여자가 자기 등을 뒤로 다리처럼 구부리자 이에 굉장히 감동한 동네 사람들이 조그만 종잇조각들을 던지면서 환호하고 거리에서 카니발 대축제를 시작한다. 그리고 또 다른 사진에는 장군님의 메달을 훔친 것 때문에 허리춤까지 오는 어두컴컴한 호수에서 강제로 걷는 벌을 받아 더럽혀진 불쌍한 군인이 있고, 이 때문에 그 군인이 얼마나 화가 났는지 알 수 있으며, 배경에는 금속으로 된 섬들과 보트들 그리고 평범한 해변이 있다. 그리고 또 어떤 사진에는 흰머리와 턱수염이 난 불쌍하게 보이는 노인이 앉아 있는데, 아빠가 아인슈타인이라고 부르는 그의 손은 가죽만 남아 있고 손가락은 붕대로 감겨 있다. 그는 손자들을 기다리고 있지만 손자들은 그가 수프를 시끄럽게 먹어 대고 자기들이 그의 슬리퍼를 신겨 주어야 하고 그의 콧수염을 깎아 주고 다듬어 주어야 하기 때문에 싫증 나서 결코 방문하는 걸 원하지 않는다. 노인은 그들의 도움을 기다리고 있다. "애야, 듣고 있는 거니, 아니면?" 아빠가 묻는다. 아빠의 설명은 계속되고, 정착액을 다시 쏟아 붓고, 약 이십 분간 조심스럽게 린스를 하고, 장비를 열고, 말리고, 수세하고, 복사를 준비하는 동안 너는 물론 계속해서 고개를 끄덕여 댄다. 빨간 현상액을 파란색에 집어넣는데, 흰색 정착액은 절대 함께 섞어서는 안 되고, 약물 외에 다른 어떤 도구도 사용해서는 안 된다. 그것들은 모두 인화성 화학약품이기 때문에 철저히 주의를 해야 한다는 사실을 절대 잊지 말아야 하고, 작은 실수 하나만으로도 미래의 대작을 망쳐 버릴 수 있으며…… 공기가 습해지기 시작한다. 거울에는 김이 서린다. 약물 냄새가 진동한다. 하지만 그래도 네가 있을 만한 곳은 달리 없다.

아빠가 약물을 담아 놓은 대야 앞에 무릎을 꿇고 있어 갈라진 엉덩이가 보인다. 아빠가 욕을 한다. 너는 아인슈타

인 영감님과 함께 돌아온다. 그는 자신의 콧수염을 비비 꼬
며 너에게 윙크를 하고는 화장실의 변기 물통 위에 등을 구
부리고 내복을 입은 채 앉아 있는 네가 용감해 보인다고 말
한다. 다시 불을 끄려고 한다. 이제 무서워할 필요 없어, 알
았지? 위험하지 않아, 어둠은 빛과 똑같은 거야, 단지 음, 그
러니까 단지 아주 적은 빛이랄까? 그리고 그가 이 없는 부
랑자의 미소를 지어 보이고, 키스를 끝낸 선원이 한쪽 손으
로 엄지를 추켜올려 보이며 다른 손으로 간호사의 엉덩이
를 꼬집고, 물속에 있는 군인이 네게 손을 흔들고⋯⋯. "누
구와 이야기하는 거야? 대신 내 얘길 들어 봐!" 아빠는 계
속해서 복사기가 후졌다고 욕을 하고, 조리개를 조정하고,
땀이 흘러내리는 걸 잽싸게 막는다. 그리고 마침내 네 번째
시도에서 윤곽이 사본에 완벽하게 드러나기 시작한다. 눈
덮인 자전거가 보인다. 엑설런트! 아빠가 소리친다.

케미리어는 아빠의 언어이고 가족의 언어다. 오직 너만
의 언어이다. 다른 어떤 사람의 언어가 아니고, 다른 사람
에게 절대로 알려 주지 않을 언어이다.(지금까지는?)

잘 있었니!

세 가지 기억에 대해서 네가 보낸 편지 고맙게 읽었다. 음…… 이 글을 서두에 넣는 것으로 가정하고 전체적으로 다듬을 필요가 있다고 생각하는데, 네 생각은 어떠니? 그런데 왜 너 자신을 "나"가 아니라 "너"라고 표현하기로 했니? 그리고 "아빠" 대신에 왜 "아빠들"[7]이라고 쓴 거니? 그냥 실수인 거니 아니면 의도적인 거니? 내 의견으로는 보다 고전적인 형식으로 시작하는 게 텍스트의 질적인 면에서 더 크게 자극을 받을 수 있다고 본다. "아, 나의 아버지, 나의 위대한 영웅에 대한 첫 번째 기억으로 이제 이야기를 시작해 보련다……." 이와 같은 식으로 말이다.

이걸 작성하는 데 삼 주나 걸린 거니? 두 번째 책을 쓰는 것에 대해 네가 "그으으으렇게 내키지 않는다."라고 말했던 의미를 이제는 좀 알 것 같다. 자신과 가까운 동료 작가들에게 불성실하고 역량이 부족하다고 비난하는 것이 훨씬 더 쉬운 일이겠지⋯⋯. 다른 사람을 아주 적극적으로 헐뜯어서 자기 자신의 무능력을 숨기려고 하는 게 얼마나 유혹적이니? 네가 하고 있는 행동이 그런 것 때문은 아니냐? 다음 메일에서는 애매모호한 부분을 좀 더 명확하게 표현해 주면 좋겠다. 먼저 네 아빠의 시적인 편지에 갈채를 보냈구나. 그런 다음 내 번역은 알타비스타 바벨피쉬의 전문성을 연상시키고 책에 삽입하려고 쓰는 것들은 "백합에 금을 입히는" 것처럼 불필요한 사족 같은 것이 될 거라고 썼구나. 금빛으로 반짝이는 백합보다 더 아름다운 게 무엇이니? 게다가 너의 어조가 갑자기 불쾌해지고 날카로워지고 있어. 이제 책에 네가 더 참여할 순서라고 쓰면서, 갑자기 내가 쓴 것 "같은 의심이 드는" 네 아빠의 편지 작성 스타일에 대해서 비난하고 있구나. 이렇게 대답을 해 주고 싶다.

1 네 아빠는 내게 아랍어로 편지를 썼단다. 그 편지를 내가 스웨덴어로 번역했어. 네 아빠의 문장을 정확하게 표현하기 위해서 내 언어의 톤을 기초부터 수정할 수 없을 거라는 건 우리도 전적으로 예상할 수 있었던 일이 아닐까. 나는 내가 할 수 있는 정도의 스웨덴어 실력으로 글을 쓰고 있는 거란다. 스웨덴에서 보냈던 실질적인 시간은 한계가 있고, 내가 문법적인 문제들을 유발할 수 있다는 사실을 나도 잘 알고 있단다. 네가 각각의 글에서 결함을 세 개씩 찾아낸다고 해도 아무도 나무라지 않을 것이다! 그러나 이러한 결함

때문에 나의 순수한 열망에 대해 네 의심이 불어난다면 난 바로 주저앉아 버릴 테지.

2 하지만…… 솔직히 말해서 네 아빠의 편지가 내 영향을 받아 완전히 객관적이지 않다고 네가 썼을 때 나는 네가 옳다는 것을 바로 인정해야 했다. 분명 때때로 카디르 방식을 약간씩 끼워 넣었다. 예를 들어 생기를 주는 은유적인 표현들로 텍스트를 꾸몄다.(참고로, 울고 있는 네 어머니의 손을 "자동차의 앞 유리 와이퍼처럼"이라고 비유했다.) 또 어떤 장면들에 대한 묘사를 좀 더 강화시켰다.(참고로, 센트럴 역에서 네 엄마의 빛나는 미소.) 하지만 나는 네 아빠가 저항하려고 했던 어떤 것을, 나는 이게 큰 확신을 가지고 있던 것이라는 걸 알기 때문에, 변경하지는 않았다. 그건 내가 그의 영혼을 정말 잘 알고 있기 때문이기도 하다. 그는 네 엄마의 미소가 정부의 사회복지사에서 지하철 검표원과 경찰 그리고 카메라 판매원에 이르기까지 모든 사람들을 어떻게 달래 주는지에 관해 자주 이야기하곤 했다. 여담이지만 그가 달라이 라마와 함께 사진 촬영을 하고 집으로 돌아왔던 2002년에 보낸 이메일에다 우연히 이런 내용을 쓰기도 했다. "하지만 그(달라이 라마)가 가진 미소의 힘은 여전히 페르닐라의 것에 미칠 수 없었어. 어떤 미소는 태양처럼 빛이 나지, 또 어떤 미소는 별처럼 반짝이고. 하지만 단 하나의 미소만이 핵의 위력을 지닌 빛을 발산해." 만약 내가 그의 의견을 진심으로 반영하기 위해서 네 아빠의 편지를 부연하려고 한 것이라면, 장면에다 상상을 가공한 게 진

정 부정 행위라고 부를 수는 없는 거잖아. 그렇지?

3 당연히 내러티브의 바통은 이제 네가 이어받을 차례다. 앞으로 계속해서 작업을 하다 보면, 마치 디브이디가 일시 중지된 것처럼 네 아빠와 나의 관계가 얼어붙어 버리기 때문에, 책의 3부를 시작하기 전에 전적으로 너에게 바통을 위임하는 게 매우 적절하다고 본다.

네가 성장한 이야기에 대해서 내게 편지를 보내 주는 건 마음 내키는 대로 해라. 고상한 척 논평하는 일은 않겠다고 약속하마. 계속해 나갈 네 작업에 영감을 주기 위해서 1984년에 네 아빠가 튀니지에 극적으로 귀환했던 이야기를 편지에 첨부한다.

유쾌한 친구
카디르

오래 시름시름 앓던 파이잘이 1984년 봄 노쇠한 나이로 이 세상을 떠났다. 압바스가 장례식에 참석하기 위해 고향 젠두바로 돌아왔다. 당시에 나의 포커 판이 잘 안 풀렸기 때문에 나는 마제스티크 호텔에서 휴가를 낼 수 없었다. 카드가 나를 북돋아 주기보다는 괴롭게 했는데 최근에 손해 본 부분을 메꾸기 위해서 나는 매우 고되게 일을 할 수밖에 없었다. 그러던 터에 압바스가 내게서 빌렸던 돈을 갚을 거라는 기대를 가지고 나는 타바르카에 네 아빠가 도착하기를 인내하며 기다렸다.

2월의 차가운 황혼 무렵, 마제스티크 호텔 입구에 택시 한 대가 사라지고 나자, 어두운 갈색 레이밴 선글라스를 쓰고, 긴 머리에 "사진이 삶의 기억을 만들어 준다."라는 문구가 새겨진 《악투엘 포토그라피》에서 제작한 연한 파란색 티셔츠를 입고 있는 네 아빠의 실루엣이 눈에 들어왔다.

"압바스!" 내가 기쁜 목소리로 불렀고, 우리는 서로의 건강을 계속해서 확인하며 두 팔로 정겹게 포옹을 나눴다. 포옹을 풀고 나자 그가 나의 눈을 살폈다. 네 아빠가 무슨 말을 하려는지 입술이 오물거렸지만 결국 아무 소리도 그의 입에서 흘러나오지 않았다. 바로 다음 순간 그의 다리가 휘청거리며 옆으로 갑자기 구부러졌다. 그러더니 펄썩 인도에 주저앉고 말았는데, 내가 보기에 그는 기절할 뻔한 거였다. 후들거리는 다리로 그를 부축해서 호텔 현관까지 옮겼고, 손님들을 위해 마련해 두었던 가죽 소파에 그를 누였다. 그의 뺨은 하얗게 질려 창백했고 들러붙은 그의 입술을 벌리는 것이 고통스러워 보였다.

"대체 무슨 일이야?" 나는 묻고 또 물었다. "파이잘의 장례식 때문에 네 마음이 너무 아팠던 거야? 아니면 젠두바에 돌아와서 그래? 너무 답답하다, 친구야. 뭐라고 좀 말해 봐."

기력을 회복하고 나자, 네 아빠가 물 몇 모금으로 목을 축인 후, 자신의 이야기를 하기 시작했다. 그때 했던 말들은 대략 이러했던 것 같다.

"카디르, 내가 신세를 많이 졌다. 너를 다시 만나게 되어 너무 기뻐. 우리가 다시 만났다는 사실이 믿어지지 않아. 하지만 젠두바를 다시 보게 되니까 숨이 무척 가빠 왔어. 네가 왜 돌아오지 않았는지 정말 이해가 된다. 파이잘의 장례식에 참석한 일이 내 가슴 한가운데서 설명할 수 없는 감정들을 울컥하고 솟구쳐 올라오게 했어. 내 눈에서는 눈물이 강물처럼 흘러내렸고, 이렇게 주기적으로 다리 근육이 내 말을 안 듣더라고. 파이잘이 내 친부가 아니었다는 사실이 내게 위로가 되지는 않았나 봐. 그 결과가 왜 이렇게 큰지는 나도 잘 모르겠어."

바에 앉아서 골이 들어갔다고 기뻐하며 고함치는 술 취한 네덜란드인 때문에 네 아빠의 말이 잠시 중단됐다. 그는 좀 더 진정된 목소리로 말을 이어갔다.

"장례식 후에도 내 마음이 진정이 안 되더라고. 물론 다른 사람들과 함께 내 슬픔을 나눌 수 있었고, 셰리파를 다시 보게 되어 무척 기뻤지만 말이야. 하지만 내가 스웨덴에서 일해서 저축한 돈으로 억만장자가 되었을 거라는 희망에 부푼 기대감을 지닌 가난한 가족들과 말 많은 이웃들 때문에 매일 우리의 슬픔이 방해를 받았어. 그들이 문을 두드리면서 택시 회사에 투자를 좀 하라거나, 치즈 공장이나 외국 여행사에 투자하라고 꼬드기지를 않나, 비자를 받기 위해서나 사촌 아이들의 학위 취득을 지원해 달라고 뇌물을 주더라고. 고아원 시절 옛 친구들조차도 당연하다는 듯이 호화스러운 선물을 받을 거라고 기대했지. 내게는 가족이 있고 나의 경제 사정이 텔레비전 시리즈 「유잉」의 JR과 비교할 수 없다는 사실을 디브와 소피아네, 아미네와 오마르, 모두 이해하려고 들지 않았어. 그건 그렇고 넌 그 텔레비전 시리즈를 아니?"

(사실 네 아빠가 '유잉'이라고 말했지만 이건 물론 「댈러스」 시리즈를 의미하는 것이었다. 그때 바로 그의 말을 정정해 주고 싶지는 않았다.)

"어쨌든 스웨덴에서 그 시리즈가 무척 성공을 거뒀어. 페르닐라와 나는 요나스가 잠들고 나면 매주 토요일 저녁에 그 드라마를 보았다니까. JR과 바비, 그리고 수 엘런이라고 하는 알코올의존증 여성이 나오는 이야기인데. 시리즈 음악은 이래, 다아, 다, 다아아, 다다다다다아아……?"

"압바스…… 정서 불안 증세의 원인이 될 만한 게 없어?"

네 아빠가 노래 부르는 것을 멈췄다.

"카디르, 네 말이 맞아. 미안. 회피하려는 나의 시도를 꿰뚫어 볼 줄 아는 사람은 이 세상에 정말 너밖에 없다니까. 대신에 내가 혼란스러워하는 진짜 원인에 대해서 말해 줄게. 오늘 아침에 일어난 일이야…… 젠두바에 있는 수크에 서였어. 평상시처럼 파프리카와 무화과를 팔거나, 사과와 배를 팔거나, 황금색 멜론으로 가득 채워진 리어카를 끌고 온 농부 가족들로 가득 차 있었지. 달콤한 복숭아, 오랫동안 쓸 수 있는 백열전구, 부드러운 양탄자라고 상인들이 목청을 높이고 있었어. 바나나와 비누로 씻은 초록색 쿠베, 베일과 양념통, 그리고 특별히 할인 가격으로 준다는 신선한 염소……."

(그런데 네 아빠가 수크에 대한 지루한 묘사를 다시 시작하려고 했다. 너도 물론 젠두바를 방문했을 때 수크에 가 봤지? 야외 시장에 대한 너의 기억을 자유롭게 떠올려 보렴. 1984년이란 것을 상기하면서. 그러니 황색 네온 휴대전화기 덮개, 건전지, 에미넴 티셔츠, 짝퉁 나이키 신발의 상거래는 빼도록 해라.) 마침내 난 네 아빠의 말을 중단시켰다.

"압바스…… 요점을 말해 봐."

"그래. 미안. 그러니까 내 말은 말이야. 어쨌든 오늘 아침 나는 루아지[8] 정류장을 향해 걸어갔고, 도시를 떠나는 것이 무척 기뻤어. 여느 때처럼 내 가슴에 걸려 있던 카메라의 호위를 받았지. 그러다 문득 거리의 아이와 올챙이배를 한 스튜 냄비 판매원이 말다툼하는 걸 목격하게 되었어. 그 모습이 사진이 될 만한 잠재성이 있다고 생각해서 난 카메라를 들고 각도를 완벽하게 조정하려고 했지."

"그런데?"

그 이야기를 마치려고 네 아빠가 받침대를 꺼내 들었다.

"초점을 맞추고 나자, 얼굴이 하나 갑자기 들어오더니 내 모티프를 막아서기에 바로 카메라를 내렸어. 구겨져서 헤진 카피에[9]가 그의 머리에 쓰여 있었고, 황마 천으로 된 푸른색 재킷은 얇은 끈으로 졸라맨 바지와 붙어 있었어. 그는 발이 묶인 칠면조를 손에 들고서 옮기고 있었는데, 칠면조가 계속해서 날갯짓을 해 댔지. 내가 욕을 할 준비를 하며 카메라를 낮추었어. 우리 모습이 서로의 눈에 투영되었어. 몇 초가 지나고 난 후, 나의 통찰력이 폭포수처럼 힘차게 쏟아져 내렸어. '라시드!'라고 내가 소리치자 짧은 반바지를 입은 거리의 아이 엉덩이를 열심히 걷어차고 있던 올챙이배의 남자가 잠시 멈추었어. '라시드!'"

"알제리 출신 네 옛 이웃?"

"그래! 처음에는 그가 나를 다른 사람으로 착각했나 봐. 그가 빠른 속도로 달음질쳐 버리면서, 그가 자신의 이름

듣는 것을 거부했어. 하지만 난 그를 쫓아가서 그의 어깨를 잡았어. '이봐요! 나예요! 압바스! 하이파의 아들. 죽을 뻔했던 나를 당신이 구해 줬잖아요!' 라시드가 숨을 가쁘게 몰아쉬며 멈춰 서더니, 머리 꼭대기에서 발끝까지 유심히 나를 살폈고, 그의 얼굴에 미소가 가득 피어올랐어.

'아이고, 네가 어른이 되어 버렸구나! 그런데 나한테 화가 난 것은 아니지?'

'화가 나요? 어떻게 내가 화가 날 수 있겠어요?' 우리는 오랫동안 서로 끌어안고는 눈물을 흘리며 서로에게 인사를 건넸어. 그러는 동안에 칠면조가 골골하며 울어 대면서 목을 정신없이 흔들어 댔지."

"네가 기억하는 것처럼 똑같던?"

"글쎄, 시간의 이빨이 좋았던 시절의 그의 모습을 다 갉아먹어 버렸지, 뭐. 태양에 의해 생긴 주름진 눈가에는 어두움이 깔려 있었어. 까맣던 턱수염은 잿빛으로 반짝였고 그의 어깨는 어린애들 어깨처럼 비쩍 말라 버렸더라고."

"그다음은 어떻게 됐어?"

"카페까지 같이 걸어가서 그간 어찌 지냈는지 서로 이야기를 간략히 나누었어. 라시드는 내 삶에 무척 감동을 받았어. '셰리파의 집 앞에서 서로 이별 인사를 나눌 때에는 누가 이렇게 우리가 만나게 되리라고 생각이나 했겠어? 스웨덴에 살아서 풍채가 이렇게 당당해지고 사진작가가 될수 있었던 거야?'라고 그가 말하더군.

'당신은 젊은 시절 모습을 그대로 유지하고 있네요.'라고 내가 응답했지.

'정말 고마워, 네가 예의 바른 거짓말쟁이인 거는 알지만.' 우리는 서로 즐겁게 웃었고 분위기는 정말 좋았어."

"정말 완벽한 재회처럼 들리는데. 그렇지?"

그런데 네 아빠의 미소가 사라져 버렸다.

"완벽한 재회였어. 내 친부에 대한 최근 소식을 알고 있는지 라시드에게 물어보기 전까지는 말이야. 내 아빠의 삶이 알리 부멘젤처럼 끝장났는지 아니면 혹시 세상 어딘가에서 호화롭게 살고 있는지 내가 물었어. 라시드의 눈이 수평선을 향하더니 긴 한숨을 내쉬었어.

'네 아빠…… 모우사 씨는……. 너희의 이별은 비극이 아니었냐?'

'제발 라시드, 비극은 극복하라고 있는 거예요. 그게 내 인생철학이고요. 그런데 현재 그가 어떻게 살고 있는지에 관한 소식을 혹시 알고 있는 거예요?' 라시드의 얼굴에 뭔가 수치스러워하는 모습이 보였어.

'난 네 아빠에게 약속했어…… 무슨 일이 일어나면 너를 돕기로…… 그가 나에게 미리 돈을 지불했거든…… 그런데 나 자신에게 다른 여력이 없었어…… 그래…… 나 혼자서 너를 돌볼 수 없었던 거지…… 하이파가 퍼뜨린 무성한 소문 이후에. 그리고 그가 남긴 돈으로 충당하기에는 불가능했어…… 내가 바라는 건…… 네가 넓고 깊은 도량으로 나를 이해해 줄 수 있을까 하는 거야.'

'물론, 물론이지요…… 내 이해심은 축구장처럼 넓어요.'

나는 참지 못하고 말을 끊었어. '하지만 내 아버지…… 모우사…… 외국에 가서 살고 있나요? 아세요?'

라시드가 두 어깨의 각도를 가다듬은 다음 가까이 기대더니 속삭였어.

'난 네 아빠가 살아 있다고 믿어…… 하지만 비밀스러운 장소에서 신분을 바꾼 채……'

궁금해서 묻는 나는 조바심에 가슴이 쿵쾅거렸지.

'그러면 지금 그의 이름이 무엇인지 안단 말이지요?'

'소문에 의하면, 그의 이름이 그러니까…… 지금 뭐였더라…… 론 암 스툰테크. 아마 그럴 거야.'

난 심장이 뛰고 입이 붙어서 말을 못하고 그 이름을 종이에 적었어. 몸을 뒤로 기울이는 라시드의 모습은 오랫동안 가지고 있던 빚을 완전히 갚은 것처럼 보였어. 우리가…….."

"빚과 채무이행에 대해서인데……." 그때 내가 네 아빠의 말을 끊었다.

"닥쳐!" 네 아빠가 소리쳤다. "지금 내 말을 끊지 마! 우리가 각자 가던 길을 가려고 서로 이별하려고 할 때, 내가 라시드에게 물었어. 굉장히 오래전에 우리가 만났을 때, 그때 아버지가 왜 내게 밤을 주었는지 아느냐고 말이야. 그러자 라시드가 나를 슬픈 얼굴로 쳐다봤어.

'언제 서로 만났지?'

'음, 내가 어렸을 때 아버지가 방문했을 때 내게 밤 한 톨을 주었잖아요……'

'하지만…… 네 아버지는 너를 방문한 적이 결코 없었어. 넌 레스토랑에서 시간을 보낸 적이 결코 없었단다. 네 아버지는 경호원도 없었지. 네가 잘못 기억하고 있는 것임에 틀림없어. 너는 뭔가 상상을 했던 거야…… 하이파처럼, 너희 가족들에게 항상 나타나던 전염병 같은 것에 감염된 것인지도 몰라. 그런 병 때문에 상상하던 게 얼토당토않게 선을 넘어가서 실제 현실과 부딪히고 마는 위험한 경우라고 할 수 있지.'

'하지만…… 그러면 이 밤톨을 어떻게 설명해야 하죠?' 자포자기해 버린 내가 울먹이면서 주머니에서 밤톨을 꺼냈어.

'음…… 아마도 네 집 마당에서 네가 직접 발견한 것 같은데?'

그 말은 내 존재 전체를 휘청거리게 했어. 갑자기 내 인생 전체의 작은 부분들까지도 수상하고 불확실하게 생각되더라고. 난 대체 뭘 더 상상한 거야? 내 생각 속에 있던 현실은 뭐가 잘못된 걸까? 마지막으로 마음의 안정을 되찾으려고 나는 일단 궁금한 것들을 잠시 내려놓고는 라시드의 몸 가까이에 내 몸을 대고 연속적으로 사진을 찍어서 우리를 영원히 남겼어. 그런 후에 우린 서로 작별을 했어. 다시 수크를 향해 라시드가 걸어가면서 칠면조의 한쪽 날개를 잡고 손을 유머러스하게 흔들어 작별 인사를 했지. 잠시 후 그의 모습이 보이지 않았어. 그렇지만 난 혼자서 혼란스러운 상태로 남아 있었어."

"그렇지만 절대 혼자가 아니야!" 내가 위로를 했다.

"아니야, 카디르. 사실이야. 난 완전히 혼자야."

"너한테는 가족이 있잖아. 그리고 나도!"

"그래, 하지만…… 누가 알겠어…… 너도 현실이 아닐지도 모르잖아?"

우리는 서로의 눈동자를 바라보다가 갑자기 긴장을 깨뜨리는 웃음이 나왔고, 그렇게 침묵도 깨져 버렸다.

"하하! 무척 우습다고 말할 수 있는 유머였어."

네 아빠는 아버지의 가명이 적혀 있는 종이쪽지를 지갑 속에 집어넣었다.

"이제 어떻게 할 거야?"

"잘 모르겠어…… 하지만 이 쪽지에 씌어 있는 이름이 모우사의 새로운 이름이라면, 그를 찾아보려고. 앞으로 언젠가 말이야. 갈등이 얼마나 쌓이든 간에 아들과 아버지 사이의 관계를 끊어서는 안 되잖아."

타바르카에서 압바스와 나는 나흘간 향수에 젖어 지냈다. 레스토랑에 가서 밥을 먹고, 추억들을 늘어놓고, 하룻밤 불장난 상대를 고르던 예전의 일상들을 얘기하면서 재미있게 보냈다. 네 아빠는 어떤 관광객과도 섹스를 하지 않았다. 자주 초대를 받았음에도 말이다. 그러다가 불쑥 네 아빠는 내게 빌렸던 돈을 갚을 능력이 여전히 안 된다고 알렸다. 그런 다음 이렇게 말했다.

"하지만 카디르, 의심하지 마. 스웨덴 속담처럼 성공은 바로 '저 모퉁이를 돌면' 기다리고 있어."

그러고 나서 우리는 작별을 했다.

넌 이 부분을 은유적으로 끝낼 수 있다.

"가족이 하나도 없는 압바스는 가슴에 구멍이 뻥 뚫린 것처럼 느껴졌다. 스위스인이 요들송을 부르는 시계 판매원이나 초콜릿 전문 디자이너와 함께 산꼭대기에서 먹는 치즈 같은 느낌이었다. 동시에 카디르는 자신의 돈을 절대로 돌려받을 수 없다는 느낌에 주목했다."

작별의 선물로 네 아빠는 내게 축 늘어진 봉투 안에 사진들을 넣어 주었다. 거기에는 계속해서 성장하던 네 모습, 너희의 좁은 아파트, 엄청나게 큰 1970년대 안경을 쓰고 있는 네 엄마와 그녀의 히피 숄, 점점 늘어나는 네 아빠의 음반들, 스웨덴 친척들의 별장 등 여러 장의 사진들이 들어 있었다. 그뿐 아니라 거기에는 네 아빠가 SL 지하철 공사의 동료들과 함께 찍어서 나눠 주었던 인물 사진이 들어 있었다. 지하철 공사의 파란색 제복을 차려입고, 머리에는 은색 로고가 새겨 있는 모자를 쓰고, 춥긴 하지만 분위기가 밝은 카페에서 허리를 활짝 편 네 아빠가 서 있는 사진이었다. 마지막 사진은 나를 좀 슬프게 했다. 그 사진에서 네 아빠는 우거지상을 하고 억지로 미소를 지어 보이고 있었다.

이제 다 너한테 달렸다. 준비는 되었니? 네가 결단력 있게 네라고 긍정적인 대답을 해 주는 게 바로 내가 바라는 바다! 네가 다른 길로 들어서 헤매지 않게 하기 위해서 네 기억을 다음과 같이 잘 정리하라고 제안하고 싶다. 집에 도착한 네 아빠의 이야기와 네 엄마의 임신에 관한 소식부터 시작하렴. 그다음에 가능한 만큼 "다이내믹 듀오"라는 것에 대해 써 보려무나. 이건 대체 정확히 뭐였을까? 네 아빠가 언급하기는 했지만 사실 나는 그것의 정확한 의미를 알지 못하겠구나. 네 동생들이 태어난 일과 네 할아버지의 죽음을 이야기하면서 책의 3부를 끝내려무나.

3

그래서 지금 너는 앉아 있다. 종이로 포장한 꽃다발과 쇠데르텔리에에서 읽던, 스웨덴 작가가 쓴 룬 문자가 새겨진 돌에 관한 책을 들고서 집에 막 돌아온 참이다. 카디르의 글을 읽고, 공복으로 허기가 져서 뭐라도 먹어야겠다는 느낌이 든다. 이런 허기로는 아무것도 할 수가 없다. 아직 준비가 되지 않았다. 하지만 다른 프로젝트를 계속 진행하려면 집중하는 게 좋다. 다른 프로젝트란 플롯을 짜내는 데 애를 쓰는 것과 가공의 인물들을 지어내는 것, 그리고 아주 적절한 곳에 적당한 반전이 들어가게 하는 것 등이다. 그리고 '끼워 넣는다'라는 말이 카디르의 말이지 네 말이 아니라는 생각이 들자마자 너는 문장을 쓰는 것을 바로 끝내 버린다. 그의 말은 네게 영향을 주기 시작하고 너의 의심스러운 생각들을 더욱 증폭시킨다. 함께 한 권의 책을 쓰자는 아이디어가 정말 멋지기 때문에?* 너는 그가 가장 최근에 보낸 메일을 다시 읽어 본 후, 다시 한 번 해 보기로 결정한다. 숨을 깊게 들이쉬고 그의 지시 사항을 활용해 본다…….

---

* 아주 기발하다!

아빠의 귀국. 아주 여러 번 있었다. 이번엔 1984년 봄에 있었던 귀국이다. 엄마는 스튜어디스로 일하던 직장에서 휴직을 한 상태다. 물론 그녀가 진정 '과도하게 개발된 서비스 영역 가운데 비행 중인 사람들의 대표 격이었음에도' 불구하고 말이다. 아빠가 집에 돌아오리라고 예상한 날에 너희 가족은 외할아버지의 차를 빌려서 트레칸텐 호수로 겨울 소풍을 간다. 너는 얼음 위에서 썰매를 타고, 아기 사슴 '밤비'와 놀기도 하고, 보온병에 들어 있던 뜨거운 코코아를 너무 빨리 마시려고 안간힘을 쓰다가 케미리어로 '소풍혀'라고 부르는 특별히 오돌토돌한 혓바닥을 얻는다. 겨울 추위가 무척 심했음에도 불구하고 엄마는 보트 창문처럼 크고 둥글게 생긴 초록색 선글라스를 쓰고 있다. 엄마 머리에 두른 얇은 숄을 빌려서 눈을 가리자 엄마 냄새가 난다. 추위 때문에 코가 거칠거칠해지고 세상은 온통 태양의 황금빛 줄무늬와 연푸른빛으로 둘러싸여 있다. 빛을 등지고 서 있는 엄마의 윤곽이 눈에 들어온다. 세상에서 제일 아름다운 엄마는 평범한 키의 아빠보다 훨씬 키가 크다. 그리고 하키 선수의 가방처럼 커다란 핸드백을 들고 다녀서 차 안에서 좀 더 여유 있게 다리를 뻗으려면 항상 앞 좌석을 최대한 뒤로 빼야만 한다.

주유소에서 자동차에 기름을 넣고 사탕을 산 다음, 너희들을 걱정하며 기다리는 외할아버지에게 돌아간다. 너는 앞 좌석에 앉아서 스피커를 통해 쏟아져 나오는 밥 말리의 음악을 들으며 주위에 경찰이 있는지 망을 본다. 부주의한 운전자가 밟는 브레이크 소리가 고막이 찢어질 정도로 크게 울려 퍼지자 택시가 경적을 울려 대고 버스 운전사는 헤드라이트를 깜박거린다. 엄마가 도요타의 글러브 박스가 열릴 정도로 세게 달렸기 때문이다. 엄마는 가끔 앞 유리 와이퍼를 왼쪽 깜빡이로 착각해서 왼쪽으로 돌 때 깜빡이 대신에 와이퍼를 작동시킨다. 엄마에게 표지판은 거의 권고 사항 정도이고, 때때로 일방통행인 길을 잘못 들어서기도 하고, 때로는 대로 한가운데에서 후진을 하는데, 그럴 때 그저 미소를 지어 보이면서 주먹을 쳐들고, 경적을 울려 댄다. 그러고 나서 엄마는 세상의 권력 구조에 대해서 이야기한다. 삶의 모든 것들이 정치고 어떤 것도 우연이 아니기 때문에 남아프리카공화국의 아파르트헤이트를 지지하는 셸 정유 회사에서 절대로 기름을 넣지 않을 거라고 말이다. 정당을 선택하는 것이 정치이고 석유를 선택하는 것이 정치

이고 친구를 선택하는 것이 정치이고……. 사탕은? 네가 묻
는다. 그래, 사탕을 선택하는 것조차도 정치란다. 봉지를 이
리 줘 봐, 내가 보여 줄 테니까……. 너는 주저하며 사탕 봉지
를 건넨다. 여기 있는 사탕이 전부 서구 세계의 돈이라면 여
기 나무딸기 배 사탕이 제3세계의 돈인 거야. 이해하겠니?
부당함이 세상 도처에 있단다. 모든 게 권력 구조이고 이 부
패한 사회에서 보는 것 어느 하나도 진실이 아니란다. 이 모
든 게 우리를 진정시키려는 제국주의의 개수작이야. 텔레
비전은 국민을 위한 아편이고 네 아빠는 약간 몽상가적인
구석이 있긴 하지만 그가 속아 넘어가게 놔두어서는 안 되
지. 그러고는 사탕 봉지를 재빠르게 돌려받으면서 네가 말
한다. 그런데 「댈러스」는요? 두 분이 토요일마다 그 텔레비
전 시리즈를 보잖아요. 그러자 엄마는 「댈러스」가 자본주
의 시스템이 어떻게 국민의 뇌를 왜곡시켜 버리는지에 대한
끔찍한 경고 같은 거라고 설명한다. 게다가 바비는 정말 섹
시한 남자라고 엄마가 덧붙이면서 입에 거품이 날 정도로
웃어 대다가 E4 고속도로에서 그만 미끄러지고 만다.

　뒷거울을 보니 경찰차가 이내 요란한 소리를 내며 쫓아
오고, 사이렌 소리와 함께 불빛이 번쩍번쩍 비치자, 엄마는
미소를 띤 채로 욕을 하기 시작한다. 엄마는 단지 고속도로
중앙선을 사이에 두고 지그재그 놀이를 하거나 고속도로
에서 유턴을 하려고 생각했을 뿐이기 때문이다. 엄마가 속
도를 늦추면서 창문을 내리는 동안에 너는 평상시처럼 낑
낑거리며 아픈 척을 하기 시작하고, 엄마가 이렇게 말한다.

"미안해요, 경찰관 아저씨, 아들이 몸이 너무 안 좋아서요. 운전면허증은 당연히 보여 드려야죠." 엄마가 커다란 핸드백을 한 번이고 두 번이고 샅샅이 뒤져 보면서 바스락바스락하는 소리와 짤랑짤랑하는 소리가 요란하지만 유감스럽게도 아무것도 찾지 못한다. "집에 지갑을 놔두고 왔나 봐요." 그러고는 또다시 찾는다. 그리고 나서 세계 여러 나라에서 경찰들을 녹였던 미소를 엄마가 지어 보이자, 경찰은 목을 가다듬고 자동차 안에 있는 그의 동료를 본 다음에 말한다. "괜찮아요, 하지만 다음부터는 중앙선을 넘지 않도록 하세요."

엄마는 약속을 하며 행복한 오후 시간이 되기를 바란다는 말을 전하고는 핸드백을 네게 다시 털썩 떨어뜨린다. 너는 그런 속임수에 경찰들이 항상 걸려드는 게 너무 이상하다고 생각하고, 엄마는 창문을 올려 닫기도 전에 이렇게 소리친다. "멍청이!" 그리고 엄마는 2단 기어로 변속하고 부리나케 범죄 현장을 떠난다. 엄마의 핸드백은 노아의 방주 같아서 어떤 것이든지 모두 적어도 두 개 이상 들어 있다. 부드러운 인도 가죽 지갑들, 반창고 여러 개, 동전들, 이미 지난 SL 차표들, 집 열쇠 뭉치, 시위 전단지, 손톱 정리용 가위, 손톱깎이, 화장지와 돌돌 말은 여분의 스타킹, 오래된 레케롤[1]과 비닐봉지에 담긴 녹차 티백 몇 개. 별의별 게 다 들어 있으면서도 운전면허증만 없는데, 사실 그 이유는 이 년 전여름에 클래스 트레이터[2] 경찰에 의해서 운전면허증을 압수당했기 때문이다.

그런 다음 외할머니와 외할아버지 집으로 돌아왔는데 외할아버지는 안테나가 구부러져 버렸고 자동차 엔진 초크가 하루 종일 빠져 있다며 욕을 입에 담고 엄마는 외할아버지가 너무 잔소리하는 데 에너지를 쏟는다고 욕을 한다. 그러고 나서 아빠를 아파트에서 기다리기 위해 너희는 집으로 가는 교외선에 몸을 싣는다.

일요일 저녁이다. 엄마는 새로 샤워를 하고 나서 중국 수가 놓인 잠옷 대신에 길고 낙낙한 실내복으로 갈아입는다. 아파트를 깨끗하게 청소했고 현관에는 발판용으로 빳빳한 신문을 깔아 놓았으며 부엌에는 예쁜 접시에 새로 산 비싼 향을 켜 놓고 과일 바구니를 가득 채워 놓은 후, 엄마는 저녁에 뿌리는 향수를 뿌린다. 8시에 텔레비전에서 「코즈비 가족」이 나오자 네가 엄마에게 묻는다. "이것도 자본주의적 프로파간다예요?" 그러자 엄마가 미소를 지으며 말한다. "그렇게 심하지는 않아." 부엌에서 시계가 째깍거리는 동안, 너는 계속해서 텔레비전을 시청한다. 너희는 할아버지 장례식에 참석하기 위해 튀니지 집에 갔던 아빠를 기다리고 있다. 하지만 아빠의 도착 시간이 너무 늦어지자, 엄마는 비행기가 연착됐는지 확인해 보려고 스톡홀름 공항에 전화를 걸고, 너는 바닥을 기면서 강력한 제트엔진 소리를 흉내 낸다. 아파트는 바닥부터 모든 것이 오래된 아파트였는데, 긁힌 자국이 있는 거실 탁자 다리와 래그 러그로 만든 비밀 지하 터널 안에 팔각형의 차고 장소가 있었으며, 자동차 경주를 하기에 완벽한 쪽모이 세공을 한 바닥재가 깔려 있었다. 끈적끈적한 페라리와 다른 페라리와의 경기다. 서로 다른 색깔이고 출발선에 서서 경기 준비를 완료하자 모터에서 엔진 소리가 분출된다. 빨간색 페라리와 검은색 페라리의 대결이다. 검은색 페라리는 미국의 후원을 받고 자본주의자인 데다 기름통에는 쉘 연료를 가득 채웠기 때문에 당연히 그 차는 악당 페라리다. 그리고 빨간색은 네 차인데 정의로운 공산주의이고 헤드라이트에서 트렁크까지 모두 이슬람교의 계율에 따라 만들어진 데다 아랍 기름과 아랍 마력(馬力)을 지닌 좋은 편 페라리다. 파티마의 손이 뒷거울에 걸려 있고 카피예가 라디오 안테나에서 펄럭이고 있다. 바퀴가 부르릉거리고, 거울 달린 헬멧을 쓰고, 가죽 장갑을 낀 손으로 운전대를 단단히 잡은 채 빨간색 페라리 안에 준비 완료되어 앉아서, 악어가 있는 물웅덩이 위에 있는 우리에 갇혀 긴 손톱에다 매니큐어를 칠한 손을 흔드는 여자를 바라본다. 이제 모든 것은 너에게 달려있다. 네가 경기를 이기거나 그들이 새로운 지역을 식민지로 만들고 그녀는 악어의 먹잇감이 되거나 둘 중 하나이다. 악당의 우두머리 레이 건이 빨간 눈의 검은색 고양이를 잔인한 손으로 쓰다듬으며 왕좌의 자리에 앉아 웃고 있다. 그녀가 손을 흔들며 너에게 키스를 날려 보내면서 눈물을 흘리고 있다. 출발을 알리는 깃발이 펄럭이자 너는 엄지손가락을 추켜올리는 아빠의 사인을 흉내 낸다. 출발을 하자 자리를 가득 메운 관중들이 함성을 지르고, 가속 페달을 밟고 전속력으로 달리기 시작하는데, 악당이 선두로 나선다!

첫 번째 커브를 돌고 나서 최고 속력으로 질주하기 시작하고, 바퀴가 포효하며 차에서 분출되는 배기가스로 말보로 광고판이 마구 떨리고, 관중의 가발이 바람에 날려 버리고, 커브에서 두 바퀴로만 달린 후 너는 신중하게 움직인다. 속도계는 자동으로 몇 바퀴인지를 체크하고, 마치 프로펠러처럼 트랙을 돌고 또 돌아, 빨간색 페라리가 검은색 페라리에 가까이 따라붙어 세 바퀴 남기고 거의 어깨를 나란히 하고 달리다가, 앞서거니 뒤서거니, 그가 먼저, 아니 네가 먼저, 그가, 아니, 빨간색 페라리가 드디어 선두에 서자 관객들이 목이 쉬도록 함성을 지르고 네 이름을 합창한다. 바로 그때 빨간색 페라리가 엑스트라 터보 로켓엔진을 누르자, 악당 페라리 옆으로 휙 소리를 내며 앞으로 나아간다. 이제 악당의 모습이 뒷거울로 보인다. 그의 차가 개미처럼 작아지고 격하게 흔들린다. 마지막 바퀴에서는 빨간색 페라리 혼자 달리고 있다. 결승점이 보이기 시작하고, 심판이 보이고, 흔들리고 있는 바둑판무늬 깃발이 보인다. 가능하겠습니까? 물론입니다. 빨간색 페라리가 결승점에 먼저 들어오고 우승 기념으로 트랙을 한 바퀴 더 돌자 환호하는 관중들의 파도가 보이고, 갇혀 있던 우리에서 그녀를 나오게 한 다음 그녀에게 샴페인을 뿌린다. 그녀와 똑같이 생긴 쌍둥이 여동생을 소개받고 나서 그들과 함께 새로운 모험을 떠나기 위해서 차에 올라탄다.

"야 야 야 야 야." 네가 페라리 자동차를 사탕 그릇에 넣으려고 하자 엄마가 소리를 지른다. "안 돼, 네가 지금 다 먹어야 해." 너는 닳아버린 페라리를 내려다본다. 바닥을 돌며 자동차 경주를 하고 난 뒤 생긴 먼지들, 구부러진 라디에이터 그릴과 긁힌 보닛, 자동차 바퀴 주위에 끼어 버린 머리카락, 사탕 그릇에 담긴 반짝거리는 다른 사탕하고 비교하자 먹을 수 없을 것처럼 보인다. 곧바로 엄마에게 항의하며 네 자동차는 가지고 놀아서 먹을 수 없다고 설명한다. 엘리베이터 소리가 들려서 엄마가 움직일 때 다음 경기를 위해서 얼른 바꿔치기 해야 한다. 그림자 하나가 발코니 통로를 지나간다. 하지만 아빠는 아니다.

엄마가 팔짱을 끼더니 시계를 걱정스럽게 쳐다본다. 엄마가 소파에서 일어나더니 부엌으로 들어가서 아무도 손대려고 하지 않던 사과 하나를 들고 나온다. 아빠가 없다.

네가 페라리 자동차를 화분에 몰래 넣으려고 할 때 엘리베이터에서 삐걱거리는 소리가 들리고 발코니 통로 문이 쾅 소리를 내자 엄마와 네가 서로의 눈을 바라보고, 바로 그때 아빠가 부츠에 눈을 묻힌 채 베레모를 비스듬히 쓰고는 여닫이문을 열고 들어온다. 안녕, 우리 멍청이! 아빠는 여느 때보다 얼굴이 더 짙은 구릿빛이고, 치아는 하얗게 빛나 보이고 콧수염이 다시 자라서 아빠가 포옹을 하자 콧수염이 따갑게 너를 찌른다. 엄마는 뒤에서 잠자코 서 있다. 아빠가 집에 왔다! 아빠에게선 새로 나온 면세점 향수 냄새와 면세점 시음 알코올 같은 냄새, 물티슈와 여행으로 밴 땀 냄새 같은 게 난다. 평상시처럼 아빠는 출입국 관리 사무소에서 잡혔지만, 여느 때와 마찬가지로 새로운 가죽 의자, 새로 채워 넣은 올리브유와 새로운 타일 재료 모두 별 탈 없이 통과했다. 그리고 물론 너의 미키 마우스 페즈 사탕도 새로 사 왔다. 아빠는 할머니의 안부 인사를 전하고 장례식이 '성대' 하게 잘 끝났다는 말도 한다. 그런 다음 아빠는 자기 다리에 벨크로 테이프처럼 꼭 붙어 있는 너를 내려다본다. 조금 걱정스러운 눈으로 아빠가 묻는다. "잘 있었어, 우리 모글리?" 네가 대답한다. "잘 이떠떠요." 그러자 사발을 대고 집에서 자른 듯한 네 머리를 아빠가 손으로 거칠게 흩뜨리고는 가족 전체에 대한 책임을 잘 수행했다고 말해 준다.

엄마가 목을 가다듬으면서 "잘 왔어요."라는 말이 아닌 다른 어떤 말을 한다. 그리고 엄마가 하는 프랑스어는 평상시와 달리 크고 앙칼진 데다 제대로 알지 못하는 단어도 섞여 있다. 임신? 쌍둥이? 어둑어둑한 현관에 아빠가 그대로 굳어 버려 더플코트를 반쯤 벗다가 동작을 멈춘다. 그러고 나서 외할아버지의 수족관을 청소하기 위해 호스로 빨아들일 때 나는 그런 소리를 아빠가 입으로 낸다. 베레모를 쓰고 서 있는 아빠의 더플코트 어깨 부분에는 눈이 쌓여 있고, 새로 깔아 놓은 신문에 흙 묻은 아빠의 신발 자국이 찍힌다. 엄마가 뭐라고 할까? 상관없다. 왜냐하면 아빠가 집에 돌아왔으니까 말이다. 그리고 너는 더플코트 주머니에 더욱 세게 얼굴을 파묻고는 꺼끌꺼끌한 울 냄새를 맡는다. 아빠가 집에 돌아왔기 때문에 엄마가 뭐라고 말하든지 아무 상관없다고 넌 생각한다. 아빠가 세상에서 가장 위대한 영웅이며 아빠가 전부이고 아빠는 결코 다른 아빠들하고 같지 않다는 게 그 어떤 것보다도 제일 중요하다.*

그리고 너는 그다음 몇 주간의 봄날을 기억한다. 그 당시 부엌문은 자주 닫혀 있었고, 대부분 프랑스어로 말하는 목소리들은 떨렸고, 엄마의 작은 목소리와 아빠의 낮은 목소리, 그리고 나서 침묵, 그다음 엄마의 작은 목소리, 그런 다음 다시 침묵이 이어졌다. 아빠가 식욕이 없어서 식사를 하지 않고 현상실에 앉아 있던 저녁 시간이다. 아빠는 의자를 들어서 복사기 아래로 집어넣고, 구상 중이던 스튜디오 설계도를 펼친 다음, 휴대용 계산기로 숫자를 두드리고 있다. 아빠는 이마를 살짝 찡그리더니 흠 하고 소리를 낸다. 반면에 엄마는 여전히 배에 손을 얹고 식탁에 앉아 있는데, 식탁에서 일어나도 되겠느냐는 네 질문에 대답하지 않는다. 너는 무슨 일이 벌어지고 있는 걸 느끼지만 그게 무엇인지는 모른다. 네가 미키 마우스 페즈 사탕을 주머니에서 빼 들고는 현상실과 부엌을 뛰어서 왔다 갔다 한다. 디저뜨, 디저뜨 먹으떨래요? 아빠는 숫자를 중얼거리고 엄마는 한숨을 쉬고 아무도 대답하지 않는다. 대신에 너와 미키 마우스는 거실로 들어간다. 미키 마우스가 묻는다. "디저트?" 그

---

* 피날레가 아주 멋졌어! 더 이상 좋을 수가 없을 거야! 한 가지 상기할 점이 있다. 네 아빠는 원칙주의자이고 네 엄마는 아니라는 것을 기억해 둬라. 물론 네 엄마는 여러 면에서 훌륭한 사람이지만, 그녀의 훌륭함에 대해서는 다른 기회에 이야기할 수 있을 거야. 너의 세 번째 책쯤에서 이야기할 수 있지 않을까?

174

러자 네가 대답한다. "응, 좋아." 너는 보통 사람이 말하듯 정확하고 올바른 발음으로 말하고, 미키 마우스 머리를 뒤로 젖히고 산딸기 맛이 나는 직사각형의 사탕을 꺼내 먹는다. 미키 마우스가 미소 지으며 말한다. "탁아소 멍청이들, 전부 망할 놈들이야, 네가 좀 그들과 다르게 말한다고 괴롭히고 웃어 대는 망할 놈들! 네 엄마가 곧 간호사 교육을 받을 거라고 말했을 때 웃은 놈들은 전부 망할 놈들이야. 그중에 특히 망할 것은 언어치료사야!" 그러고는 미키 마우스가 디즈니에 나오는 똑같은 여자 목소리로 욕을 해 대는데 너무 재미있어서 크게 소리 내 웃으면서 미키 마우스의 머리를 뒤로 다시 젖히고는 새로 직사각형 모양의 사탕을 먹는다. 아빠와 엄마 그리고 네가 모두 처음으로 언어치료사를 방문했던 것도 그해 봄이다. 언어치료사가 높은 책상 뒤에 앉아서 마치 목사님처럼 손깍지를 끼고서는 더딘 너의 언어 발달이 아마도 언어적으로 혼란스러운 집안 환경에 기인할 거라고 걱정하면서 말하자 엄마와 아빠가 손을 맞잡고서 서로를 흘끗 쳐다본다. 그렇지만 어느 누구도 말을 꺼내지 않는다. 너의 새로운 미키 마우스 페즈를 제외하곤 말이다. 미키 마우스는 화가 나서 청바지 주머니에서 깡충 뛰어나오더니, 언어치료사의 반짝거리는 책상 위에서 팔짝팔짝 뛰다가 저절로 뒤로 구부러져서 언어치료사에게 직사각형 사탕들을 퍼붓기 시작한다. 따발총 소리가 나더니 발사체가 튀어 올랐고 언어치료사가 서류 가방 뒤로 몸을 숨기려고 했지만 사탕 조각이 그녀의 눈을 가로막고 그 너의 귀를 폭파시켰기 때문에 소용이 없다. 그녀가 코피를 흘리면서 죽은 듯 모퉁이에 누워 버렸을 때 미키 마우스가 냉소적으로 웃고, 네가 말한다. "잘했어, 미키!" 그리고 네가 위로 고개를 들어 너를 바라보는 어른 세 명의 걱정스러운 눈을 발견하기 전까지 계속해서 너희들은 하이파이브를 한다. 언어치료사가 엄마와 아빠가 다른 뭔가를 아는지 묻는다. ……뭔가 특별한 점 같은 거? 불의의 세상에 항의하고, 탁아소 멍청이들에게 항의하고, 언어치료사와 어두운 방에 항의하고, 벽장의 유령들에게 항의하고, 아빠가 처음 맞는 스웨덴 국경일에 스칸센 민속원에서 사진을 찍고 있을 때 엄마를 보고 깜둥이 애인이라고 속삭이던 아줌마에게 항의하던 게 바로 너희들이었기 때문에 너와 미키 마우스는 그런 것에 전혀 개의치 않는다. 게다가 아빠도 언어치료사가 전형적인 스웨덴 사람이라고 규정했다. 진짜 인종차별주의자.*

거실 마룻바닥에 앉아서 너는 세상에 항의한 게 바로 너희 가족이라고 생각하고 있다. 그런데 부모님의 마법 같은 순간으로 인해 모든 생각이 중단된다. 다름이 아니라 아빠가 현상실 문을 열자, 동시에 엄마가 설거지를 하다 말고 부

---

* 글쎄다, 네 아빠가 그렇게 말했을 거라 생각지 않는다. 너의 국제적인 미래를 조성하기 위해서 네 아빠가 모든 노력을 기울였다는 것을 우린 분명히 해야만 한다. 네 머릿속에 아웃사이더라는 생각을 결코 떠올려서는 안 된다. 아마도 잘못 듣지 않았을까? 어쩌면 네 아빠가 이렇게 말했을 거야. "그녀는 전형적인 스웨덴인이야. 진짜 출세주의자지."(아니면 보수주의자?(아니면 채식주의자?))

얼에서 나오고, 서로에게 다가가는 두 사람의 발소리가 모두 빠르게 들리는가 싶더니 현관 부근 중간에서 만나서, 단지 네가 보지 않고 있다는 생각에 엄마와 아빠는 서로에게 용서를 구하고, 아빠가 엄마의 키에 다다르기 위해서 까치발을 하고 서서, 서로 키스를 나누는 소리를 들은 너는 얼굴이 빨개지고 보고 싶지는 않지만 그래도 살짝 훔쳐본다. 그런 다음 그들이 거실로 들어온다. 그들의 몸은 천장에 닿을 듯이 기운차게 뻗어 있고, 아니나 다를까, 그들이 곧 네가 큰형이 될 거다, 그냥 큰형이 아니라 쌍둥이 동생의 큰형이 될 거라며 너에게 이야기할 때 그들의 눈이 마치 인공위성처럼 빛난다! 너는 거의 정말 진심으로 기뻐하고 미키 마우스가 청바지 주머니에서 축하한다고 네게 속삭인다. 네모난 산딸기 맛 사탕으로 축배를 들면서 너는 너무 많은 것이 변하지 않기를 희망한다.

다이내믹 듀오. 이 단어는 네가 알파벳을 간신히 쓸 수 있던 시절의 수많은 기억들로 너를 채워 준다.

그 아이디어를 생각해 낸 건 물론 아빠다. 엄마 배가 계속해서 커지고 계절이 봄에서 여름으로 향하고《악투엘 포토그라피》에는 새로운 대회가 개최된다는 기사가 실린다. 지난해는 '여름 사진'이었고 몇 해 전에는 '1000크로나 사진'이었지만 올해는 애독자들, 프로와 아마추어 사진작가 모두를 포함해서 '스웨덴에 관한 사진' 대회에 초청하니 참여를 바란다고 씌어 있다. 아빠는 어떤 주제보다도 이처럼 자기에게 안성맞춤인 주제는 없다고 설명한다. 1950년대에 로버트 프랭크가 성공했던 것처럼 나는 외부인으로 들어와 사진에 스웨덴을 담아낼 거다! 프랭크의 책『미국인들』은 고전이 되고 나의 컬렉션은 '서전(瑞典)인들'이라고 불리게 될 거다. 아니 어쩌면…… '스웨덴 사람들'일지도 모르고.[3] 아빠가 말하고는 방금 닦은 카메라를 특별한 가방에 집어넣는다.

네가 어른이 되던 봄, 아빠가 이제 놀이와 공상은 끝난 시기라고 설명해 준 봄이다. 우리 둘을 위해 미키 마우스 페즈 사탕은 집에 놔두렴. 이제 다이내믹 듀오가 되자꾸나. 괜찮지? 배트맨과 그 소년, 그 작은 소년 이름이 뭐였더라? 로빈, 그래 맞아 로빈처럼. 나는 슈퍼맨이고 너는 슈퍼보이지. 나는 오비완 케노비고 너는 루크. 알겠지?

너의 거수경례가 너무 열렬해서 관자놀이가 화끈거리지만 아빠는 눈치채지 못한다. 앞으로의 컬렉션을 위해 여러 모티프를 계획하느라 아빠는 무척 바쁘다. 아빠는 스웨덴적인 모든 것을 사진으로 기록할 거라며 긴 목록을 적어 내려가면서 중얼거린다. "우리 가족이 소유할 스튜디오를 마련하기 위해서는 돈을 저축해야 하고 그러기 위해서는 몸이 부서져라 일을 해야만 한단다. 알겠냐, 제군?"

네가 대답한다. "아, 예, 대장님!" 그러고는 더욱 군기 잡힌 경례를 하자 아빠가 너를 내려다보며 미소를 짓는다. "만약 우리가 서로 돕기만 한다면 적어도 3등상 혹은 2등상이나 1등상을 차지할 수 있을 거라는 느낌이 와. 그 상금은 충분히 오랫동안 쓸 수 있을 거야."

다이내믹 듀오가 개시되어 너는 재활용이 가능한 빈 병을 사냥하고, 필름 보관통을 열어 주고, 삼각대를 설치하는 역할을 맡는다. 그리고 물론 모티프 아이디어 제공자 역할도 한다. 그 봄 내내 너희는 주말 아침 일찍 일어난다. 아빠가 네 방에 들어와서 "일어나라, 아들아, 다이내믹 듀오가 부른다!"라고 속삭일 때 엄마는 여전히 잠들어 있다. 아빠가 깨우는 건 탁아소에서 나를 깨울 때보다 백배는 쉽다. 왜냐하면 이제 이 부름은 가족에 대한 의무이기 때문이다. 코끼리 동요를 부르거나 유치한 플라스틱 모자이크를 붙이거나 가브리엘과 싸움을 하는 일이 아니다. 이른 주말 아침 엄마를 깨우지 않고 재빨리 아침을 먹고 난 다음, 싱크대 아래에 있는 비닐 자루를 하나 고르고 정원의 마가목에서 찌르기에 적합한 단단한 나뭇가지를 부러뜨린다.

탄토 공원으로 가는 길에 아빠가 모티프를 구상한다. 스웨덴 사람들의 영혼을 어떤 방법으로 가장 잘 포착해 낼 수 있을까? 스웨덴적인 것이 극대화된 것은 무엇일까? 탁아소 가까이에 있는 첫 번째 쓰레기통에서 재활용이 가능한 병을 네가 찾고 있는 동안, 아빠는 굉장히 부드러운 천으로 카메라 렌즈를 닦고는 자신의 손가락을 하나씩 하나씩 꺾어 딱딱 소리를 낸다. 아빠는 이제 준비되어 있다. 그리고 본격적으로 시작하기 전에 항상 너희는 이렇게 말한다. "이제…… 때가 왔다." 그리고 스웨덴어로 다함께 입을 모아 소리친다. "사진 하나에 모든 걸 거는 거야!" 이 말은 아빠가 애용하는 표현 중 하나인데 익살스럽기도 하고 사진의 그러한 상징적인 내용을 담고 있기 때문이다.

그런 다음 아빠는 깃발 없는 깃대 바로 옆에 자리를 잡고 구름 낀 잿빛 하늘을 찍으면서 소리친다. "대체 이보다 더 스웨덴적인 게 뭘까?"

그런 다음 아빠는 나무로 된 계단 난간에 가지런히 놓여 있는 주인 없는 장갑에 카메라의 초점을 맞추고는 말한다. "대체 이보다 더 스웨덴적인 게 뭘까?"

그런 다음 아빠는 땅을 방수포로 덮어 놓고 맹꽁이자물 쇠로 출입구를 잠가 놓은 시민 농장 부지 두 곳을 사진에 담으며 이렇게 소리친다. "대체 이보다 더 스웨덴적인 게 뭘까?"

그런 다음 40미터 안에 일방통행 표시가 세 개나 있는 거리의 단면을 사진에 담으며 이렇게 말한다. "대체 이보다 더 스웨덴적인 게 뭘까?"

그런 다음 아빠는 술주정뱅이 부랑자가 토해 놓은 빨갛고 푸르스름한 덩어리 앞에서 무릎을 꿇고 카메라의 셔터를 누르면서 외친다. "대체 이보다 더 스웨덴적인 게 뭘까?"

아빠가 모티프를 담고 있는 동안 너는 자루에 병을 가득 채운다. 병이 너무 많아서 이제는 비닐 손잡이 부분이 끈적거리고, 네 뒤로 고동색 액체 방울 자국을 남긴다.

집으로 가는 도중에 너희는 사진 컬렉션에 적합한 다른 모티프가 있는지 이야기를 나눈다. 그리고 네가 하짓날 축제를 제안하고 미키 마우스가 크리스마스이브와 루시아 축일을 제안하자 아빠가 말한다. "너무 식상해." 그리고 네가 노란색과 파란색의 스웨덴 국기와 스누스,[4] 밉게 생긴 그라닝에 부츠를 제안하자 아빠가 말한다. "너무 식상해." 그리고 네가 스칸센 민속원, 캠핑카, 피엘레벤 가방을 말하자 아빠가 말한다. "너무 식상해! 뭔가 섬세하고 신비스러우면서 동시에 유난히 도드라진 것이어야 해. 빌어먹을 달

라헤스트[5]······ 같은 거 말고······ 예를 들면······." 아빠가 생
각에 잠긴다. "알코올 수준기! 알코올 수준기는 가장 스웨
덴적인 기구잖아. 스웨덴의 모든 건 딱 맞아떨어져야 해. 더
도 덜도 안 돼! 조금이라도 벗어나면 공기 방울이 올라가
버리고 모든 게 삐뚤어지거든. 알코올 수준기, 난 알코올 수
준기를 찍어야겠다!" 아빠가 말하고는 가방에 카메라를 다
시 집어넣는다.

엘리베이터를 기다리는 동안 거의 알아들을 수 없는 목
소리로 아빠가 중얼거린다. "도와줘서 고마워. 넌 4~5미터
는 자랄 거고 엘리베이터에 타려면 몸을 삼등분해서 접어
야 할 거다. 그리고 이제 더 이상 어린애들이나 먹는 페즈
사탕을 절대 먹지 않겠다고 약속하렴."

다이내믹 듀오는 첫 번째 임무를 수행하고 엄마가 장식
장이라고 부르고 아빠는 기념장이라고 부르는, 그리고 맹
꽁이자물쇠가 걸려 있는 특별한 장에 재활용 병을 모아서
판 돈을 모아 둔다.

엄마의 피부에 터진 자국이 생길 정도로 배가 커지자, 아빠는 SL에서 이부제 근무를 그만두고 저녁이 되면 집에 와서 사진 작업을 하다가 쉬는 시간에 저녁 식사 준비를 돕는다. 저녁 메뉴는 늘 요리책 『안나의 음식』에 나오는 거고, 네가 번역을 도와주기 때문에 아빠가 읽는 데 별문제 없다. "쿠민,[6] 쿠민이 누구니?" 때때로 네가 생각해 내기도 하고 네가 할 수 있는 한 제대로 말하기도 하는데, 대부분 음식 맛이 좀 이상하고 음식도 그림에 나온 것하고는 거리가 멀어 보이는 것 같다. 건포도가 들어간 고기 찜이 되기도 하고 토스터에 구운 오트밀 팬케이크나 가족 특별식인 빨간 대구 요리가 그런 것들이다. 이것에 대해 아빠가 농담을 하기도 하고 요리책을 트집 잡기도 한다. 아빠는 안나가 정말 마케팅 전략이 뛰어나고 스웨덴 인종차별주의자인 것 같다고 말한다. 그리고 엄마는 못 들은 척하며 빨리 하지 않으면 우리가 곧 굶어 죽을 판이라고 대답할 뿐이다.

현관에 여행 가방이 놓여 있던 그날 저녁을 기억한다. 아빠가 오븐 팬케이크를 만들려고 했는데 오븐 유리에 갈색 자국이 생겨나자, 너무 타 버려서 떨어지지 않을 거라며 요리책을 찢어 버리라고 아빠가 욕을 해 댄다. 엄마가 머리 아래에 쿠션 두 개를 베고 소파에 누워 있는 동안에 너는 DGV 우유를 마시고 스코가홀름슬림파라는 호밀 빵을 먹는다. 그때 갑자기 크게 소리 지르는 엄마의 목소리가 들리는데 톤이 좀 다르다. 보통 때는 이렇게 말한다. "물 좀 가져다 줘." 아니면 "누가 라디오 채널 좀 바꿔 줄래?" 그런데 이번에는 엄마가 누워 있는 거실에 아빠가 쏜살같이 들어와서 큰 소리로 숨을 몰아쉬며 소리친다. "택시를 불러!" 아빠가 손을 맞잡고 있고 엄마는 아야야아야야 소리치고 있는 동안 바로 이런 일을 대비해서 미리 특별 교육을 받은 네가 택시 회사에 어른 목소리로 전화를 걸고 택시를 최대한 빨리 오게 하기 위해서 엄마의 스웨덴 이름과 주소를 말한다. 그러자 거실에 있던 아빠가 엄지손가락을 들어 보인다. "걱정하지 마, 외할머니가 곧 오실 거야." 엄마와 아빠가 엘리베이터로 사라지기 전에 엄마가 네게 속삭인다. 그렇지만 세계 기록도 세울 수 있을 정도로 배가 커진 엄마가 걱정되는 것은 당연하다. 앞으로 고꾸라지지 않기 위해서 허리를 비스듬히 뒤로 구부려야 하는 엄마 때문에 너는 걱정스러워하며 발코니에 서서 아빠가 어떻게 엄마를 택시로 데리고 가는지 지켜본다. 아빠가 마치 훌라후프를 하듯

이 엄마를 빙 돌아가며 팔로 감싸고 걸어가다가 엄마가 한 손으로 허리를 받치고 다른 손으로는 배 아래를 받치고 택시에 오르자, 택시가 출발하기 직전에 아빠가 너를 향해서 엄지손가락을 들어 보인다.

외할머니와 외할아버지가 곧 도착한다. 그들은 세상에서 제일 멋진 은퇴한 커플이다. 외할머니는 자외선 때문에 생긴 주름이 많다. 점점 더 허리가 꼬부라진 외할아버지는 엄마가 누워 있던 바로 그 소파에 누워서 라디오를 켜자마자 잠들어 버린다. 외할머니는 친절함의 대명사다. 특별한 문장이 찍혀 있어서 값이 무척 많이 나가는 접시를 깨뜨려도 외할머니는 항상 이렇게 말한다. "괜찮아!" 생강과 당밀로 맛을 낸 작은 쿠키와 팬케이크를 만들려다가 가루 반죽을 망치면 외할머니는 무척 창피해한다. 내내 남을 도우며 인생을 살아온 외할머니는 처음에는 고향인 덴마크에서 수영 선생님으로 일했다. 그런 다음 아프리카에서 선교 보조원으로 일했고, 그다음에는 스톡홀름의 사회 복지사로 일을 했다. 그리고 외할아버지를 만나서 한 가족이 되었고 외할아버지가 사고를 당한 후에는 집에 머물며 외할아버지를 보살폈는데 끊임없이 이런 말을 하곤 했다. "오른손을 다친 게 아니라서 고마울 따름이야." 외할머니는 검은색 쓰레기봉투에 구호품을 모아 동유럽의 보육원에 보낸다. 어린 동생들이 태어나던 그날 밤, 외할머니는 너의 위대한 영웅이다. 왜냐하면 외할머니께서 너를 달래 주고 몇 시간이고 네 곁에서 지켜 주며, 엄마가 병실에 누워서 힘을 주고 산소 호흡기로 숨 쉬며 머리를 앞뒤로 뒤척이고 있는 동안 외할머니는 말없이 네 눈썹을 쓰다듬으며 허밍으로 노래를 들려주기 때문이다. "모르핀 더!" 재난을 당한 듯한 다급한 목소리가 들리고, 종이 마스크를 쓰고 뒤에서 입혀 준 수술복을 입고 있는 의사는 땀에 젖어 있고, 간호사들은 걱정스럽게 쳐다보고, 심장박동 모니터에서 삐 하고 경고음이 울리고, 아빠는 줄곧 창백해진 얼굴로 서서 작은 손수건으로 땀을 닦으며 진정하려고 애를 쓴다. 비명 소리, 피가 담긴 양동이, 피로 뒤범벅이 된 흰색 가운, 계속해서 교체되는 간호사들은 4호실에 미친 스웨덴 부인을 둔 튀르키예 아빠가 불쌍하다며 속삭인다. 의사들은 "We might lose her. It might be too late."[7] 라고 말한다. 그래서 후회하고 있는 엄마는 이번이 절대 마지막이 아니었으면 하고 고래고래 욕을 해 대고 있는 것이다. 예전에 아빠가 전혀 들어 본 적이 없는 스웨덴 욕을 엄마가 입에 담아내고 있다. 초록색의 심장박동 모니터에 나타나는 곡선 모양이 변하더니 삐삐 하고 길게 울리고 삐이이이이이이이이이이이이이이이이이이이이이이이이이이이이이이이이이이이익 소리가 난다. 그러자 응급 의사들이 다리미처럼 생긴 심장 충격기를 꺼내어 맞비비더니 외친다. "스탠드 클리어!" 지지지직, 기다렸다가 비비고 "스탠드 클리어!" 그리고 엄마가 다시 깨어날 때까지 지지직 소리가 나는 심장 충격기를 계속 갖다 대고, 힘을 계속 주고, 욕설도 계속된다. 그러고 나서 엄마는 구토가 나올 때까지 마지막으로 있는 힘을 다 주고, 마침내 펑 소리와 함께 울부짖는 어린 동생 둘이 간호사 품으로 뛰어나오자 모두가 미소 짓고 웃음소리가 흘러나온다. 온통 피바다가 되었지만, 너희들은 해냈다! 그리고 아빠는 완전히 생뚱맞은 타이밍에 이렇게 말한다. "그래그래, 그렇게 위험하지 않았지?"

그런 다음 엄마가 박살 내지 않은 수화기를 손에 들고 아빠가 먼저 튀니지의 친척에게 전화를 걸어 환호성을 지른 다음 외할머니에게 전화를 걸고 외할아버지를 바꿔 달라고 한다. 그런 다음 동틀 녘이 되어서야 휘파람을 불면서 집으로 돌아온 아빠의 눈 밑에는 다크서클이 시커멓고 턱수염이 텁수룩하다. 그리고 너는 큰형이 된다.

그다음 날 아빠가 아빠의 직장인 SL 로고가 조그맣게 새겨진 넥타이를 매고 햇살에 반짝이는 주름 잡힌 바지를 입는다. 아빠와 넌 파코 라반 향수를 조금씩 나누어 뿌린다. 그러고 나자 아빠가 말한다. "우리는 오늘을 영원히 기억할 거야." 아빠의 말이 옳다. 너희는 전철을 탄다. 프레스뷔롱 편의점에 들어가서 네가 사탕을 고르는 동안 아빠는 꽃다발을 고른 다음 이렇게 말한다. "네가 원하는 걸 얼마든지 담아라!" 평생 꿈꾸던 게 이루어지는 순간이다. 너는 각양각색의 사탕을 담기 시작한다. 민트 초콜릿, 페라리스, 프라이한 달걀 모양 사탕, 튀르키예쉬 페퍼 사탕, 감초 맛 사탕, 그리고 나무딸기 배 사탕, 이것뿐 아니라 너도 알다시피 엄마가 좋아하는 네모나게 생긴 커다란 토피 사탕, 휘프, 그리고 짭짤한 막대 사탕도 집어넣는다. 그런 다음 아빠에게 봉지를 보여 준다. 양이 많아서 저울의 바늘이 오랫동안 돌아가자 남자 점원이 거의 100크로나라고 말하며 웃는다. 담았던 사탕들의 일부를 네가 다시 꺼내려고 하자 아빠가 미소 지으며 돈을 내고 이렇게 말한다.

"오늘은 파티 날이야. 인색하게 굴어선 안 되지!" 에밀[8] 이야기에 나오는 아빠하고 똑같다. 거리로 다시 나왔을 때 아빠는 엄마를 축하하기 위해 최고로 근사한 꽃다발을 들고 있고 너는 매우 커다란 사탕 봉지를 들고 오물오물하고 있다. 병원으로 가는 도중에 당연히 사탕을 종류별로 하나씩 맛봐야 한다.

스웨덴 사진 대회에 사진 찍은 것을 보냈으니까 이제는 기다리는 일만 남았다고 아빠가 이야기한다. "스튜디오를 시작할 수 있는 완벽한 자본금을 곧 확보할 거야!" 아빠의 말을 듣고 있기는 하지만 독이 든 것처럼 수상스럽게 생긴 사탕들이 너무 많아서 혹시 동생들이 젖을 통해서 독을 먹을 수도 있기 때문에 반드시 사탕을 전부 직접 시험해 보려고 너는 사탕을 먹는 것에 집중한다. 병원이 있는 언덕으로 올라가자 빛이 눈부시게 부서져 내리는 가을 하늘이 보인다. 아스팔트의 갈라진 틈에는 자갈이 있고 택시들이 줄지어 손님을 기다리고 있다. 네가 회전문을 통해 들어가자마자 아빠가 심각하게 말한다. "이제 우리가 우리 집의 가장이다."

그런 다음 안으로 들어가서 아빠가 유르고르덴 팀 목도리를 벗고는 병실을 찾기 위해서 두 차례나 이름을 안내 창구에 말한다. 그러고 나서 엘리베이터를 탔는데 배 속이 좀 이상하게 느껴진다. 노란 줄무늬가 있는 병원 바닥, 병원 냄새, 그리고 까슬까슬한 병원 담요. 그리고 입가에 침이 말라붙어 있고 머리가 번들번들한 데다가 창백한 얼굴의 엄마가 있다. 네가 들어갔을 때 엄마는 곤히 자고 있었는데, 자동차 충돌 실험에 쓰이는 사람 인형처럼 엄마의 머리가 기울어 있었다. 아빠가 엄마의 뺨에 가벼운 입맞춤을 해서 깨우자 떠오르는 태양처럼 엄마가 두 손을 위로 뻗으면서 엄마만이 할 수 있는 특유의 엄마 미소를 지어 보인다. 그어떤 것도 이보다 예쁠 수는 없다. 특히 썩어 가는 인디언 노인 피부에다가 여전히 굳지 않은 작은 손톱과 달라붙어 있는 눈, 그리고 구역질 나는 비늘로 뒤덮인 머리에는 머리숱 하나 없는 어린 새 동생들은 더더욱 아니다.

하지만 너는 새로 태어난 동생들 중 한 명을 만지고 싶어 한다. 아빠는 너도 할 수 있다며 어깨 쪽을 조심스럽게 네 몸 가까이 대 주고는 작은 몸과 바나나처럼 부드러운 아기의 어깨를 느껴 보라고 한다. 너는 이름도 없이 그저 자고 있는 동생의 머리를 바라본다. 탤컴파우더의 갓난아기 냄새가 나고 기저귀를 차고 있는 것과 갓 태어나서 목에 땀이 좀 있는 게 느껴진다. 그런 다음 아무도 모르게 무릎 뒤쪽으로 손을 집어넣어 가능한 한 세게 꼬집어 본다. 그저 무슨 일이 일어날지 알아보려는 것이다. 그러자 아기가 얼굴이 파래지도록 울어 대고 숨 쉬기 어려울 정도가 되어 너는 아기를 엄마에게 넘긴다. 엄마는 조용해질 때까지 아기를 달래고 안아 준다.

외할머니와 외할아버지가 오기 전에 아빠는 세 아들을 한꺼번에 사진에 담으려고 간호사를 부른다. 간호사가 들어와 자랑스러워하는 아빠를 보고 미소 지으며 W 모양의 검은 콧수염, 길게 내민 네 혀, 그리고 잠자고 있는 동생들의 쭈글쭈글한 얼굴을 영원히 남길 수 있도록 사진을 찍어 준다. 이미 너는 어른처럼 자랐는데, 오히려 아빠가 어린애처럼 기뻐한다. 사탕 때문인지 배가 아파 오고 탁아소로 돌아가고 싶다. 향수 냄새가 나는 외할머니와 구부러진 외할아버지의 모습이 복도에 보이자 아빠의 얼굴이 본래 상태로 바뀐다.

화창한 휴일, 아침 식사 시간을 너는 기억한다. 아빠가 차를 끓이고 과일을 썰고 회토리할렌에서 할인 가격에 산 크루아상 반죽을 나선 모양으로 감는다. 고무 밴드가 조금 삐져나온 줄무늬 파자마를 입고 있는 아빠가 아침을 준비하는 냄새가 집 안에 가득 퍼지면서 이제 식사 시간이 되었다고 엄마와 아들을 부른다. 아빠가 휘파람을 불며 컵을 계속 바꿔 차를 식히고 있는 동안 너는 침대에서 기어 나와서 부엌의 식탁 의자에 무겁게 앉는다.

잠에서 덜 깬 눈으로 엄마가 부엌 식탁에 와서 앉는다. 엄마는 여전히 원기를 회복하지 못한 상태다. 하지만 신문 정도는 읽을 힘이 있어서 아빠에게 완벽하게 들어맞겠다고 생각하는 교육 프로그램에 동그라미를 그린다. 아빠가 말할 때 엄마는 음 하고 말한다. "스웨덴 사진 대회의 결과가 곧 발표될 거야, 자기."

엄마가 ABF[9]의 스웨덴어 강좌와 원어민 선생님이 해 주는 교육 프로그램에도 동그라미를 치고 있는데, 아빠가 이렇게 말한다. "내게 시간이 충분하다면 말이야, 내가 새 컬렉션을 전부 바꾸겠다고 약속할게." 그리고 엄마가 아이러니 넘치는 프랑스인 음성으로 말한다. "그래요, 정말 시간이 없었어요. 여기에 당신이 온 지도…… 칠 년이 되었으니까 말이에요."

"육 년이야, 자기."

"칠 년이에요, 자기."

엄마가 강좌 안내서를 내려다보고 있고 아빠는 갑자기 긴장한 듯 보인다. 탁자 주위에 흐르는 침묵은 여느 때보다 더 가시 돋혀 있다. 엄마가 크루아상을 칼로 찌르는데 마치 그것을 살해하려는 듯 보이고 아빠는 배 속 깊숙이에서 나오는 소리로 흠흠거린다. 너는 어느 누구 하나 말을 하지 않고 조용히 있는 게 상책이라고 생각한다.

그런 다음 두 사람은 마치 뭔가를 끝내기 위해서 의도적으로 싸움할 기세같이 보인다. 엄마와 아빠가 두 동생의 이름에 대해 이야기를 나누기 시작한다. 엄마는 아주 예쁜 아랍 이름을 짓고 싶어 한다. "파티나 무함마드 아니면 할아버지 이름을 따서 파이잘은 어때요?" 그러자 아빠가 단호하게 안 된다고 말한다. "아랍어 이름으로 하려면 스웨덴어와 비슷하게 들리거나 아니면 아랍어와 스웨덴어 어느 쪽에나 비슷하게 들리는 거로 해야 해. 내 아들들이 직업이 없으면 안 되잖아. 그리고 마피아 단원이나 하층민으로 끝낼 수는 없잖아……."

"아니면 SL 전철 운전사?" 엄마가 친절하게 묻자 아빠는 타협할 요량으로 할 말을 삼킨다.

"카멜은 어때?"

엄마가 웃는다.

"프랑스에서 살았으면, 샤모라고 할 거예요? 알리는…… 왜 안 돼요?"

아빠가 말한다. "외할아버지 이름을 따서 예스타는?" 그러자 엄마가 말한다. "예스타는 노인네 이름이잖아요, 자기." 그러자 아빠가 말한다. "알리라는 이름은 바보 같다니까, 자기." 그러자 엄마가 한숨을 쉬고 아빠도 한숨을 쉬고, 그들의 날카로운 눈이 서로를 향한다. 그런 다음 엄마가 말한다. "그러면 맬컴은 어때요?" 그러자 아빠가 말한다. "미국의 과격한 흑인? 내가 죽으면 모를까……."

그렇게 멋지게 시작한 휴일 아침이 심각하게 끝을 맺으며 프랑스어 욕이 난무하고, 엄마는 밥을 거부하고, 아빠는 지시봉처럼 찻숟가락을 사용해 단어 하나하나를 강조해 말한다. 아빠는 일어서서 밖에 있는 발코니 통로를 내다보다가 갑자기 큰 소리로 욕을 한다. 그러자 잠에서 깬 어린 동생이 다른 동생을 깨우더니 이제는 둘이 같이 소리를 질러 댄다. 엄마와 아빠 둘 다 움직이지 않고 서로 바라보기만 하며, 두 사람이 행동으로 옮기기 전에 무슨 일이 일어날지 상황 전개를 지켜보고 있다. 부엌 버전이긴 하지만 마치 치킨 레이스 같다. 결국 네가 일어서서 침실로 들어간 다음 어린 동생들의 두 입에 두 개의 고무젖꼭지를 똑같이 물려 준다.

그 후 《악투엘 포토그라피》에서 드디어 사진 대회 수상 자를 발표하는 날이 오자 아빠는 무척 긴장한 모습으로 너를 데리고 가게에 들어간 다음 너에게 번역을 하게 한다. 아빠가 둥글게 주위를 돌고 있는 동안, 읽기 걸음마 단계를 시작한 네가 네 방식대로 텍스트를 전부 읽는다. 그들은 응모자가 많아서 수상자 선정이 늦어졌다는 이야기를 하고 있다. 아빠가 소리친다. "상관없어, 누가 된 거야, 누가 우승한 거냐고? 수상자 선정 이유를 읽어 봐!"

하지만 스웨덴 사진 대회의 수상자는 100명이나 된다고 써 있다. 그러자 아빠가 네 옆에 다가서서 너와 함께 잡지를 위아래로 훑어본다. 거기에는 두 다리를 자루 속에 넣고 뛰는 경주 사진과 스웨덴 국기 사진이 있고, 거기에는 가까이서 찍은 나비 사진과 여름철 꽃으로 만든 화환 안에 벌거벗은 아이들의 사진이 있고, 거기에는 역광으로 촬영한 흐릿한 나무딸기 잎사귀 사진 두 개가 있고, 거기에는 새벽녘의 안개 낀 호수 사진, 벌거벗은 엉덩이를 드러내고 밤에 수영하는 사람의 사진, 비 오는 날의 소풍 사진, 스웨덴 민속 의상을 입은 바이올린 연주자의 사진이 있다. 또 무지개, 캠핑카, 손으로 쓴 가판대 간판과 어기적어기적 걷고 있는 세마리 암소의 모습도 있다. 하지만 거기에는 알코올 수준기도, 다음 날 눈에 얼어붙어 버린 토사물도, 얼음으로 뒤덮인 자전거들도 없다.

아빠는 마른침을 꿀꺽 삼킨다.

정말 확실한 건지 확인하기 위해서 한 번 더 책장을 넘겨 가며 살핀다.

집을 나간 아빠는 저녁 식사 때가 되어도 돌아오지 않는다.

그 일이 있은 후 가정생활에서 오는 스트레스로 인해 아빠는 점점 더 자주 휴식이 필요한 때가 온다. 아빠가 말한다. "우린 시내에 가서 일자리를 좀 찾아보고 스웨덴어도 좀 공부하고 올게." 젖은 천 기저귀를 말리느라 기저귀들이 집 안의 모든 것을 하얗게 덮을 정도로 사방에 펼쳐져 있고, 어린 동생 둘이 함께 똑같이 소리를 질러 대고 똑같이 똥을 싸고 똑같이 토하고, 잠자는 것만 빼고 할 수 있는 건 다 해 대는 어린 동생들 때문에 카오스 상태가 되어 버린 아파트에서 엄마는 허공을 바라본다.

다이내믹 듀오는 엄마의 대답을 기다리지 않는다. 다이내믹 듀오는 해야 할 더 중요한 일이 있다! 다이내믹 듀오는 시내에 간다. 아빠가 드로트닝가탄에 있는 게으름뱅이들의 사진을 찍고 올렌스 백화점의 시계를 비추는 햇살을 칭송하고 있는 동안, 너는 재활용 병들을 수집하고 자전거 보관대에서 참을성 있게 앉아서 기다린다. 단 한 번 술에 취한 아저씨들 몇 명이 소리친 적이 있다. "빌어먹을 튀르키에 새끼들!" 그때 아빠는 청각장애인 행세를 하며 삼각대를 꾸린 다음 센트랄 역을 향해 가는 방법을 너에게 보여 준다.

그곳에는 아빠의 새로운 친구들이 모여 있는데, 벌써 이 무리의 독자적인 별칭까지 만들어 가지고 있다. 아리스토캣츠. 그들은 마치 용처럼 뾰족하게 등을 곧추세우고 앞으로 구부린 자세로 앉아 있다. 그들에게서는 담배 냄새가 독하게 났고 그들의 뺨에는 찔리면 아플 것 같은 턱수염이 자라 있었으며 윗입술 위의 콧수염은 꼬불꼬불했다. 무리 중에는 성곽처럼 어깨가 넓은 나빌이라는 요리사가 있고, SL에서 이미 만난 적이 있는 아지즈도 있다. 조그맣고 동그란 안경을 낀 만수르와 땋아 만든 끈을 머리에 두르고 벨트에 작은 가죽 주머니를 찬 무스타파도 있다. 유일하게 너만 아이였기 때문에 모두가 너에게 특별히 친절하고 목에 좋은 사탕을 권하고 간지럼을 태우고 이 빠진 딸들의 사진을 보여 주면서 장래에 결혼을 약속하자는 농담을 해서 네 얼굴이 빨개진다. 아빠가 다시 잔을 가득 채워 마시고 담배 연기를 자욱하게 뿜어내면서 스코네에서 인종차별주의자들한테 심한 모욕을 당한 어떤 사람에 대해서 이야기를 하는 동안에 너는 얼른 탁자 밑으로 내려가 위에 앉아 있는 어른들 다리 밑에서 「고스트 버스터즈」 놀이를 한다. 나빌의 사촌은 체류 허가를 거절당했다고 하고 무스타파는 이렇게 말한다. "이 빌어먹을 나라에서 살 수 있는 것은 이란 놈들뿐이라니까……." 그다음에 너는 아주 크고 또렷하게 말하는 소리를 듣는다. "근데 이봐! 레파아트를 잊어서는 안 돼!" 넌 탁자 아래 웅크리고 앉아 있다가 신이 내린 비즈니스맨 레파아트 엘사예드에 관하여 친구들에게 자랑스럽게 말하는 아빠의 목소리를 듣는다. "그에 대해서 들어 본 적이 없는 거야? 정말로? 이집트에서 화학 박사 학위를 받은 사람인데 돈을 빌려서 폐쇄 위험에 처한 제약 공장을 샀대. 그런 다음 그의 고용자들을 위해 전환 주식을 할당받았는데, 지금 그 주식 가치가 1만 1700퍼센트나 올랐대. 이 년 만에! 자네들은 어떻게 생각해?"

머그잔이 달가닥달가닥하는 소리가 들리기는 하지만 아무도 대답이 없다. 그리고 아빠가 끓는 목소리로 말한다. "레파아트가 어린 발명가들을 지원할 재단을 설립하기 위해서 최근 스웨덴 정부에 10억 크로나를 기부했다는 거야. 10억 크로나!" 아빠가 소리치며 주먹으로 내려친 탁자 지붕이 흔들린다. "성공했다고 하면 바로 그런 사람인 거야! 내가 후원자를 찾을 수만 있다면…… 어느 누구든지…… 내게 조금만 보태 줄 수 있다면, 약간의 대출이라도 받는다면 그의 자취를 따라갈 수 있을 텐데 말이야. 스튜디오를 시작하기 위한 일시적인 지원금만…… 자네들 중에 혹시 그래 줄 수 있는 사람이……?"

네가 탁자 높이만큼 다시 살금살금 기어 올라와 보니, 재떨이는 화산 모양이 되어 있고 분위기가 전혀 다르다. 나빌이 시계를 보고 있고, 만수르는 자신이 다니는 대학의 학과에 있는 멍청이들에 대해서 이야기하고, 아지즈는 종잇조각을 굴려서 이상한 모양을 만들고 있고, 무스타파는 잔을 채우기 위해서 일어서고 있다.

아빠는 천천히 미소를 거둔다.

네가 이 이야기를 쓰고 있던 참에, 너는 아빠의 가장 중요했던 영감의 원천이 레파아트이지 않았을까 궁금해한다. 물론 모든 사진책들이 있고 사진작가들의 명언이 있으며 현상실에는 일류의 사진들이 있었다. 그렇지만 의심 많은 주택조합이 전화 걸기를 거부했을 때, 은행들이 대출을 거부했을 때, 그리고 예술가 교부금 위원회에 보내는 신청서가 우체국에서 사라졌을 때, 그해 아빠에게 가장 의미가 컸던 것은 바로 레파아트의 성공이 아니었을까?

　당시 그다음 기억은 아빠가 SL 제복의 폴리에스테르에 알레르기가 생기기 시작했을 때, 그리고 엄마가 쌍둥이를 출산하고 지쳐 있던 육아 휴직에서 벗어나 다시 몸을 추슬렀을 때이다. 너는 초등학교 1학년이 되어 늘 그랬던 것처럼 혼자서 놀고 계단에 박혀 있는 돌조각을 세고 필드하키를 보고 옆 반의 예쁘게 생긴 남아메리카 여자애를 살피곤

했다. 그런데 갑자기 어느 날 엄마가 복도에 서 있다! 분명, 모든 건 상상이다. 왜냐하면 엄마는 학교 복도와는 상관이 없는 사람이었고, 아빠는 현실과 상상을 구별하는 게 얼마나 중요한지 설명했기 때문이다. 그래서 엄마가 네게 다가와서 너를 잡아채고는 외할아버지가 돌아가셨다고 여러 번 반복해서 말해 주고 네가 드디어 엄마가 진짜이며 외할아버지가 정말 돌아가셨다는 것을 이해할 때까지 너는 학교 복도에서 손을 흔드는 엄마를 무시한다. 복도의 윤곽이 흐릿해지고 엄마는 너를 쓰다듬으면서 병원까지 자기와 함께 가길 원하느냐고 묻는다. "물론 안 돼요, 곧 수업이 시작할 거고, 그런 다음에 아마도 우리는 무언가 그림을 그릴 예정이에요. 게다가 조금 으스스해요." 그렇지만 엄마는 그저 눈물로 젖어 있는 속눈썹으로 미소를 지으면서 속삭인다. "그래도 네가 따라가는 게 가장 좋을 것 같다. 그렇지 않으면 후회하게 될 거야."

그래서 너희는 차를 타고 병원으로 간다. 그때 누가 운전을 했는지 너는 기억하지 못한다. 아마 택시였을 거다. 어린 동생들이 태어났던 바로 그 병원과 똑같은 병원이었지만 단지 몇 년 안 되어서 대기실의 빛이 어둠으로 변해 있다. 같은 입구로 들어갔지만 다른 엘리베이터를 타고 다른 복도를 지나서 더 현대적인 소파가 있는 대기실에 도착한다. 너와 네 엄마는 병실을 향해서 좀 더 걸어간다. 엄마의 손은 차갑고 피부가 거칠거칠하게 일어나 있었는데, 가을이 되면 항상 그랬다. 엄마는 네게 선으로 표시해 놓은 곳에 서 있으라고 한다. 어떤 날은 노란색으로 된 금지선을 모두 지나가게 했는데, 그런 것들은 중요한 규칙이니까 따라야 한다고 다 큰 네게 요구하기에는 유치한 제도였다.

그런 다음 문이 쉬 하는 소리와 함께 열리고 떨리는 다리로 병실 안으로 들어간다. 그곳에는 스웨덴 친척들이 모두 모여 있다. 외할머니는 구석에서 구겨진 손수건을 쥐고 몸을 떨고 있다. 위로해 주려고 온 이모들과 곰처럼 우람한 외삼촌들이 카드로 만든 집처럼 무너져 쓰러져서 돌아가신 외할아버지의 굳은 시체가 눕혀 있는 침대에 몸을 던지고 울고 있다. 모든 것이 거짓이라는 것을 아는 사람은 너 하나뿐이다. 동강 나서 남아 있는 팔과 입을 벌리고 찡그린 낯, 노랗게 된 손톱을 하고 병원 침대에 누워 있는 사람은 절대로 외할아버지가 아니다. 외할아버지는 껍데기일 뿐이라고, 오히려 피부가 창백해진, 잊고 있던 주스 용기 같은 것에 가깝다는 걸 아는 사람은 오직 너뿐이다. 외할아버지가 암에 걸렸던 것도 이미 오래전에 치료되었기 때문에 이제 하늘나라에 편안하게 있을 것이고, 함께 도로 작업을 하던 옛 친구들과 맑은 하늘에서 두 팔로 테니스를 치고, 고급 펀치를 마시고, 제트 스키를 타고, 운영했던 간판 회사에 대한 추억들을 떠올리며, 웃고 있을 것이기 때문에 네가 생각했던 것처럼 두려워할 것은 아무것도 없다. 그래도 너는 눈물을 흘려 보려고 한다. 슬프게 봤던 영화들을 떠올려 보고 「ET」의 마지막 장면을 떠올려 본다. 약간 슬퍼지면서 조금 눈물을 짜내는 것에 성공한다. 하지만 그러고 나서 할아버지의 비어 있는 껍데기를 보고, 햇볕에 그을린 모습의 외할아버지가 발가락 사이에 끼우는 플라스틱 샌들을 신고 전혀 다친 데 없는 팔을 가진 채 해변의 파라솔 아래에서 미소 짓고 있는 모습을 본다. 바다에서 비키니를 입은 여자들과 시시덕거리고 귀여운 여성들과 바나나 보트를 타며 이미 세상을 떠나 버린 영화 스타들이 저녁에 하는 아이스크림 먹기 대회가 언제나 좋다고 말하자 외할아버지가 너를 쳐다보고 미소 지으면서 이렇게 말한다. "여기에서 너를 기다리고 있으마." 다른 사람과 슬픔을 나눌 수가 없어서 너는 그냥 친척들이 모이는 것 정도로 생각한다. 이를 이해하기 위해서는 완전한 스웨덴 사람이어야 하는 것 같다.

그런 다음 너희 아파트로 돌아온다. 오늘만은 외할머니가 아빠가 액자에 넣은 사진에 대해 야속한 소리를 하지 않고, 커피를 끓이는 엄마는 커피가 불안 증세를 유발한다는 식의 말을 하지 않고, 커다란 주머니가 달린 작업복을 입고 있는 곰처럼 거대한 외삼촌 둘이 소파에 앉아 있는데 하염없이 눈물을 흘리며 어깨가 아래위로 들썩거리는 데다 다리는 너무 길어서 허벅지가 무릎을 향해 위로 구부러져 있다.

그래서 너도 함께 자리에 있어 보려고 우유도 가져다 나르고 외할머니께 담요도 가져다 드리는데, 외할아버지가 다시 마이애미 셔츠와 하와이 반바지 그리고 밀짚모자를 쓰고 햇볕이 잘 드는 의자에 앉아 있다. 외할아버지가 너를 향해 건배를 하고 외할아버지의 눈이 눈부시게 반짝거리며 들리지 않는 무슨 말을 하자 너는 아무도 보지 않을 때 미소로 답을 한다. 엄마를 도와서 커피 보온병을 들고 오고 외삼촌들에게 아주 좋은 컵을 내놓고 사실 주말에 먹으려고 비축해 두었던 다이제스티브 비스킷도 가져온다. 그러고 나서 모든 게 차분해지자, 아빠가 집에 도착한 소리가 현관에서 들린다. 쇼핑백을 들고 휘파람을 불며 들어온 아빠가 손을 흔들어 보인다. 아직까지 아빠는 아무것도 모르고 있다. 이날 아빠는 아리스토캣츠 회원 중 누군가에게서 엄청난 양의 통조림을 할인한 가격으로 샀다.

아빠는 현관 바닥에 쇼핑백을 내려놓고는 엄마와 포옹한다. 아빠는 몇 분 동안 농담을 하지 않고 전과 전혀 다르게 심지 있게 서서 모름지기 적어도 그래야 하는 것처럼 상속에 관해서 아무것도 묻지 않는다. 외할머니를 위로하기 위해서 아빠가 통조림을 외할머니에게 권하면서 묻는다. "그건 그렇고…… 정말 죄송합니다…… 그런데 '부티크'는 어떻게 하실 건지 좀 알 수 있을까요?" 엄마는 아빠를 홱 낚아채서 부엌으로 데려간 다음 이렇게 속삭인다. "제발, 단 한 번만이라도, 적어도 분위기를 느껴 볼 수 없어요?"

그 후 며칠이 채 안 되어 아빠가 정말 놀라운 소식을 가지고 집에 돌아온다. 그중에는 외할아버지의 간판 가게 설계도, 서명한 계약서, 그리고 자세하게 적힌 구매 목록이 있었다. 거기에는 SL의 사직 통보도 있었고 SL의 상사가 미리 준 환송 선물도 들어 있었다. 스튜디오이자 아틀리에이자 화랑이 될 건물에 대해서 얘기를 시작하자 아빠의 목소리는 불꽃처럼 피어 오른다. "조명은 약간의 수리로 스튜디오에 맞게 이상적으로 고칠 수 있어. 스튜디오의 위치는 교외선 역에서 도보로 500미터밖에 안 되는 거리인 데다 작은 방이 세 개나 있고 창고도 하나 있어. 정말 최고야!" 그런 다음 아빠는 목소리를 바꾸어 SL 카세트 모서리에 인쇄되어 있는 노래 목록을 소리 높여 읽는다. "잉마르 노르스트룀의 「에스타 이골로」와 키키 다니엘손의 「자유롭게 날아라」, 그리고 레이프 홀트그렌의 「후추가 자라는 곳으로 가라」 같은 곡들이고, 그런 다음 아빠는 목소리 톤과 언어를 바꾸고는 그 건물이 개조가 약간 필요하긴 하지만 그건 어렵지 않게 해결할 수 있으며 전혀 문제가 없다고 이야기한다. "이것 좀 봐봐, 직장 동료들이 우리한테 뭘 줬는지 말이야, SL은 미쳤다니까." 그리고 아빠는 「슈퍼마켓 점원」, 「아직 사랑의 향기가 남아 있네요」 그리고 「금요일 저녁의 블루스」와 같은 알프 로베르트손의 노래 제목을 읽는다. "내가 이걸 아지즈한테 보여 주니까 굉장히 법석을 떨더군. 그도 직장을 그만두는 것에 관해 이야기했지만, 내 생각에 그는……."

"직장을 그만뒀다고요?" 엄마가 묻는다.

"응? 안 그러면 내가 어떻게 스튜디오를 열 수 있겠어? 이 스튜디오로 모든 게 변할 거야, 자기. 여기에서 내 전시회도 열 수 있을 거고 이제 본격적으로 일을 시작하는 거야. 그러면 올해의 사진작가상도 엄청나게 받게 될 거고 신문사들도 내게 전화를 거느라 난리법석을 떨 거야. 그리고 스타들이 나에게 자기들 사진을 찍어 달라고 줄을 설 거라고."

"먼저 그것에 대해서 상의했어야 하지 않아요?" 엄마가
묻는다. "상의할 게 뭐가 있어?" 아빠가 웃으며 너를 껴안고
엄마에게 키스를 한다. 그러자 네가 이렇게 생각한다. 보통
아빠를 가지지 않은 불쌍한 아이, 천진난만한 눈은 사라지
고 말이나 카메라로는 마법을 걸 수 없는 아빠.

잘 있었니?

최근에 낙담한 톤으로 보낸 네 이메일을 읽고 나서 내 마음은 걱정으로 가득하다. 어떻게 하면 삶의 환희가 있는 길로 너를 다시 되돌아오게 할 수 있을까? 어떻게 하면 너를 중상모략한 편지로 인해 받은 모욕감을 네가 잊어버리게 할 수 있을까? 요나스, 너는 집으로 돌려보내야 하거나 아니면 총으로 쏴 버려야 할, 낙타하고 성교나 하는 무슬림도 아니고 니그로 원숭이도 아니란다. 너는 내 덕분에 두 번째 책을 낼 수 있는 기회를 위임받은 꽤 괜찮은 재능을 지닌 작가란 말이다.

두 가지 자기 강화 명령을 네게 말해 주마. 아래 내용을 고대로 쓴 다음, 예방 접종일을 적은 메모처럼 너희 집 냉장고 위에다 게시해 놓으렴.

1 나는 결코 나 자신을 아빠의 편집증에 감염되도록 놔
두지 않을 거야! 이 세상 어느 누구도 절대로 '나를 뒤쫓지'
않을 거야!

2 말문을 닫거나 배신으로 나는 결코 침묵하지 않을 거
야. 침묵은 패배야. 침묵은 죽음의 에스코트. 침묵은 나불
대는 멍청이들에게 승리를 거저 안겨 주는 거야.

이제 네가 보내 준 글로 화제를 돌리마. 꽃으로 화환이라
도 만들어서 네 글에 찬사를 보내고 싶구나. 각각의 부분
은 재미도 있고 뒤로 갈수록 글 쓰는 네 재능이 진전되고
있음을 알 수 있어서 박수가 절로 나왔단다. 내 논평에 대
해서는 함께 첨부하는 문서를 읽어 보렴.

네 글을 읽어 보니 이런저런 면에서 안심이 되더구나. 역
시 작가야말로 이야기를 만들어 가는 사람이라는 사실을
알게 해 준…… 완전히는 아니더라도 말이다. 아직 해야 할
일이 많이 남아 있다. 이런 사실 때문에 오히려 엄청난 영감
이 떠올랐단다. 그래서 네 아빠의 이야기를 쓴다는 걸 거의
의식하지 않고도 자동적으로 써 내려갔던 것 같아. 첨부하
는 첫 번째 자료는 1985년 12월에 네 아빠가 내게 썼던 편
지를 번역한 거란다. 1984년 타바르카에서 네 아빠와 내가
만난 이후 아무 소식 없이 서로 침묵해 왔는데, 그 침묵을
멈추게 한 편지란다. 두 번째 자료는 나와 스웨덴, 네 가족,
스웨덴 사람들, 그리고 스웨덴어와의 만남에 관한 이야기
들이다. 이 이야기들로 책의 3부를 끝내자꾸나. 종전처럼

네가 기억하는 이야기를 끼워 넣기를 바란다. 세부적인 것들에 대해서는 많이 기억하지 못한다는 것을 알아 둬라. 시골뜨기와 책하고는 거리가 멀단다. 두 자료 중 하나는 책의 두께와 분량을 키우는 데 도움이 되지만, 다른 하나는 그렇지 않을 거다. 너는 어떤 게 어떤 건지 알 수 있겠니? 모르겠다면 여자 친구를 찾으려고 노력할 때다……. ☺

명물 친구
카디르

잘 있었니, 카디르!

먼저 그간 자주 편지 쓰지 못해서 미안해. 정말 미안. 우리가 마지막으로 만난 이후로 내 인생에 많은 변화가 있었어.

예를 들어, 우리 가족이 세 명에서 다섯으로 늘어났다는 거야! 페르닐라가 쌍둥이 두 아들을 내게 선사했어! 튀니지에서 돌아온 날, 집에 도착한 후에야 그녀의 임신 사실을 알게 되었고, 나는 그 당시 우리 집의 경제 사정이 정말 심각하다는 걸 고려해야 했지. 나는 전통적인 우리 방식을 제안했어. 그러니까 재정적인 지원을 장모님에게 청하면 어떠냐고 그녀를 설득했어. 페르닐라는 절대로, 절대로, 절대로 안 된다면서 저녁 내내 소리를 질러 댔지. 생계를 책임져야 하는 보호자로서의 역할이 다섯 배로 늘어나니까 너무 걱정이 돼서 멍할 지경이더라고.

그런데 멋진 장인어른의 비극적 죽음 덕분에 경제적인 사정이 개선되었어. 멋진 장모님 루트는 친절하게도 장인의 가게와 우리가 앞으로 상속할 부분에 대한 생전 증여분을 모두 내게 위임했거든. 결혼 초기 내게 품었던 반감에 대해서 장모님이 미안한 감정을 가지고 있었다고 생각해. 지금은 장모님이 이렇게 말해. "모든 사람은 공정한 기회를 가져야 한다네, 특히 이러한 시기에는 말이네." 장모님이 말씀하시는 게 전적으로 맞아. 스웨덴 분위기가 정말 변하기 시작했거든. 거리의 공기에서 느껴져. 시선들. 논평들. 이민자들의 수효만큼 스웨덴인들의 의심도 같은 속도로 늘어나는 것 같아. 올해 선거 운동에서 보수당의 수장이었던 울프 아델손이 이렇게 말했어. "스웨덴인은 스웨덴인이고 니그로는 니그로다." 그는 또 이민자의 자식들이 리무진을 타고 "상류층의 외스테르말름 아파트"에 호화로운 원어민 언어 교육을 받으러 갈 때 스웨덴 아이들이 걸어가고 있는 것을 보면 당연히 스웨덴인들의 눈이 쓰리다고 말했어. 게다가 스웨덴의 사회주의자들조차 외국인에 대해 반감을 가진 당들과 같은 기류를 타기 시작했어. 때때로 내 영혼이 불안해져. 내가 여기서 무엇을 하고 있는 거지? 이런 나라에서 어떻게 세 아들을 행복하게 키울 수 있을까? 거리에서는 신나치주의자들이 대놓고 시위를 하기 시작했고 난민촌들은 소이탄으로 공격을 받는 상황에서, 우리 아이들은 어떻게 갈색 피부와 검은색 머리로 성공적인 인생을 찾을 수 있을까? 나는 확실히 안전하고는 거리가 멀지만, 한 가지 사실만큼은 알고 있어. 나의 아들은 절대로 아웃사이더가 **되지 않을** 거라는 거야! 이게 진짜 내 인생에 있어서 최우선 과제야! 정치의 비누 거품 속에서 내 눈에 비눗방울이 들어와도 페르닐라를 놓치지 않고 잘 따라가기 위해서 각별히 조심해야 할 것 같아.

그렇지만 이러한 시기라고 해서 모든 게 먹구름과 비는 아니야. 그리고 벌레들이 갉아 먹어 버린 숲은 아니잖아! 미래는 밝다는 것에 대해 나는 강한 믿음을 가지고 있다고! 1985년 끝자락에서 우리에게 긍정적인 조짐이 어떤 거였는지 좀 말하면 말이야. 핼리 혜성이 지구와 부딪히지 않았다는 거야! 그리고 레이건과 고르바초프가 만나는 데 성공했다는 거야! 점점 더 많은 스웨덴인들이 "내 친구를 건드리지 마."라는 글귀가 쓰인 인종차별 반대를 의미하는 플라스틱 손을 외투에 장식해 달고 다닌다는 거야. 그리고 무엇보다도 중요한 것은 SL에서의 노예 생활을 청산했다는 거야. 진저리 날 정도로 가려웠던 폴리에스테르 조끼를 벗어던져 버리고, 이제 곧 내 스튜디오를 시작할 거야!

오늘 꼭 얘기하고 싶은 좋은 뉴스가 두 개나 더 있어. 첫 번째, 우리 첫째 아들이 일곱 살이 되었다는 거야! 학교에서 이제 한 학기를 완전히 끝마쳤어. 첫애는 매우 폭넓은 지식을 쌓고 있고 이제 말하는 능력도 지극히 정상적이야. 상상을 제어하는 방법도 배워서 지나가는 시선에 덜 현혹되곤 해. 상상 속의 친구와 첫애가 큰 소리로 말하는 장면을 본 게 벌써 몇 주 전의 일이 되어 버렸으니까. 아들의 예술적인 능력도 한번 봐 봐! 일곱 살짜리 애가 어떻게 이런 그림을 그릴 수 있는지 말이야. 상당한 재능을 지녔지?*

나와 내 아들과의 관계는 무척 가까워. 나는 그 애의 큰 우상이고 그 애는 나의 관심을 확인하기 위해 항상 내 시선을 얻어 내려고 해. 우리는 함께 보내는 시간이 많고 그 애가 학교 성적을 잘 받게 하기 위해서 나는 이미 많은 준비를 시작했어. 아이에게 성적이 최고보다 아래여서는 **절대 안 된다**고 시사했어. 아들은 진지하게 고개를 끄덕이며 최선을 다해 보겠다고 약속했지. 아내가 내게 한숨을 쉬면서 미리부터 아들에게 큰 압박을 준다고 생각하더라고.

　　"그 애는 이제 막 1학년을 시작했어요! 만으로 일곱 살밖에 안 됐다고요!"

　　하지만 나는 그녀에게 이렇게 대답했어.

　　"지식을 섭취하는 데 있어서 너무 빠른 때란 **없다**. 이게 나의 철학이야. 특히 스웨덴에서는, 장밋빛의 백색 피부를 지니지 않은 사람들이 성공할 수 있을까 하고 항상 의심하고 있으니까."

　　"당신 스웨덴어 실력은 어떻고요, 언제 그 지식을 섭취할 건데요?"

　　"당신 목소리가 빈정대는 것처럼 들리는데, 자기? 자기도 알다시피 내 스웨덴어 실력은 곧 완벽해질 거야."

　　"이미 상당한 시간이 흘렀잖아요."

---

* 네 아빠는 이 편지에다 그림 세 장을 동봉했단다. 이럴 때 그는 굉장히 후한 척을 하지…… 사실, 네 말하기 방식은 정상과는 거리가 너무 멀었단다. 그리고 네 그림? 글쎄, 물론 그 그림이 어떤지는 네가 더 잘 알겠지…….

"시간은 세속적인 개념일 뿐이야."

물론 아내 말이 옳아. 스웨덴 사람들의 학습 과정은 내게 너무 복잡하고 질질 시간을 끄는 것 같아. 왜 그런 느낌을 받았는지 알고 싶지? 스웨덴에서는 외국인들이 스웨덴어를 하는 것에 대해서 매우 다르게 반응해. 지시대명사 "뭐?"를 아랍어 억양을 섞어서 유창하지 못한 스웨덴어로 말하면 화가 난 것으로 받아들여서 싸한 분위기가 되어 버려. 대신에 영어로 말하거나 프랑스어로 말하면, 미소로 대하면서 자연스럽게 친밀한 관계로 받아들이지. 결과적으로 스웨덴어에 대해 내 끌림이 부족했던 것이 별난 일은 아니었던 거야. 마치 크리스마스 전통으로 이 나라에서 파는 재림절 달력[10]처럼 말이야. 오랫동안 나도 실수로 다른 아랍인 망명자들과 함께 시간을 들여 가며 연습을 했어. 앞으로 스웨덴어 능력의 향상을 위해서 아리스토캣츠와의 우정은 이제 약해질 수밖에 없겠지.

오늘 두 번째 좋은 소식은 저녁 뉴스를 보다가 마주치게 된 거야. 페르닐라가 쌍둥이들과 잠을 자고 있는 동안에 「라포르트」라는 스웨덴 공영방송 뉴스 앞에 피곤하고 지끈거리는 내 머리를 두고 있었지. 그런데 뉴스에서 레파아트 엘사예드가 '올해의 스웨덴인'으로 선출되었다는 소식을 들은 거야! 전에 보냈던 편지에서 너한테 이 이집트 남자에 대해서 자세하게 설명했잖아, 그렇지? 내 기쁨은 이 새로운 사건으로 더더욱 커졌어. 모든 게 가능해! 우리는 자기 자신의 행복에 진정한 요리사가 되어야 해! 바로 레파아트처럼 성공을 이루기 위해서는 위험을 감수할 준비가 되어 있어야만 해. 냉혹할 정도로 부지런히 노력하는 사람들에게 길은 항상 열려 있으니까!

내가 너에게 제안할 게 있어서 얘기하려고 지금 편지를 쓰고 있는 거야. 내 스튜디오를 개조하는 데 나를 도와주러 스웨덴에 와서 머물 수 있겠어? 너에게 빌렸던 돈을 바로 갚겠다고 약속할게. 그리고 동시에 내 옆에서 도와주면 괜찮은 월급도 주기로 약속할게. 어때? 육개월 정도 머물 생각 없어? 아니면 일 년?

곧 네게서 긍정적인 답이 왔으면 좋겠고, 빨리 재회할 수 있기를 희망한다. 너와 재회하는 기쁨은 우리가 인생이라고 부르는 마라톤 경기 중간에 있는 물 공급소 같은 느낌이 아닐까? 기분이 끝내준다!

1985년 12월 27일 스톡홀름에서
압바스

네 아빠의 편지를 읽어 내려가는 동안에 이미 내 머릿속에서는 긍정적 결정을 하고 고개를 끄덕이고 있었던 것으로 기억한다. 여행을 한다는 것은 적어도 내 채무 관계에서 돈을 받아야 하는 만큼 나의 마음을 끌었으니까 말이다.

1986년 1월 마제스티크 호텔에 일을 접고 가장 북쪽에 있는 미지의 세계를 향해 비행기를 탔다. 스톡홀름의 알란다 공항. 사진처럼 아주 또렷이 기억난다. 전부 다 기억이 난다. 출입국 관리소, 잘 정비되어 있던 세관 검사, 나의 면도용 크림을 테스트해 보고 향기를 맡아 보던 빨간 머리의 혈색 좋은 경찰관.(스톡홀름에 온 나를 매우 심각하게 환영해 주고, 아주 유머러스하게 생긴 흰 코를 가지고 냄새 맡는 기술로 상이라도 받았는지 자신이 알 수 없다는 이유 하나로 내 짐을 본국으로 돌려보냈다.) 덜덜 떨면서 버스를 기다리던 것, "안녕, 안녕." 하고 친절하게 인사하던 차장, 사람이 살지 않는 적막한 숲을 지나가던 여정, 가문비나무들, 그림자들, '환영 스톡홀름'이라고 쓴 표지판. 그다음 유령이 나올 것처럼 보였던 텅 빈 거리, 눈으로 뒤덮인 채 주차되어 있던 자동차들, 오후 5시밖에 안 되었는데도 밤처럼 어두운 도시. 그리고 기다리고 있던 너희 가족을 처음 봤을 때 버스 유리창에 내 이마를 부딪힌 소리.

너희 가족이 거기에 서 있었다! 나의 옛 단짝 압바스! 얼굴이 좀 창백해 보이고, 모자가 달린 검은색 반코트에 코르덴 바지를 입고 최신 색상의 목도리를 두르고 있었다. 그의 품에는 네 동생 둘이 안겨 있었는데, 둘 다 아기 신발을 신고 똑같은 색상의 모자를 쓴 채 담요에 푹 싸여 있었다. 네 아빠 옆에 서 있던 네 엄마, 페르닐라. 타바르카 해변에서 젊고 눈부시게 빛나던 아름다운 여성. 이제는 유행에 뒤떨어진 푸른색 히피 숄을 두르고 코끼리처럼 넓은 청바지를 입고 있는 모습이 좀 대수롭지 않아 보였다.

내가 버스 창문을 두드렸고, 내 입에서는 기쁨의 함성이 나왔고, 곧 나는 버스 밖 보도로 성큼 내려서서 두 팔로 네 아빠를 포옹했고, 네 엄마에게는 살짝 볼에 키스를 했다. 그러고 나서 프랑스어가 섞인 아랍어와 함께 온갖 목소리가 섞여 나왔다. 여행은 어땠어? 그리고 건강은? 마지막으로 만나고 나서 무슨 일이 있었던 거야? 와우 진짜 예쁘고 정말 귀엽게 생겼다. 그리고 네 아빠는 내게 환영한다는 말을 반복하였고, 네 엄마는 우아하게 미소를 지었다. 그리고 네 아빠가 갑자기 소리쳤다. "그런데 네 짐은 어디 있는 거야?" 나는 버스로 다시 쏜살같이 들어가서 버스가 출발하기 전에 내 여행 가방을 가까스로 끌어 내렸다. 그러고는 다시 보도에 서서 크게 웃으면서, 포옹하고, 볼에 입맞춤하고, 네 동생들이 갓 깨어나 소리를 지르기 시작하고, 기쁨으로 가득 찬 네 아빠의 눈이 반짝거렸다.

"그런데 네 큰아들은 어디에 있는 거야?" 내가 물었다.

네 아빠가 채 대답하기도 전에, 그가 고개 돌리는 방향을 따라 나는 너에게 시선을 맞추었다. 너는 터미널의 거무스름한 그늘에 다리를 쭈그리고 앉아서 하수구 덮개 안으로 손가락을 깊이 찔러 넣고 있었다. 주름진 청바지와 반짝거리는 빨간색 모자를 쓰고 있었고 코에서는 투명하게 반짝거리는 콧물이 흘러내렸으며 뺨에서는 긴 눈물 자국이 보였다. 네가 하수구 구멍 아래에 있는 누군가와 이야기하고 있는 것 같은 소리를 듣고는 사실 처음에는 이런 생각이 들었다. '와우, 날씬한 엄마와 아빠 중에 누구를 닮아서 저렇게 터질 듯 뚱뚱한 걸까?'(미안, 요나스.)

"좀 토라졌어요." 네 엄마가 프랑스어로 설명했다.

"좀 버릇이 없는 거지, 뭐." 네 아빠가 아랍어로 덧붙였다.

"뭐라고요?" 네 엄마가 물었다.

"우리 아들이 조금 피곤한가 봐." 네 아빠가 말했다.

"차는 어디에 있어?" 내가 프랑스어로 물었다.

"우린 차가 없어요." 네 엄마가 대답했다. "아파트, 그러니까 우리 집까지 전철을 타고 가면 돼요."

"자동차는 지금 고치고 있거든." 네 아빠가 아랍어로 말했다.

"뭐라고요?" 네 엄마가 물었다.

"당신을 사랑한다고." 아빠가 대답했다. "카디르, 반갑네. 자네를 보게 돼서 무척 기뻐. 이제 우리 잘난 아드님 좀 달래서 집으로 가자고."

나의 도착이 곧 너의 우울함을 창피함으로 바꿔 놓았다. 전철을 타고 집으로 가는 도중 너는 네 엄마의 다리에 매달려서 네 얼굴을 그 뒤에 숨기고 있었다. 이미 힌트를 얻었던 터라, 나는 페즈 사탕을 네게 투자했고 이 선물로 인해 너는 나를 가장 좋아하는 사람으로 인식하게 되었다. 집으로 돌아가는 전철 안에서 내내 페즈 사탕을 오물오물거리며 네가 말했다. "감따합니다 카디이, 슈크얀, 카디이." 네가 계속 반복해서 이렇게 말했다.

너도 기억날걸? 일곱 살쯤에도 너는 여전히 모든 언어에서 정말 중요한 r과 s 문자를 발음하는 능력이 부족했잖니? 쉬는 시간이면 언제나 좋아하는 책에 빠져서 지내는데도 그리고 프랑스어에서 아랍어로 또 스웨덴어로 자유자재로 말한다고 해도, 네가 심각한 언어 장애를 겪는 바람에 종종 네 아빠의 짜증은 더 증폭되었다. 하지만 대체로 너와 아빠의 관계는 굉장히 좋았다. 쌍둥이 동생들은 엄마와 더 가까웠고 너는 아빠와 더 가깝다는 인상을 받았다.

이제 '카디르의 스웨덴 입성'이라고 부를 수 있는 장면으로 넘어가 보자. 나와 네 가족은 1986년, 스톡홀름의 겨울 같았던 봄을 함께 즐겼다.

지금부터 책의 말투를 좀 바꿔서 메들리로 이루어진 뮤지컬 형식으로 이 부분의 시퀀스를 표현해 보자.(네 아빠가 사진 찍을 때 나는 찰칵 소리를 규칙적인 드럼 소리처럼 넣어 박자에 맞춰서 말이다.)

스톡홀름, 아 스톡홀름! 찰칵! 시내로 들어와 살짝 얼어붙은 호수와 부두 주위를 어떤 식으로 돌아다녔는지 보여 주지. 찰칵! 2인용 유모차에 네 어린 동생들을 싣고 카메라의 셔터를 자주 눌러 대며 자랑스러워하는 네 아빠. 찰칵! 날이 추운데도 너는 울면서 아이스크림을 사 달라고 했고 네 엄만 역사적인 유물들을 설명하려고 했지. 네 엄마는 계속해서 교회와 왕궁은 무시해 버리고 대신에 느릅나무 전쟁[11]에 대해서만 알려 주려고 했어. 찰칵! 그리고 물바덴 구역에서. 찰칵! 언젠가 사나운 개로 그녀 오빠의 친구를 공격했던 경찰이 그곳 거리에 있었어. 찰칵! 찰칵! 나는 에로틱해 보이는 스웨덴 사람들을 향한 굶주린 시선으로 돌아다녔고, 얼음처럼 차가운 사과를 씹어 내 치아는 시려 왔지.

우리가 롱홀멘의 히피 페스티벌에 가서 함께 보냈던 주말이었어. 네 엄마의 친구들 모두, 머리에 인디언 헤어밴드를 하고 팔에는 방울을 매달고서 부드럽게 미소 짓던 스웨덴 사람들이었지. 흰 양가죽 조끼를 입고 오래 써서 낡은 담뱃대를 문 채 틀어박혀 있는 히피들. 찰칵! 우리는 뒤얽힌 담요에 앉아서 김이 나는 보온병의 커피를 즐기면서 1970년대 휴머니즘의 향수에 사로잡혀서 저항 노래를 연주하는 아저씨들의 기타 소리를 들었지. 찰칵! 우리는 아프리카의 굶어 죽는 아이들을 돕기 위해서 판매용으로 나온 콩죽을 먹었어. 찰칵! 여자 머리에 꽂은 꽃을 칭찬하다가 귀싸대기를 벌고 나서 스웨덴 여자를 유혹하는 방법이 타바르카와는 전혀 다르다는 사실을 알게 되지. 찰싹! 찰칵!

토요일에 나는 두드러진 어깨 패드와 양쪽에 단추를 단 초현대적인 보라색 양복을 샀다네. 찰칵! 일요일에 우린 셉스홀름에 있는 현대미술관의 자갈길을 걸었지. 찰칵! 감촉이 거친 오렌지색 오버올 안에 네가 나뭇잎을 모으고는 너의 "멋진 땀촌, 카디이"인 나에게 던져 장난을 시작하는 동안, 계속해서 네 아빠 카메라 셔터를 눌러 댔지. 찰칵!

현대미술관에서 우리는 유명한 스웨덴 사진작가 크리스테르 스트룀홀름의 거창하고 매우 대중적인 회고전을 시찰했다네. 다음은 이렇게 쓰럼.

"스트룀홀름의 사진은 규격화되어 별로 인상적이지 않다고 아빠가 메모를 한다. 그럼에도 아마 이번 박물관 방문이 아빠의 미래에 대단히 많은 영향을 주지 않을까? 왜? 계속해서 읽어 보면 그 사실을 알게 될 것이다!"

(이 부분은 독자의 호기심을 채워 주기 위해서 씨를 뿌려 두는 것이다.)

이 지점에서 뮤지컬 메들리 형식을 없애고 우리는 정상적인 글쓰기로 돌아갈 것이다.

오후였다. 우린 스톡홀름 센트랄 역에 있는 카페에 앉아 휴식을 취했다. 네 엄마는 쌍둥이들과 집에 있었고, 너는 우리와 함께 시간을 같이 보내며 맛있는 것도 오물거리고 우리가 앉아 있던 탁자 아래 바닥에서 놀기도 했다. 네 아빠는 네가 떠드는 소리에 개의치 않았고, 커피를 마시며 내 담배를 나눠 피웠다.

"담배 피우는 습관을 아직 못 버렸어?" 내가 물었다.

"원칙적으로는." 네 아빠가 말하고는 내게서 라이터를 빌렸다.

그런 다음 그는 예산과 관련된 자세한 견적과 서류 양식, 가게 설계도, 사진 회사에서 보내온 팸플릿, 잠정적이긴 하지만 스튜디오 이름 후보를 적은 것들을 가방에서 꺼내서 보여 주었다. 네 아빠는 이 모든 것들을 몰래 준비하기 위해서 여러 달을 투자한 것 같았다.

네 외할아버지가 돌아가시기 이미 오래전에 네 아빠는 경제적인 지원을 얻기 위해서 은행에 수도 없이 전화를 걸었다. 여러 해 동안 연달아 스웨덴 예술위원회의 작업 보조금, 여행 보조금 및 프로젝트 보조금을 신청했지만 거절당했다. 그의 일을 시작하기 위해서 지원을 요청했던 사항들을 정부에서는 모두 거절해 버렸던 것이다.

"외국에서 태어난 사람은 이 나라에서 신뢰를 얻기가 아주 어려워." 두꺼운 종이 뭉치에 시선을 두며 네 아빠가 말했다. "마찬가지로 임대되지 않은 가게를 갑자기 잡으려고 할 때도 안 되지, 내 외국인 악센트가 들리면 말이야. 우리 뒤에 이미 많은 사람들이 줄 서 있다는 거야."

그런 일들이 네 아빠를 좌절하게 만들지는 않았던 듯하다. 그 대신 임대인이 피자 가게나 모스크 또는 카페 및 "탐

탁지 않은 고객"을 끌어들일 수 있는 다른 어떠한 사업을 하는 것을 허락하지 않는다라고 특별히 손으로 쓴 조항을 자세하게 기술해 놓은, 네 외할아버지의 가게에 대한 계약서를 내게 보여 주었다.

"카디르, 네가 이곳에 와서 기쁘고, 내가 하는 일이 단단하게 뿌리내렸으면 해. 친구 둘이 잘 협력하면 어떤 것도 경쟁 상대가 되지 않을 거야. 누군가를 위해서 일하는 거라면 절대로 성공을 거둘 수 없어. 그건 그렇고 내가 레파아트에 대해서 너에게 이야기해 줬지? 그 불가사의한 사람은⋯⋯."

내가 한숨을 쉬면서 그의 말을 끊었다.

"음⋯⋯ 생각 좀 해 보자. 내가 방문하는 것에 대해 자세한 사항들을 전화로 매번 얘기 나눈 건 아니었을 거야."

네 아빠는 나의 아이러니한 말투를 눈치채지 못했다.

"레파아트! 스웨덴에서 가장 부유한 사람 중 하나! 그는 빈손으로 아무것도 없이 시작했어! 그렇지만 이제 그는 볼보 최고 경영자 귈렌함마르와 매우 가까운 사이라고! 돈이 엄청나게 많은데도 불구하고 레파아트는 아주 평범한 임대 아파트에 살고 있어. 그와 마찬가지로⋯⋯ 누군지 알겠어?"

"에⋯⋯ 너?"

"맞아! 나와 레파아트야! 서로 정확히 똑같아! 그는 이 길쭉한 땅에서 성공한 최초의 아랍인이지. 몇 주 전에 무엇이 의결되었는지 알아?"

"아니."

"레파아트가 스웨덴에서 가장 명예로운 사람으로 선출

되었어!"

"노벨상?"

"아니."

"스웨덴 총리 자리?"

"아니."

"이케아의 사장 자리?"

"아니."

"아바 가수로?"

"놀리는 거야?"

그러고는 몇 초 후, 난 드디어 네 아빠가 어리다는 사실을 느꼈다. 그리스인 사진작가에 대해 폭발했던 바로 그 아빠. 삶의 정열을 태우며, 평생 지녀온 예술가의 꿈을 포기하고 돈을 위해 사진을 찍는다는 생각을 결코 해 본 적도 없는, 속임수의 각본을 절대로 선택하지 않았던 바로 그 아빠. 그의 검은 눈은 불타오르고, 눈썹이 떨리고, 턱뼈가 삐걱거렸다.

"카디르, 대답해 봐. 지금 날 놀리는 거야?"

네가 놀다가 탁자 아래에서 잠망경처럼 네 머리를 들어 올렸다.

"아니, 아니. 미안해. 레파아트가 뭐로 선출되었는데?"

불같이 성을 내던 네 아빠가 천천히 미소를 지었다.

"올해의 스웨덴인! 얼마나 커다란 성공을 거둔 것인지 알겠지! 올해의 스웨덴인으로 뽑힌 이집트인! 여왕은 브라질계 독일인이고! 이 나라는 정말 내게 이례적이야."

나는 놀란 것처럼 얼굴을 가장하고는 레파아트의 행운에 대해 높이 찬양하였다. 네 아빠는 등을 의자에 기대어 삐걱거리는 소리를 내며 만족스러워했다.

"글쎄…… 운도 운이지. 그렇지만 행운에 대한 게 아니야. 이 나라는 잠재적인 가능성을 모두에게 제공한단 말이야. 게으른 자의 길을 택하지 않는 사람에게 스웨덴은 수천 개의 자유로운 길이 있는 나라고 그 길을 선택하기만 하면 되는 거야! 이제 그 가게를 개조하면서 다가올 시간을 함께 헤쳐 나가 보자고."

"일에 대한 보상으로 내가 받을 수 있는 건 얼만데? 내가 너에게 빌려 주었던 돈도 있잖아?"

"음…… 튀니지 기준으로 상당히 큰 액수가 될 거야. 마제스티크 호텔에서보다 더 많이."

"스웨덴 기준으로 월급은 얼마나 되는데?"

"그러니까 그게…… 스웨덴 사람들이 보통 말하는 적당한 정도. 너무 많지도 그렇다고 너무 적지도 않은. 아주 적당한. 어때?"

"좋아. 우리의 약속을 잘 지키면 네 스튜디오는 곧바로 성공을 거둘 거야, 절대 작지 않은. 네가 나에게 약속했던 돈을 못 받은 채 내가 강제로 집에 돌아가게 된다면 정말 슬플 거야."

"우리의 성공은 이미 기정사실이야. 그래도 내가 네게 당부하고 싶은 게 한 가지 있어. 나의 예술적 열정을 절대로 포기하지 않을 거야. 이 스튜디오를 가지고 나의 예술성을 극대화하기 위해 내 가족을 먹여 살리는 데 손이 묶여 있지 않을 거야. 이해해?"

"응, 왜 그걸 내게 자세하게 설명하는 거야?"

네 아빠는 내게 대답하지 않았다. 우리 옆 탁자에 아랍인 몇 명이 앉으면서 그의 집중이 깨져 버렸다. 네 아빠는 그들에게 차갑게 고개를 끄덕였다. 그들이 커피를 주문하기 위해서 계산대로 가려고 자리에서 일어서자, 네 아빠는 내 쪽으로 고개를 돌리고는 큰 소리로 한숨을 쉬며 자기의 머리를 옆으로 흔들어 댔다.

"카디르, 저들을 잘 봐 봐. 저 사람들을 아리스토캣츠라고 부르는데…… 저 사람 좀 봐…… 무스타파. 정말 농땡이꾼이야. 자기 커피도 사지 않잖아! 그냥 컵을 한 개 가져와서 리필 값만 낸다니까! 우리처럼 저들과는 다른 아랍인들에게 나쁜 평판을 전염시키는 사람들이라니까. 저런 자들은 스웨덴에서 절대로 성공할 수 없어. 절대로! 그런 반면에 우린 아주 완벽한 기회를 가지고 있어."

"어째서?"

"내 아내 덕분에 나는 나의 사고방식을 바꾸는 데 성공해서 거의 완전히 스웨덴 사람이 되었지. 스웨덴인이 가진 수백 개의 규칙들이 이제는 내게 일상이 되어 버렸어."

"예를 들면?"

"오, 그걸 모두 기억하는 건 굉장히 복잡했어. 하지만 난 시도했지. 난 에스컬레이터를 타고 올라갈 때는 오른쪽에서. 아침저녁으로 양치질을 하지. 아파트로 들어갈 때는 신발을 벗어야 하고. 자동차 뒷좌석에 앉아 있을 때도 안전띠를 매. 정년퇴직을 한 친척들이 소위 실버 하우스라고 하는 곳에 머물게 된다는 논리도 이제 이해하기 시작했어."

"그리고 더 있어?"

"신문을 살 때마다 나는 세 번이나 감사하다는 표현을 하곤 해. 가게에서는 절대 방귀도 꾸지 않아. 기상학자처럼 신중하게 날씨와 풍향에 대해 몇 시간 동안 토론할 수도 있지. 또 내가 이웃에게 인사하려고 할 때마다 '스웨덴 사람은 침묵한다.'라는 속담을 떠올리며 나는 침묵하려고 애를 쓰지."

"그리고 더 있어?"

"레스토랑에서 저녁을 먹게 될 경우 전체 비용 중에서 여성이 자기가 먹은 걸 계산하는 것을 확실히 하게 하지. 술을 마시게 되는 경우에도 맛이 가기 전에 그만 마셔. 지하철에서 술에 취한 스웨덴 사람이 나를 모욕하더라도 절대로 화난 걸 표현하지 않아."

"'모욕'을 한다니, 그게 무슨 말이야?"

네 아빠가 짧고 심한 헛기침을 했다.

"거의 일어나지 않는 일이야."

"하지만 그 사람들이 뭐라고 그러는데?"

"아주 예외적인 경우인데 누군가 깜둥이 같은 말을 속삭여 대. 아니면 아랍 돼지 새끼라든가."

그런 다음 그가 빈 커피 잔에 입술을 가까이 가져다 대며 커피를 마시는 척했다.

"축하하네." 나는 말하면서 너무 강하게 비꼬는 것처럼 들리지 않도록 했다.

"아니! 아리스토캣츠로부터 내가 떨어지고자 하는 다른 결정적인 이유가 있어." 네 아빠가 다시 뭔가 다른 말을 찾아냈는지 계속 말을 이었다. "나는 사회복지부의 지원으로 산다는 것을 절대로 받아들일 수 없어! 너무나 많은 유색 인종 이민자들이 지니고 있는 게으름이 나에게는 절대로 감염되지 않아! 대신에 내 스튜디오는 막대한 수익으로 가족들을 부양하고 오랫동안 경제적인 안정을 가져다줄 거야. 자, 이제 가게 이름에 대해서 이야기를 나누자고!"

네 아빠는 자기가 생각해 낸 이름을 이야기하고는 만족스럽게 입맛을 다셨다. 선택지에 오른 여러 가지 스튜디오 이름을 곰곰이 살펴보는 동안 내 마음속에 슬픈 감정이 밀려온 걸 인식했다. 어디서부터 시작된 걸까? 네 아빠를 바꾸어 버리는 데 성공한 그 무엇에 대한 인식에서 비롯되었을 것이다. 무언가가 변해 버린 그의 사고방식을 보여 주었다. 아마도 그건 자기 동향인을 비하하는 그의 방식이었을 것이다. 어쩌면 그가 카페 바닥에서 5크로나 동전 하나를 발견했을 때 환한 미소가 피어올랐기 때문일 것이다. 그가 굳게 보장했다고 해도, 네 아빠가 경제적인 성공과 예술적 야망을 결부시키기 어렵다는 사실을 알게 될 거라는 속삭임 때문이었을지도 모르겠다. 나의 확신이 크게 흔들린다.

어쨌든 그날 이후 우리는 네 아빠의 가게 개조를 시작했다. 우리는 스톡홀름 남쪽 변두리에 있는 잊혀 있던 간판 가게를, 소수의 사람쯤은 초대할 수 있는 특별 전시 공간도

추가해서 프로 사진작가의 스튜디오로 서서히 탈바꿈시켰다. 여전히 스톡홀름 남쪽의 변두리였을지라도.

네 외할아버지가 지옥 같은 역사의 혼돈 속에서도 꾸준히 보관해 왔던 것들로 채워져 있던 창고의 작은 티끌 하나까지도 청소해서 치워 버렸다. 예스타는 진정한 수집가였음에 틀림이 없다. 그의 창고에는 우리가 급히 감정가한테 팔아 버렸던 오래된 간판들만 있었던 것이 아니었다. 예스타는 탁구 라켓(18점), 장난감 철로(7점), 폐기된 냉장고(5점), 소방관의 우윳빛 헬멧(4점), 수족관(3점), 목발(3.5점), 오래된 세계 지도 두루마리(20점)도 수집해 놓았다. 수집품 중에는 '스몰 비어'라고 불렀던 예전 소다 음료에서 나온 병뚜껑을 수집해 놓은 것(3봉지)과 특별히 큰 것은 아니지만 용기에 넣어서 막아 놓은 전갈(1마리)도 있었다. 네 외할아버지는 청소하고 버리는 것에 있어서는 그리 깔끔했던 것 같지는 않다…… 다행스럽게도 우리는 그런 향수를 불러일으키는 물건에 대한 취미를 지닌 사람들이 아니었다.

가게를 말끔히 비우고 난 뒤에 우리는 선반을 치우고 벽을 메꾸는 크림으로 벽에 난 구멍들을 메꾸었다. 빛 바랜 노란색 벽은 중성의 흰색으로 덧칠해 버렸다. 완벽한 사진 현상실을 만들기 위해서 중고 제품 광고를 보고 현상액과 복사기를 구입했다. 우리는 이케아에서 전등과 가구도 구매했고, 연장 코드, 배경막으로 쓸 천, 반사 거울, 그리고 그 외의 필요한 소품들(플라스틱 과일, 나뭇가지 모양의 촛대, 유머러스한 왕관)도 사들였다. 둥근 무늬가 들어가 있는 대리석의 창턱은 화분으로 숨겼고, 금이 가고 거미줄이 쳐져 있는 창유리는 네 외할머니에게서 받은 꽃무늬 커튼으로 가려 버렸다.

네 아빠의 욕실 현상실에 있던 포스터들을 마당 아래에서 계단까지 테이프로 붙였다. 거기에는 디데이의 우울한 군인이 담겨 있는 카파의 사진, 흔들거리며 땀범벅이 된 루이 암스트롱이 담겨 있는 애버던의 사진, 모르는 여성과 키스를 하는 선원의 모습을 담은 아이젠슈타트의 사진, 유서프 카쉬의 아인슈타인 초상도 있었다. 본관은 아틀리에와 특별 전시를 위한 공간을 결합한 스튜디오가 되었다. 안쪽 방은 암막을 두르고, 천장에 줄을 걸고, 갖가지 화학 약품을 담기 위해 특별한 색을 칠한 욕조를 놓아두고, 빨래집게와 오렌지색 백열전구도 갖춤으로써 막대기에 점 하나를 찍어 i로 탈바꿈시키는 것처럼 검은색 암실로 바뀌었다.

네 엄마가 당시 살고 있던 아파트가 좁다는 지적을 주기적으로 반복했기 때문에 나는 가게의 특별한 창고 안쪽 깊숙한 곳에 거처를 마련했다. 거기에서 나는 매트리스와 여러 가지 물건들, 카메라 필름 보관통, 현상액, 정착액 드럼통, 그리고 네 아빠가 몰래 숨겨 놓은 위스키 병이 들어 있는 상자(네 엄마가 매일 주기적으로 술을 마시는 건 어떠한 상황이든 반대했다.)와 함께 지내게 되었다. 격려 차원에서 네 아빠는 내게 14인치짜리 흑백 텔레비전을 선사했다. 곧 나는 좀 더 임시 거처처럼 방을 꾸밀 수 있었고 좁고 창문이 없어서 질식할 것 같은 동굴이라는 생각은 덜 들었다.

다시 네 이야기로 돌아갔으면 하고 기대하고 있을 텐데 참지 못할 정도니? 걱정하지 마. 이제 바로 시작하마. 이후 앞으로 다가올 몇 달은 네 아빠의 미래에 크게 영향을 미친 외부적인 사건이 두 개나 일어난 때이다. 첫 번째는 비에른 길베리가 레파아트 엘사예드의 박사 학위가 완전히 완료된 게 아니었다고 뒤엎어 버린 기사를 실었을 때 일어났다.

들자 하니 레파아트는 자기 자신을 소개한 것처럼 화학 박사가 아니었다. 그 결과는? 스웨덴의 기자들이 레파아트를 공격했고, 그의 명성이 타격을 받았고, 페르멘타 회사의 주식이 떨어지면서 그의 경력도 함께 바닥으로 동반 추락했다. 볼보와의 관계도 중단되었고 레파아트는 회사에서 퇴출되었으며, 기소되었고, 거세되었고, 크게 상처를 입었다. 네 아빠는 신문의 머리기사를 읽고 크게 경악하며 자신의 머리를 흔들며 중얼거렸다.

"이건 사실이 아니야, 이건 사실일 수 없어, 걔네들이 이렇게 할 수는 없어, 이렇게 할 수 없다고."

그렇지만 그들은 그렇게 했다. 이 일을 기억하니?

당연히 기억한다. 아빠가 부엌에 앉아 있다. 부엌에는 초록색 벽지가 발라져 있고 쌀알과 플레이모빌 장난감 총처럼 작은 것을 숨기기에 안성맞춤으로 틈이 갈라진 커다란 검은색 탁자가 놓여 있다. 거기에는 구멍이 난 양말을 신고 있던 아빠의 발이 있고 너는 아빠의 어두운 목소리를 들을 수 있다. 이게 카디르가 언급한 첫 번째 사건에 대한 기억이 틀림없다. 왜냐하면 아빠의 친구가 방문했는데, 처음에 너는 아리스토캣츠의 누구일 것이라고 생각했지만, 곧바로 무릎을 기운 청바지를 입고 낡은 가족 조끼를 입은 사람이 젠두바에서 온 아빠의 옛 친구들 중 한 사람이라는 것을 알게 되었기 때문이다. 그는 페즈 사탕을 네게 선물로 주었고, 네 뺨을 다정하게 쓰다듬어 주었다. 그리고 너는 아빠를 위로하며 얘기하던 그의 목소리를 기억한다. "인샬라 레베, 레파아트는 극복할 거야, 레파아트는 항상 극복해 왔으니까." 그리고 아빠가 말한다. "물론이지, 항상 레파아트가 극복해 오긴 했지만, 왜 그들이 이렇게 하는 걸까, 왜, 10억 크로나나 기부했는데, 10억이나!" 그런 다음 침실에서 잠이 덜 깬 엄마의 슬리퍼 끄는 소리가 난 후 건조기에 천 기저귀를 걸어 달라고 엄마가 부탁하자, 지금 당장은 생각할 다른 일들이 있다고 아빠가 대답한다.

그리고 사람들은 이렇게 말하곤 한다. "비극은 종종 스테레오로 한꺼번에 몰려온다." 존경받던 올로프 팔메 총리가 가슴에 괴한의 총격을 받았다는 소식이 전해질 때쯤 스튜디오의 개조는 거의 막바지 단계였다. 스웨덴 전역이 슬픔에 잠겼고, 몹시 지친 네 엄마도 며칠이 걸려서야 다시 어렴풋한 삶의 기쁨 속으로 돌아갔다. 뒤죽박죽으로 엉망인 네 기억조차도 아마 그날은 잊지 못할 거야, 그렇지?

당연히 그날도 기억한다. 그런데 특이한 기억이다. 다른 모든 사람들이 그 토요일 아침에 그랬을 것처럼 너도 똑같이 그것을 경험하는 것이어서 거의 집단적 경험이기 때문이다. 다 컸는데도 불구하고 침대에서 기어 나오던 너는 '스노레'라고 부르는 물개 인형을 옆에 끼고 있다. 엄마와 아빠는 자고 있고 너는 텔레비전 앞으로 살금살금 다가가서는, 바로 그 시간에 「스웨덴, 안녕하세요」라는 프로그램에서 하는 만화 영화를 보려고 스위치를 누른다. 그런데 프로그램을 소개하는 자막 대신에 흐릿한 영상과 경찰의 접근 금지 테이프 사진이 나온다. 네 혀가 제멋대로 말리기 때문에 글자는 쉬워도 발음하는 것이 여태 어려웠지만 너는 네 방식대로 읽는다. 거기에는 「스웨덴, 안녕하세요」 프로그램이…… 이유 때문에 취소되었습니다, 라고 씌어 있고 너는 실수하지 않으려고 그것을 읽고 또 읽는다. ……쯔웨덴 충니 올오오오프 파아아알메 짤해되다! 그러고는 침실을 향해 소리 높여 외치자 엄마가 끙끙거리는 소리로 대답해서 다시 네가 팔메가 살해되었다고 외치고, 가장 먼저 뉴스를 들은 사람이 바로 너라는 사실에 기쁘고 자랑스러워하며 엄마가 경악한 모습에 미소 짓고, 네가 막 다시 그 소식을 말하려고 하던 참에 아파트를 둘로 갈라놓을 듯한 엄마의 통곡하는 소리가 들리고, 어린 동생들이 소리를 지르며 깨고 아빠도 소리를 지르면서 잠에서 깨어나 모든 게 혼란스럽게 뒤섞인다. 그런 도중에 너는 모든 것을 마침내 이해하고, 흐르는 엄마의 눈물을 물개 인형 스노레로 닦아 주면서 엄마를 위로하려고 한다. 네가 소파에 올라가서 액자에 끼워 둔 팔메의 사진을 가지고 내려오자, 엄마는 가슴에 그 액자를 안고는 좌우로 흔들고 아빠가 위로하고 너도 위로하고 어린 동생들은 계속해서 소리만 지른다.

계획하고 있는 네 아빠의 스튜디오 이름을 아직도 정하지 못했다. 하지만 네 아빠의 뇌리에 이름에 대한 아이디어가 번쩍였던 봄날 저녁이 기억에 강하게 남아 있다. 이렇게 된 걸 거다. 팔메가 살해된 지 몇 주가 지나고, 네 엄마는 잃었던 기력을 되찾았다. 꽉 들어찬 지하실에 들어서자 네 아빠는 새롭게 만든 진열창에 걸어 놓고 싶어 하는 엄청난 양의 사진을 보여 주었다. 우리는 페인트 냄새가 진동하는데도 욱신거리는 어깨와 뻑적지근한 허리 때문에 그곳에서 앉아 쉬고 있었다. 네 아빠가 수많은 양의 사진 컬렉션을 뒤적이고 있는 동안 나는 손톱에 페인트가 묻은 것을 제거했다. 그는 네거티브 카드와 사진에 빠져들어 눈에 돋보기를 쓰고 수백 장의 사진을 검사했다. 그런 다음 그가 말했다.

"리처드 애버던이 한 말을 떠올려 보면 그가 정말 정확하다는 걸 알 수 있어. 그림은 사람들에게 없는 현실을 가지고 있어. 내가 사람들을 아는 것은 바로 내 사진을 통해서야."

그런 인용구에 대해서 뭐라고 대답해야 할지 나는 전혀 몰랐다. 그래서 조용히 앉아서 내 손톱을 닦았다. 네 아빠는 계속했다.

"문제는 스웨덴 손님을 가장 잘 끌 수 있는 스튜디오 이름이 뭐냐는 거야. 그러니까 내 말은…… 나는 타협하는 데는 전혀 소질이 없단 말이지. 하지만 스튜디오 이름은 편한 이름이면서도 동시에 뭔가 끌리는…… 뭔가 호기심이 가지만 이미 익숙한 듯한……."

선택의 여지는 아주 많았다. '페르닐라 케미리의 아틀리에'(네 엄마를 달래 주려는 듯하지만 사실 스튜디오 이름으로는 위험의 여지가 있는), '스튜디오 케미리 주식회사'(프로 같은 분위기가 느껴지는), '케미리 예술과 사진 아틀리에'(예술성이 가미된 듯한), '케미리의 산딸기밭'(베리만적이면서도 구미가 당기는), '아틀리에 팔메'(팔메를 찬양하는 듯한), '매우 싼 가족사진!'(실버 하우스 근처의 구두쇠 노인들을 끌어들일 것 같은) 들 사이에서 방황하고 있었다.

갑자기 네 아빠가 땀에 젖은 월 스트리트의 노동자처럼 하늘을 향해 몸을 쭉 뻗으며 사진을 든 채로 공중으로 뛰어올랐다.

"이제 알았어!"

사진의 모티프는 호감이 가고 아름답게 생긴 검은 머리의 여성이었는데, 브라질 여성이지만 본래 태생은 독일이고, 노란색 치마와 수를 놓은 꽃이 달린 파란색 블라우스를 입은…… 1983년 봄, 스칸센에 국기들이 가득 채워진 무대 위에는 네 아빠가 찍은 실비아 여왕이 서 있었다. 곱슬머리의 고상한 칼 구스타프 국왕이 배경에 흐릿하게 보였다. 옆으로 손을 흔드는 실비아의 손은 영원히 얼어 버린 듯 멈춰 있었고, 그녀의 미소는 고상하면서도 거리가 느껴졌으며, 그녀의 두 눈은 눈동자가 없는 악마처럼 정확히 반쯤 닫혀 있었다.

"그렇지!" 네 아빠가 소리쳤다. "'스튜디오 실비아'! 아틀리에의 이름을 그렇게 할 거야. '스튜디오 실비아, 케미리의 예술 사진 아틀리에'."

같은 날 저녁 네 아빠는 우리가 스웨덴 여왕을 스튜디오 개관식에 어떻게 초대할 것인지에 관한 계획을 짜기 시작했다. 새로 내린 커피, 와인, 다양한 색깔의 풍선과 탁탁 소리를 내며 진짜처럼 타는 불, SL을 그만두고 자기 자신의 사진 스튜디오를 시작해서 성공을 거둔 튀니지인을 기자들과 예술 비평가들이 인터뷰할 것이다.

"'사진작가, 엄청난 관객을 맞다.'…… 그렇게 머리기사를 쓸 거야! '실비아 여왕의 스튜디오 방문!', '여왕의 새로운 왕립 사진작가.' 저 바보 같은 놈들한테 뭔가 보여 줄 거라고……."(네 아빠가 여기에서 네 엄마의 가족을 지칭한 건지, 거절한 화랑 주인들인지, 그의 전 SL 상사인지 아니면 가게 주인인지 나는 확실하게 모르겠다.(아마도 이들 모두가 아닐까.))

네 엄마가 네 아빠를 사랑했던 것만큼 스튜디오 이름에 대한 그의 제안을 몹시 싫어했다.

"정말 그렇게 지으려는 건 아니겠지요!" 곧 공사가 완료될 스튜디오를 처음 방문한 그녀가 그런 반응을 보였다.

"왜 안 돼?"

"에이…… '스튜디오 실비아'? 거의 포르노처럼 들리는데요. 게다가 실비아는 나를 와들와들 떨리게 한다고요……
그녀는 뱀파이어처럼 생겼어요…… 우리의 나치 여왕! 그
사진은 너무 속물적인 사진이에요. 극도로 반민주주의적
이고 공산주의적인 것도 아니고 제국주의적 사진이라고
요! 제발, 진열창 대신에 쓰레기장에 갖다 처박아 버리는
게 낫겠어요!"

하지만 네 아빠는 그녀가 무례하다고 주장했다.

"이 사진이 스튜디오를 최고급 수준으로 만들어 줄 거
야!" 그가 자랑스럽게 말하면서 실비아 사진을 넣으려고 산
금색 테두리 액자를 가리켰다. "게다가 손님들도 확 끌게
해 줄 거고 말이야. 젊은 사람이나 나이 든 사람이나 모두.
난 그럴 거라고 확신해."

네 엄마는 네 아빠를 살폈다. 비록 그러고는 싶었어도 그
녀는 아주 심각한 선까지는 가지 않았다. 그녀는 자신의 몸
을 구부려 그의 등에 대고는 그의 목에 자신의 부드러운 입
술을 가져갔다.

"난 당신한테 완전히 질렸어요."라고 그녀가 프랑스어로
속삭였지만, 정반대로 그녀의 억양에는 따스함이 실려 있
었다. 이때 너와 내가 서로 흉내를 낸 걸로 기억한다. 네 아
빠와 엄마가 서로 키스를 하자 우리 두 사람의 얼굴이 빨개
졌다. 우리는 밖에 있는 정원을 보호막 삼아 부끄러운 장면
이 지나가기를 기다렸다.

스튜디오 이름에 대한 네 엄마의 이의 제기는 방해가 될
뿐더러 아무 정당한 사유도 없었다. '스튜디오 실비아'가 이

름이 되었고, 우리는 나무 간판에 이름을 써서 문밖에 삐걱거리는 소리와 함께 내걸었다. 그 아래에 기울여서 다른 이름도 썼다. '케미리의 예술 사진 아틀리에'. 네 아빠는 간판 꼭대기와 끝단에 예쁜 장식을 했다.

가게를 열기 전에 네 아빠는 미소 짓는 네 엄마의 도움을 받아서 매우 예쁜 편지지에 우아한 편지를 썼다. 그 편지는 왕궁으로 보내는 것이었다. 네 아빠는 실비아의 현명함, 지혜로움, 그리고 아름다움을 찬미하고 그녀가 새로운 나라를 선택한 것을 축하하고 스튜디오의 공식적인 개관식에 위엄 있는 그녀의 모습을 보여 줄 수 있다면 대단한 영광이라고 전했다.

1986년 4월에 스튜디오 실비아가 문을 열었다. 장대한 토요일이었다. 입구의 홀 벽에는 네 아빠의 스웨덴 사진 작품 중에서 제일 괜찮을 것 같은 사진들을 걸었다. 거기에는 눈 속에 꽁꽁 얼어 버린 다음 날의 토사물을 과도하게 클로즈업한 사진 시리즈가 있었다. 그리고 말라비틀어진 나뭇잎과 쌓아 올린 빈 맥주 깡통도 있었다. 멋지게 양복을 차려입고 모두 똑같이 평온한 표정을 지으며, 햇빛 비치는 거리 모퉁이에 서 있는 스웨덴인들을 찍은 사진도 여러 장 있었다. 또 흑백의 흐릿한 볼보 아마존이 상트 에릭스플란의 거리 표지판을 들이받아 표지판이 살짝 휜 사진도 있었다. 그 밖에 삼색의 수준기도 있었고 크게 확대한 실비아 사진도 있었다. 모퉁이 가장 안쪽으로는 네 아빠가 초창기에 마음에 들어 했던 모티프를 담은 사진도 있었다. 바퀴는

펑크가 나고 검붉게 녹슬어 버린 자전거에 엄청나게 눈이 쌓여서 손잡이는 꽁꽁 얼어붙었고 안장에 고드름이 쭉 뻗어 매달린 사진이었다.

작은 것 하나까지도 꼼꼼하게 챙겨서 준비를 했다. 스웨덴의 모든 신문사에 일반 공개에 앞선 사적인 전시회 초대장을 보냈고, 이웃 사람들에게는 전단지로 알렸다. 로버트 프랭크의 『미국인들』과 같은 형태로 스웨덴 사람들에 관한 책을 낼 영감을 제공할 목적으로 네 아빠는 스웨덴 출판사도 초청했다. 《악투엘 포토그라피》에는 사진에 흥미를 가진 모든 사람들이 마지막 장 바로 전 페이지에서 "오늘의 이벤트"라고 쓰인 기사 제목 아래의 내용을 읽을 수 있도록 했다. "사진작가 압바스 케미리가 '스웨덴 사진상을 수상했어야 했던 사진들'을 스톡홀름의 스튜디오 실비아에서 전시한다." 이 내용은 아르비카 75주년 기념 전시회에 관한 정보와 예테보리의 사진 박물관에서 열리는 스벤 빈크비스트 고등학교 학생 전시회 정보 사이에 실려 있었다.

네 아빠는 모든 손님들에게 플라스틱 컵에 담은 와인과 커피를 대접했다. 풍선으로 형광등을 장식하고 그릇에 프레첼을 채워 넣었으며 네 가족 전부가 참석했다. 심지어 네 외할머니도 오셔서 나에게 정중하게 인사를 하시며 나와 담배를 피우셨는데, 내게 매우 친절하다는 인상을 주셨다. 스튜디오는 곧 관대한 웃음과 파도치는 듯한 담배 연기, 꽃과 안부를 전하는 소리들, 선물과 포옹으로 가득 찼다. 자신의 손님들 비위를 맞추느라 압바스는 내게 자신의 소형 카메라를 주고는 우스꽝스럽게도 '사진작가의 궁정 사진사'라는 이름을 부여했다. 하는 수 없이 나는 참석했던 모든 손님들을 기록으로 남겨야 했다. 한쪽 구석에는 정치에 관심이 많은 네 엄마의 친구들이 있었다. 핵에너지의 사용에 반대하는 널찍한 초승달 모양의 브로치와 베이지색의 트렌치코트로 서로를 알아보았다. 그들은 코트 벨트를 흔들고 (남자와 여자 모두) 자신의 콧수염을 긁적거리면서 정치 문제를 화제로 삼았다. 입구 가까이에는 실버 하우스의 할머니들이 무료 커피를 마시러 왔다. 그들은 새처럼 빠르게 홀짝홀짝 마셔 댔으며 핸드백을 자신의 배 쪽으로 끌어당겨 꼭 잡은 채 의심스러운 듯 입을 꼭 다물고 있었다. 바닥에는 히피 친구들이 앉아 있었다. 양말을 신고 부드러운 샌들을 신은 남자들과 판초를 입고 '일출'과 '전등 반사판'처럼 애칭을 새로이 만든 여자들이 있었다. 다른 쪽에는 아리스토캣츠 회원들이 습관처럼 다른 손님들과는 등을 돌린 채 탁자 주위에 앉아 있었다. 늙은 전직 복서 나빌, 네모난 서류 가방을 들고 있는 만수르, 그리고 네 아빠가 밖에서 담배를 피우라고 말해서 내용물을 은박지로 싼 작은 꾸러미를 들고 있는 무스타파가 있었다.(약간의 표본을 아빠가 챙긴 후였다.)

아지즈가 음악을 책임졌다. 소리가 금방 커지더니 본격적인 파티가 시작되었다. 네 아빠가 예측했던 대로 얌전하게 자리를 지키고 있던 스웨덴 사람들이 표정을 바꾸어 댄스 무대를 점령하기 전에 엄청난 양의 술이 필요했다. 그렇지만 그들이 무대에 들어서자, 그들의 모습에서는 간질이라고 부를 수 있을 정도의 광란과 경련이 보였다. 히피들은 자신의 손으로 원을 그리면서 머리는 시계 추처럼 나긋나긋하게 흔들어 댔다. 정치 성향이 강한 친구들이 제일 먼저 마지못해 튀어나와서 반(反)제국주의적인 그들의 턱수염에서 땀방울이 떨어질 때까지 자신의 몸을 정신없이 흔들어 댔다. 아지즈가 네 외할머니를 댄스 무대로 끌고 나오자 아리스토캣츠들까지도 엄지와 중지로 딱딱 소리를 내며 무대로 나오려고 했다. 루트가 처음에는 여러 차례 거절을 하다가 갑자기 승낙을 하자 모두가 박수를 쳤고, 피루엣, 손뼉치기, 애벌레(서로-두-손을-함께-잡고-파도처럼-물결치듯-움직여라.), 마임(마치-보이지-않는-벽을-옆으로-밀면서-들어가는-척해라.), 손 흔들기(마치-작은-주사위를-가지고-있는-것처럼-어깨-위의-손을-흔들어-봐라.), 유명한 '마이클 잭슨 부엉이(옆으로-아주-빨리-머리를-움직여라.)' 같은 전형적인 1980년대 춤에 맞게 아지즈가 음악을 틀었다.

누가 더 있었지? 나의 기억을 샅샅이 더듬어 본다. 바에 혼자서 죽치고 앉아서 건배하고 있는 라이노도 물론 있었다. 쿠데타 이후 스웨덴으로 건너와서 당시에는 남쪽 초록색 전철 노선에 있는 연극 협회 프로젝트를 준비하고 있던 칠레 출신 두 형제도 있었다.(유감스럽게도 그들의 이름이나 지하철역은 기억하지 못하겠다.) 그리고 카이로에서 공부를 한 네 엄마의 예쁜 친구는 네 아빠의 '스웨덴 자화상을 담은 아이러니한 작품'에 관해서 나와 대화를 나누어 보려고 하였다. 나는 이야기를 시도했지만…… 전혀 다른 방향으로, 상당히 에로틱한 주제로 흘러 버렸다.

그 토요일에 내가 찍은 사진에서 많은 사람들 사이에 둘러싸여 긴장해 있는 네 아빠의 모습이 보인다. 먼저 아침에 민트색 양복과 무늬가 있는 넥타이를 잘 차려입고 넥타이 핀으로 잘 고정을 한 뒤 현관에 있는 거울 앞에서 빗에 물을 묻혀 머리를 빗어 넘기는 사진. 그다음 흰색 셔츠와 오버올을 걸친 네게 행복한 미소를 지어 보이는 사진. 그다음 산호 목걸이를 걸고 금장식을 한 드레스를 입고 있는 아름다운 자기 부인을 팔로 감싸 안는 사진. 그다음 꽃다발에 대해 감사의 표시로 포옹을 하는 사진. 그다음 실비아 사진 앞에서 엄지손가락을 세워 보이는 사진. 그다음 창고 쪽을 향해 복도에서 걸어가는 그의 뒷모습이 담긴 사진. 그다음 나중에 네 아빠가 스튜디오로 다시 돌아왔을 때, 대부분의 손님들은 돌아갔고, 댄스 무대는 텅 빈 채 펑크가 나서 바람 빠진 풍선 몇 개만 바닥에 떨어져 있고, 대담하게 술을 마셨던 네 아빠가 얼굴이 벌겋게 상기되고 약간 술 냄새가 나자 화가 났던 네 엄마의 모습이 후면에 있어서 잘 보이지 않는 사진. 그다음 마지막 사진은, 그가 마지막 손님들(100점 만점을 받을 수 있을 정도로 서로 잘 도와주었던 아지즈와 라이노)에게 얼큰하게 술에 취해서 작별 인사로 손을 흔들었을 때다. 이 사진에는 전투기 조종사의 산소마스크처럼 네 아빠의 미소가 고정되어 있고 여기저기 돌아다니던 그의 움직임들이 두 개의 흐릿한 뇌운으로 보인다. 앞으로 가족사진을 할인된 가격으로 찍어 주겠다고 모두에게 약속하던 그의 목소리가 메아리친다. 스튜디오 개관식은 완벽한 성공을 거두었다. 맞지? 누가 안 왔지?

기자들.
출판사 사람들.
사진 비평가들.
여왕.

제일 중요했던 사람들의 부재가 두드러져 보이는 것 같았다.

다음 부분은 '스튜디오 실비아의 성공을 남겨 두고'라고 이름을 붙이자. 우리는 기자들이 관심 가져 주기를 참을성 있게 기다렸다. 극찬하는 논평 기사에 대한 희망으로 신문을 살폈고, 사진 비평가들한테 일련의 초대장을 계속해서 보냈다. 결과는? 동상처럼 아무 대답이 없었다.

개관식 이후 삼 주가 지났을 때쯤 네 아빠는 스웨덴 왕실로부터 편지 한 장을 받았다. 편지에는 격식을 차린 왕의 직인이 찍혀 있었고, "축하 인사를 해 주셔서 감사합니다."라고 여왕이 쓴 글이 적혀 있었다. 네 아빠는 그 편지를 유리 액자에 넣어서 진열창에 넣었는데, 아틀리에의 이름을 지을 때 그의 뇌리에 아이디어를 스치게 해 주었던 사진 오른쪽에 놓았다.

스튜디오 실비아에서 나의 공식적인 임무가 이내 바뀌

었다. 사진작가 보조와 메이크업 책임자에서 커피를 끓이는 사람으로, 주사위 놀이 선수로 그리고 일반 급사로.

네 아빠는 새로운 예술 컬렉션을 준비하려고 시도했지만 영감을 받기가 어려웠다. 그는 시간이 한정되어 있다는 점과 불안정한 사진 스튜디오에 부인이 상속받은 것을 투자했다는 사실을 의식하게 되었다. 갑자기 미래가 미끄럼틀처럼 불안함으로 미끄러져 내려가는 것 같았다.

1986년 여름에 돈을 저축하기 위해서 방과 후에 하는 너의 자유 활동 수업을 취소했다. 대신에 너는 스튜디오에서 우리와 함께 시간을 보냈다. 그렇게 함께 보낸 여름이 기억나니? 새로 지은 시내 중심 상가에 전단지를 돌리는 걸 네 어린 손으로 도와주던 일이 기억나니? 그곳은 여전히 많은 가게들이 임대되지 않고 비어 있던 곳이었다. 실버 하우스에 몰래 들어가게 해서 게시판에 전단지를 붙이도록 했던 것 기억나니? 네 나이가 비록 어렸지만 일하는 데 부족함이 없을 정도로 너는 일을 잘했다. 물론 네가 있는 데서 네 아빠가 칭찬의 말을 하지는 않았을지 몰라도 그는 너에 대해서 무척 자랑스러워했다. 아주아주 자랑스러워했다.

우리가 점심을 어떻게 먹었는지 기억나니? 네 아빠가 카메라를 분해했을 때 우리가 옆에서 그를 얼마나 도와줬는지 기억하니? 스튜디오에 들어왔던 손님이 네 아빠의 인사와 맞닥뜨리고는 별난 이유를 대고 겉으로만 유감스러워하면서 도로 밖으로 나간 후에 우리가 어떻게 한술 더 떠서 아랍어로 저속한 말들을 내뱉었는지 기억나니? 네 아빠가 초조하게 손가락으로 늘 조용하기만 한 전화기를 두드리고 있을 때 그를 흉내 내곤 하던 것 기억하니? 네 작은 손가락으로 그와 똑같이 리듬에 맞춰 두드리면 네 아빠는 일련의 생각에서 벗어나 두드리는 것을 멈추었고, 의심스러운 상상을 하는 게 똑같고 말하는 데 문제가 있었던 것도 똑같은 너를 자신의 어렸을 적 모습과 판박이라고 여겼다. 그는 네 뺨을 사랑스럽게 쓰다듬었다. 그렇지만 전화기는 계속해서 침묵하며 쉬고 있었다.

그 침묵을 기억한다. 부엌의 시계가 돌아가는 소리, 확대한 실비아 사진의 시선, 액자에 넣은 편지, 손가락으로 두드리고 있는 네 아빠, 마당에서 이동하다가 커튼 사이로 들어오는 햇살, 커피를 마시고 담배를 피우며 연기를 파도처럼 내뿜고 주사위 놀이를 하며 사기 주사위에 대해서 농담하고 때때로 화장실을 빌리는 아빠의 친구들, 물이 떨어지는 수도꼭지의 나사받이를 언젠가 수리하려고 하는 카디르, 여러 주 동안 성가시게 했던 수도꼭지지만 이제는 그냥 놔두고 싶어 하던 아빠.

스튜디오 실비아의 경제적 성공을 인내심 강한 주차 요원처럼 끈질기게 기다렸다. 네 아빠가 이렇게 말했다.

"카디르, 걱정하지 마. 이제 시작일 뿐이야. 스웨덴인들은 처음에 의심이 많아. 특히 스웨덴 사람의 외양을 가지지 않은 우리 같은 스웨덴 사람에 대해서는 더 말이야. 하지만 곧, 언제든지, 사업이 완숙 단계에 들어설 거야. 단 몇 주 후면 그들은 나의 예술적 재능을 알아주게 될 거야. 곧 줄을 서게 될 거고 내가 찍은 사진을 갖기 위해서 고객 대기자 명단에 이름을 올리게 될 거야."

"그때까지 우린 뭐 할 건데?"

"그냥 기다리는 거지, 뭐."

그리고 기다림을 기억한다. 계속해서 떨어지는 수돗물 방울과 다시 그것을 수리하려고 하는 카디르. 수도꼭지 수리는 몇 분 만에 고칠 수 있을 정도로 간단한 일이었지만, 아빠는 내키지 않아 하며 그가 수도꼭지를 수리하는 걸 거절한다. "난 물이 똑똑 떨어지는 게 좋단 말이야!" 아빠는 갑자기 높은 목소리로 소리쳤는데 왜 그랬는지는 이해할 수 없었던 것을 기억한다. 1986년의 여름이다. 스튜디오에는 손님이 없고, 너는 옆집 마당을 돌아다니기 시작하고, 쇼핑센터를 탐험하기 시작하고, 알코올의존자들과 수다를 떨기 시작하고, 세탁소에서 일하는 사람들과 친구가 된다. 여름 중반 언젠가 너는 멜린다를 보게 된다. 처음으로 서로의 눈이 마주치고, 너희들은 서로 멀리 떨어져서 의심스럽게 살피기만 한다. 두 번째 만났을 때 멜린다가 집에서 만든 슈퍼 마리오 벨트를 보여 주고 세 번째 만났을 때 너희들은 무척 긴 채찍과 특별히 만든 마취 화살로 인도 호랑이를 길들이는 조련사 놀이를 한다. 바로 그 놀이 때문에 누군가 너희들에게 화가 나지 않았나? 너는 기억이 안 난다. 하지만 멜린다가 곧 너의 첫 번째 단짝이 되고 멜린다에게도 네가 단짝이 되었던 것은 기억한다. 비록 초등학교에 다니기 시작했다고 할지라도, 네가 상상 게임을 하는 게 왜 재미있다고 생각하는지 멜린다는 안다. 멜린다도 일반 어른들에게는 보일 필요가 없지만 실제로 존재하는 상상 속의 친구들이 많이 있다. 멜린다는 슈퍼 마리오 형제 놀이를 하는 것에 합의한다. 비록 텔레비전 화면을 보면서 하는 새로운 닌텐도 게임은 없지만. 네가 멜린다에게 마리오 역할 대신 구출되어야 하는 공주가 되는 게 어떻겠느냐고 제안하자 그녀는 화를 낸다.

그리고 우리는 기다렸다. 야심만만하게 끈기로 버티며 우리는 손님이 폭풍처럼 몰아닥치기를 기다리면서 시간을 죽였다. 시간을 보낼 요량으로 네 아빠와 나는 향수에 가득 찬 이야기를 나누며 주사위 놀이를 시작했다. 네가 이웃 친구와 우정을 쌓는 동안 네 아빠는 자기 아버지에 대한 기억과 자기가 버려졌을 때 느꼈던 상실감을 나에게 들려주었다. 또한 나는 네 아빠가 자신의 아버지에 대해서 전혀 아는 바가 없었음에도 불구하고 아버지에 대한 그의 그리움이 얼마나 시적이었는지 기억한다.

"카디르, 좀 묘하지 않아? 내 영혼이 끊임없이 공허해지는 것 같아. 내가 아빠가 되고 난 후 이런 느낌이 더해졌어. 그 결과가 오히려 반대로 나타날 거라고 생각했는데. 내가 결코 잃는 것을 경험한 적이 없는데도 어떻게 내게 이런 공허함이 생겨날 수 있을까? 그리고 어쩜 공허함이 이렇게 고통스럽게 할 수 있을까? 게다가 공허함으로 인한 고통을 어떻게 치료할 수 있을까?"

"모르겠어. 네 아내와 그런 생각을 나눠 본 적이 있어?"

"안 돼. 난 할 수 없어. 왜 그런지 나도 모르겠지만 말이야. 그녀는 아직까지 셰리파와 파이잘이 나의 친부모라고 알고 있거든. 그리고 그녀는 내가 너에게 돈을 빌린 것에 대해서는 아무것도 몰라……."

바로 그때 네가 들이닥치는 바람에 우리의 대화가 끊기고 말았다. 땀에 젖은 이마, 발가벗은 상체, 그리고 끈으로 만든 긴 채찍을 가지고 계단 아래로 쌩 내려와서 네 아빠 뒤쪽에 숨었다. 잠시 후 스튜디오 가까이에 있는 꽃가게 주인이 문을 열어젖혔다. 화가 머리끝까지 난 그가 "다트 화살로 할머니의 고양이를 뒤쫓았던 튀르키예 놈."을 찾고 있다고 했다. 네 아빠는 네 몸을 제대로 숨기고는 이렇게 말했다. "아들과 비슷한 튀르키예 놈을 찾기만 하면 이 주먹으로 가만두지 않을 거예요. 알겠어요?" 그러자 꽃가게 주인이 중얼거렸다. "요새 이 지역이 대체 왜 그러는지 모르겠어요. 완전히 내리막길이에요." 그가 스튜디오를 나가자 네가 미소를 지으며 숨어 있던 곳에서 기어 나왔다.

"어디까지 했지?" 내가 이야기를 다시 시작해 보려고 했다. 그렇지만 네 아빠는 계속하고 싶지 않아 했다. 그는 네가 있는 방향에 신호를 보내면서 네 귀에 들어가서는 안 된다며 나를 이해시키려고 했다. 네 아빠의 대화 내용이 달라졌다.

"어쨌든 말이야. 카디르, 난 네가 여기 스웨덴에 나와 함께 있어 줘서 정말 기뻐. 하지만 한 가지 자네에게 실토할 게 있어. 너에게 빌렸던 돈을 다시 돌려주지 못할 것 같아. 유감스럽지만. 지금 당장은 말이야."

"그 이야기를 들으니 고통스럽군."

"이런 사실을 인정해야 하는 나도 고통스러워."

"그러면 내 월급은?"

"월급은 지불할 거야. 그건 내가 약속해. 조금 지체되겠지만. 내가 기대했던 것만큼 이 스튜디오가 그리 성공적이지 못한 것 같아. 하지만 너에게 한 가지 제안을 하고 싶어. 빌렸던 돈을 되돌려주는 것을 조금 늦춰 준다면 내가 너에게 금처럼 특별한 걸로 대체해 줄게."

"어떤 거? 공짜 여권 사진?" 나는 한숨을 쉬었다.

"아니, 훨씬 좋은 것. 스웨덴어의 기초를 배울 수 있도록 해 줄게!"

"내게 뭐가 좋은 건데?"

"한번 잘 생각해 봐. 스웨덴어는 국제적인 차용어를 많이 가지고 있는 게르만어파에 속해. 만약에 스웨덴어를 알게 된다면, 넌 곧 독일어와 네덜란드어를 할 수 있을 거고 거의 영어도 할 수 있게 될 거야."

"그래서?"

"장차 호텔 사장이 되려고 한다면 말이야, 언어를 많이 배워 둬야만 해, 특히 스웨덴어. 그러면 호텔 사업가로 성공하기 위한 완벽한 준비를 해서 타바르카로 돌아갈 수 있는 거지. 그때까지는 내가 빌린 돈을 너에게 갚아서 너는 북유럽 관광객들을 끌어모으는 네 호텔 문을 열 수 있을 거야. 그리고 북유럽의 여성 관광객들도. 어떻게 생각해?"

"글쎄…… 내가 약속받았던 돈을 차라리 돌려받는 게 낫겠는데."

네 아빠의 얼굴이 너무 비참해 보이는 바람에 곧바로 내 말을 후회했다.

"카디르, 나에게는 그럴 만한 가능성이 없어. 유감스럽지만. 하지만 스웨덴어의 기초를 가르쳐 줄 수 있어. 너의 미래에 쓸모가 있을 거야. 그리고 내게도. 멈춰 버린 내 스웨덴어 실력이 화려하게 발전하지 않으니까, 페르닐라의 실망이 이만저만이 아니야. 그리고 스웨덴어만이 스웨덴에서 통용되는 유일한 언어야. 내가 방문했던 다른 어떤 나라도 이렇게 언어의 완벽함을 중요하게 생각하지 않을 거야."

"하지만…… 자네가 실제 가 본 다른 나라들은 어디인데? 튀니지를 빼고 말이야."

"많고 많지."

"어딘데?"

"예를 들어 지난여름에 페르닐라의 친척이 사는 덴마크에 다녀왔어. 어때?"

"알았어." 나는 한숨을 쉬었다.

여름에서 가을로 접어들 때쯤 나와 네 아빠는 스웨덴어 인칭대명사, 형용사의 강조, 그리고 수수께끼 같은 전치사를 반복하기 시작했다. 사람을 지칭하는 단어와, 동물은 en 이라는 부정관사를 붙이는데 아이를 뜻하는 ett barn은 예외라는 것을 외웠다. u와 y 사이의 발음에는 커다란 차이가 있는데, 스웨덴어에 나타나는 발음 현상의 수수께끼를 혀로 익혔다. 철새들이 스웨덴을 떠나가고, 파랗던 잎들에는 눈 깜짝할 사이에 단풍이 들고, 땅에는 서리가 내리고, 놀이터 모래사장이 딱딱하게 얼고, 스톡홀름이 특유의 멋진 향기를 잃어 가고 있었다. 우리는 스웨덴어에 '29개의 알파벳을 가진 언어' 내지는 h가 프랑스어에서는 묵음인데 스웨덴어에서는 대신에 실제 소리를 내뱉고 긍정의 반응을 표시할 때 빨아들이듯이 입술을 만들어 호흡을 들이마시면서 내는 소리이기 때문에 '호흡의 언어'라고 이름을 붙였다.

나는 다른 형태의 글자로 다음 단어를 강조해서 무슨 일이 일어났는지 쓰고 싶다.

마법!

스웨덴어는 나를 풍요롭게 해 주었다. 나를 넓혀 주었다. 내 몸의 세포 하나하나까지도 조화롭게 만들었다.

이러한 느낌은 어디에서 왔을까? 아마도 네 아빠에게서였을 것이다. 스웨덴어에 대해 열정적으로 말해 주었던 사람이 그렸으니까.『이민자를 위한 스웨덴어』라는 오래된 책을 내게 주고, 나를 격려하기 위해 칭찬을 해 주고, 엄청난 속도로 성장한 나의 스웨덴어 실력에 대해 찬사를 아끼지 않으며 모든 과정을 이끌어 주었던 장본인이 바로 그였으니까. 때때로 그는 이렇게 중얼거렸다.

"카디르, 넌 정말 쉽게 배우는구나, 정말 잘 배워." 그리고 그건 네 아빠를 아주 기쁘게 했다.(약간의 질투로 양념을 하면서.)

나는 네 아빠에게 말했다.

"돈 갚는 것을 미루기 위해서 자네가 내게 스웨덴어를 가르쳐 주려고 한 게 나한테 뭔가 확신을 주었어. 어쨌든 지금은 이 언어를 말하기 위해서 내 인생 내내 기다려 온 듯한 느낌이야. 내 혀가 이 언어 때문에 만들어졌다는 생각이 들 정도라니까. 아랍어도 아니고. 프랑스어도 아니고. 스웨덴어는 나의 운명이고 지금 하고 있는 언어 공부는 마치 허리케인에 휩쓸려 춤을 추고 있는 새털처럼 빨리 날아오르는 느낌이 들게 해. 그렇지 않아? 너도 스웨덴어를 배우는 게 나처럼 간단했어?"

내 질문에 네 아빠는 흠 하는 소리로 대답했다. 아마도 내가 너를 놀라게 하는 게 마지막이겠지만 시인할 게 있다. 때때로 나는 네 아빠가 나보다 배우는 게 더 느렸다는 느낌이 들었다. 그의 경험 중 무언가가 그가 언어를 배우는 데 있어서 걸림돌이었다.

가을에도 스튜디오는 계속해서 손님 하나 없이 텅 비어

있었다. 네 아빠가 산 스튜디오의 사진 기계들은 거의 사용하지 않아서 반짝거렸고, 침묵 속에서 전화기는 대기했고, 심지어 암실에는 거미줄까지 생겨났다. 그러다 보니 스튜디오의 사진 작업은 쥐 죽은 듯 고요했다. 스튜디오를 지원해 주기 위해서 '다채롭고 다문화적인 교외'라는 이름을 붙여 줄 정도로 몹시도 색다른 호기심을 표현했던 네 엄마의 친구들조차도 애정을 가지고 있던 쇠데르말름을 떠나갔다. 나는 정말로 그 표현의 의미를 이해할 수 없었다. 스튜디오 근방의 동네는 너희 집이 있던 호른스툴 지역과 그리 멀리 떨어져 있지 않았다. 똑같이 생긴 직사각형 상자 모양의 집으로 색깔까지도 갈색으로 똑같았다. 유난히 밝아 보이던 우체국도 똑같고, 콘숨 잡화점도 똑같고, 약국 간판도 똑같았다. 쉬스템볼라예트 주변에 있는 벤치에 앉아서 중얼거리고 있는 빨간 코의 알코올의존자 모습도 똑같았다. 약삭빠르게 이탈리아 이름을 똑같이 붙이고 똑같은 피자집을 시작하는 아시리아인도 똑같았다. 때때로 나는 쇠데르말름 사람들이 '교외'와 '시내' 사이에 존재하는 각각의 결정적인 차이점을 지적하는 것을 진정으로 즐기고 있다는 사실을 깨달았다. 때때로 나는 타바르카의 관광객들이 '동양의 신비'와 '서방 세계의 스트레스와 압박' 사이에 있는 결정적인 차이점이 무언지 강조하면서 즐기던 상황과 유사하다는 생각을 했다. 그리고 때때로 나는 네 아빠처럼 사람들 사이에 나타나는 차이점에다 초점을 맞추는 사람들의 끊임없는 집요함에 불안이 쌓여 갔다. 이러한 전염병은 대체 어디서 오는 걸까? 그 가을에 대해 네가 기억하는 게 있다면 어떤 거라도 보내 줄 수 있겠니?

　그러고 나서 가을이 된다. 보통의 가을 풍경이다. 더 이상 트레칸텐으로 주말 소풍을 가는 사람들은 없고 더 이상 시위도 벌어지지 않는다. 엄마는 팔메를 애도하는 것을 그만두고, 아빠는 레퍼아트를 위해 슬퍼하는 것을 그만둔다. 엄마는 간호사로 일을 하기 시작하고 아빠는 스튜디오 문을 열기 전에 매일 아침 탁아소에 어린 동생들을 맡긴다. 너는 초등학교 2학년을 시작하고 모든 걸 잘해 나가서 학급에서 제일 잘하는 학생이 되어 가고 저학년 구구단 외우기 대회가 열렸을 때 특별상을 받아 가지고 집에 돌아온다.
　같은 반 친구들은 너와는 달리 대부분 자동차가 있고, 유명 상표 옷을 걸치며 비디오 게임기가 있고, 케이블 텔레비전과 호화로운 별장, 그리고 종이 한 장에 가득 채운 크리스마스 선물 목록이 있기 때문에 공부할 시간이 충분하지 않다. 하지만 언젠가 너도 케이블 텔레비전을 갖게 되었다고 친구들한테 말했던 적이 있는 것 같다. 그러자 그때 친구들 중 누군가 네게 가장 즐겨 보는 채널이 뭐냐고 묻고, 너는 생각하고 또 생각하다가 스물네 시간 내내 뮤직비디오를 틀어 주는 굉장한 채널이 있다는 것을 알고 있었기 때문에, 가까스로 너무 늦지 않게 그 채널 이름을 떠올리고는 아주 자랑스러워하며 이름을 말한다. "내가 제일 즐겨 보는 채널은 음악 채널인데 디스코 음악을 아주 많이 틀어. 그래

너도 알잖아, 디스코-베리[12]." 그러자 그들이 너를 보고 웃는다. 시간이 한참 지나고 나서야 네가 했던 실수에 대해서 너도 알아차린다.

오후에는 스튜디오에 나가는 게 더 안전하다. 아빠와 카디르하고 같이 간식을 나누어 먹고 마당에 나가서 멜린다와 어울린다. 너희들은 이제 "같이 놀자." 대신에 "놀러 다니자."라고 말을 건네기 시작한다. 그때까지는 서로 매일 만나서 놀고 또 놀고 또 논다. 멜린다는 세상에서 제일 멋진 퓨마 신발을 신고 잇몸까지 보일 정도로 환한 미소를 지어 보이고 학교에서 제일 납작한 상고머리 헤어스타일을 하고 있기 때문에 아무도 멜린다와 같은 삶을 이해 못한다. 언젠가 멜린다가 너에게 해 준 이야기다. 6학년 몇 명이 우유 컵을 그녀의 머리에 부어 버리며 그녀에게 계산대 쪽으로 비키라고 말해서 그렇게 하긴 했지만, 결국 집으로 달려가 마당에 들어선 후 그녀는 울면서 쏜살같이 현관으로 들어갔다.(물론 가짜로 흘린 눈물이었다.) 잠시 후 그녀의 언니들이 방에서 뛰어나왔는데, 악명이 높았던 멜린다 언니들은 모두 네 명이었고, 몸집도 우람하고 통나무처럼 단단한 근육의 허벅지를 가진 모습이 모두 비슷하게 생겼고, 모두 힘이 아주 세 보이는 알통과 물 빠짐 처리를 한 멜빵 청바지를 입고 있었다. 멜린다의 언니들은 다른 애들과 싸우기를 좋아했던 터라서, 모두 경쟁하듯 먼저 신발을 신으려고 하다 보니 갑자기 현관이 난리 법석이 되었다. 그리고 그들은 학교를 향해 전속력으로 달려갔다. 올라윈카는 손에 여전

히 머리빗을 들고 있었고, 아데올라는 뛰면서 소매를 걷어
붙였고, 가장 침착하고 성적이 좋았던 파율라는 맨 뒤에서
달려갔는데, 주로 다른 자매들을 막기 위해서 따라간 것이
었다. 멜린다의 자매들이 학교 식당에 들이닥쳐서 탁자 하
나하나를 차례로 돌며 물었다. "너희들이었냐? 너희들이었
어? 너희들이었구나?" 결국 멜린다의 자매들이 찾고자 했
던 탁자에 도달해 침을 꿀꺽꿀꺽 삼키고 있던 6학년 애들
한테 물었다. "너희들이었지?" 그러자 그들이 이렇게 대답
했다. "누가 뭘 했는데?" 그들이 듣고 싶은 것은 그것으로
충분했다. 모니파가 사타구니를 무릎으로 치고 올라윈카
는 주먹을 날리고 아데올라는 침을 뱉고 파율라는 그들을
진정시키며 막아서려고 했지만, 6학년 누군가 커다란 그녀
의 등 뒤에서 바나나에 대해 뭐라고 얘기를 하자, 오히려 역
할이 바뀌어 파율라가 끝장을 내려 하고 아데올라가 중간
에 끼어서 막으려는 처지가 되었다.

멜린다 옆에서 너는 튀어나올 듯 눈을 커다랗게 뜨고 떨
며 앉아 있다. 그다음에는 어떻게 됐을까? 그리고 나서 수
위 아저씨와 우람한 실과 선생님이 와서 싸움을 중단시키
자 6학년들이 울면서 말했다. "쟤들, 완전히 미쳤어요!" 그
리고 멜린다의 언니들이 함께 모여서 학교 식당 밖으로 나
오는데, 누군가 재킷을 더듬자, 그녀들 중 한 명이 식당 탁
자를 뒤엎어 버렸고, 멜린다는 바로 그들 뒤에서 지켜보며
서 있었다. 너의 가족이 잘되는 것을 보았을 때 네가 미소
짓던 그런 식으로, 멜린다가 이야기를 끝내면서 입가에 미

소를 짓고 있었던 모습을 너는 기억한다.

집으로 돌아오는 길에 네게는 누나 부대가 없고, 와서 너를 구해 줄 친척도 없고, 상트 에릭스플란의 아프로팝 클럽에서 판을 틀어 주는 삼촌도 없고, 오로지 아빠와 엄마 그리고 이미 오래전에 가지고 있는 능력이 바닥나 버린, 낡아빠진 미키 마우스 페즈 몸통밖에 없다는 생각을 한다. 그리고 물론 어린 동생들, 눈 깜짝할 사이에 부쩍부쩍 자라는 어린 동생들이 있다. 밤에 소리를 지르면서 우는 것은 잦아들었지만 입들이 커졌기 때문에 우유를 대량으로 구매해야 하고 예전에 세 개 가격으로 사던 것을 열 개까지 살 수 있는 싼 통조림으로 장을 봐야 한다. 그리고 곧 과육이 없는 주스를 사게 되고, 이후 몇 달 뒤에는 농축된 주스를 사게 되고, 그러다가 주말에만 주스를 사고, 그다음에 우리 형제는 일요일 아침에만 주스를 각자 한 컵씩만 마실 수 있게 된다. 그리고 이내 장보기 목록에는 이렇게 또박또박 쓰어 있다. "콘플레이크는 엘도라도로 구입, 켈로그는 안 됨". 집안의 경제 사정이 흔들리기 시작하고 아빠가 스튜디오에서 점점 더 많은 시간을 보내자, 때때로 엄마는 비꼬는 목소리로 말한다. "우리 둘이 같이 벌어서 생활비에 보태니까 정말 다행이에요, 그렇지 않아요, 여보?" 그 이후 언젠가 엄마는 같은 식의 목소리이면서도 아주 냉랭한 목소리로 말한다. "경제에 대해 명석한 두뇌를 가진 네 아빠 없이 우리가 뭘 어떻게 하겠니?"

그리고 동시에 너는 '경제'라는 단어를 쓰고 나서 물음표를 달고는 이번 가을에는 반드시 스튜디오의 생존을 위한 새로운 전략을 아빠가 짜야 한다고 생각했던 것을 기억한다.

언제 아빠가 자신의 아이디어를 말하지? 너는 기억하지 못한다. 아마도 네가 스튜디오에서 고객을 기다리며 무거운 침묵 속에 빠져 있는 전화기를 옆에 두고 카디르와 함께 앉아 있던 날인가? 아마도 그날 만수르가 방문해서 너희들에게 조간신문 《스벤스카 다그블라데트》 기자인 에리크 리덴이 레파아트가 "아랍이라는 배경을 가지고 있어서 진실과 삶에 대해서 보통의 스웨덴 사람들과는 전혀 다른 관점을 가지고 있었기 때문에" 스웨덴 산업 분야에서 분명 유일무이한 사람이었다고 쓴 기사를 보여 주었을 거다. 그래, 아마도 그날일 거다. 만수르가 자신의 안경을 쓰고 자욱한 담배 연기를 스튜디오에 남겨 두고 떠나 버리자, 카디르는 조용히 앉아 있고 아빠는 이렇게 중얼거린다. "이 나라는 정말 이상한 것 같아. 처음에는 아랍인이었다가 그다음에는 올해의 스웨덴 사람이 되었고 이제는 다시 아랍인으로 되어 버렸어."

너희가 함께 집으로 교외선을 타고 오는 동안 아빠는 조용히 앉아 있다. 그러고 나서 저녁 식사가 끝나자 아빠는 엄마를 쳐다보며 말한다. "난 결정했어. 스웨덴어가 아닌 언어는 더 이상 쓰지 않을 거야. 당신이 맞았어. 이제부터 우리는 스웨덴어로만 말하는 거야. 집과 스튜디오 두 곳 모두에서. 쌍둥이들이 여러 언어 때문에 고생해서는 안 돼! 이제 프랑스어도 끝이고, 아랍어도 끝이야. 스튜디오의 지속적인 생존을 보장하기 위해서, 나는 진심으로 스웨덴어를 흠 잡을 데 없을 정도로 완벽하게 구사해야만 해!"

엄마가 박수를 치고 너는 항의를 한다. 그러자 아빠는 갑 자기 아랍어나 프랑스어로 말하는 너의 반대 의사 표현을 못 알아듣는 척한다. "아들아, 스웨덴어로. 이제 우린 스웨 덴어로만 말하는 거야!"

아빠는 언어를 바꾼다.
아빠가 조금 위축된다.

우리의 스웨덴어 공부와 관련해서 그다음 기간을 기술 하기 위해 내가 다시 이야기를 시작하겠다. 1987년 이른 봄 의 일이었다. 네 아빠가 나에게(그리고 내가 그에게) 스웨덴 어를 가르치는 것이 그리 좋은 생각 같지 않다고 네 엄마가 지적했다. 그녀는 '한 장님을 이끌어 주는 장님'의 이야기와 유사하다고 언급하면서 외부의 도움을 받는 것을 권했다. 누가 우리를 선택하겠어? 그래 맞아. 너.

네 아빠가 마당에서 놀고 있는 너를 멈춰 세우고는 스튜 디오로 너를 불러서 자신의 의지를 설명했다.

"우린 네 도움이 필요하단다. 유치한 친구들하고 노는 데 시간을 보내는 대신에 우리에게 네가 스웨덴어를 가르쳐 주는 거야. 그러니까 우리의 가이드가 되어 시간을 보내는 거야. 동의하는 거지?"

스웨덴어의 구조를 정의할 수 있는 명확한 언어학적 규

칙이 필요하다고 네 아빠가 설명하자 너는 고개를 끄덕였고 자랑스러운 마음으로 상기된 표정을 감추기가 어려웠다. 그다음 날부터 우리는 바로 수업을 시작했다. 네가 여느 때와 마찬가지로 비어 있는 스튜디오에 도착하고 나서 네가 미리 준비해 온 몇 가지 메모를 가지고 함께 탁자에 앉아서 공부를 했다. 우리는 스웨덴어를 말할 수 있다는 식의 어두운 동굴을 밝히는 빛과 같은 열정을 가지고 있었다.

몇 달 동안 너는 어른들을 가르치기 위해서 최선을 다했고 우리만의 스웨덴어 문법 규칙을 만들어 내서 우리의 스웨덴어 공부를 도와주었다. 네가 작가로서의 야망을 가지게 된 건 바로 네 아빠와 카디르 덕분이었다고 독자들한테 네가 기억하고 있는 것들을 자세하게 써 주렴.

너는 카디르의 말이 일리가 있다는 것을 인정해야만 한다. 처음으로 네가 외부에서 스웨덴어를 바라볼 수 있도록 한 건 스웨덴어 문법 규칙을 정리하면서였기 때문이다. 아마도 이를 통해서 네가 언어에 대한 호기심에 눈뜨게 되지 않았을까? 아빠가 스웨덴어에는 넘지 못할 어떤 체계가 있다고 생각하고 네게 도움을 요청했는데, 아들에게 도움을 요청하는 아빠보다 더 위대한 게 있을까? 봄 학기 내내 학교가 끝나면 너는 곧장 스튜디오로 간다. 너는 문법 공부를 도와주고 발음을 연습시키며 사전으로 그들의 작문을 교정해 준다. 스웨덴어의 보다 간편한 규칙을 찾기 위해서 너는 최선을 다하고, 아빠는 검은색 공책에 잔뜩 적는다. 그리고 아빠보다 더 많이 알고 있다고 네 인생 처음으로 느낀 게 얼마나 이상했는지 너는 기억한다. 그런 느낌이 너를 취하게 하고, 압도하고, 때로는 실제로 맞는 것을 틀렸다고 했는지도 모르고, 때로는 전혀 맞지 않는 언어 규칙을 만들어 냈는지도 모르지만 네 아빠는 계속해서 공책에 필기를 하고, 카디르는 네 발음을 계속 흉내 내려고 한다. 그 바람에 너는 이전에 쥐어 보지 못한 권력을 손에 쥔다. 너는 곧 어떻게 언어와 친해지고, 언어학적 구조가 사방에 어떤 식으로 존재하며, 어떻게 항상 진실의 단서를 찾아낼 수 있는지 감지한다. 점점 더 너는 규칙의 많은 예들을 찾아낸다. 갑자기 아빠가 네게서 공책을 빼앗고, 그것을 기념장에 숨기고, 네가 스웨덴어의 규칙을 찾는 일을 금지시킨다. 왜 그랬을까? 너는 기억하지 못한다. 그렇지만 공책에는 안 써도 네 머릿속 공간에 계속 그런 규칙을 쌓아 두는 것은 아빠도 어떻게 할 수 없었기 때문에 스웨덴어가 어떻게 구성되어 있는지에 대한 새로운 체계와 새로운 구조를 네 머릿속에 세워 나갔던 걸 기억한다. 단 한 번, 카디르가 집에 오기 바로 전에, 전체적으로 스웨덴어는 아랍인을 증오하는 언어라는 것을 네가 아빠에게 납득시키려고 하자 아빠는 한숨을 쉬면서 왜냐고 한다. 그리고 가까스로 너는 한 가지 예를 든다. "'퓌 파라오(Fy farao)'가 스웨덴어로 욕설이라는 것을 아세요? 그것보다 더 아랍인을 증오하는 표현이 뭔지 아세요?" 그러자 아빠가 이리저리 생각하다가 네 뺨이 빨개지도록 따귀를 갈기고는 고함을 친다. "넌 스웨덴 사람이야, 이 멍청한 놈아!"

난 지금 내 앞에 우리의 문법 규칙이 담긴 검은색 노트를 두고 프런트 뒤에 앉아 있다. 공책의 겉면이 많이 닳았고, 반짝임도 사라져 버렸고, 갈색의 동그란 커피 잔 자국이 첫 번째 페이지에 묻어 있다. 그래도 이건 내게 엄청난 향수를 느끼게 해 주는 가치 있는 물건이다. 우주 비행사가 되어 스웨덴어라는 우주 공간에 우리가 함께 머물었던 순간이 얼마나 즐거웠는지! 우리 관계가 단란한 건 아니었잖아? 어쨌든 모두가 각자 보상을 받았다. 너는 r과 s를 말할 수 있도록 네 혀를 훈련했다.(마침내!) 나는 호텔의 사장이 될 능력을 쌓아 갔다. 네 아빠는 바른 언어로 사진 고객을 기다릴 수 있기 위해 스웨덴어를 연습했다. 우리가 쓰고 있는 네 아빠에 관한 책에서 스웨덴어 문법 규칙을 어느 곳에 두면 좋을까? 어쨌든 포함시키는 게 좋을 거야. 여기 아래에다 공책에 있는 텍스트를 번역했는데, 우리가 아마 이렇게 썼을 거야.(약간 조미료 삼아 은유적인 부분을 추가해서.) 그건 그렇고 내가 잊어버리기 전에 네 아빠가 네게 귀싸대기를 올려붙였던 이야기를 네가 굳이 고집한다면 그것에 대한 진실을 네게 좀 이야기해 주고 싶다. '크리스마스이브에 받은 스웨터 선물보다도 더 부드럽게 쓰다듬어' 준 거라고 부를 수 있을 정도로 '손바닥으로 아주 가볍게 친 정도'였단다. 너를 위해서 그랬던 거라고, 그 일을 기억해 두어라.

케미리(와 카디르)의 문법 규칙
1987년 봄, 스튜디오 고객을 기다리며 작성함.

도입부

스웨덴어는 스웨덴 사람들의 언어이다. 스웨덴 사람들의 사고방식은 여러 가지 다른 현상에 커다란 관심을 가지는 데 기초한다. 이 사고방식은 스웨덴 사람들의 언어에도 반영이 된다. 이것은 매우 결정적이다. 스웨덴 사람들과 그들의 유머, 날씨에 대한 이야기를 주고받는 그들의 독특한 방식, 그리고 부정의 의미로 고개를 앞으로 끄덕이는 그들의 이상한 습관을 이해하기 위해서는 스웨덴어를 반드시 이해해야만 한다. 사고방식과 언어는 함께 연결되어 있다. 마치 땀 냄새 나는 탈의실에 두 개의 거울이 서로 마주 보도록 달려 있는 것처럼, 그 둘은 영원의 거울 안에서 앞뒤로 연결되어 있다.

요나스, 이건 내가 글을 장식하기 위해 쓴 도입부인데 네 아빠로부터 살짝 빌려 온 시적인 은유를 가미했다.

그러면 스웨덴 사람들은 누구일까? 그들에 대해서 써 보고 그들의 언어와 그들의 사고방식을 연결시켜 보자.

메모리 규칙 1

스웨덴어는 차용어이다. 스웨덴어 단어에 대해서 잘 모를 때에는 프랑스어에 있는 같은 단어를 선택하라. 아니면 영어 단어. 이것은 어휘를 배우는 데 많은 시간을 덜어 준다. 스웨덴인들은 외부 세계로부터 영향을 빨리 받는 사람들이다.

이것이 우리의 첫 번째 언어 규칙이다. 우리의 어휘력을 효율적으로 쌓기 위해서 우리는 이 공책에다 스웨덴어와 프랑스어 그리고 영어 사이에 일치하는 사항들을 엄청나게 많이 모아 놓았다. '우산', '대로', '지갑', '가치'와 같은 명사를 두 열로 적고 서로 상응하는 단어들을 화살표로 연결했다. 형용사로는 '부적절한', '우수한', '활발한'과 같은 단어들이 포함되어 있다. 동사를 위해서 특별히 많은 페이지를 할애했는데 '발음하다', '끝나다', '방치하다', '행진하다', '응답하다', '체류하다' 등과 같은 동사가 적혀 있다.[13]

메모리 규칙 2

멜로디 언어처럼 스웨덴어를 시각화할 수도 있다. 불확실할 때에는 억양의 뉘앙스를 표시한다. 스웨덴 사람들은 노래와 음악을 사랑한다. 어떠한 국민도 스웨덴 사람만큼 합창을 많이 하는 국민은 없을 것이다. 게다가 페르닐라도 음악 수업을 받았다. 스웨덴인들은 명절과 생일 파티에 노래를 부르는 것은 물론 술을 마시기 전에도 노래를 부른다. 의식이 있는 사람은 '가사를 머리에 담고' 있다고 하고 사이가 원만하지 않은 사람과는 '불협화음'을 이룬다고 한다. 스웨덴 사람에게 는 모든 게 음악이다.

스웨덴어에서 애매하게 비슷한 단어들을 구분하기 위해 억양이 명확하게 차이 나는 것을 작성했는데, 이게 우리의 두 번째 규칙이었다. '배'(한편으로는 과일, 다른 한편으로는 선박)와 같은 예를 들 수 있다. 신체 부위의 '뇌'는 부사 '기 꺼이'와 도시 이름 '예르나'와 비교해 볼 수 있다.[14] '산타클 로스'(동화의 주인공)는 '마당'(정원)과 서로 차이가 난다.[15] '……와 같은 것'이라는 표현은 '시체이다'라는 말을 연상시 킨다.[16] 거기에는 또 이렇게 씌어 있다.

> 남의 사과를 먹어서 사과를 해야 했다.
> 말을 하니까 말이 달려왔다.
> 밤을 먹고 나니 밤이 되었다.
> 싸다, 떨어지다, 먹다 등도 살펴보시오…….

다음 규칙으로 넘어가기 전에 나와 네 아빠는 적합한 스 웨덴어 노래로 발음의 억양을 연습했다.

또한 멜로디가 우리에게 정확히 똑같을 때, 스웨덴어의 시적인 다의성이 우리를 혼란스럽게 할 수 있다. 문맥에 주의하시오! 예를 들어 스웨덴 사람들은 정부에 납부하는 일에 대해서 지극히 부드러운 사람들이다. 그래서 '국세'는 정부가 당당하게 강요하는 세금이기도 하고 부유한 자들에게 큰 영향을 미치는 나라의 형세이기도 하다.

이 부분에서 동의어들의 예가 여러 쪽에 걸쳐 작성되어 있다. 마지막에는 네 아빠가 가장 좋아하는 스웨덴어 단어 중 하나인 '조종하다(driva)'가 씌어 있다.

아, 스웨덴 사람들의 시적인 기질을 상징적인 형태로 보여주는 방대한 의미를 지닌 단어다! 문맥상 '조종하다'는 세 가지 서로 다른 의미들을 가지고 있다. '조종하다'는 정치적 목표 의식을 지니고 통제하며 추진시킨다는 의미가 있다. '조종하다'는 자동차 같은 것을 움직이도록 다룬다는 뜻도 지닌다. 또한 자기 마음대로 누군가를 '조종하다'라는 뜻도 있다.

그다음 네 아빠가 말을 끝내자마자 네가 말했다. "바람에 조종되어 쌓인 눈 더미의 의미를 철저히 가르쳐라!" 그러자 네 아빠는 만족스럽게 고개를 끄덕이며 공책에 그 문장을 첨부했다.

메모리 규칙 4

스웨덴 사람들은 음악을 굉장히 좋아하며 특히 새의 노래를 좋아한다! 라디오에서 휴식 시간을 채워 주는 새소리가 있는데, 새의 생명력은 수백 개의 스웨덴어 표현 속에 투영되어 있다.

이때 우리는 네가 언어에 관한 토론을 하면서 언어에 어떤 식으로 관심을 갖기 시작했는지 알아챘다. 이 규칙을 작성한 바로 그날, 네가 그 예들을 긴 목록으로 만들어서 스튜디오에 되돌아왔다.

'닭 머리를 자르다.'라는 표현은 의식을 잃는 것을 의미하고 '닭 잠'은 낮잠을 의미한다. 스웨덴인이 '어떤 것에 작은 새'를 얻는다고 하면 그것은 어떤 것에 아주 마니아가 되는 것을 뜻한다. 누군가 '황새가 되다.'라고 하면 호흡하기 곤란한 상태가 되는 것이다. '새'처럼 자유롭다, '매'처럼 엄중하게 경계하다라고 표현하고 집에 틀어박혀 지내는 사람을 '올빼미'라고 부른다. 행운을 얻는 것은 '깃털을 얻다.'라고 하고, 또한 콧구멍을 파서 나오는 코딱지를 '까마귀'라고 부르기도 한다. 추위와 공포 등으로 살갗에 생기는 소름을 '거위 피부'라고 부르며 '부리와 발톱'을 함께 사용해 싸운다고 표현한다. 아마추어 선수들이 뛰는 경기를 '까마귀 리그' 경기라고 하며, 도둑들을 '갈까마귀'라고 부르고, 못생긴 여성을 일컬어 '까치'라고 한다. 그리고 사랑의 고귀한 행위는 물론 새처럼 높게

소리 지르게 하거나 뻐꾸기처럼 울도록 만드는 일과 관련이
있다.

요나스, 네가 목록에 적어 왔던 예들이 이 외에도 훨씬
더 있지만 이 정도면 충분하지 않을까?

메모리 규칙 5

그 문제에 대해서는 다시 정리해 보자. 스웨덴 사람들의
사고방식에 새만 필수 불가결한 것은 아니다. 자연의 요소 전
체가 스웨덴 사람들 사이에 항상 존재한다. 스웨덴 사람들은
만인의 권리 혹은 공공 접근의 권리[17]를 가진 유일한 국가이
다. 자연은 그들에게 있어 전부다.

여기서부터 우리는 규칙에 대해서 더 많은 시간을 할애
하기 시작했다. 너는 사전을 탐독하기 시작했고, 스웨덴어
와 프랑스어를 섞어 쓰는 네 아빠를 보고 킥킥거리며 웃기
도 했다. 어쨌든 너는 이러한 규칙들을 정리해서 우리에게
굉장히 많은 예들을 알려 주었다. 그러한 네게 네 아빠는
무척 감동을 받았으며 너를 격려했다. 처음에는. 이러한 작
업은 곧 너를 만족시키는 차원이라기보다는 너의 굶주림
을 채우는 식으로 바뀌었다.

스웨덴 사람들은 자신이 좋아하는 장소를 가리킬 때 '딸
기밭'이라는 표현을 사용한다. 또 돌리지 않고 직설적으로 말

할 때 스웨덴 사람들은 '비트에 콩'이라고 표현한다. 스웨덴 사람들은 '신 사과를 깨물었다.'라고 하면 나쁜 일로 받아들이고 '꽃에 날개를 달았다.'라는 말로 누군가에게 찬사를 보낸다. 스웨덴 사람들은 '이봐요, 거기 블루베리 사세요.'라는 말로 인사를 대신하기도 하고, 자신의 부모를 '배나무'라고 부르기도 한다. 스웨덴 사람들의 이상은 '흙내 나는' 것이어서, 사람들을 '잔디 뿌리'라고 부르고, 건강한 신체는 '알맹이' 처럼 강인하다라고 한다.

또한 번식과 관련해서도 자연은 늘 가깝다. 아름다운 여성은 '강낭콩'이라고 부른다. 그리고 그녀의 가슴이나 그녀의 '양파'를 애무한다고 표현한다. 그러면 곧 그녀의 '수풀'이 촉촉해진다. 남자가 자신의 '야생 토끼'를 세우면, 그녀는 남자의 '전나무 방울'로 임신을 하게 된다는 표현이 있다. 스웨덴 사람들이 '엘크 숲'이라고 부르는 순간은 여자와 남자가 함께 도달하는 오르가슴을 뜻한다.

이러한 예들은 우리 세 사람에게 커다란 웃음을 자아내게 했다. 이러한 원칙에 대해서는 대충 여기에서 끝나지만 몇 페이지 더 자연에 대한 것들이 계속해서 열거되어 있다……

추가로 스웨덴 사람들의 이름을 잊어버리지 말자. 유명인들의 성이 자연에서 많은 영향을 받았다는 사실을 살펴볼 수 있지 않나? 그런 이름에는 피아니스트 라르스 '루스(장미)'가 있고, 인기 가수 라세 '베리하겐(산악 초원)', 작가 아스트리드 '린드그렌(라임 가지)'과 스키 선수 군데 '스반(백조)'이 있다. 그런 예로는 또한 건축가 '아스플룬드(사시나무 숲)', 연출가 '베리만(산에서 온 사람)', 스키 선수 '스텐마르크(돌이 많은 땅)'가 있다. 기자 '라게르크란츠(월계수 화환)', 정치인 '팔메(야자나무)'와 '비에르크(자작나무)'도 있다. 그리고 절대로 잊어서는 안 된다. 망누스 '헤르-엔-스탐(여기에 통나무 하나)'을. 스웨덴 자연은 우리 가까이 어디에든지 있다! 때때로 이름에도 있다! 어떤 사람들은 스티그(오솔길)이거나 비에른(곰) 또는 ……이다.

이 부분의 필체를 정확하게 알아볼 수 없구나. 우리는 예를 계속 열거해 놓았다.

메모리 규칙 6

흠…… 내 아들이 말했다. "물론 자연이 중요하지만, 스웨덴 사람들이 가장 숭배하는 것은 특히 숲이 아닌가요? 숲 그리고 특히 나무. 스웨덴 사람들은 숲에 사는 사람들이에요! 스웨덴은 나무의 나라이고요!"

이때부터 네가 언어의 특징을 담은 예들을 모으는 데 너무 지나칠 정도로 열심히 하기 시작했다. 네 손가락에 연필이 쥐여 있는 모습을 점점 더 많이 보게 되었고 단어들의 예를 점점 더 많이 기록하기 시작했다. 거기에는 이러한 것들이 적혀 있다.

　나무에 있는 모든 것들이 스웨덴어로 새로운 단어가 될
수 있다. 스튜디오에 자주 오는 손님을 '줄기차게 오는 손님'이
라고 말하고 스튜디오가 아무도 없이 비었을 때는 '솔방울이
없다.'라고 표현한다. 스웨덴인들은 자신의 몸을 '나무'로 비
유해 혈통(혹은 출신)을 '줄기'라고 부르고 자식을 많이 둔 부
모를 '가지 많은 나무'로 표현한다. 그리고 복잡한 것을 가리
킬 때 '옹이'가 얽히고설켜 있다고 말한다. 잘될 가망이 있어
보일 때는 '잘 자랄 나무는 떡잎부터 알아본다.'라고 하고 별
로 기대할 것이 없고 소용없는 일임을 빗대어 말할 때는 '마
른나무에 꽃이 피랴.'라고 한다. 스웨덴인들은 멀리 내다보라
는 의미로 '숲'을 볼 줄 알아야 한다고 한다. 휴우, 내 손가락
이 벌써 피곤하다.

　……네가 공책에 정말로 그렇게 썼단다.

　사람은 살다 보면 '그루터기에 걸릴' 수 있고 어딘가에 '뿌
리를 내릴' 수 있다. 코를 고는 소리를 '통나무를 자르는 소리'
에 비유하기도 하고 무슨 일을 할 때에는 '그루터기'부터 해
나가야 한다고 한다. 어떤 게 완전히 없어졌으면 '뿌리'째 뽑
혔다고 표현한다. 또 운 나쁘게 한 푼도 없이 집에 돌아온다
면 '클로버'를 잃어버렸다고 한다.

이런 걸 쓸 때 나는 목을 흠흠거리고 몇 차례 소리 내어 기침을 했다…… 네 아빠가 나를 무시했기 때문이다.

이런 예들보다 스웨덴 사람들이 나무에 집착했다는 것을 보다 명확하게 증명할 수 있는 것은 무엇일까. 그들의 수도는 '스톡(그루터기)홀름'이라고 한다! 그리고 그들이 사용하는 화폐는 '크로나(월계관 또는 왕관)'이다!(그루터기는 나무를 지탱하고 왕관은 물론 위에서 흔들린다.)

그다음은 줄을 그어 지워 버린 부분이기 때문에 우리가 포함시키지 않아도 되는 부분인 것 같다. 그 부분에서 스웨덴 사람들은 '술을 좋아하는 국민'이라고 네가 우리에게 확신을 주려고 했던 것 같다. 줄 아래에 있는 글을 판독하면 대강 이렇다. "사람들이 바라는 것은 '최고'(알코올 섭취량의 현재)[18]가 되거나 '완전한'[19] 상태에 이르거나 하나도 '빠짐이 없는'[20] 것이다." 그리고 더 아래에는 "속도를 줄이고 '진정해.',[21] 강하게 확신을 표할 때에는 '정말이야.'[22]라고 말한다. 또……."라고 씌어 있다. 그리고 그때 네 아빠가 이 규칙을 그만 쓰게 하려는 듯 네 연필을 회수했다.

메모리 규칙 7
스웨덴 사람들이 유제품보다 더 좋아하는 것은 무엇일까? 아무것도 없다! 그들의 우유에는 수없이 많은 종류가 있고 그들은 우유를 물처럼 마신다. 그들은 유제품 애용 국민이다.

이 말은 정말 사실이다!

공책에는 이렇게 씌어 있다.

행운을 얻은 스웨덴 사람은 '행운 치즈'[23]이고 겁이 아주 많은 사람은 '청어 우유'[24]이다. 사진을 찍을 때에는 '치즈'라고 말하기도 한다. 또 너무 침착하고 조용한 스웨덴 사람은 '산패유 사발'[25]이라고 부른다! '오래된 치즈, 고마워.'라고 풍자적으로 말하는 경우는 불결한 스웨덴의 명성을 뜻하고, 불행하다고 생각될 때 '버터를 팔았지만 돈을 잃었다.'라는 표현을 쓴다. 그리고…… 확실한 예들이 더 많이 있다. 맞아! 스웨덴 사람이 사는 세상에서 이상적인 것은 뭘까? 행복에 이르는 쉬운 길을 찾는 것은 '사워크림'이라고 말하는 것이다.

여기 근처에 있는 실버 하우스의 장례식장에서 최근에 돌아가신 노인 한 분의 사진 찍는 일을 네 아빠가 맡았다. 네 아빠는 걸출한 능력과 꼼꼼함으로 그 프로젝트를 수행했다. 그가 암실에 나를 따로 데리고 들어가 내게 속삭였다.
"내가 사랑하는 아들이 좀…… 특별한 것 같다고 하면 과장하는 건가?"
"아니, 그런데 어떤 면에서? 스스로와 이야기하던 그 애의 최근 대화나 그 애의 비대함 혹은 그 애의 고집스러움 말이야?"
네 아빠의 목소리에 화가 실린 듯 그는 헛기침을 해 댔다.

"카디르, 조심하게. 그 아이가 우리의 언어 공부와 규칙을 찾는 것에 시간을 너무 많이 쏟는다는 걸 말하는 거야. 개를 본 적 없어? 그 애가 외치더군. '와우와우와우, 내 이론은 자꾸만 커져 가고 있어. 스웨덴어가 내 주위를 둘러싸고, 나는 그 패턴이 보여. 그리고 그 지식이 나를 소용돌이치게 해! 나의 이론들이 산불처럼 뜨겁고 빠르게 진전되고 있어!' 그 애가 발전하는 게 좀 걱정이 돼! 너무 강한 기세로 내 아들이 이런저런 것에 자신의 열정을 키우는 경향이 있다는 것은 긍정적인 일이 아니야."

"나는 그 애가 자네를 떠올리게 한다는 생각만 들어."

이 말은 네 아빠로 하여금 목소리를 조용하게 만들었다. 우리는 암실 작업을 하며 계속 대화했다. 나는 네 아빠의 입장에서 그가 말하는 얘기를 들으려고 했다.

"이건 미래를 위해서 좋은 징조가 아니야."

다음 규칙이 나오기 전에 여기에는 빈 페이지가 두 장이나 있다.(실수인가?)

메모리 규칙 8

스웨덴인들은 또한 날씨에 목매는 사람들인가? 그런가? 그래, 그럴지도. 맞아! 눈과 얼음은 스웨덴 세상을 이해하는 데 꼭 필요한 부분이다. 스웨덴인들이 어떤 것에 관심이 생겨 완전히 집착할 경우, 그들은 '눈 아래에 있다.'라고 한다. 누가 죽고 나면 '행진 얼음'[26]이라고 부르는 하늘나라로 가기를 바란다고 기원한다. 바람도 중요한 요소이다. 매우 즐거울 때

'폭풍 기쁜'[27] 느낌이라고 말한다. 어떤 때는 이렇게 소리친다. '그래, 우리 이렇게 하자, 바람 속으로 출발!'[28] 누군가를 설득해서 마음을 누그러뜨리려고 할 때에는 '폭풍 속에서 침착해라.'[29]라고 한다.

이때쯤부터 네 아빠가 네게 언어 규칙보다 숙제를 하는데 더 많은 시간을 할애하는 게 좋겠다고 말하기 시작했다. 동시에 나는 내 고향으로 떠날 준비를 하기 시작했다. 이제부터 공책에 씌어 있는 글들은 완전한 구절 안에서 예를 찾아내는 게 중단되어 있다. 대신에 두서없이 산만하게 단어들이 소개되어 있다.

메모리 규칙 9

그런데 자연에 대한 스웨덴 사람들의 관심을 한정시키지 말자. 또한 동물의 우화적인 세계는 매우 중요하고 필수 불가결하다. 굉장히 빠르게 달릴 때 '비호' 같다고 표현하고, 모방하는 것을 '원숭이처럼 흉내 낸다.'라고 하고, 경찰은 '감자 돼지'라고 부르며 사랑하는 사람은 '우리 돼지'로 대체된다. 더럽히는 행동을 '돼지가 바닥에 새끼를 낳다.'라고 표현하고 허둥대는 것을 '물고기가 허우적댄다.'라고 하고 '곰 서비스'[30]는 구박한다는 의미이다. 기분이 좋을 때는 '물 좋은 물고기', 반대로 기분이 안 좋을 경우에는 '뜨듯한 생선'을 얻었다고 한다. 생선에 있는 '비늘'처럼 저기 산꼭대기에도 '비늘'이 있다고 하고[31] 물고기 같은 것으로 '고래'와 민주주의적 '선거'를 비교해 볼 수 있으며[32] 저기에 무언가 특별한 것이 있다고 하면 '마로(馬路)에 무언가' 있다고 하고[33] 실수는 '개구리'이고 관심사는 '목마'이며 도둑은 '불곰 아저씨'라고 부른다. 지루한 일은 '개 같은 일'이고 비명은 마치 '멱 따는 돼지 소리'처럼 들린다고 하고 신경 쓰지 않는 것은 '고양이한테 주다.'라고 하고 '개미' 바지라는 표현도 있고 '햄스터' 같은 사람이라고 하면 구두쇠를 뜻하고, '늑대'처럼 굶주렸다고 하고 '벼룩'처럼 산다고 하고 '이'를 잡듯이 노력한다고 표현하기도 하고 고삐 풀린 '말' 위에 앉아 있다는 표현도 있고 승자를 가장 높이 날아오른 '새'에 비유하기도…….(높이도 매우 중요하다. 스웨덴 사람들은 키가 아주 크다!)

이때 네 아빠는 단어의 규칙에 대해 계속되는 너의 설명에 화를 내기 시작했다. 당시 그가 너에게 이렇게 말했다.

"대신에 네 숙제에 집중을 해라! 나가서 축구를 하던지! 좀 평범해져 봐! 그런 규칙들을 내 총명한 눈으로 작성하도록 하마. 너처럼 보여 주려는 열정으로 작성하는 게 아니라. 네가 삼키는 게, 살인지 머리인지 조심해야 한다!"

네가 얼마나 이상하게 반응했는지 아니? 너는 앉은 채로 입술 사이에 노란색 연필을 물고 씹으면서 생각하더니 이렇게 말했다.

"그것도 언어 규칙으로 복구시킬 수 있어요! '살인지 머리인지'는 '완전히'예요. 그리고 스웨덴 사람들보다 머리에 대해서 신경을 쓰는 사람이 있을까요? 진실의 윤곽이 점점 더 명확하게 드러나고 있어요!"

네 아빠가 한숨을 쉬면서 머리를 옆으로 돌렸다. 다음 페이지에는 열 번째 규칙이 있고 여기서 규칙이 끝난다.

메모리 규칙 10

스웨덴 사람은 또한 헤어스타일을 따지는 국민이다. 헤어스타일은 스웨덴에서 대단히 중요하다. 그래서 미용사라는 직업은 괜찮은 신분임을 나타내 준다. 심지어 일상에서는 물론 스웨덴어의 언어 사용에서도 그것을 쉽게 찾아볼 수 있다. 완전히라는 말은 '살과 머리'이고, 아름다운 것은 '머리가 매끈한'[34]이고, 섬세하고 신비스러운 것은 '머리가 예쁜'[35]이고, 불확실한 게 있으면 '머리에 무엇이 걸려 있다.'라고 하며, 기분이 상쾌할 때에는 '머리가 맑다.'라고 하고, 예민한 것은 '머리가 쪼개지는'[36] 것이라고 하고 쓰다듬지 않는 것은 '머리장갑'[37]이라고 하고 마음을 가라앉히는 것을 '머리를 식히다.'라고 한다. 의논하기 위해 '머리를 맞대다.'라고 표현하고 존경을 표하기 위해 '머리를 숙이다.'라고 한다. 그리고 '머리칼'이 쭈뼛해질 정도의 옥신각신은 거리를 멀게 만든다.

이것들이 우리의 열 가지 규칙이다. 스웨덴어의 시적 우수성에 대해 찬사를 보낸 네 아빠의 말을 반복하며, 이 장을 마무리 지을 수 있다.(우리 공책에 실제로 씌어 있지는 않지만 말이다.) 그거 기억나니? 그는 이렇게 얘기했을 거야.

이제 소리 높여 축배를 들자. 스웨덴어는 차용의, 멜로디의, 유제품의, 자연의, 동물의, 그리고 머리카락처럼 정밀한 언어다! 그리고 낙관주의! 스웨덴어는 좁은 골목의 끝에 (영어에서처럼) '막다른 길'도 없고, (프랑스어에서처럼) '고립된 곳'도 없는 언어이다. 스웨덴에서 재활용, 타협, 옆으로 한 발짝 옮기는 것은 끊임없이 계속되는 대체 가능한 것이다. 스웨덴어에서 이 거리는…… 장래성이 없는 밑바닥…….

사실 우리 공책은 누군가 화가 나서 검은 글씨로 이렇게 써 놓은 데서 끝나 있다.

그러나 또한 아랍인을 증오하는 언어이다. 도대체 어떤 언어에 '꿔 파라오' 같은 표현이 있겠는가!

그렇지만 이 문장은 네 아빠가 신중하게 줄을 그어 지워 버렸다.

1987년 4월에 나는 튀니지의 집으로 돌아가기로 결정했다. 네 아빠의 돈 버는 수완을 믿었던 내 마음이 완전히 타들어 버려서 타바르카의 관광객들, 마제스티크 호텔의 일상, 그리고 밤마다 함께했던 포커 동료들에 대한 그리움이 커졌다.

네 가족의 당시 상황으로 인해 내 마음도 괴로워지기 시작했다. 네 아빠는 지저분한 신발과 구멍이 난 베레모 차림이었고, 네 엄마는 간호사 일로 피곤에 지쳐 얼굴이 상해 버렸고, 셰르홀멘의 값싼 할인점에서 사 온 대량 포장된 값싼 식품만 이용했고, 냉장고에는 3크로나 할인 쿠폰들을 잔뜩 자석으로 붙여 놓았고, 안테나선을 테이프로 텔레비전에 붙여 놓았고, 네 어린 동생들은 네게서 물려받은 위아래가 붙은 옷을 입었고, 네 방은 네 아빠가 집에서 직접 만든 책장으로 채워져 있었다. 이 모든 것들이 내게는 혐오감을 줄 정도로 비극적이었다. 분명, 네 아빠가 튀니지를 떠날 때 계획했던 것들은 이런 게 아니었잖아?

네 아빠는 스튜디오 문을 닫고 나와의 작별을 위해서 센트랄 역까지 나를 배웅했다. 떠나기 전에 그는 내게 삭감한 월급과 공동으로 참여했던 우리의 언어 규칙 공책을 건넸다.

"여기 있어, 기념품. 네가 가지고 가는 게 좋겠어. 그래야 내 아들이 희미한 상상 속에서 혼란스럽게 지내는 것을 피할 수 있지."

나는 공책을 받았다. 그런 다음 내가 후회한다는 말을 하려고 하다가 당시에 나왔던 빅스 블로[38] 선전에서 했던 것과 똑같이 입안으로 다시 그 말을 빨아들였다. 만약 내가 그 말을 할 수 있었다면.

"고마워, 압바스. 앞으로 행운을 빌어. 열심히 노력해서 네 아들에게 아웃사이더의 병이 전염되지 않도록 성공하기를 바랄게."

"전염이라니 그게 무슨 말이야?"

"그러니까 말이야, 아웃사이더라는 병도 한 세대에서 다음 세대로 유전되지 않을까? 그리고 동시에 가까운 사람들에게도 전염을 시키고 말이야. 약간 감염이 되는 그런 병 같은 것이랄까?"

내가 혼자 지내면서 세련되게 다듬어 봤던 생각이었는데, 그때만큼은 네 아빠에게 새로운 생각을 가지게 한 데 대해 나는 무척 자부심을 느꼈다. 네 아빠는 고개를 끄덕였다.

"카디르, 내가 오랫동안 네 말을 들어 봤지만 이번에 한 말이 제일 지적인 말이었어. 감염될 수 있는 아웃사이더라……. 기억해 두지. 그리고 내가 어떻게 하면 스튜디오를 성공적으로 발전시킬 수 있을지 좋은 생각이 떠오르면 언제라도 내게 연락해 줘…… 내가 빌린 돈에 이자까지 얹어서 곧 갚을 수 있을 거라는 걸 반드시 보장할게."

우리는 작별의 손을 흔들었다. 공항버스 유리창 너머로 면도도 하지 않은 채 침통한 모습으로 내게 손을 흔드는 네 아빠의 모습이 아주 강하게 뇌리에 남아 있다. 이때가 네 아빠를 마지막으로 봤던 때였고 무의식적으로 그렇게 될 것을 알았다.

4

잘 있었니!

네가 운동에 열정을 갖게 되었다니 나로서도 물론 기쁘다. 하지만 네가 넌지시 빗대어 말하는 것을 이해하지 못할 때는 기분이 우울해진다. 네가 이렇게 썼잖아. "아저씨와 아빠가 헤어지기 전에 최악의 비프를 먹었다고 하지 않았어요? 아저씨가 소리를 지르고 옥신각신하며 크게 싸우고 떠들썩했지 않나요?" 이게 무슨 말도 안 되는 소리니? 네 엄마가 그렇게 얘기했니? '비프' 때문에 그런 싸움을 하게 되었다고?

내가 뭔가 자초지종을 설명해야겠다. 네 엄마는 대다수 여성들 가운데서 독특한 여성일지도 모른다. 하지만 네 아빠의 친구에 대한 관심은 아마도 눈곱만큼도 안 되었던 것 같다. 계속해서 아빠 친구들의 이름을 섞어 부르고 네 아빠가 그들에게 '아리스토캣츠'라고 이름을 붙이자마자 네 엄마는 그들에게 '아리스토바보들'이라고 이름을 붙였단다. 그들이 술 마시는 것에 대해서도 짜증을 많이 냈고 차라리 네 아빠가 그녀가 속해 있는 확실한 공산주의 모임과 지낼 것을 원했단다. 이게 바로 내가 말하고자 하는 진실이야. 네가 네 엄마에게 내가 말하는 게 진실인지 아닌지 확인해 볼 수 있을 거다.

내가 다정하게 작별 인사를 했던 것을 네가 기억하지 못한다거나, 우리가 함께 만들었던 언어 규칙 같은 게 존재하지 않는다는 것을 의미하는 것은 아니겠지? 바로 지금 이 순간, 내 앞에 그와 관련된 증거가 있다. 아무튼 답장 부탁한다……. 달 착륙이나 멕시코 올림픽, 아니면 1974년 여름, 어떤 게 기억이 나니? 별로 기억나는 게 없을 거야, 그렇지? 불확실한 기억으로 우리의 주목적을 혼란스럽게 하지는 말자.

한편 우리 책에 그 규칙들을 더 많이 활용할 수 있을 거란 네 말은 적절해 보인다. 그 언어 규칙들은 세계적인 거장의 작품으로 모양새를 갖추기 위해서 단지 스웨덴 판에 삽입할 것들을 보여 준 거란다. 프랑스 판에서는 브리 치즈가 가득 든 바게트를 즐기면서, 네 아빠가 에펠탑, 자크 브렐, 그리고 다른 나라 영토에서 했던 핵실험에 대해 찬양하게 할 수도 있어. 호주 판에서는 스튜디오에 들어와서 캥거루 사냥꾼으로서 자신의 삶에 관해 이야기하는 고객의 경우를 상상할 수 있을 거야. 남아메리카에서 출간될 책에는 인디언이 팬 플루트로 노래를 연주하게 할 수 있지. 인도 독자들은 네 아빠의 카레라이스 요리법을 제공받을 수 있고, 아시아 지역의 황인종들에게는 네 아빠가 귀엽게 생긴 조그만 봉제 동물 인형, 텔레비전을 이용해서 하는 게임, 생선회, 스모 경기, 부지런한 남자들, 그리고 온순한 여성들에 관해 긍정적으로 표현하는 구절을 우리가 삽입할 수도 있을 거야. 어때?

책의 4부를 이제 시작해 보자. 그리고 너를 위해서 다시 한번 이야기를 해 볼 때다. 최근에 너는 좌절을 겪고 나서 설욕의 기회를 찾는 데 굶주려 있지 않니? 물론 새로운 기회를 얻을 수 있어. 어느 누구라도 절대 옳은 것은 아니니까. 필 박사조차도.(이 거장의 작품 중에서『당신의 진짜 모습을 정의하기』만은 제외시킬 수 있을지도 모르겠다.) 그러면 이제 네 아빠가 어떻게 자신의 스튜디오를 성공 신화로 거듭나게 했는지 보여 주자꾸나. 동시에 최근 네 재능도 크게 성장했기를 기대해 보마. 올바른 관점에서 책의 방향을 이끌기 위해서 제목들과 함께 적절한 도입부를 네게 첨부한다.

때를 기다리며

친구 카디르

추신 — 인터넷을 통해 장마르크 부주가 세계보도사진전에서 올해의 사진 대상을 받았다는 소식을 전해 들었다! 아주 엄청난 극비인데 네가 이 비밀을 지킬 수 있겠니? 장마르크 부주는 네 아빠의 가명 중 하나란다! 네 아빠가 이라크의 나자프 가까이에 있는 미국의 포로수용소에서 2003년 3월에 문제의 사진을 찍었단다. 그 사진을 본 적 있니? 그 사진은 고통스러운 눈길을 끌게 한다. 둥그렇게 감긴 뾰족뾰족한 철조망 뒤편에 이라크인 포로 한 명이 흰색 커버올스를 입고서 땅바닥에 허리를 굽히고 앉아 있다. 그의 머리에는 검은 비닐 두건이 씌워 있다. 그리고 그는 우는 아들을 가슴에 품고 있다. 그 익명의 남자가 자기 아들을 꼭 껴안은 채 아들의 이마에 손을 올려놓고 있고, 머리를 뒤덮은 비닐 두건은 태양 빛에 반짝이고 있다. 그 사진은 하염없이 눈물이 흐르게 한다. 그리고 지금 이 문장을 쓰고 있는 중에도 다시 눈물이 흘러내린다. 그 아빠와 아들을 생각하기만 하면 모든 게 흐릿해진다. 키보드, 글자들, 컴퓨터 화면이 점점 더 흐릿해져 간다. 네 아빠가 미칠 정도로 그립구나. 그가 현재 있는 곳에서 빠른 시일 내에 다시 돌아오기를 희망하며 기도한다. 하지만 너무 늦었을지도 몰라.

4부를 다음과 같이 시작해라.

"솔직하게 말하겠다. 첫해에는 아주 적은 수의 손님들만 이 스튜디오 실비아를 찾았다. 내 아빠의 예술성은 여권 사진 몇 장과 지역 의자 공장 광고지 사진을 찍는 데 발휘되었다. 때때로 아빠는 스웨덴 여성을 만나서 결혼을 하고 싶다는 이민자들에게서 일감을 받았다. 점점 더 엄격해지는 스웨덴 당국에게 이민자들의 솔직한 의도를 확인시켜 주기 위해서, 압바스는 그들이 전혀 가져 보지 못했던 여름휴가와 가족 모임, 그리고 발코니에서의 일상적인 저녁 식사와 같이 향수를 불러일으키는 과거 사진을 창조해 내는 작업을 의뢰받았다. 사진의 진실성을 더해 주는 명품 카메라의 기교를 가지고 압바스는 전세 낸 배 위에서의 사랑과 새해의 축하 키스 그리고 소풍을 즐기며 미소 짓는 사진들을 작업했다. 새해 사진에서는 불꽃놀이와 와인으로 물든 식탁보 그리고 빨간 눈과 적당히 부어오른 창백한 얼굴을 한 흐릿한 연인의 모습을 볼 수 있었다. 해변의 사진들은 파라솔 칵테일, 아이스박스, 그리고 가짜 모래 알갱이들로 연출되었다. 화룡점정으로 스웨덴 사람들의 어깨와 코에 우유를 섞은 케첩을 바르게 했다.(왜냐하면 휴가 여행을 즐기는 스웨덴 사람들을 가장 쉽게 보여 주는 것은 빨갛게 태워 반질반질한 피부였기 때문이다.)

그렇지만 이러한 일들이 아빠의 사진 기술을 높여 준다거나 지갑을 두둑하게 해 주는 데는 별 도움이 안 됐다. 돈벌이가 되는 사진 작업은 여전히 아빠의 영역과는 거리가 멀었다. 무엇을 해야 할까? 성공에 다다르기 위해서는 새로운 전략을 만들어야만 한다는 사실을 압바스는 깨달았다…… 이렇게 해서…….”

다음 장면에서 네 아빠는 스튜디오에서 슬픔에 잠긴 채 어슬렁거린다. 1980년대의 황혼기로 몹시 감상적인 날이다. 그는 스튜디오 실비아 주위의 동네가 하나하나 변화하기 시작하는 것을 느낀다. 세계 각지에서 보내오는 위성 텔레비전 주파수를 잡기 위해서 귀처럼 생긴 흰색의 반짝이는 위성방송 수신 안테나가 이웃집 발코니에 점점 더 늘어난다. 보통 유색인종 아이들은 모래 놀이터에서 논다. 고전적인 담뱃대도 살 수 있고, 잘 다듬어진 나무에 담배 마는 도구도 팔았던 동네 담배 가게 자리가 이제는 비디오 가게로 바뀌었고, 그 가게 한쪽 구석에서는 마권을 팔기도 한다. 나선형으로 돌아가는 원기둥 모양의 장식등, 선정적인 옛날 잡지와 빛바랜 사진들이 있던 구식 미용실 대신에 지금은 오렌지색 스펀지 벽과 영어로 된 이름을 지닌 현대적 미용실이 자리 잡았다. 약국은 사라졌다. 우체국도 사라졌다. 페인트 가게가 있던 자리에는 '슈퍼 런치 아시아 뷔페'가 55크로나라고 문에 써 붙인 중국 식당이 문을 열었다.

네 아빠는 무거운 발걸음으로 저 멀리 교외선 역을 향해 걸어간다. 광장에서는 스웨덴 알코올의존자들이 묵주를 지닌 노인 무리와 네온 빛의 운동복과 스팽글을 붙인 윗옷을 파는 인도 가족들과 친구가 되었다.

네 아빠가 데님 조끼를 걸친 알코올의존자 중 한 사람에게 손을 흔들며 생각한다. '어쨌든 호칸은 남아 있잖아. 모든 게 변한 건 아니야.' 압바스의 미소는 교외선 역으로 올라가는 에스컬레이터 위쪽 기둥에 잔뜩 붙어 있던 포스터의 홍수를 발견했을 때 줄어든다. 포스터에는 "당신은 당신의 아이들이 메카를 접하기를 원하는가?", "쓰레기들을 내쫓아라.", "집단 강간을 막아라, 이민 홍수를 막아라."와 같은 글귀가 있고 심지어는 네 아빠가 자기 머릿속에서 가려 버리고 읽기를 거부하고 싶은 슬로건들도 수없이 붙어 있다.

시내로 가는 교외선을 기다리는 도중에 네 아빠는 너를 목격한다. 너는 학교에 있거나 숙제를 하는 대신에 버려진 교외선 철로 부근에서 친구들과 놀고 있다. 처음에 너는 홀로 서 있다가 자신에게 소리 내어 이야기를 하고 동시에 배와 등을 정신없이 마구 긁어 댄다. 네가 "난 매가 필요해!"라고 소리치자 삐쩍 마른 흑인 여자아이가 불쑥 나타난다. 슬쩍 어깨 너머로 의심스럽게 쳐다보면서 그 여자아이가…… 작대기 하나를 네게 건넨다. 네가 잎사귀 몇 장을 그녀에게 지불하고, 너 자신의 팔을 몇 대 때리고는 구부린 팔 위에 작대기를 올려놓는다. 그런 다음 네 친구가 네 주머니를 조사하고 있는 동안 너는 천천히 잠이 드는 척한다. 그러고 나서 너는 웃으면서 일어나 서로의 역할을 바꾼다.

아들의 기이한 모습에 한숨을 쉬며 압바스는 시내로 이동한다. 그는 자신의 호주머니 속을 알듯이 잘 알고 있는 모든 거리들을 아무런 목적 없이 배회한다. 쿵스가탄. 드로트닝가탄 오르막길. 오덴가탄 내리막길. 그렇지만 그의 기분은 하늘에 잔뜩 껴 있는 먹구름처럼 여전히 우울하다. 그의 제일 친한 친구가 고향으로 돌아가 버렸다. 그의 직업적 성공은 아직 먼 이야기다. 스튜디오 월세가 그의 지갑을 털어 간다. 절박한 경제 사정이 그의 가정을 위협한다. 기이한 습관을 지닌 아들은 아웃사이더 바이러스에 감염될 위험에 처해 있다.

갑자기 오덴가탄과 스베아베옌의 교차로에서 큰 소리가 들려 그는 무기력 상태에서 깨어난다.

"압바스!"

미소를 지으며 손을 흔들고 있는 사람은 다름 아닌 네 아빠의 옛 동료 라이노다. 라이노는 깔끔하게 머리를 잘랐으며, 팔자 콧수염을 매끄럽게 면도했고, 술을 많이 줄인 모습이었다. 라이노가 잡고 있던 개가 네 아빠의 손 냄새를 맡고 있는 동안, 두 사진작가는 서로 반갑게 인사하고 소식을 나눈다. 우스꽝스럽고 고르지 못한 핀란드식 스웨덴어로 라이노가 네 아빠의 근황에 대해서 묻는다. 네 아빠가 스튜디오에 관해서 이야기하자 라이노가 말한다.

"축하해! 자네 전문 영역이 뭐징?"

"모든 걸 사진으로 담는 거예요!" 압바스가 미소 짓는다.

"하지만…… 그래도 뭔가 특별한 걸 찾아야징. 모든 걸 사진으로 담아내는 건 불가능행. 예술가이거낭 음식 찍는 사진가이거낭. 예술을 하거낭 다큐멘터리를 찍거낭 말이양. 자네의 특별함을 찾아서 그걸로 최고가 되도록 열심히 해야징."

"당신 일은 어떻게 잘되고 있나요?" 화제를 돌리기 위해서 압바스가 끼어든다.

라이노는 최근에 이뤄 낸 자신의 성공에 대해 자세히 이야기한다. 스칸 푸드의 후원을 받아 유럽 순회 전시회에서 자신의 음식 사진 몇 점을 소개했으며 게다가 스물세 살이나 어린 명상 강사와 사랑에 빠졌다고 한다. 꿈같은 생활이고 천국에 날아갈 듯한 성생활이라고 언급한다. 그러자 네 아빠가 축하의 말을 전하며 말을 중단시키더니, 갑자기 더 많은 말들을 매우 급하게 내뱉고는 실례의 말을 전하고 시립 도서관 방향으로 내뺀다. 그는 입구에서 사방이 온통 흐린 바깥을 향해 시선을 돌리면서 숨을 고른다. 예기치 않게 행복함에 젖어 있는 옛 지인과의 만남으로 이상하게도 마음 한구석에 극대화된 슬픔이 겹겹이 쌓여 버렸다.

압바스는 도서관에 들어가기로 결심한다. 그는 4부를 위해서 자신의 발걸음을 옮긴다. 젖은 우산 냄새, 책장 냄새, 턱수염이 난 도장 찍는 남자 냄새, 그리고 여학생의 향수 냄새가 난다. 그가 사진책들이 있는 책장 근처에서 멈춘다. 그는 사진 작품들을 들척이며 영감을 얻어 보려고 한다. 활동의 황혼기에 접어들었을 때도 높은 장애물을 뛰어넘었던 사진의 대가들에 관한 글을 읽는다. 앙리 카르티에 브레송. 카쉬. 할스만. 자리를 뜨기 전에 물론, 비할 데 없는 그의 최고 영웅에게 헌정된 전기가 있는 서가로 되돌아간다. 로버트 카파.

네 아빠는 가슴으로 알고 가슴속에 새겨 놓은 카파의 사진과 그의 모든 모티프들을 뒤적거린다. 스페인 내전 중 병사가 죽음을 맞는 순간에 포착한 사진. 빌바오의 포위 작전. 다행히 손을 심하게 떠는 불쌍한 사진 현상소 보조원이 망치지 않은 디데이 사진 열한 장.

압바스는 크게 한숨을 쉰다. 그의 원기가 안에서 흘러나온다. 그는 영원히 잃어버린, 노르망디 상륙작전을 찍은 예순한 장의 사진을 생각한다. 그는 불쌍한 사진 현상소 보조원을 마음속에 그려 본다. 그러고는 이렇게 생각한다. '어떤 사람은 대작을 만들어 내고 어떤 사람은 그렇지 못한다. 혹시 내가 그들 중 후자가 아닐까?'

그러자 그의 눈은 어떤 이름에 사로잡힌다. "엔드레 에르뇌 프리드만." 압바스는 다시 그 이름을 읽는다. 프리드만, 1913년 헝가리 부다페스트 태생. 그는 초라한 유대인 피난민으로 국경선을 넘었고, 파리에 정착한 뒤 사진가 활동을 시작했다. 그는 사진 구매자와 특권계층으로부터 침묵의 무관심을 겪었다. 그의 반응은 어떠했을까? 자포자기한 시간 동안 그는 새로운 이름을 만들었다. 진짜 이름보다 더 진짜 같은, 그의 이상이 내포된 이름을 만들었다.

어떤 이름을 만들었을까?

맞다.

로버트 카파!

내가 네게 로버트 카파는 결코 존재하지 않았다고 했으면 네가 엄청 놀랐을 거다! 실상 카파는 프리드만이 창조한 신화의 결과였다. 그 이름은 프랭크 캐프라 감독과 관련되었고, 얼마 지나지 않아 파리 사람들은 신비한 카파에 관해서 솔직하고 만나기 어려운 사람인데 아마도 미국 태생인 것 같고 사진에 대해 매우 탁월한 재능을 지닌 아름다운 사람이라고 속삭이기 시작했다. 그의 사진이 팔리기 시작했고, 그의 성공은 커져 갔다. 자신의 공식적인 이름과 정체성을 바꿀 때까지 프리드만은 신화에 일화와 소문을 보태 갔다. 프리드만은 카파로 변신했고, 상상은 현실이 되었다. 카파는 이렇게 말했다. "어느 누구에게도 아픔을 주지 않고 다시 태어난 느낌 같았다."

불현듯 그 아이디어가 번개처럼 네 아빠의 뇌리를 스친다. 흠, 이 은유는 그리 훌륭한 것 같지 않다. 다시 한번 해 보마. 예기치 않게 그 아이디어가 매우 강력한 한줄기 빛처럼 네 아빠를 눈부시게 비춘다.(나중에 중얼거리는 네 아빠에게 조용히 하라던 사서들의 머리와 네 아빠의 머리 위에 있던 백열전구가 진짜 눈부시게 빛났다고 하자.) 갑자기 압바스가 일어서는 바람에 의자가 뒤로 쓰러지고 사서의 침묵도 압바스의 소리로 깨져 버린다.

"그래, 카파의 전략처럼 나도 그렇게 할 거야! 내 아랍 이름을 바꿔 버려야 해!"(버려야…… 버려야…… 버려야…… 도서실 공간에서 메아리친다.)

의자를 다시 되돌려 놓고 네 아빠는 적절한 예술가의 이름을 찾으려 상상을 시작한다. 미국 사진작가 조지 맥도널드로 하면 어떨까? 아니면 이탈리아 사진작가 페르디난도 베르데리? 아니면 파파나스타소포울로우 크리소발란티? 튀르키예모자를 빌려 젠두바에서 진짜 아랍 문화를 기록했던 그리스의 동성애자 사진작가? 다시 일어나서 소리칠 때까지 그런 아이디어들이 네 아빠의 머리로 물밀듯이 밀려든다.

"아니…… 사진작가로서 내 가명을 이렇게 할 거야…… 크리스테르 홀름스트룀 압바스 케미리! 나의 전문 분야는 그러니까…… 개 사진 찍는 것!"

("쉿!" 하는 소리가 쇠처럼 차가운 시선의 사서들 입에서 흘러나온다.)

이름을 바꾸겠다는 생각은 카파에게서 나왔다. 그렇지만 개 사진을 찍겠다는 생각은 어디에서 나왔을까? 라이노를 나무라야 할까? 아니면 너의 언어 규칙 때문일지도? 어쨌든 도서관에 있던 네 아빠 자신에게서 나온 것은 아니었다. 저녁을 알리는 오후의 어둠이 계단 아래로 살며시 스며

들어 오자 개 사진 전문 작가, 크리스테르 홀름스트룀 압바스 케미리는 전철을 향해 행복한 발걸음을 옮기기 시작한다. 이상한 빛이 그의 발걸음을 쫓아오더니 그의 머릿속에서 속삭인다. "이름이 어떤 이름보다 더 많아……."

네 아빠는 새로운 스튜디오 간판을 제작하고 나서 며칠후, 개가 산책하는 공원 가로등에 장식을 단 광고지를 붙이기 시작했다. "여러분의 사랑스러운 반려견 사진을 찍어 줄 사진작가를 찾고 있습니까? 크리스테르 홀름스트룀 압바스 케미리에게 전화하세요! 국제적으로 유명한 동물 전문 사진작가에게서 여러분의 반려동물 사진을 저렴하게 찍어 보세요!"

네 아빠의 새로운 이름은 우연이었을까? 물론 네 아빠는 세계적으로 유명한 하셀블라드 상을 수상했던 크리스테르 스트룀홀름을 알았겠지. 내가 솔직하게 알려 주마. 네 아빠는 크리스테르의 손님과 명성에 기생하려고 하는 의도는 절대 없었다. 오히려 자기 스스로와 아랍계 스웨덴인을 깎아내리는 사람들이 가진 편견 사이의 거리를 극대화하기를 원했다. 그래서 그는 매혹적이고, 전문가답고, 잘 알려진 것으로 생각되는 이름을 선택했다.(법원 출두 명령이라는 위협으로 처음에 네 아빠를 끈질기게 물고 늘어지던 다른 크리스테르의 불쾌한 변호사, 할레르스테트의 수다스러운 모욕을 책에 삽입할 수도 있을 것이다.)

그래서…… 그 이야기를 계속할 것인지 아닌지는 너에게 달렸다. 나를 실망시키지 마라. 내가 뒤를 이을 장들을 정리해 주마.

아빠의 성공

너는 아빠가 새로운 스튜디오 간판을 내걸었을 때를 기억한다. 간판에는 '반려동물 사진작가 크리스테르 홀름스트림'이라고 대문자로 크게 씌어 있고 그 밑에 흘려 쓴 글씨로 조그맣게 '압바스 케미리'라고 씌어 있다. 그러자마자 곧 아빠의 고객 전화기에서 전화벨이 울리기 시작한다. 아빠는 12일에 검은색 테리어 예약을 받고, 14일에는 그레이트 데인, 그리고 다다음 휴일에는 쇠데르텔리에서 경연 대회가 있다는 닥스훈트 협회의 예약을 받는다. 아빠는 예약 일정을 달력에 채우기 시작하고, 주사위 놀이나 언어 토론 혹은 사진작가의 명언을 위한 시간을 더 이상 가질 수 없다.

다이내믹 듀오는 깨져 버린다. 멜린다가 있는 것이 다행이다. 그해 봄, 너희는 매일 오후 과자 가게 가까이에 있는 쇼핑센터나 폐기된 철로 옆에서 만난다. 열차 강도 놀이도

하고 인디아나 존스나 슈퍼 마리오 형제, 아니면 마약중독
자와 마약 거래상 놀이를 한다. 그리고 때때로 다른 게임을
하고 싶을 때면 너희들이 직접 고안해 낸 7종 경기(마당을
빙빙 돌기, 흔들 목마 로데오 경기, 공원에 비치된 작은 자전
거 던지기, 100미터 공원 벤치 허들, 그네에서 멀리뛰기, 쇼핑
센터에서 카트 경주, 노인 따라다니기 릴레이)를 한다.

광장에서 합성섬유 옷을 파는 인도인들에게 "정말 귀여
운" 아들이 있다는 사실을 멜린다가 너에게 이야기하기 전
까지는 모든 게 더없이 행복하다. 너희들이 몰래 그 애를 살
펴보니, 그 아이는 치아가 부정교합이고 안경을 쓴 데다가
바보같이 크고 헐렁한 청바지를 입은 세상에 둘도 없을 정
도로 뚱뚱한 아이이기에, 너는 그 애가 이제껏 본 아이들
중에서 제일 못생긴 아이라고 지적한다. "게다가 솜털 같
은 콧수염이 있어서 무척 지저분해 보여. 멜린다, 그렇게 생
각하지 않니?" 하지만 멜린다는 계속해서 염탐하며 대답
을 하지 않는다. 그래서 너는 뚱보의 여동생을 감시하는 것
으로 변경한다. 왜냐하면 솔직히 그녀는 무척 예뻤기 때문
이다.(그리고 너는 멜린다에게 인도인 뚱보를 쳐다보는 걸 이
제 그만두라고 소리 높여 외친다.) 어린 여동생은 강철처럼
단단해 보이는 앞머리를 비스듬히 잘라 내렸고, 반짝이는
분홍색 후바 부바 풍선껌을 불며 네 시선에 전혀 무관심한
반응을 보인다. 그렇지만 누가 봐도 그녀가 너를 원한다는
사실은 분명하다.

어느 날 뚱뚱한 인도 애가 너희 앞으로 다가와서 멜린다

에게 짠맛 나는 과자 봉지를 건넨다. 그다음 어느 날, 뚱보가 부모를 도와 문을 닫는 동안에 자기 휴대용 카세트 플레이어를 듣고 싶은지 묻는다. 너희들은 당연히 좋다고 대답하고, 각자의 손으로 방수 기능이 있는 노란색 소니 플레이어를 꼭 잡고는 함께 부드러운 재생 버튼을 누른다. 세계 최고 그룹의 세계 최고 앨범인 N.W.A의 「스트레이트 아우터 콤프턴(Straight Outta Compton)」을 들으며 너희들은 함께 우주 공간으로 날아간다.

그날 이후 뚱보 인도인도 너희와 어울린다. 그러면서 곧 너희들은 뚱보 인도인이라고 부르는 것을 그만두고 대신에 '임란'이라는 그의 진짜 이름을 부르기 시작한다. 그리고 그가 인도인이 아니라 아랍인이나 이란인과 약간 비슷한, 아니 (임란에 의하면) 더 나은 발루치족이라는 사실을 곧 알게 된다. 그리고 멜린다가 살면서 들어 왔던, 세상 무엇보다도 증오하던 모든 것을 임란이 말해 버렸기 때문에("내가 너를 처음 보았을 때 난 네가 남자애인 줄 알았어. 여기서 태어났어? 네가 일광욕을 하면 더 꺼멓게 되니? 왜 너는 그렇게 삐쩍 말랐고 네 언니들은 그렇게 뚱뚱하냐? 와우, 너 정말 세다. 내 말은 그러니까, 여자애인데도 말이야.") 그와 멜린다가 절대 서로 사랑하지 않을 것이고 너를 홀로 남겨 두지 않을 것임을 깨닫고 나서 너는 그를 진짜 친구로 정말 좋아하기 시작한다. 그러자 멜린다는 그저 한숨을 쉬고 너희들이 하던 7종 경기로 손쉽게 임란을 부숴 버리려고 한다. 너는 심판을 맡아서, 멜린다가 경기를 하나하나 차례로 이겨 나갈 때에도 겉으로는 미소를 지어 보이지 않고 중립을 지키기 위해서 최선을 다한다.

비 오는 토요일에 던전 앤드 드래곤 게임을 하자고 임란이 제안했는데, 자기가 규칙을 아는 게임을 하고 싶어 했기 때문이다. 롤플레잉 게임? 진짜 샌님들이나 하는 것 아닌가? 하지만 임란은 이 게임이 더 어른스럽게 노는 거라고 말한다. 너희 혹시 엄두가 안 나는 것 아니니? 너희 설마 겁쟁이인 거야? 당연히 아니지. 네가 '게임 마스터' 역할을 맡고, 바로 게임을 시작한다.

진짜 반려견을 데리고 온 진짜 손님들이 반려동물 사진작가 크리스테르 홀름스트룀을 찾기 위해서 쇼핑센터로 와서 묻기 시작하는 동안, 너희들은 교외선 철로 옆에서 시간을 보낸다. 네가 모험을 계획하고 지도를 그리고 용이 지키는 진지에 보물을 준비하는 동안, 멜린다와 임란은 각자의 캐릭터를 정한다. 실제로 그 모험의 시대는 역사적으로 옛날이라서 기사나 마법사 또는 작은 요정 같은 것을 선택할 수 있다. 그렇지만 멜린다는 게임을 하려고 하면 '미스 슈퍼 줄루 시스터'라고 불리길 원하고, 블랙 아프리카에서 온 괴물처럼 강한 병을 고치는 여자 주술사가 되어 머리에는 독이 묻은 아프로 빗을 꽂고 가슴 사이에 AK-47 자동소총을 숨기고 엄청난 마법을 구사할 수 있는 다량의 마법약을 가지고 싶다고 말한다. 그리고 임란은 콤프턴에서 온 발루치족의 슈퍼 힙합 예언가인 'MC 무스타치오'가 되어 뾰족한 레이더스 모자와 마력을 가진 에어 포스 원, 건전지로 작동하는 쌍절곤을 가지고 싶어 한다. 또한 그의 콧수염은 엄청나게 길어서 그것으로 적들과 싸울 수도 있고 여자를 쓰다듬을 수도 있다. 네가 그들의 요구를 들어주고 규칙을 확대 적용하자, 곧 게임이 시작된다.

아빠가 스튜디오에 붙어 지내다시피 하는 동안, 너희들은 롤플레잉 게임에 붙어 지내다시피 한다. 그 어떤 것도 모든 사물의 주인이 된다는 엄청난 희열을 깨뜨리지 못한다. 네가 창안한 모험으로 임란과 멜린다는 땀을 흘리고 고함을 지르며 울기도 한다. 언젠가 MC 무스타치오가 CIA 훈련을 받은 거대 아메바와의 싸움에서 패배해 임란이 자신의 주사위를 잡아서 선로 위로 휙 내팽개쳐 버리는 바람에 너희들을 발견한 플랫폼에 서 있던 다른 사람들은 대체 너희들이 뭘 하는지 궁금해한다.

여름 내내, 아빠의 고객들에게서 계속 전화가 온다. 텅텅 비어 있던 아빠의 달력에 예약이 차서 일주일에 세 차례나 사진 촬영을 하더니 처음으로 예약을 거절해야 하는 때가 온다. 시간이 부족하기 때문이다. 곧 아빠의 모든 시간이 일로 채워진다. 아빠는 아침 식사 때에도 눈을 크게 뜨고 앉아서 밀착 인화지를 살핀다. 오전에는 촬영을 하고 저녁 무렵에는 암실 작업을 한다. 아빠는 제복을 입은 은퇴한 장군과 셰퍼드, 딸기무늬 반바지를 입고 미소를 짓는 아가씨와 로디지안 리지백 두 마리, 휠체어에 앉아 있는 남자와 래브라도 사진을 찍는다. 그때 너희들은 기찻길 부근에 앉아서 주사위를 던지고 암페타민 마약중독자 요정들에 맞서 싸우고 있다.

네가 게임 마스터의 재능이 있다는 것이 이내 확실해진다. 물론 처음에는 주로 검은색 식인 도깨비와 강철처럼 단단한 앞머리를 내려 뜨린 공주 그리고 풀려난 후바 부바 껌과 싸웠다. 곧 너는 세상에 대해 더 많은 것을 배운다. 괴물과 그들의 특징을 읽으면서 케르베로스[1]와 에바드의 검은 촉수, 아이스 드래곤과 히드라에 관한 모든 것을 알게 된다. 임란은 세 도시를 이사 다니며 살아서 전에는 다른 친구 네 명과 어울려 게임을 했다. 그러나 너처럼 모험을 발명해 낸 게임 마스터는 없었다. 그 누구도 모든 시대를 한 시대 안에 혼합해 묶은 전례가 없었고, 어떤 다른 친구도 미니 기관단총을 든 라크샤사나 거울을 든 바실리스크를 만들어 내지 못했다.(그래서 그들의 시선에서 아연실색한 표정을 읽을 수 있을 정도였다.) 어느 게임 마스터도 날개가 둘달린 공룡이 「백 투 더 퓨처」에 나오는 하늘을 나는 스케이트보드 같은 것들을 공격하게 하지는 못했다. 오로지 너만 그러한 모험들이 절대로 끝나지 않도록 유지시킨다. 그리고 이제 우두머리가 정복되어 미스 슈퍼 줄루 시스터와 MC 무스타치오가 숨을 돌리면서 하이파이브를 하고 보물을 챙기려고 하면 항상 또다시 굶주린 히포그리프나 날카로운 새 발톱과 로켓 다발을 갖게 된 맨티코어2가 나타난다. 그러면 임란은 격분해서 소리를 질러 대고, 멜린다는 정말 너를 치겠다고 협박하지만 그런 게 인생이다. 맨티코어는 다른 모든 것들처럼 무시무시한 괴물이고 여기에서 도망치지 않는 한 너희들의 임무가 완전히 끝난 게 아니다. "그래서 넌 어떻게 할 건데? 누가 먼저 공격할래?"

마지막 전투가 시작되고 항상 피바다가 되어 버린다. 무스타치오가 면도날처럼 날카로운 자신의 레코드판을 던지고, 줄루 시스터가 AK-47 자동소총으로 퍼부어 대면 맨티코어는 가시 달린 꼬리로 공격한다. 사람 얼굴을 가진 사자 형상의 괴물이 유리해졌다고 생각할 즈음, 너는 무스타치오가 40온스 맥주 수류탄을 꺼내 들도록 시킨다. 결국 맨티코어가 도망치고 줄루와 무스타치오가 초죽음이 되어 땅바닥으로 쓰러진다. 그렇지만 여전히 살아 있다. 또 하나의 보물과 함께. "너희들이 성공했다! 다시!"

네가 지금 막 "다시!"라고 썼을 때, 너는 '맨티코어(manticore)'와 '몬테(monte)'가 유사하다는 사실이 불현듯 떠오른다. 너는 크루미리에 산맥에 관해 생각하고 너희들을 산사람(montemän)이라고 말한 아빠, 베리만이라는 이름을 가진 엄마에 관해 생각한다. 그리고 예전처럼 그 어떤 것도 무작위가 아니라는 증명, 즉 패턴을 찾아내 보고자 하는 마음이 든다.

너는 불현듯 네가 아랍어를 공부하기 위해서 튀니지에 머물렀던 2001년을 떠올린다. 그때 막 사귀기 시작했던 파어자는 E. 이후 처음으로 너에게 의미 있었던 사람이다. 너희는 오줌 냄새가 심하게 나는 계단통이 있는 망가진 아파트에 살았다. 너는 네 부모의 첫 번째 만남과 그들의 이름

속에 들어 있는 상징성, 엄마 배리만과 아빠 캐머리에 관해 이야기를 해 주었다. 그러자 파이자가 웃으면서 자기 아랍어 사전에서 '캐머리(Khemiri)'의 철자를 찾아보게 했다. 너는 KH를 찾은 다음에 KH-M을 발견하고 나서 KH-M-R를 찾아냈다. 그리고 모음 없이 자음이 나오면…… 술고래를 의미한다는 사실을 깨달았다. 그때 너는 담뱃불로 동그랗게 구멍이 난 갈색 소파에 앉아서 어떤 것도 패턴이 아니며, 모든 것은 우연이라고 생각했다. 그래서 이제 패턴을 찾는 것도, 아빠를 그리워하는 것도 그만두겠다고 스스로에게 약속을 했다.

너는 위에 있는 부분을 정말 책에 포함시키고 싶은지 심사숙고한다.

너는 아직도 생각한다.

이제 너는 결정을 내린다.

너는 컨트롤 s를 누르고 카디르의 메일에서 다음 제목을 복사해 붙인다.*

---

* 진실의 실체에 너를 결합시키는 데 성공한 것을 축하한다. 하지만 나는 네가 튀니지에서의 이런 기억들을 드러내지 않기를 바란다. 기억해 둬라. 우린 이 이야기의 신비성을 떨어뜨리지 않고 최대화하고 있다.

아빠의 성공에 관한 상세한 내용

더 얘기할 게 뭐가 있을까? 아빠는 드디어 고객들을 얻는다. 그렇지만 이 시대의 덧없는 영혼을 포착해 내는 예술 사진 대신에, 아빠는 위로 뛰어오르는 케언테리어 '마틸드'를 포착한다. 로버트 카파처럼 노르망디 상륙작전을 사진으로 기록하는 대신에 아빠는 유머러스한 실크해트 안에 들어가 있는 지휘자의 불도그를 찍는다. 로버트 프랭크처럼 새로운 고향의 인상을 개괄하는 대신에 아빠는 스칸디나비아반도 실리엄 테리어 협회의 연례 특별 전시회에 대한 인상을 정리한다. 그 행사에서 '토르셋 템프트러스'라는 개가 베스트 비치와 베스트 인 쇼 두 부문에서 모두 우승한다.

아빠는 대형 포장된 개 간식을 사고, 아빠 이름이 새겨진 진짜 명함을 찍고, 스탠더드 슈나우저의 주인들에게 할인 혜택을 약속한다. 아빠는 가정을 재정적 위기에서 구출하고, 엄마는 더 이상 머리를 손수 자르지 않아도 되고, 아빠는 뽀드득거리는 로코 바로코 브랜드의 갈색 가죽 재킷을 살 여유도 생긴다. 너희는 곧 매일 마실 주스를 사고 파삭파삭한 엘도라도 콘플레이크 대신에 켈로그 콘플레이크를 사기 시작한다. 스코가홀름의 흑빵 대신에 오븐에 구운 빵을 먹기 시작하고, 적어도 주말에 한 번 정도는 집에서 작은 새우로 만든 스카겐 샌드위치도 먹을 수 있다. 평일에 냉장고에 새우가 있어도 이제는 "주말까지 놔둘 것."이라는 종이쪽지가 붙어 있지 않다. 너는 쇠데르의 부자 동네에 살며 사장 부모를 둔 가족이 바로 이런 모습일까 하는 생각이 들 정도다. 그렇지만 동시에 아빠는 너무 바빠진다. 아빠는 항상 초과근무를 하고 다른 것을 할 시간이 전혀 없어지고 유명 사진작가의 말을 인용하는 대신에 파일럿 영화 「탑 건」에서 훈련관이 냉혹한 목소리로 말하는 대사를 주문처럼 되뇌기 시작한다. "이 학교는 실전이다. 이등이라는 것은 없다." 아빠는 이와 의견이 같다. "아들아, 기억해 둬라. 삶에는 두 번째를 위한 건 없단다. 항상 절대적으로 최고여야만 해."

밖의 온도가 떨어져 날씨가 너무 추워지자 너희들은 카디르가 옛날에 썼던, 스튜디오 가장 안쪽의 창고로 옮겨서 롤플레잉 게임을 계속한다. 너희들은 흙이 묻은 매트리스에 앉아서 헌 종이 상자로 게임 판을 만든다. 그리고 너는 아빠가 고객에게서 걸려 온 전화를 받을 때 스웨덴인 목소리에 최대한 가깝게 말하려고 얼마나 애를 쓰는지 친구들에게 보여 주지 않으려고 항상 문을 닫는다. "여보세요-크리스테르-입니다-동물이-있으시군요-저는-카메라가-있습니다……."

어떤 이유에서인지 아빠의 말을 듣는 게 고역이다. 아빠는 모든 언어들이 조화롭게 섞여 어떤 외부인도 이해할 수 없었던 아름다운 케미리어를 버렸다. 대신에 아빠는 자음을 더듬거리기 시작하고 전치사를 잘못 집어넣은 채 스웨덴어 음조에만 근접하도록 자기 혀를 길들이고 있다. 스튜디오 안에서는 큰 문제가 없다. 아빠는 아양을 떨어 가며 말하고, 크리스테르라고 자신을 소개하며 날씨와 바람 이야기를 하고, 코커스패니얼을 귀여워해 주면 되고, 반사판의 각도를 조절해서 반려동물의 눈이 디즈니에 나오는 동물의 눈처럼 초롱초롱하게 만들면 되기 때문이다.

그러나 스튜디오 밖은 전혀 다른 세계이다. 밖에서는 아주 불쾌한 미소, 딜 포테이토 칩 냄새가 나는 미소, 설구워진 스웨덴 미트볼, 계란 방귀와 맞닥뜨리기 때문에 아빠에게 아주 작은 실수 하나도 용납이 안 된다. 그들은 이를 숨기고 미소를 지은 채 일부러 공손하게 머리를 쓰다듬으면서 뒤에서 헛똑똑이라고 속삭이며 상황을 대충 끼워 맞춰 보려고 하는 것 같은데 결코 나를 속일 수는 없다. 그들은 마음 깊숙한 곳에서 비웃고 있지만 겉으로 봐서는 전혀 알아챌 수 없는 미소를 보낸다. 그들은 아빠의 질문을 알아듣는 것을 거부한다. 그리고 그와 동시에 아빠는 다시 시도하기 위해서 목을 가다듬고는 네가 통역해 주었으면 하고 고개를 돌려 너를 내려다본다. 아빠의 입이 표현할 수 없었던 말들을 네가 설명한다. 그렇지만 아빠는 포기하지 않는다. 아빠는 '엔보' 대신에 매그넘의 '연보', '증언서' 대신에 '예입 전표', '오일 올리브' 대신에 '올리브유', '유아용 변기' 대신에 '마카로니'라고 부르는 것을 배운다.

아빠는 할 수 있는 것은 무엇이든지 배운다. 여태까지. 잘못 집어넣은 전치사 하나까지 필요한 것은 모두 다. 그런데도 부정관사 en이라고 해야 할 때 부정관사 ett라고 한 부분이 틀렸다.[3] 그런 다음 몇 초간의 '틈', 스웨덴 사람들이 애용하는 '틈', 네가 얼마나 노력하든지 간에 상관없다. 그들이 항상, 언제나 너를 간파하고 있다는 것을 보여 주는 '틈' 말이다. 스웨덴 사람들은 힘의 우위를 즐기면서 아빠가 정복했다고 생각할 때까지, 바로 그 순간까지 기다리고, 기다리고, 또 기다린다. 그러고 나서 그들은 마치 귀머거리 정신박약아와 이야기하는 것처럼 네 배로 늘린 모음으로 올바른 길을 알려 준다. "주우우우우욱 앞으으으으로, 그다음에 외에에에에에에에에에엔쪽, 그렇죠, 그다음 오르르르르르르르른쪼오오옥. 천만에요." 아빠가 공손하게 감사 인사를 하며 허리를 굽히고, 옆에 서 있던 너는 배 속에서 뭔가가 부글거리는 걸 느낀다.*

성장기의 혼란

카디르가 하는 말이 무슨 뜻인지 확신이 안 선다. 혼란? 다가오는 겨울 내내 롤플레잉 게임은 계속되고, 너는 멜린

---

* 뭐가 부글거리는 걸까? 배 속에 가스가 찼나? 여기에서 네 아빠의 성공에 관한 정보를 좀 더 제대로 소개하는 게 좋겠다. 개 사진만 찍은 것이 아니라 모든 종류의 반려동물 사진을 찍은 것으로 확대할 수 있을 거야. 고양이, 앵무새, 뱀, 관상어. 그는 토끼도 찍고 지팡이도 찍었다. 그리고 어느 날 그는 인기 있는 청소년 잡지 《오케이》에서 일을 받아 유명한 팝 그룹 '트랜스 댄스'의 벤 말렌과 그의 순종 달마티안 세 마리를 찍기 위해서 방문했다.(그 이후에 네 아빠는 이때 찍은 사진을 한 번 더 사진 에이전시에 훌륭한 가격으로 팔았단다.)

다, 임란과 함께 창고 안에서 거의 대부분의 시간을 보낸다. 그런데 무슨 혼란? 아빠가 창고에 들어와서 너희들이 아빠의 고객들을 방해한다고 불평했던 걸 너는 기억한다. 너는 사과를 하고, 멜린다와 임란에게 다시 자리에 앉으라고 얘기를 하고는 게임을 하며 크게 소리 지르는 것을 조금 낮추려고 한다. 그러나 곧 MC 무스타치오와 줄루 시스터가 나무 거머리 네 마리와 태양 에너지가 장전된 양궁을 지닌 독사의 공격을 당하고, 올가미에 갇힌 무스타치오가 초강력 콧수염으로 탈출을 시도하지만 줄루 시스터가 자기가 숨겨 놓았던 부두 인형을 기억해 내고 바늘겨레 안을 찌르기 시작할 때까지 모든 상황이 안 좋아 보인다. 주사위를 던지고 주문을 외우면서 전투 열기가 최고조에 이르렀을 때, 고함을 치면서 들어온 아빠에 의해서 마법이 깨진다. "이제 그만해!" 그러고는 게임 판을 쓰러뜨리고 너희들을 강제로 마당 밖으로 쫓아낸다.

왜 그랬을까? 너에게 새로운, 진짜 친구들이 생겨서 그냥 질투를 하는 거라고 너는 생각한다. 네 나이의 친구들, 너와 똑같은 친구들, 네가 롤플레잉 게임을 하지 못하게 된다면 철로 반대편에서 산을 오르는 사람 놀이를 하는 데 합류해 고드름을 깨뜨리면서 놀면 된다는 걸 아는 친구들이 있다. 처음 그렇게 놀았을 때 역할 연기 같은 것을 하기에는 너무 크다는 사실과 이렇게 노는 것 또한 실제 현실에서의 역할 연기와 다름없다는 점을 상기시킨다. 그리고 두 번째에는 각자 산을 오르는 사람의 이름과 특별한 능력을 찾게 하고 세 번째에는 하키 헬멧과 로프, 그리고 커다란 망치와 드라이버를 가져온다. 임란은 빈 배낭을 가져오고, 멜린다는 고글을 쓰고 왔는데 게이 밴드 YMCA의 건설 인부처럼 보여 웃어 대다가 비디오 가게의 유리창에 비친 너희 모습이 멜린다만큼이나 우스꽝스럽다는 것을 깨닫고는 웃음을 멈춘다. 그렇지만 너희는 포기하지 않고, 망할 놈의 얼음을 모두 없애 버리기로 한다. 산지기가 해야 할 일은 산지기가 해야 하는 게 당연한 것이다. 가파른 곳을 올라가서 줄을 안전하게 고정한 후 고드름을 반 정도 쳐 없앴을 때 모자를 쓴 남자가 차를 세우더니 너희에게 소리친다. "이 깜둥이 새끼들아, 너희들 도대체 뭐 하는 거야? 너희들은 항상 파괴만 일삼는다니까!" 너희들은 등을 반대편으로 돌리고는 아무 일도 없었던 척하며 창피해한다. 아빠가 네게 그렇게 하라고 가르쳤기 때문이다. 임란도 똑같이 군다. 그런데 너는 곁눈질로 멜린다가 몸을 아래로 굽혀 오른손으로 얼음 뭉치를 저울질하는 것을 본다. 그리고 멜린다는 곧장 그 남자를 향해서 얼음덩이를 휙 던진다. 얼음이 거의 그에게 맞을 정도 거리에 떨어지고, 그 남자가 손으로 막으면서 경찰을 들먹이며 소리 지르고 차로 슬며시 돌아간다. 그러고는 너희들이 고드름을 그의 머리 위로 비처럼 쏟아붓자 남자는 그 자리에서 정신없이 시동을 걸고 줄행랑친다. 너희들은 산꼭대기에 서서 크게 웃어 댄다. 첫 싸움에서 승리를 거두고 나서 너희들은 다음번에 다른 어른이 뭐라고 할 때를 대비해 특별히 던지기 좋은 고드름을 장전해

둔다.

친구들과 같이 놀지 않을 때면 너는 학교에 가거나 아빠의 사진 촬영 일을 옆에서 돕는다. 아빠의 지시에 따라서 반사판의 각도를 조정하고, 사진 소도구들을 챙겨 오고, 어두운 담갈색의 숲 속 오솔길, 구름이 잔뜩 낀 하늘, 폭풍우가 올 듯 흔들리는 풍경이 그려져 있는 새로 구입한 배경 그림을 꺼내 온다. 메스꺼운 핏불 테리어가 흘리는 침을 닦아 주고 뇌물로 개한테 먹일 비스킷을 꺼낸다. 커피포트를 켜고 일찍 온 손님들을 맞는다. 그리고 너는 그 시간 내내 무언가 잘못되었다는 생각을 하지 않으려 한다. 가족은 경제적으로 안정된 생활을 하고 있고 엄마는 자신의 회의적인 태도를 후회하고 있기 때문이다. 중요한 행사가 있던 날, 도무지 끝날 줄 모르는 1989년 봄의 어느 날, 스튜디오 밖에 외할머니의 조그만 흰색 도요타가 멈춰 선다. 외할머니가 입을 꾹 다물고 힘겹게 자동차에서 내리더니 블라우스 매무새를 가다듬고 스튜디오로 들어온다. 외할머니는 눈에 확대경을 끼고 밀착 인화지를 향해 구부린 자세로 있는 아빠를 내려다보면서 단숨에 말을 꺼낸다. "이런-난-자네가-어떻게-지내는지-한번-들여다보기만-할-생각이었네-그리고-가게가-잘되는-것-같은데-예스타가-매우-자랑스러워할-것-같아-기분이-좋네만-그래-그래-이제-더-방해하지-않겠네-절대로-커피-아니네-아니-더-이상-폐를-끼치지-않겠네-자네-무척-바쁠-텐데-일을-계속하게나-잘-있게-그림!"

그리고 마치 마라톤이라도 뛴 것처럼 도요타 옆에서 외

할머니가 숨을 몰아쉬는 동안에 아빠는 여전히 눈에 확대경을 낀 채로 외할머니가 방금 전에 서 있던 문 쪽을 바라보기만 한다.

세상은 변한다. 그렇지만 어떤 것들은 동일하다. 네가 잠들기 전에 매번 듣는 목소리 같은 것. 네가 밤마다 꿈을 꾸고 땀에 젖어 깨어나는 것. 체스에서 장군일 때 운명을 유지하기 위해 체계를 고안해 내는 너만의 방법. 때로는 누런 똥을 만져야 하고 때로는 화단 전체를 따라서 줄타기를 해야만 한다. 그냥 그래야 하니까. 그리고 때때로 아빠가 그런 모든 것에 지치기도 하고, 너에게 보도의 갈라진 틈이나 나쁜 운을 가져다주는 맨홀 뚜껑을 오른쪽으로 돌아가도록 시킨다. 하지만 단 한 번, 아빠가 너무 화를 내던 날, 네가 소리 지르는 것을 멈춘 다음 조금도 두렵지 않고 상상과 현실을 구분하는 데 전혀 문제가 없다고 시인할 때까지 너는 암실에 갇혀 있었다.*

---

* 흠…… 네가 두려움에 익숙해지도록 아빠가 썼던 방법이 너를 몇 차례 암실에 가두었다는 거라고 독자들이 이해할 수 있을까? 네 아빠가 그런 행동을 즐긴 것은 절대 아니었어. 아마도 그 일을 후회하고 있을지도 몰라. 암실의 어둠을 1989년의 멋진 여름에 대한 기억과 대조하는 것은 완벽할 거야. 너는 그때를 행복했던 마지막 여름으로 기억할 테니까, 그렇지? 네 아빠가 일로 성공을 거두었을 때, 네 부모의 사랑이 다시 회복되고 오렌지 주스 광고에서처럼 서광이 비쳤지? 난 네 아빠가 향수에 젖어 고통스러운 미소를 머금고 그해 여름을 자주 떠올리는 걸 안단다.

1989년의 행복한 여름

그리고 넌 너희 가족이 어떻게 자전거를 탔는지 기억한다. 짐받이에 수건을 놓고 자전거 바구니에는 점심 도시락을 넣은 다음, 빨간색 여자 자전거를 타는 아빠와 파란색 자전거를 타는 엄마, 그리고 네 사촌에게서 빌린 작은 빨간색 자전거를 타는 너. 온 가족이 행복하게 솔향기가 나고 솔방울 떨어지는 소리가 들리는 숲길을 달리다가 진짜 소금물로 채워진 야외 풀장의 자갈길을 지난다. 네 다리가 튀어오르는 피스톤처럼 움직이는 동안 아빠와 엄마의 다리는 천천히 움직이지만 바퀴가 굉장히 빨리 돌아가서 너는 항상 제일 뒤에서 달린다. 그렇지만 아빠와 엄마는 너를 제쳐 두고 앞으로 빨리 나아가지 않고 해변으로 내려가는 길목에서 기다리다가 옆에서 불어오는 바닷바람을 타고 너희 가족만이 알고 있는 비밀의 모래언덕으로 함께 달려간다. 그곳에 있는 해당화 덤불 뒤에서 순풍이 불어오고, 과일 주스를 마시면서 포도와 파프리카가 들어 있는 치즈 샌드위치를 먹는데 보는 사람이 아무도 없자 네가 옆에 있는데도 아빠와 엄마는 서로 키스를 나눈다. 그리고 물론 너는 개미를 살피거나 하늘을 올려다보며 다른 곳을 쳐다본다. 저 구름들이 설마 이쪽으로 오는 것은 아니겠지? 급기야 구름이 몰려오고 첫 번째 빗방울이 비닐봉지에 무겁게 떨어져서 빨리 짐을 챙겨 보려고 하지만 이미 빗방울이 많이 떨어져서 너무 늦어 버린다. 빗방울 떨어지는 소리가 들리고 해변의 하얗던 모래언덕에 진갈색의 점들이 생겨난다. 자전거 안장이 벌써 젖은 데다 길이 팬 곳은 전부 흙탕물이 되어 버려서 너희는 자전거 속력을 줄인다. 세 사람 모두 청바지 허벅지 부분이 완전히 젖어서 검푸르게 변한 데다 머리카락이 흐트러지며 축 늘어져 헤어 젤의 과일 맛이 느껴지기 때문이다. 엄마와 아빠가 웃기 시작하고 소리를 질러 댄다. 넌 정신이상 부모와 폭풍우가 치는 텅 빈 해변 한가운데 혼자 있다는 게 조금 무섭게 느껴지지만, 엄마와 아빠는 계속해서 웃어 대다가 비스듬히 떨어지는 비바람 때문에 균형을 잡기 어려운데도 서로 손을 맞잡는다. 그러다가 너도 같이 손을 잡고 웃으며 소리친다. 온 가족이 행복하게 해변 길과 자갈길 그리고 숲길을 달려 집으로 돌아오는 내내 빗줄기가 아우성친다.

그리고 너는 일하는 날이라고 부르는 여름날을 기억한다. 한 명도 빠짐없이 전부 갈퀴질과 옥외 화장실 칠하기, 그리고 하수구 청소와 빛을 가리는 소나무 자르기 같은 일들을 돕는다. 아빠는 지붕 위에 올라가서 홈통을 청소하고, 전에 퇴비를 만들곤 했던 곳에서 잔디 깎기 기계를 빌려 오고, 황혼 녘 삼촌들이 나갈 때까지 장작을 패면서 오래전에 장작더미가 가득 차 있었다고 말한다. 페인트 얼룩이 묻은 작업복 안에 떡 벌어진 어깨와 역삼각형 상체를 가진 아빠가 펑크 난 자전거를 고치고 창문틀을 다시 칠하고 금이 가는 소리와 함께 자작나무를 쓰러뜨린다. 그리고 수백 개의 비닐봉지에 솔잎과 솔방울을 담으려고 갈퀴를 들고 몸을 아래로 구부린다. 아빠가 하던 일을 갑자기 멈추더니 허리를 삐끗했다면서 집 안으로 들어가게 도와 달라며 네 이름을 불러서 네가 아빠를 부축해 들어간다. 그리고 천천히, 아주 천천히 비틀거리며 걸어간 다음 소파에 앉는 아빠의 얼굴이 고통으로 일그러진다. 그러고 나서 외할머니의 중얼거리는 목소리가 부엌에서 들려온다. "아주 알맞은 때에." 할머니가 뭐라고 하는 건지 너는 잘 이해하지 못한다.

그리고 네가 "할머니가 뭐라고 하는 건지……"라고 막 쓰고 나서 네가 서로 다른 여름을 마구 섞어 놓은 것을 깨닫자마자 마침표를 찍는다. 네가 사촌에게서 자전거를 빌렸던 때가 1989년이 아니었을지 모른다. 왜냐하면 한두 해 전에 녹슬어 망가진 아주 작은 그 자전거를 보았기 때문이다. 그리고 하수구 청소는 1987년에 이미 했고, 아빠의 허리 통증은 어린 동생들이 태어난 때에 발생한 것이 틀림없다. 왜냐하면 1989년에는 외할머니가 절대 그렇게 말했을 리 없기 때문이다. 네가 잘못 기억하는 것이 틀림없다. 그렇다면 1989년 그해 여름에는 실제로 무슨 일이 있었던 걸까?

때는 이번만큼은 가족들이 재정 상황을 계속 걱정하지 않아도 되는 여름이다. 아빠가 SL이나 식당에서 일을 더할 필요가 없었던 첫 여름이다. 아빠와 함께 시골에 내려간다. 외할머니는 아빠가 이상한 방법으로 빵을 굽거나 천장에 수건을 던져서 모기를 죽이거나 면도날로 치아의 치석을 제거하는 등의 기이한 행동에 대해서 흠흠거리지 않으려고 노력한다. 할란소센에 수 주일간 단 한 차례도 비가 내리지 않고 어린 동생들에게서는 이가 나고 동생들이 뛰는 것을 배우고 설명서에 따라서 레고 블록을 쌓을 수 있게 된 여름이다. 진정한 가족들이 그러는 것처럼 너희 가족이 황혼 녘 해안가를 걷고 때로는 외할머니와 함께 걷고 때로는 외할머니와 아빠가 예전에도 좋았지만 그래도 해가 지는 모습이 어느 때보다도 아름다운 날이라고 의견 일치를 본 여름이다. 아빠는 유모차에 어린 동생들을 실은 채 진정한 아빠처럼 자상하게 유모차를 끌어 주고, 저녁에 너는 쇼핑센터 근처에 가서 미니 골프나 전자오락을 하거나 아이스크림 가게에서 소프트아이스크림을 먹거나 커다란 과자 봉지를 들고 텔레비전 앞에 앉아서 육상 스포츠를 즐긴다. 아빠는 친절하며 교양이 넘치고, 아빠는 가볍게 훈제한 돼지 허릿살을 먹으며 스웨덴어로 이야기한다. 또 아빠는 엄마의 이모들이 100미터 달리기 경기를 보며 하는 말을 들어도 논쟁을 시작조차 하지 않는다. 카메라가 손을 흔드는 케냐 사람을 비추고(저 사람 위험해 보인다.) 손을 흔드는 미국 국적의 흑인을 비춘 다음(어두운 거리에서 절대 저 사람을 만나고 싶지 않다.) 손을 흔드는 아일랜드 사람을 비춘다.(와우, 저 사람 멋지게 생겼다.) 다만 아빠는 힘겹게 감정을 억누르고 도마 쪽을 바라보다가 앞으로 네 번의 여름을 나기에 충분할 정도의 장작이 쌓여 있는 헛간을 쳐다본다.

이 여름에 너는 파트리크를 만난다. 그는 너보다 몇 살 위이고 너무 이르지만 여드름까지 난 데다 괄호 모양으로 다

리가 휘었다. 너희들은 함께 외삼촌 집에서 하는 광란의 하
짓날 파티를 몰래 들여다보고 아무도 안 볼 때 독한 술도
마셔 보며 마돈나와 폴라 압둘 중에 누가 더 예쁜지 논쟁
을 벌인다.

그렇지만 너는 꽤 자주 멜린다와 임란이 그립다. 물론 파
트리크도 괜찮지만 파트리크의 부모님이 전부 스웨덴 사람
이어서 너희가 서로 너무나 달랐기 때문이다. 또 파트리크
는 리비에라 가까운 곳에 다른 여름 별장이 있었는데 거기
에는 햇살이 비치는 발코니와 가사를 도와주던 아줌마도
있었기 때문이다. 너희들은 해변에 함께 앉아 있다. 파트리
크는 테뷔에 있는 호화스러운 학교와 어학연수를 떠나는
그의 여동생, 그리고 그의 청바지가 진짜 리바이스 청바지
이고 건즈 앤드 로지스의 앨범이 있다는 것 등에 관해 말한
다. ……너는 무슨 말을 들려주지? 어떻게 대답해야 하지?
시내에 백만 세대 프로젝트로 건설된 상자형 주택에 살고
중고 청바지를 입으며 비디오 게임기는 하나도 없다고? 너
는 결코 부자인 적도 없었고 그렇다고 가난한 적도 없었고
항상 중간쯤이었다고? 너는 파트리크의 팔뚝을 잡고서 해
변에서부터 그를 데리고 와서, 페인트 얼룩이 묻은 작업복
을 입고 오후 내내 뒷마당에 쌓여 있는 엄청난 양의 잎사귀
들을 갈퀴질해서 모아 놓은 뒤 석양빛에 그림자를 길게 드
리우고 서 있는 아빠가 있는 데까지 간다. 윗옷을 벗어젖힌
아빠는 지난여름보다 좀 더 배가 나왔지만 일을 막 끝낸 후
의 냄새와 인사말은 변함없이 똑같다. "어이, 이봐, 이 멍청

아!" 너는 파트리크를 소개할 생각이 없고, 아빠에게 손가락 마디 꺾기 장난을 해 보라고 한다. 아빠는 자기의 손을 높이 쳐들어 손가락 마디를 꺾고 손가락 하나하나에서 나오는 소리가 늘 그랬던 것처럼 귓가에 메아리친다. 파트리크의 동공 주변이 하얗게 되고, 해변으로 돌아가는 길에 파트리크는 드디어 조용해진다.

파트리크네 집에서 돌아오는 길에 임란의 N.W.A 테이프가 들어 있는 네 카세트를 들으며 해변의 길을 거닐던 때도 그해 여름이다. 석양 무렵 완전히 녹초가 된 해파리와 해초에 덮이고 단단히 다져진 모래사장의 모습이 보인다. 넌 세상을 통틀어 가장 거친 자이다. 왜냐하면 닥터 드레의 강한 비트에 똑같이 리듬을 타며 걷기 때문이다. 너는 1절에서는 아이스 큐브이고, 2절에서는 MC 렌이다. 네가 막 이지이가 되려던 순간에 네 앞 그림자를 보고 네 발걸음을 뒤따르고 있는 차가 있다는 것을 알아챈다. 해변에서 자동차를 운전할 수 있었기 때문에 그 볼보 자동차가 추월할 줄 알았는데 그게 아니고 아주 가까이까지 다가오려고 한다는 사실을 나중에야 알아차린다. 네가 멈춰 서서 뒤를 돌아보자 상향으로 켜진 눈부신 헤드라이트 뒤로 비웃고 있는 두 돼지의 실루엣이 보인다. 한 명은 면도를 했고 다른 한 명은 숱이 적은 데다 긴 머리를 하고 있다. 뒷좌석에는 냉소를 보내는 이들이 더 있다. 그들의 음악은 백인 바이킹 파워와 자비심 없는 백인 혁명의 음악이다. 너는 끝없이 길게 펼쳐진 해변의 자동차 불빛 속에 혼자 서 있고, 태양은 저 멀리 수평선 아래로 가라앉고 있고, 그들은 너를 뚫어지게 쳐다보며 공회전을 하면서 엔진을 켜 놓은 채 있다. 너희들은 피차간에 끝나기를 기다린다. 너는 마른침을 삼키고 그들은 조롱하고, 너는 준비를 하고 그들은 배기가스를 분출시켜 굉음을 내며 질주하고, 너는 옆으로 몸을 날리고 그들은 쇼핑센터 쪽으로 웃으면서 사라져 버린다. 네가 항상 기억하게 될 자동차 번호판을 단 빨간색 볼보이다. 20미터도 채 못 가서 조수석의 누군가가 야구방망이를 창문 밖으로 휘두르고 야구방망이 실루엣을 본 즉시 너는 세상에서 제일 연약한 토끼처럼 시골집으로 뛰어간다. 숲 속에서 눈물을 닦아 냈지만 아빠에게 그 이야기를 시작하자 네 눈에서 다시 눈물이 흘러내리기 시작한다. 너는 아빠가 격분해서 난리를 치고 그 인종차별주의자들을 찾기 위해서 한밤중이라도 나가서 뒤쫓기를 기대한다. 아빠가 이마를 찌푸리고 있는 동안, 엄마는 바보 같은 농부들에 대해 길게 욕설을 해 댄다. 그런 다음 아빠가 말한다. "그들이 인종차별주의자들인지 네가 어떻게 아니? 그냥 장난치려고 그랬던 것은 아닐까?"

그리고 너는 아빠를 이해시키고자 노력하는 것은 이번이 마지막이라고 생각한다.*

---

* 여기에 사실의 진상에 대한 네 글이 포함되어 있지 않구나. 네가 잠들었을 때 네 아빠가 뭐라고 했는지 아니? 네 엄마가 그와 이야기를 나누려고 하는 동안 그는 탁탁 소리를 내는 벽난로 곁에 홀로 앉아 있었다. 그러다가 그가 갑자기 벌떡 일어나더니 오두막집을 떠나 혼자서 네 외

친구들과 압바스의 결별

지금, 너는 또다시 카디르가 무엇을 쓰라고 하는 건지 약간 확신이 안 선다. 아리스토캣츠와의 결별? 아니면 다른 어떤 결별? 아무튼 너는 아리스토캣츠의 스튜디오 방문이 점점 더 뜸해져 가고 아빠가 아랍어로 말하는 유일한 순간이 튀니지 사람들과 전화 통화할 때뿐이라는 것을 기억한다. 아빠는 때때로 아미네와 통화를 하며 너무 크게 이야기해 창문이 흔들리고, 때때로 세리파와 통화를 하며 가족 모두를 데리고 곧 한 번 가겠노라고 약속한다. 그러나 가장 자주 전화를 하는 사람은 카디르이다. 그는 점점 더 자주 전화를 걸기 시작하고, 전화하는 시간이 점점 이상해진다. 때로는 아침 일찍 세 번이나 계속해서, 때로는 한밤중에, 때로는 고객 전화기로, 아빠가 한숨을 쉬며 전화선을 빼 버릴 때까지 다시 걸고 또다시 건다. 카디르와 통화를 할 때면 아빠의 목소리는 쉬쉬하며 조용해진다. 돈과 자금 사정, 그리고 주기적인 원금 회수와 현금 흐름에 관한 이야기를 하다가 갑자기 아빠가 수화기를 쾅 하고 내려놓고 한숨을 쉬면서 너에게 말한다. "네가 친구로 누군가를 선택할

할머니의 도요타를 타고 밖으로 나갔다. 두 시간가량 거리와 밤에도 여는 상점들을 열심히 돌아다니며 인종차별주의자들이 타고 있는 빨간색 볼보를 찾아서 발길질과 주먹으로 무차별 가격을 하려고 했다. 왜 이런 걸 그가 네게 말하지 않았을까? 아마도 그의 가장 큰 두려움은 아웃사이더의 바이러스가 네게도 감염될 수 있다는 거였을 거야.

때는 매우 조심스러워야 한다. 누구도 믿을 수 없어. 기억해 둬라." 그러면 너는 고개를 끄덕이며 약속한다. 그런 다음 아빠가 말한다. "그런데 너는 왜 멜린다라는 애하고만 노는 거니? 그 남자애한테도 전화해 보렴. 그 애 이름이 뭐라고 했지? 지난여름에 만났던 애 말이야. 파트리크!"

"왜요?" 네가 묻자 아빠가 대답한다. "그 애는 아주아주 괜찮은 것 같던데. 너한테 더 잘 맞는……."

아빠의 확신이 너무 강하고 집요해서 그때 네가 정말 파트리크에게 전화를 한 것으로 기억한다. 너는 그를 만나러 사각형 상자 모양 집 대신 빌라들이 있는 테뷔로 갔는데, 그 곳에 사는 사람들은 마당 대신 정원이 있고 공원이 아니라 집 안에 농구 골대가 있다. 파트리크의 부모님은 변호사이고 파트리크는 방에 아타리 게임기가 있어서 너희들은 2인용 조이스틱으로 스카이스크래퍼 게임을 한다. 파트리크는 너에게 수집한 모형 비행기를 보여 주고 너희는 지하실에서 탁구를 한다. 냉장고에는 세 가지 종류의 주스가 있고 허락 없이도 콜라를 마실 수 있다. 너는 이런 게 정말 호화스러운 거라고 생각하고 아빠가 다다르고자 했던 것, 그러니까 거기에 있던 것은 그저 워밍업에 불과한 것임을 깨닫는다. 왜냐하면 파트리크의 부모님은 저녁 식사를 하면서 사회민주주의 정책에 화를 내며 이야기하고 이번 여름에 프랑스로 휴가를 갈 계획이라고 말하고, 네가 그들의 여름 별장이 리비에라[4]에 있는 줄 알았다고 말할 때 조용히 품위 있게 앉아 있기 때문이다. 그런 다음 그들이 너의 부모에 관해 네게 묻고 너는 아빠가 사진작가이고 엄마는 지방의회에 속한 스웨덴 병원의 부원장 정도 된다고 대답한다. 그들은 미소를 짓지만 너는 자신이 아주 시시하게 느껴진다.

저녁 늦게 너희들은 마피아 영화를 보며 치즈 맛 과자를 먹는다. 마지막 자막이 나올 때 파트리크가 우연히 그의 진짜 아빠는 칠레 사람이라고 한다. "그게 사실이야?" 물론, 사실이다. 파트리크의 다른 이름은 '호르헤'라고 하고 스웨덴 아빠는 그냥 아빠인 척하는 아빠라는 거다. 이런 말을 듣자마자 너는 파트리크도 너나 멜린다 그리고 임란과 같은 부류의 사람이 틀림없다는 걸 깨닫고는 그에게 이렇게 말한다. "그러면 너도 블라테⁵잖아!" 그러자 파트리크가 생각을 하더니 자신의 팔꿈치를 긁적거리며 묻는다. "블라테라고?" 네가 대답한다. "그래, 블라테라고!" 그러자 파트리크는 긴장하며 미소를 지어 보이는데, 기뻐해야 할지 슬퍼해야 할지 모르는 것 같다.

집에 돌아가기 전에 너는 파트리크에게 N.W.A 카세트테이프를 틀어 달라고 하고 이지 이와 MC 렌을 어떻게 구별할 수 있는지 알려 주고 「스트레이트 아우터 콤프턴」 전체를 어떻게 랩으로 부르는지 가르쳐 주고는 세심하게 '깜둥이'가 나오는 부분을 '블라테'로 바꾸어 불러 준다. 그런 후 얼마나 많은 변화가 있었는지, 파트리크가 얼마나 자기 몸에 또 다른 자부심을 갖게 되었는지, 반쯤 뜬 눈을 하고 그가 마구잡이 영어로 운을 어떻게 맞추었는지, 그리고 너희들이 전철에서 헤어질 때 그가 중지와 약지를 꼬아 만드는 웨스트 코스트 사인으로 작별 인사를 어떻게 했는지 너는 기억한다.

혼자서 집으로 돌아온 너와 마주친 엄마가 네 인사에 조용히 쉿 하라고 말한다. 아빠가 이마에 젖은 수건을 올리고 누워 있었기 때문이다. 두통이 점점 더 자주 발생하고 어린 동생들은 마당에 나가서 놀라고 내보내지고 너는 어느 때보다도 더 조용히 있어야만 한다. 그래서 너는 살금살금 네 방으로 가서 평상시보다 음량을 줄여 음악을 튼다. 그런데 각별히 낮게는 했지만 충분히 낮지는 않았다. 후렴 부분에 가서 소리를 키웠기 때문이다. "Gangsta Gangsta" 부분은 도저히 작은 소리로 들을 수 없다. 곧바로 아빠가 네 방 밖에 서서 문을 두드리며 소리친다. 너는 스피커 대신에 헤드폰을 쓴다. 그리고 생각한다. '아빠가 스튜디오에서 열두 시간씩 일하는 것 때문에 그런가? 그 때문에 아빠가 가죽 재킷의 단추를 풀고, 지저분한 신발을 신고, 미소와는 거리가 멀게, 한밤중에 어깨를 축 늘어뜨린 채 죽도록 피곤한 모습으로 현관에 들어오는 걸까? 아빠가 옛 친구들 전부와 연락을 끊었기 때문에 그런 걸까?'[*]

너와 아빠가 시내에 가서 크리스마스 선물을 살펴보던 날이 기억난다. 그해는 1990년대였음이 틀림없다. 아빠의 배가 점점 더 앞으로 튀어나오고 앞머리도 점점 벗어지가

---

[*] 이 문장들은 대체 무슨 뜻이니? 네 아빠가 안정된 가계를 위해서 모든 것을 희생한 걸 모르겠니? 바로 너희들을 위해서였잖아!

~~시작한 때어가 때문이다.~~* 다이내믹 듀오의 마지막 재현, 형
편없이 더빙된 배우들의 끔찍한 리메이크이다. 넌 새 청바
지를 걸쳐 입고 귀에는 이어폰을 꽂고 당연히 N.W.A의 새
싱글 음악을 듣고 있는데 아빠가 그런 너의 모습을 보고 묻
는다. "서커스 가는 길이냐? 무슨 서커슨데? 옷 입은 꼴이
어릿광대 같구나!" 세계 역사상 처음으로 아빠조차도 자기
농담에 웃지 않는다.

아빠의 눈은 마치 동태눈 같고 아빠의 두통은 하루하루
더 심해지는 것 같다. 엄마는 의사한테 가서 약을 처방받
아 오기를 원했지만 아빠는 약은 몸이 약한 사람이나 먹는
거라고 말하고 나서 모든 게 괜찮을 거라고 장담한다. 그저
약간 집에서 불편한 것뿐이라고. 뭐가 불편할까? 전혀 불
편한 게 없는데. 그렇지만 너는 무언가 변하고 있다는 것을
감지한다. 아빠가 밤에 잠을 자지 못하고 계속해서 깨어나
앉아 있고, 아무도 전화를 받지 않는데도 열 자리 숫자의
전화번호로 몇 번이나 되풀이해서 전화를 걸기 때문이다.

시내로 가던 중에 너는 선물을 사냥하러 다니기에 앞서
센트럴 역에 들러 예전 친구들과 모이던 장소에 가 보자고
제안한다. 그러고 나서 너는 스웨덴어로 선물을 찾으러 다
닌다는 표현을 '선물 사냥'이라고 하는 게 재미있다고 덧붙
인다. 그러니까 크리스마스 선물을 찾으러 다니는 것은 네
가 엄청나게 괴롭혔던 것 정도로 알고 있는 마녀사냥과 유

---

* 나는 더 정확하게 표현하기를 제안한다. "근육이 매우 인상적으로 발
달했고 머리끝에서 발끝까지 남자답게 털이 났다."라고 말이다.

사해서, 선물 사냥이라고 비슷한 의미를 붙인 거라고 말이다. 최고의 우스갯말이었는데도 아빠는 전혀 반응이 없다. 그저 아빠는 멍하니 고개를 끄덕이고, 슬루센 역에서 내리려고 일어났다가 자신의 실수를 깨닫고는 다시 제자리로 돌아온다.

센트랄 역에는 늘 그랬던 것처럼 아리스토캣츠가 구석진 탁자에 붙박이처럼 앉아 있다. 서로 만난 지 오래되어 포옹을 나누고 함께 담배를 태우며 지갑에 있는 딸의 사진을 보여 주기도 한다. 전과 같은 사진이기는 하지만 이제는 그 딸들이 거의 어른이 되어 디스코텍에 가고 싶어 하고 미술학교에 들어가려고 지원을 하고, 자신들조차도 거의 잊어버린 전통을 지키려는 불쌍한 아리스토캣츠의 갑작스러운 시도에 비웃었다고 한다. 똑같은 친구와 진부해 빠진 말을 하는 똑같은 아빠. 너는 탁자 아래로 기어 들어가 「고스트 버스터즈」 놀이를 하는 대신 의자에 앉아서, 케이크 대신 진짜 어른처럼 카페오레를 주문하고 설탕 두 개를 넣는다. 아빠는 조용히 구석에 앉아 있는데 다들 뭔가 예전의 아빠와는 다르다는 것을 알지만 아무도 그것에 대해 말하지 않는다. 대신에 경마 V65와 다가오는 챔피언 리그에 대해서 이야기를 나눈다. 그런 다음 만수르가 인종차별적인 스웨덴에 대한 이야기로 포문을 열자 여느 때처럼 모두가 모든 대학이 인종차별주의자이고 회사들도 인종차별주의자이고 안내인들도 인종차별주의자이고 상점 경비들도 인종차별주의자이고 보안 카메라도 인종차별주의자이고 스웨덴 국영 텔레비전 방송국도 인종차별주의자이고 기자들도 인종차별주의자이고 전화국도 인종차별주의자이고 주류 판매 국영회사 쉬스템볼라예트도 인종차별주의자이고 최근 챔피언 리그 경기에 나왔던 심판도 인종차별주의자라는 데 동의한 다음, 마지막으로 아지즈가 V65에서 달리는 말들도 인종차별주의자라고 하자 아빠만 빼고 모두가 웃는다. 아빠는 조용히 그리고 단호하게 앉아서 베레모를 손가락으로 만지작거리며 담배를 돌리고 있다. 만수르가 말을 계속 이어 간다. "하지만 가장 심각한 것은 그러니까…… 대학의 인종차별이 최악이야, 왜냐하면 지금 내 논문이……" 아빠의 고함에 그의 이야기가 끊긴다. "빌어먹을, 그러면 네 나라로 꺼져 버려! 이 멍청한 놈아! 여기서 뭐 하는 거야? 꺼져! 네 나라로 꺼져! 가장 인종차별주의적인 게 뭔지 알아? 저기 있는 저 자동문이야, 보이지? 저게 엄청나게 인종차별주의적이라고, 저걸 열려면 앞으로 다가가야 하니까 말이야! 봐, 얼마나 거지 같은 인종차별이야!"

그리고 아빠는 모든 것을 단 한 번에 해 버린다. 담뱃불을 비벼 끄고, 베레모를 쓰고, 네 물컵을 엎지른다. 그다음 아빠는 작별 인사를 하고 출구 쪽으로 사라진다. 너는 자리에 앉아 있는 것도 부적절하지만 가 버리는 것도 문제인 것 같아 어찌해야 할지 정말 모른다. 여느 때처럼 그 중간쯤 하기 위해 육칠 초 정도 앉아 있다가 미안하다는 말을 전하고 인사를 한 다음 헛기침을 하며 출구 쪽을 향해 간다.

NK 백화점을 향해 가는 내내 아빠는 네 앞에서 걸으며,

아리스토캣츠를 아리스토바보들이라고 말한 페르닐라의 말이 맞았다고 중얼거린다. 바닥은 진창이고 겨울바람이 불지만, 그들이 게으른 이민자들이며 엉덩이를 붙이고 앉아서 불평만 할 게 아니라 뭔가를 하는 게 옳다고 하는 아빠의 말소리를 너는 계속 들어야만 한다.

NK 백화점 안에 들어서자 온기가 느껴지고, 아빠는 새로 받은 아메리칸 엑스프레스 신용카드가 들어 있는 지갑을 꺼내 들고 전과 같은 미소를 지으며 너를 바라보고 말한다. "파티면 파티를 해야지, 인색하게 굴면 안 돼!" 다이내믹 듀오가 협력을 하고 있기 때문에 전처럼 그 말이 모든 것을 약간 가능하게 만들긴 하지만 전철을 운전하거나 병을 찾는다거나 암실에 있는 대신에 그저 선물이나 고르고 있다. "넌 무슬림이니까 너에게 크리스마스 선물을 고르는 일 정도는 아이들 놀이에 불과할 거야. 그러니까 같은 날 한 번에 모든 선물들을 사는 것도 괜찮을 거야." 진부한 선물 목록이 예수의 강림절 첫째 주 전에 다 팔려 버려서 허둥지둥대며 스트레스를 받은 얼굴과는 달리 크리스마스가 아주 가까워져도 선물을 살 필요가 없는 아빠와 너이기 때문에 웃음을 터뜨리고 만다. 너희에게는 모든 게 간단하다. 어린 동생들에게는 거북이 두 마리, 체크, 외삼촌에게는 구두 안창과 테니스 양말, 체크, 외할머니에게는 목욕용 고급 소금과 동그랗게 생긴 초록색 사탕, 체크. 그리고 엄마에게는 음료수도 만들 수 있고 셰이크도 만들 수 있는 몇백 크로나 하는 믹서기, 체크. 크리스마스 선물을 거의 다 사자 아빠는 만족스럽게 고개를 끄덕이며 말한다. "무슬림이니까 장점이 있다는 것, 너도 인정하지? 너는 뭘 사 줄까?"

너와 아빠는 CD를 파는 매장으로 올라간다. 아무거나 CD 세 장을 자유롭게 골라도 된다는 허락을 받고 너는 에릭 비 앤드 라 킴의 「페이드 인 풀(Paid in Full)」과 퍼블릭 에너미의 「잇 테이크스 어 네이션 오브 밀리언즈 투 홀드 어스 백(It Takes a Nation of Millions to Hold Us Back)」, 그리고 이지 이의 솔로 앨범을 고른다. 줄을 서서 기다리는 동안 아빠가 CD를 살피다가 묻는다. "왜 흑인 음악만 듣는 거냐? 응? 왜 전부 거지 같은 것들만 듣니? 너도 흑인이 되고 싶어?"

네가 대답한다. "오티스도 흑인 아니에요?"

아빠가 한숨을 쉰다. "오티스는 전혀 다른 문제야. 오티스는 사랑이고 영혼이고 심장의 고통이란다. 그런 거지 같은 검둥이들과는 달라."*

---

* 왜 네 아빠가 흑인 음악에 대해서 그렇게 화를 냈을까? 다른 이민자들에 대한 네 아빠의 짜증이 증폭되어 일어난 것으로 설명할 수 있다고 생각한다. 그는 자신의 전통을 버리는 이민자들의 무능함에 실망하고 게으른 이민자들이 자신의 아들이 누릴 수 있는 미래를 제한할 수 있다는 것이 두려웠을 것이다. 그는 베일을 쓴 여성들의 수효가 늘어나는 것을 못 견뎌 했다. 그는 스웨덴의 변화에 걱정이 많았다. 그리고 그가 가장 화를 냈던 부분은 흑인의 수효가 치솟은 점이었다. 에리트레아인과 소말리아인의 수가 지속적으로 늘어났고, 전철에서 그들은 메아리칠 정도로 웃어 대면서도 전혀 부끄러워하지 않았고, 변두리 카페에서 어슬렁대며 게으름을 피웠고, 스웨덴의 인종차별에 대해서 불평만 늘어놓는 것을 반복했단다. 하지만 네 아빠는 결코 인종차별주의자가 아니었다

에스컬레이터를 타고 내려가는 동안 너는 좀 더 분위기를 좋게 만들어 보려고 노력한다. "아빠, 아빠는 크리스마스 선물로 어떤 걸 원해요?"

"나? 나는 크리스마스 선물은 원하지 않아. 내 아들의 사랑만 있다면 만족한단다. 그런데 하나 있긴 한데…… 프라다 넥타이."

"하지만 아빠는 무슬림이잖아요." 네가 농담을 하자 아빠는 너희들이 전에 그랬던 것처럼 농담을 계속한다. "졸라가 말한 대로 말하마. 사진을 찍기 전까지 무언가를 봤다고 말하지 마라……." 그리고 너희들이 에스컬레이터에 서서 웃는 바로 그 순간 모든 게 다시 예전과 비슷하게 느껴지고 아빠의 기분이 모굴 코스처럼 느껴졌던 것을 기억한다.

에스컬레이터를 타고 2층에서 내려 아빠는 너를 데리고 의류 매장으로 향한다. 벌써 저 멀리에서 매의 시선으로 너희를 눈여겨보는 영업 직원이 네 눈에 들어온다. 그들은 너희가 다가오는 것을 눈치챈다. 그들이 너희의 움직임을 살핀다. 그들이 아래에서부터 위로 끝단을 걷어 올린 초록색

는 사실을 꼭 명심해 둬라.(네 비난에도 불구하고 말이다.) 이렇게 쓰렴. "나의 아빠는 절대로 흑인이 다른 인종보다 덜 가치 있다고 생각하지 않았다. 알다시피 나의 아빠는 오티스 레딩을 사랑한다! 나의 아빠는 모든 인종이 각각 동일한 가치가 있다는 것을 확신한다! 이것은 리듬과 댄스에 대한 그들의 재능이나 운동에 관한 탁월한 능력, 바나나에 대한 그들의 굶주림이나 그들의 게으름하고는 전혀 상관이 없는 진심이다. 어떤 인종이 원숭이를 닮았다고 해서 그들이 원숭이와 같은 대우를 받아도 된다는 결론이 나지는 않는다."

코르덴 바지와 갈색 가죽 재킷 그리고 지저분한 유르고르덴 목도리를 쳐다본다. 그리고 향수 냄새가 풍겨 오는 목으로 침을 꿀꺽 삼키고는 계산대로 걸어가서 전화기를 든다. 곧바로 너는 숨을 몰아쉬며 지체하지 않고 거칠게 올라오는 경비를 목격한다. 그다음에 그가 멈춰 서서 영업 직원과 시선을 마주하자, 영업 직원의 시선이 그의 시선을 너희에게로 향하게 한다. "여기서 뭐 합니까?"

아빠는 전혀 동요하지 않는다. 아빠는 양복 옷걸이를 따라서 손가락을 미끄러뜨리며 비싼 옷의 접혀 있는 옷깃 심과 숨어 있는 바짓단 안쪽 솔기를 살펴본다. 영업 직원이 상어처럼 주위를 빙빙 돌고 경비가 긴장하며 워키토키를 만지작거리는 동안, 아빠는 이튼 셔츠의 모노그램과 클라크 신사화 밑바닥의 꿰맨 자국을 반짝거리는 눈으로 응시한다.

때때로 영업 직원이 다가와서 아주 가까이에 있는 스웨터를 접기도 하고 때로는 길을 막아서며 말한다. "아이코!" 마치 너희들을 보지 못한 것처럼. 때로는 그들이 분무기를 들고 와서 거울을 닦기 시작하는데 너희들의 움직임을 모두 지켜보기 위해 거울의 각도를 너희에게 맞춰 놓는다.

그렇지만 아빠는 아무것도 눈치채지 못한다. 아빠는 살펴보느라 정신이 없다. 아빠는 그저 이렇게 말한다. "아니, 괜찮아요." 그러면 영업 직원이 살짝 다가와서 큰 소리로 말한다. "제가 뭐…… 도와드려도 될까요?" 아빠는 계속해서 돌아다니며 아르마니 청바지의 품질을 손으로 느끼고, 프라다 넥타이를 앞에 대고 색상을 확인하고, 영국의 맞춤

양복처럼 정말 단추를 풀 수 있는지 보스 재킷의 소매 부분 단추를 풀어 본다. 경비가 기다리는 데 지쳐서 네 앞으로 곧장 다가와 적의를 가지고 빤히 쳐다보는데도 아빠는 전혀 자극받지 않는다. 아빠는 그저 흠 소리를 내며 가격표를 살피고 손가락 사이에 천을 끼워 품질을 살핀다.

"이제 됐으니까, 그만 가요." 네가 목소리를 죽여 속삭인 뒤 아빠를 에스컬레이터 쪽으로 잡아당긴다.

네가 등을 돌려 본 바로 그때, 경비 직원 그 빌어먹을 놈이 너를 열받게 했던 영업 직원을 향해서 미소를 지어 보이는 모습이 보인다. 전에 결코 느껴 보지 못했던 분노가 솟구친다. 가게를 매입할 때 느꼈던 인종차별주의와 해변에서 맞닥뜨린 빨간색 볼보와 아빠의 기분 변화에 대한 증오심이었고, 모든 것을 빨갛게 달아오르게 하며 정확히 N.W.A의 「퍽 더 폴리스(Fuck tha Police)」 리듬에 맞추어 울려 퍼지는 증오심이었다. 곧바로 그 분노가 내려가는 에스컬레이터에서 부리나케 뛰어 올라가 영업 직원이 경비원과 시시덕거리며 서 있는 곳으로 되돌아가게 해서, 무시무시한 소리를 질러 대며 제일 먼저 점장에게 주먹을 날리고 넥타이 전시대로 영업 직원의 얼굴을 내리치고 경비원의 얼굴에 대고 명품 셔츠들을 문질러 대며 네가 소리친다. "Fuck the police coming straight from the underground a young 'blatte' got it bad cause I'm brown."[6] 넌 그들에게 세트로 펀치를 먹여 주고 그들의 의식을 잃게 만든다. 너는 허리케인, 너는 그들에게 최악의 악몽, 네가 피골이 상접한 팔을 최대한 벌려 손에 잡히는 대로 빠른 발로 옷걸이들을 박살 내 버리고 탈의실을 뒤엎어 버리자, 도미노처럼 벽이 무너져 내리는 바람에 명품 속옷을 입은 채 반쯤 벌거벗은 스웨덴 부자들이 소리를 질러 대고, 재고 창고가 폭발해 화재경보기가 울려 대고, 스프링클러에서 떨어지는 물이 실크 넥타이들을 영원히 망가뜨려 버린다. 아빠가 급하게 달려와서 네 팔을 움켜잡고 너를 출구 쪽 에스컬레이터로 부리나케 데려가기 전까지 멈추지 않는다. 그게 1980년대 말의 일이다. 무슨 일이 일어나고 있지만 그게 무엇인지 확실히 모른다.*

---

* 요나스, 내게 편지를 써라. 왜 네가 의류 매장으로 되돌아간 이야기를 들려주는 거니? 그건 거짓말이야! 실제로 네가 했던 모든 행동은 경비에게 네 날선 혀와 너의 가운뎃손가락을 곧추세워서 보여 주고자 했던 거라는 걸 나는 알아. 그리고 그는 그걸 보지도 못했잖아! 누구를 속이려고 하는 거니? 그리고 왜? 이건 예감이 썩 좋지 않구나…….

5

잘 있었니!

혹시 앉아서 이 편지를 읽고 있니? 좋아. 내가 좋은 소식을 하나 전하마. 네 아빠가 살아 있고 아주 건강하다고 하는구나. 두 시간 전에 네 아빠에게서 이메일을 받았는데 아무에게나 공개하지 않는 세계적인 사진 에이전시 매그넘에서의 신변을 보호하려고 익명으로 프로젝트를 준비하느라 지난 시간 동안 부득이하게 연락을 끊은 채 지냈다고 하는구나. 살해당한 게 아니어서 진심으로 축하한다고 농담을 해 주었지. 듣자 하니 그는 지난 몇 주 동안 르완다에서 아주 고통스러웠던 대량 학살 현장을 사진으로 기록하고 이제 막 뉴욕에 돌아왔다고 한다. 네 아빠가 임신해 있던 한 여성에 대해서 글을 썼다는구나. 병사 두 명이 그녀의 배 안에 있는 아이의 성별에 대해 내기를 하고는 그녀의 배를 칼로 가르고, 성별이 무엇인지 확인한 뒤, 피로 가득 찬 웅덩이 속에서 그녀가 죽게 내버려 두었단다. 그때가 그녀가 임신한 지 일곱 달이 되는 때였다고 한다. 네 아빠는 온 힘을 다해 몸을 추스르고 다음 목적지를 토지가 없는 브라질인들이나 인도 최하층의 불가촉천민들 중 하나로 결정하려고 한단다.

대단한 성공을 거둔 그이지만, 그는 몇 번이나 자기 부인과 자식들을 그리워한다는 말로 끝을 맺었다. 정말 이상한 우연이지 않니! 네 요구에 따라 나는 너와 나의 관계에 대해서 그에게 언급한 적이 없었는데 말이다. 아빠에게 전화라도 해 보지 않겠니? 네가 아무리 "절대, 한 발자국도 다가서지 않겠다."라고 선언했다 할지라도 그가 튀니지에서 쓰는 휴대전화 번호를 알려 주도록 하마. 전 세계 어느 곳에서도 쓸 수 있단다. +216×××××××. 네 마음이 바뀔 수도 있으니 말이다. 아빠와 아들 사이에 구 년의 침묵은 정말 너무 긴 세월이다. 평화 회담에서나 혹은 타리크 알리와 단둘만의 지적인 대화 중에나 상관없이, 네게서 걸려 온 전화는 그에게 태풍 같은 힘으로 기쁨을 가져다줄 것이라고 확신한다.

이제까지 네가 보내 준 글로 판단해 볼 때 너의 문학적 재능을 짜내기 위해서 무진 애를 썼다는 것을 알겠더구나. 다 배우는 과정이지, 뭐. 하지만 그래도 완전히 안정적이라고 볼 수는 없을 것 같다. 진실의 가치 자체가 너무 폄하되어 버린 부분들에 대해서 전체적으로 다시 잘 좀 살펴보라고 내가 각주를 첨부했는데, 그 부분을 주의 깊게 살펴보렴. 그런데 왜 그 문서에 "몬테코어(Montecore)"라는 이름을 붙인 거니? 혹시 네가 철자를 잘못 쓴 거 아니니? 네 역할연기 놀이의 사자처럼 생긴 괴물, '맨티코어(Manticore)'를 가리키고 싶었던 거니? 아니면 산의 군대인 '몬테코르(Montekår)'를 의미하는 거니? 아니면 산의 심장부인 '몬테쾨르(Monte-cœur)'? 약간 혼란스러운데 이런 내 혼란을 좀 없애 주렴.

이제 이 책을 마무리할 준비가 되었니? 너도 나만큼 가슴이 두근거리니? 스웨덴의 1990년대라고 부르는 격동의 시대를 이제 정리할 시간이다. 네게 이야기의 바통을 넘겨서 자유롭게 써 내려갈 수 있도록 하마. 이 파트에서는 너와 동등한 입장에서 책에 참여하기 위해 내 의견을 네가 받아들인다는 전제를 달고 말이다. 어느 정도 결투 형식 안에서랄까. En garde, monsieur!¹ 대화 단절로 발전된 아빠와 아들 사이의 결정적인 부딪침이 어떻게 생겨나게 되었는지 우리 함께 이해를 해 보자꾸나.

항상 긍정적인 네 친구
카디르

가장 먼저 기억나는 것은 멜린다네 뜰에 있던 농구장이
다. 거기에는 출입구가 세 개 있고 스튜디오에서 건너갈 수
있는 보행자 다리도 있다. 매일 학교가 파한 후에 너와 멜린
다 그리고 임란 이렇게 셋이서 어울리던 농구장에는 그물
망이 찢긴 농구대도 두 개나 있다. 그리고 가끔 파트리크가
왔는데, 항상 과자 사 먹을 돈이 없을뿐더러 항상 블랙잭에
서 운이 없다. 이제까지 평생 파트리크는 배드민턴을 치고
리코더만 연주했기 때문에 그의 농구복은 새로 산 운동복
처럼 주름이 잡혀 있고 그의 점프 슛은 완전히 웃음거리이
다. 언젠가 그가 경기를 처음 할 때 멜린다가 멋진 레이업
슛을 성공하자 그가 이렇게 말했다. "나이스 3점 슛!" 하지
만 너희들이 그를 싫어하지 않고 누구나 때로는 뭔가를 배
워야 하기 때문에 당연히 파트리크도 너희들과 함께 놀 수
있다.

봄이 시작되고 날씨가 여름과 비슷해져서 이제 계절의 느낌이 다르다. 파트리크는 상대방의 엄마에 대해 험담을 늘어놓는 방법을 배우고, h 발음을 ch로 발음하고 s 발음을 th로 발음하는 그럴듯한 스페인어 악센트를 익혀 자기의 상층 신분을 새롭게 정립해 간다. 때때로 클럽 셔츠를 맞춰 입은 스웨덴 애들이 너희를 시험하려고 길을 막아서곤 하는데, 그들은 'YMCA 쇠데르'라고 쓰인 진짜 농구공을 가지고 있다. 골대 하나를 두고 3 대 3 경기를 시작하면, 넌 센터를 맡고 멜린다는 가드 그리고 임란은 파워 포워드를 맡는 반면에 파트리크는 벤치를 지키며 허공에 대고 수건을 돌리다가 너희가 공을 뺏을 때마다 "우!" 하고 포효한다. 너희는 함께 골문을 장악해서 3점을 선취하고는 블로킹을 하고 앨리웁 패스를 한다. 그러고 나서 불쌍한 스웨덴 애들 세 명이 땀에 젖은 꼬리를 다리 사이에 감추고 집으로 돌아간다. 그런 다음 각자 자기 공을 베개 삼아 햇볕에 달궈진 아스팔트에 등을 대고 누워서 사각형 문양의 울타리 사이로 햇살이 스며드는 동안 옅은 음료수 맛이 여전히 남아 있는 멜린다의 콜라병에 담긴 물로 자축을 한다.

때때로 너희는 아빠에 관한 이야기를 나눈다. 그때 임란이 그의 아빠가 파키스탄 발루치스탄 주에서 세계적으로 유명한 의상 디자이너였다고 말한다. 그렇지만 이곳으로 이사를 왔기 때문에 자기 아빠가 고유 상표를 가지고 사업을 시작하기 위한 대출을 받을 수 없어서 하는 수 없이 중국산 합성 리넨 제품을 수입하게 되었고, 세계적으로 유명한 겐조와 구치, 프라다처럼 아빠 이름이 파키스탄에서 무척 유명한데도 빌어먹을 시퀸 치마들을 팔고 있다고 이야기한다.

그러자 파트리크가 말한다. "아빠는 칠레에서 탈출해 온 무정부주의자 기자였는데, 마트에서 같은 리크를 잡으려고 손을 내밀었다가 엄마를 만났어. 아빠의 말솜씨는 고단수여서 바로 엄마에게 대시했어, 이렇게 말이야. '이 리크를 사시면 저도 보너스로 끼워 드립니다.' 엄마와 아빠는 진정 서로를 사랑했지만, 아빠가 스웨덴 신문사에 수백 번도 더 넘게 일자리를 신청했는데 단 한 번도 인터뷰를 하지 못했고 당연한 일이었겠지만 결국 아빠는 스웨덴을 떠나고 말았어. 아빠는 지금 대서양에서 철을 실어 나르는 회사를 운영하고 있어. 지금은 칠레에 있는데 거대한 대지에 베란다가 있는 고급 주택에서 살고 있어. 하인도 있고 새로 맞은 부인과 첩도 서너 명 정도 되는데 모두 얇은 티팬티를 입고 있는 사진 모델들이야. 그 첩들은 아빠의 풀장에서 노닥거리면서 아빠의 별장에서 사는 걸 꿈꾸는 여성들이야. 그 여자들이 '당신의 화려한 파티에 춤추러 가게 해 주세요.'라고 말하면 아빠는 '글쎄 가능할지…… 지금 파티 장소에 여자들로 사방이 북적거려서 말이야…….'라고 대답해."

그러고는 잠시 침묵이 흐르고 멜린다가 준비를 마치고 이야기를 시작한다. 멜린다의 부모님은 대학에서 화학을 전공한 학자였는데 나이지리아에서 연구비를 지원받아 아주 어렸던 멜린다의 언니들을 데리고 스웨덴에 왔다. 평온하고 안전한 스웨덴에 매료된 그들은 곧 스웨덴에 남게 되었고 엄마는 직장도 얻었다. "너희들 이거 본 적 있어?" 멜린다가 자기 부모님을 보여 주려고 지갑에서 사진을 꼼지락거리며 꺼낸다. 사진에는 실험실에서 한껏 미소를 지은 부모님 두 분이 서 있는데, 이가 너무 희어서 오히려 실험실 복장이 더러워 보이고, 거대하게 부풀린 아프로 헤어스타일을 한 채 포르노 배우가 신는 것 같은 높은 굽의 신발을 신고 있어서 최악의 천사처럼 보인다. "이후에 나머지 자매들이 태어났고 마지막으로 내가 태어나서 아빠는 스웨덴에 머물고 싶어 했지만 이곳저곳 아무리 기웃거려도 일자리를 얻을 수 없었어. 스웨덴어도 잘하고 프랑스어도 유창하고 영어도 완벽하게 구사하고 포르투갈어까지 할 줄 알았는데도 말이야. 그다음엔 결국 쇠데르텔리에에 있는 책 창고에서 트럭 운전사로 일하게 되었어. 그런데 그곳에서는 최악의 인종차별주의자 직장 동료들 때문에 질려 버렸지. 그 사람들이 개코원숭이 사진을 동물 책에서 복사해 와서 아빠의 로커에 붙여 놓았던 거야. 처음에 아빠는 그 일에 대해 별 신경을 쓰지 않았어. 너희들도 알다시피 아빠가 성격이 좋잖아. 절대로 먼저 고자질하거나 하지 않았어. 하지만 아빠한테 그런 일이 계속해서 일어난 거야. 점심 식사를 끝내고 돌아올 때마다 얄밉게 아빠의 로커에 새로운 원숭이 사진이 붙어 있었고, 때로는 고릴라 사진과 침팬지 사진도 붙어 있었어. 또 언젠가는 짜증 나는 판다 사진까지 붙여 놓았어. 결국 아빠는 직장과 스웨덴에 작별 인사를 하고는 떠나 버렸어. 이제 아빠는 의료 기계 엔지니어로 세계를 여행하고 있어. 아빠는 지금 싱가포르에 있는데, 여전히 우리와 연락을 하고 지내. 그런데 지난주에 아빠가 제일 좋은 실크로 된 최고급 검은색 블라우스를 보내왔어. 학교가 파한 후에 나도 인종차별적인 스웨덴을 떠나 이사를 가 버리기로 결심했어."라고 멜린다가 이야기하자 "그러면 어디로?" 하고 임란이 묻는다. 그러자 멜린다는 그녀만의 독특한 미소를 지어 보인다. "엄마의 죽음을 기리기 위해서 나이지리아에 아빠가 지은 성으로 갈 거야. 그곳은 「구혼 작전」이란 영화에서 에디 머피가 살던 호화로운 궁전과 비슷해. 거기에는 코끼리, 호랑이, 가젤 들이 있고 수많은 분수대가 놓여 있고 장미꽃들이 바닥에 피어 있어. 우린 죽을 때까지 어슬렁거리며 지낼 수 있어. 이 엿 같은 스웨덴에는 절대로 돌아오지 않을 거야……."

"하녀들이 고추도 닦아 주려나? 영화에서 그러는 것처럼 말이야." 임란이 묻는다. "왕의 성기는 깨끗하겠네, 그 장면 죽이지 않았어?"

멜린다가 한숨을 쉰다. "넌 도대체 나이가 몇이니?"

그러자 잠시 조용해진다. 아스팔트가 등을 뜨겁게 하고 너희들은 물병을 서로 돌린다. 이제 네 차례다.

"우·우·우, 우리 아빠는 그러니까……." 너는 아빠가 푸들 사진이나 찍는 나약하기 짝이 없는 동물 사진가는 절대로 아니라고 말하고 싶다. "아빠는 손님을 끌기 위해서 가명으로 스웨덴 이름을 생각해 낸 해변의 늙은 바람둥이가 아니야. 아니야, 정말 아니야. 아빠도 다른 백인 아빠들처럼 교육을 아주 많이 받은 사람이야. 아빠도 구직을 위해서 신청서도 내보았고 높은 사람한테서 정중한 거절 편지를 수도 없이…… 아빠는 지난 시절 정치적으로도 활동을 많이 했고, 프랑코 지배 아래 수용소에 갇혀 있기도 했고 피노체트에 대해 엄청난 증오심을 가지고 있었어. 게다가 라디오에 나온 이디 아민을 업신여기고 생방송 텔레비전 프로그램에 나온 아야톨라[2]에게 엄청 화를 내기도 했어. 아빠는 밤에 비밀스러운 책들을 읽기도 하고 혁명에 대해서 가르치고 쿠바와 팔레스타인과 체첸과 쿠르디스탄 독립을 위한 시위를 계획하기도 해. 그리고 아빠는 독자적인 라디오 방송과 인문학 서점을 시작하기 위해서 돈을 모으고 있어. 아빠는 고문을 받았던 상처도 있고 고문 때문에 악몽을 꾸기도 해. 그리고 우리가 돌아갈 수 없는 나라의 은행 비밀 계좌에 보물들도 많이 숨겨 놓았어…… 아아아, 우리 아빠……."

그리고 말을 멈추었다가 다시 시도하며 말한다. "아빠는 사진사이긴 하지만 다른 사진사들하고는 달라. 왜냐하면 아빠는 세계적으로 유명한 카르티에와 브레송이라는 프랑스인들과 굉장히 가까운 친구이거든. 게다가 카파라고 하는 사람과도 정말 친해. 그리고……." 너는 갈피를 못 잡고 정신을 놓은 채 말한다. "그런데 지금은 주로 반려동물 사진을 찍고 있어." 조금씩 쏟아져 내리는 봄 햇살에 모두 조용히 누워 있는데 누군가 흠흠거린다.

그러고 나서 임란이 자기 아빠는 파키스탄에 아빠 이름으로 된 공장들이 아주 많이 남아 있다고 하고 파트리크는 자기 아빠 별장 주위에 코카인을 만들 수 있는 특별한 덤불이 있다고 한다. "뜯고 싶으면 얼마든지 원하는 만큼 뜯을 수 있고 아빠의 파티에서 모두 공짜로 코카인을 할 수가 있어." 멜린다가 그런 덤불은 자기 아빠도 가지고 있다고 말하자 모두가 고개를 끄덕인다. 그런 다음 다시 경기에 대해 토론을 시작하기 전에 잠시 침묵이 흐른다. "솔직히 말해서 내 블로킹이 네 블로킹보다 더 깔끔했어. 내가 그 애를 어떻게 방어했는지 너도 봤겠지. 그리고 내가 뒤편으로 어떻게 들어갔는지도 봤잖아. 상대 팀이 거기에 없었더라면 내가 두 손으로 360도 회전 덩크 슛을 했을 텐데."

1990년대 어느 날 새벽, 나는 여느 때처럼 내 돈을 언제 받을 수 있는지 물어보려고 네 아빠의 스튜디오에 전화를 걸었다. 전화벨 소리에 네 아빠가 응답한 다음, 이런 대화가 오고 갔다.

네 아빠　(스웨덴어로) 여보세요-크리스테르-입니다-손님께서-반려동물이-있으시면-저에게는-카메라가-있습니다.

나　　　(아랍어로) 나, 카디르야.

네 아빠　(스웨덴어로) 여보세요?

나　　　(아랍어로) 장난치지 마. 압바스, 너인 거 다 알아. 네 목소리를 모를까 봐!

네 아빠	(스웨덴어로) 여보세요? 거기 누구세요? 저는 크리스테르 홀름스트룀입니다. 무엇을 도와드릴까요?
나	(아랍어로) 멍청한 연기 집어치우라니까. 나 카디르야, 너의 유일한 그리고 가장 오래된 고향 친구!
네 아빠	(스웨덴어로) 아 참, 너무 이상하시네요. 제가 할 수 없는 외국어거든요.
나	(소리를 지르며) 이봐, 이 막돼먹은 배신자야. 네 아들 요나스 연기는 그만하라니까!
네 아빠	(속삭이며) 미안 카디르, 그냥 재미있게 농담한 건데, 기분이 상했군. 미안해.

나도 네 아빠에게 미안하다고 했고 우린 그렇게 말싸움을 끝냈다. 압바스는 최근 자신에게 일어난 일들을 이야기하기 시작했다. 네 아빠의 목소리는 기쁨에 들떠서 마치 얼음이 담긴 은제 양동이에 차갑게 하려고 넣어 둔 돔 페리뇽에서 약간씩 거품이 일듯 점점 더 솟아올랐다.

"난 성공했어! 우리 스튜디오가 이제 제 궤도에 올라서 일감이 얼마나 많은지 몰라!"

네 아빠의 행복감에 전화기까지 떨리는 것 같았다.

"어떤 일감을 받았는데?" 내가 물었다.

"믿어져? 내가 여기서 성공했다는 게. 곧 우리는 스톡홀름에서 제일가는 중심가 외스테르말름으로 주소지를 옮길지도 몰라. 내 아이들이 분명히 스웨덴 기자들과 정치가들의 자식들과 어울려 놀 수 있게 될 거야! 나의 세 아들도 대다수 보통 스웨덴 사람들처럼 될 거야! 아웃사이더 증상이 그 애들의 영혼을 감염시키지 않을 거야! 걔네들은 자기 사고방식의 한계를 뛰어넘을 거고 테니스를 치고 피아노를 배우고 깃이 있는 셔츠를 말쑥하게 차려입고 최고의 성적으로 졸업하고 수제로 맞춘 보스 양복을 걸치게 될 거야."

"그러니까 어떤 일감을 받았는데?"

"이것저것 다양하게 많아. 가장 예술적인 패션 사진 작업과 유명인 사진 촬영, 그리고 그와 유사한 상당량의 작업들. 그리고 때때로 반려동물 사진 찍기."

"최고의 찬사를 보내마!"

"네 목소리는 솔직히 기쁘게 들리진 않는데."

"기뻐."

"아닌 것 같은데."

"음…… 네 삶은 멋지게 변해 가는 것 같은데, 나는 늘 같은 장소에서 거의 변화하지 않고 이렇게 틀어박혀 있으니까 그런 것 같아. 판돈이 아주 컸던 포커 놀음으로 돈을 날려 버렸거든. 그래서 내가 빌려 주었던 돈을 되돌려 받아야만 해. 그렇지 않으면 문제가 생길 거야."

만족감에 가득 차 있던 네 아빠의 입에서 침묵이 흐르더니, 네 아빠는 내가 잘 알지 못했던 엄숙한 목소리를 섞어 말했다.

"카디르, 내 친구. 자네 돈은 내가 보장한다고 했잖아. 곧. 그렇지만 네가 잘못해 놓고 나한테 뭐라고 하면 안 되는 거잖아! 다른 아랍인들과 같은 전철을 밟지 마. 나처럼 하라니까! 상황을 비난하기 전에 네 자세를 최대한 개선할 필요가 있어."

"하지만……."

"날 좀 봐…… 나는 내 사진 스튜디오를 차렸잖아. 이렇게 거칠어진 두 손 덕분에."

"하지만……."

"네 야망이 호텔을 시작하는 거라면, 네 경력이라고 부를 수 있을 만한 가파른 에스컬레이터에 먼저 새로 한 발을 올려놓아야만 해! 알겠어?"

"그렇다면 내가 너에게 베풀었던 믿음을 똑같이 너도 내게 베풀란 말이야! 빌려 준 돈을 빨리 돌려주지 않으면 후회하게 될 거야!"

네 아빠와 논의해 봐야 (불꽃이 타서 없어질 것처럼) 소용없다는 사실을 깨달은 나는 수화기를 큰 소리가 나도록 내려놓았다.

너는 또 다른 날이 기억난다. 그날도 똑같이 봄 햇살이 내리쬐고 똑같은 농구장, 똑같은 친구들, 그리고 음료수 맛이 여전히 남아 있는 콜라병을 똑같이 돌려 가며 물을 마셨다. 임란이 이렇게 말하면서 이야기 경쟁을 시작한다. "그런데 오늘 아침 멜린다 엄마가 나를 방문했어. 미치도록 배가 고팠는지 그녀가 요구르트처럼 내 정액을 삼키는 게 너무 좋더라고, 와우." 그러자 그 말을 터득해서 바로 되받아

치고 싶어 하는 파트리크가 이렇게 말한다. "그렇군, 그런데 네 엄마가 지난 주말에 나한테 다녀갔거든. 그녀가 너무 비대해서, 내가 맹세하는데 문틀에 기름을 칠하고 커다란 스니커즈로 유혹하지 않았다면 절대로 그녀를 아파트 밖으로 내보낼 수 없었을 거야." 그러자 멜린다가 말한다. "그런데 너네 엄마 둘 다 너무 뚱뚱해서 키만큼이나 옆으로 뚱뚱한 것 같아!" 그리고 네가 말한다. "너희들 엄마 모두 너무 뚱뚱해서 각자 지역 번호를 하나씩 받아도 될 정도로 넓어!" 그러자 임란이 말한다. "입 닥쳐 자식아, 내가 장담하건대 너희 엄마들은 너무 뚱뚱해서 허리가 지구의 적도 둘레 정도는 될 거야." 그리고 네가 말한다. "정말 네 엄마는 너무 못생겨서 매번 그녀를 볼 때마다 난 최악의…… 정말 못생긴…… 돌연변이를 보고 있는 것 같아!"

그리고 나서 몇 초간 다시 침묵했다가 그들이 크게 웃어대기 시작한다. "우우우! 네가 졌어, 자식아. 그냥 인정해!"

그들은 옛 전통에 따라 계속해서 경쟁을 한다. 파트리크가 이렇게 말한다. "멜린다의 엄마는 너무 멍청해서 입으로 그 짓을 하다가 해고당했어." 그러자 멜린다가 말한다. "임란의 엄마는 너무 못생겨서 동물원에 사는 게 나을 것 같아." 임란이 말한다. "파트리크 엄마의 이는 버터보다도 더 누래." 그러자 멜린다가 말한다. "파트리크 엄마 이는 체스판처럼 생겼어." 파트리크가 양손 손바닥을 보여 주고는 포기한다. 임란이 승리의 기쁨이 멀지 않음을 느끼며 소리친다. "멜린다의 엄마는 너무 뚱뚱해서 어제 자기 성기를 손으로 애무하다가, 겹겹이 쌓인 지방 속에서 시계를 잊어버리고 말았어." 멜린다가 더듬거리고, 멜린다는 내리막길로 걸으며, 멜린다는 카운트아웃에 들어간 상태가 되어서…… 멜린다는 건드려서는 안 될 것을 가리지 못하고, 임란의 아빠가 폴리에스테르로 된 인도 창녀의 옷을 팔고 있다는 것에 대해서 말해 버리고 만다.

갑자기 임란이 벌떡 일어서고 안경 너머 임란의 시선에서 불길이 타오르면서 잠시 후 분위기가 농담조에서 완전히 심각한 상황으로 변해 버린다. 앉아서 싸우기는 불가능하기 때문에 멜린다는 반사적으로 날아오른다. 그리고 이슬람교도 거시기, 멍청이 가톨릭교도와 같은 종교적 모독이 난무한다. "나는 네 무함마드에게 침을 뱉고 네 교황과 그 짓을 하고 그다음에 소말리아 레즈비언 창녀와 그 짓을 하고 더럽게 못생긴 인디언 년하고 그 짓을 했어." 파트리크와 네가 그 둘을 막으려고 하지만 임란의 안경은 이미 벗겨졌고 멜린다도 이미 방어 자세를 취하고 있다. 첫 번째 펀치가 날아가고 또다시 펀치가 날아오고, 너는 진정하라고 거듭 소리치지만 두 사람 모두 여전히 위협적으로 서로를 째려본다. 그들의 숨소리는 마치 잠수부처럼 가쁘게 차오르고, 그들이 막 끝장을 내려고 할 때 네가 고함친다. "이제 그만둬! 우린 형제자매들이라고, 젠장!"

네 목소리가 상자형 집들 사이로 메아리치고 나무 위에 있던 새들이 날아오른다. 네가 목소리를 높이자 멜린다와 임란이 뚝 그친다. 실제로 무슨 말을 했는지 나중에 네가 확실하게 기억해 내지 못했지만, 생각하기 시작했으나 아마도 정리하지 못했던 모든 것들을 마구 쏟아 내었던 것으로 기억한다. "적은 적이고 친구는 가족이고 동료는 형제고 동기는 자매라고. 인종차별주의자들은 점점 더 많아지고 염병할 스킨헤드들이 판을 치고 있고 나치스트들이 11월 30일마다 도시를 점령하는 상황에서 우리는 힘을 합쳐 강하게 우뚝 서야 돼. 그리고 우리는 절대 흩어져서는 안 돼. 우리가 그들과 맞서야 된다는 걸 못 알아듣겠냐? 백인 대 흑인, '스웨덴바보들' 대 '블라테'인 거야. 다른 블라테하고 싸우는 블라테는 최악의 베르트 칼손[3]보다도 더한 놈이라고 욕을 해 주고 싶어. 우린 이제 서로 싸우는 걸 멈춰야 해. 우리는 하나가 되어야 하고 서로 사랑을 퍼뜨려야 해. 그리고 비싼 벤츠, BMW, 아우디를 타고 지나가는 블라테를 볼 때마다, 난 이렇게 욕을 해. 우린 절대로 스웨덴바보들인 척하지 말자고, 서로에게 질투심을 불러일으키게 하지 말자고. 그런데 우리는 손을 들어 올려 우리가 서로 싸우기를 무척 바라고 있는 인종차별주의자들에게 존경심을 보여 주고 있잖아. 그래서는 안 돼. 게다가 폭스바겐 파사트를 몰며 블라테를 팔아넘기는 인색한 이란인 놈들에게 경외심을 보여 주고 있으니 기가 찰 노릇이지. 이란인이건 아시리아인이건, 폴란드인이건, 상관없어! 블라테는 블라테인 거야! 이제 악수해."

친구들이 너를 쳐다본다. 절규하는 듯한 네 목소리가 어떻게 나왔는지 너는 설명할 수 없다. 갑자기 보통 사람에서 뭔가 좀 더 위대해졌다는 느낌만 있을 뿐이다. 너는 유엔 외교관이고, 맬컴이고, 간디와 연결되었고, 팔메로 다시 태어난다. 그런 다음 조금씩 웃음소리가 들리더니 드디어 그들이 왁자하게 웃어 대며 너를 옆으로 툭 친다. 그리고 임란이 말한다. "끝내주는데, 선지자!" 그리고 파트리크가 말한다. "최고의 마틴 루터 킹!" 친구들의 관계는 다시 사랑으로 충만하고 친구들은 서로를 존중해 준다. 임란과 멜린다가 화해를 하고 서로에게 미안하다는 말을 전하고 해 질 녘 작별 인사를 나눌 때 너는 너희가 내적으로 성숙해졌다는 것을 느낀다.

그건 그렇고, 나중에, 그러니까 횡스보 도서관에서 열람을 하고 난 후 예테보리의 한 침침한 호텔 방에서 네가 이 이야기를 써 내려갈 때, 너는 왜 아빠가 항상 변명을 했고 항상 엄마를 화나게 했는지 기억해 내느라 애를 먹는다. 아마도 아빠의 처지가 시험대에 오르기에는 너무 불안정한 상황이기 때문이었을지 모른다.

아니면 네 아빠는 절대 다른 것으로 대체할 수 없는 너희의 영원한 영웅이었기 때문일까? ☺

내게 편지해 주렴…… 물론 네가 자유롭게 써도 되겠지만…… 위의 글에서 스웨덴어가 예전에 썼던 부분에 비해 완성도가 덜 한 것 같아. 혹시 이게 너의 의도니 아니면 실수니?

비슷한 시기에 나는 네 아빠의 상황이 그가 받아들일 수 있었던 것보다 더 감내해야 할 일들이 많음을 알게 되었다. 네 아빠는 다가오는 스웨덴의 불경기가 스튜디오를 위협할까 봐 몹시 두려워했다. 동시에 그는 스웨덴인들이 그를 의심의 눈초리로 어떻게 관찰하는지 여전히 느끼고 있었다. 그의 성공에도 스웨덴인들은 집요하게 그의 행위를 예측해 보고 늘 그를 평가하려고 들었다. 그는 질식해 버릴 것 같은 선입견의 그물에 걸릴지도 모른다는 위협을 항상 받았다. 나는 이런 모든 것을 잘 이해하고 있었기 때문에 그가 빌려 준 돈을 늦게 갚는 것도 다 용서를 했다. 아, 우리 삶 속에서 만나는 모든 사람들이 편견으로 중무장하고 있는 게 어쩜 이렇게 비극적으로 빤히 들여다보이는 것일까?

어쨌든 나는 힘든 시기에 불가피하게 실수를 한 것에 대해서 용서하지 않는 그런 사람은 절대로 되지 않을 거라고 나 자신에게 맹세했다. 이러한 나의 마음에 대해 신의 은혜가 내렸는지 포커 게임이 내 기운을 다시 복돋아 주기 시작했다. 나는 곧 빚을 갚을 수 있었으며, 심지어 엄청난 수익을 올렸다. 어느 날 저녁 나는 젊은 시절 이후 내가 계획해 왔던 호텔 프로젝트를 위해 땅에 투자할 수 있을 정도로 커다란 액수의 자본을 손에 쥐고 집으로 돌아갔다!

1990년대 가을, 세계의 이목이 모두 이라크에 대한 동맹국들의 침공에 향할 때이다. 네가 막 중등학교를 시작할 때이고 네가 심각하게 신문을 읽을 정도의 나이이다. CNN에서 보여 주는 전쟁의 모습은 미국인 내레이터 목소리와 정확한 목표물을 명중시키는 정밀한 조준과 잘못이 없는 민간인들은 한 명도 죽지 않는다는 내용의 예고편이 담긴 영화 같다.《다엔스 뉘헤테르》[4]의 1면 머리기사에는 불을 내뿜는 터보 모터의 비행기로 가득 찬 항공모함 사진이 실려 있다. 화살표들은 공격 방향을 간단하게 보여 준다. 모든 것은 과학적인 통계이고, 피를 흘리지 않는다. 마치 영화「탑 건」에서처럼. 너는 무언가 잘못되었다는 것을 느끼고 아빠와 이야기를 나누려고 한다.

그렇지만 아빠는 혼자서 스튜디오에 처박혀 있다가 주말에만 나왔는데, 구부러진 등에다 빨간 눈을 하고 있고 지속적인 긴장 때문인지 두통을 호소한다. 아빠는 예전과 다른 냄새를 풍기고, 말이 줄고, 특히 걸프 전쟁에 대해서는 말하는 것을 거부한다. 튀니지에서 일어난 어떤 일은 아빠가 부엌에 있는 아빠 물컵에 금속 튜브를 빽빽이 채울 때까지 트레오 알약을 먹게 하고, 엄마는 이를 밖에서 걱정스럽게 쳐다본다.

아빠 대신에 너는 친구들과 이야기를 나누고 저녁이 되면 너희들은 시내에서 함께 어울리기 시작한다. 주로 너와 멜린다와 임란이 함께한다. 파트리크는 시내로 나오는 데 문제가 생겼는데 그의 부모가 파트리크의 옷 입는 방식이 바뀌고 파트리크가 새로운 말투를 쓰는 것에 대해서 무척 걱정하기 때문이다.

이제 너는 세븐일레븐에서 맥주 비슷한 것을 사도 될 정도로 보송보송하게 턱수염이 나 있고, 등 뒷면에 파란색 퓨마가 새겨진 검은색 합성 재킷을 입고, 다 떨어진 유잉 신발을 신고 있다. 멜린다는 아프로 헤어스타일이 한층 거대해지고, 모조 흑단으로 만든 독특한 빗을 지니고 있고, 자기 엄마가 일하는 직장에서 받은 헌혈 캠페인 티셔츠를 입고 있고, 검은색과 흰색의 끈을 이중으로 꿴 LA 기어 스니커즈를 무겁게 질질 끌고 있다. 임란은 반짝이는 폴리에스테르 티셔츠를 입은 다음, 그 위에 검은색과 흰색이 섞인 플란넬 셔츠를 맨 위의 단추 하나만 잠가 입고 있고, 빨간색 줄무늬의 밴대너를 머리에 두르고 있다. 세 명 모두 허리 사이즈가 엄청나게 큰 청바지를 아슬아슬할 정도로 느슨하게 걸쳐 입는다. 누가 가장 높이 올려 차는지 발차기 시합을 하기에 아주 적합하고 야구방망이를 몰래 숨길 수도 있을 정도이다. 세 명 모두 엄지손가락과 집게손가락 사이에 문신을 했고 과도하게 장식된 체인을 목에 걸고 있는데 목걸이는 처음에 금처럼 반짝거렸지만 첫 번째 샤워 후 천천히 녹색으로 녹슬기 시작한다.

너희들은 등받이가 있는 벤치에 함께 앉아 있거나 밤새 열려 있는 맥도날드에 앉아서 당시 무엇보다도 중요했던 주제들에 대해서 모두 이야기를 나눈다. 닥터 드레가 정말 박사 맞을까? (네가 고집스럽게 주장한 대로) 폴라 압둘이 정말 아랍인인가? 콤프턴이 정확히 어디에 있을까? 마돈나 가슴은 정말 원뿔 모양 브래지어에 맞게 뾰족할까? 가짜 신분증을 어디에서 가장 싸게 만들 수 있을까? 학교가 끝나면 뭘 할까? 맥주에 설탕을 넣으면 엄청나게 취한다는 게 사실일까? 때가 되었을 때 섹스를 하기 위해 가장 좋은 훈련은 무엇일까?(임란이 "아하 그거, 나도 듣기는 했지만 실제 해 본 적은 없어. 하지만 오렌지를 하나 구해서 구멍을 낸 다음 끓이는 거야. 그다음에 그걸 성기에 끼우면 마치 여성의 성기처럼 느껴진다잖아. 그런데 내가 말은 이렇게 하지만 전혀 해 본 적이 없다는 걸 알아 둬."라고 말하고 네가 "그러면 되게 큰 오렌지를 구해야겠는데."라고 말하고 나서 너와 임란이 함께 폭소를 터뜨리며 "맞아, 정말 되게 큰, 엄청나게 큰 오렌지로."라고 말하자 멜린다가 "너네 완전히 머리가 돌았구나."라고 말하고 네가 "멜론이 더 나을지도 몰라."라고 말한다.)

때때로 너희는 정치에 대해서 이야기하고 걸프전쟁 사진들이 좀 수상하다는 데 의견을 모은다. 그리고 너는 스웨덴에 대한 이야기를 계속하고 멜린다가 슬루센 근처에서 또다시 스킨헤드를 보았다고 이야기하고 임란은 지난주에 엄마가 여동생을 핸드볼 연습에 데려다 주는데 스웨덴 술주정꾼이 이슬람 창녀라고 소리치면서 자동차 앞 유리에 침을 뱉은 이야기를 한다. 그러자 너는 이목을 집중시킬 정도로 아름다운 임란의 여동생을 떠올리면서 말한다. "모든 블라테가 하나가 될 수 있게 하고, 블라테들이 서로 싸우지 않게 하며, 대신에 시스템에 대항해서 싸우게 하는 조직 같은 게 있어야 되지 않겠냐?" 그러자 그들이 고개를 끄덕이면서 네 의견에 동의한다. 그런데 너희들이 이렇게 하나로 똘똘 뭉치려고 하는 동안에 아빠는 두 동강이 날 조짐을 보인다.

엄마가 와인과 전채를 차려 놓고 예쁘게 화장을 한 후 아빠의 관심을 끌어내려고 하는 동안 아빠는 식탁에 조용히 앉아 있다. 너는 아빠에게 불쌍한 스웨덴 애들과 농구 경기를 했는데 말도 안 되게 이겼다는 이야기를 하고, 그 얘기가 잘 안 먹히자 너는 실과 선생님이 파트리크의 이름을 잘못 읽어서 호르헤를 예르엔이라고 하는 바람에 파트리크가 얼마나 화를 내며 대들었는지에 대해 이야기한다. "그때 파트리크가 어떻게 했는지 아세요? 그냥 파트리크가 바로 정확히 직각으로 고개를 뒤로 쳐들고 이렇게 소리쳤어요. 'Órale, vato loco!'[5] 물론 스페인어 발음으로 또렷하게 말했지요, 그리고……." 엄마는 열심히 듣고 있고 동생들조차 듣고 있지만 아빠는 그러지 않자 너는 계속 이야기하는 게 재미없어진다.

아빠는 눈에 빛을 잃어 가고 껍데기만 남은 듯 보이기 시작하며 생기를 잃은 듯하다.

뉴스에서 후세인의 스커드 미사일이 이스라엘로 발사되었다는 이야기를 전할 때만은 제외였다. 그때 아빠가 갑자기 안락의자에서 일어나서 담요가 바닥으로 흘러내리고 아빠는 이렇게 소리친다. "아랍 지도자들은 어떻게 전부 저렇게 바보 같을 수 있을까?" 그리고 아빠의 뺨이 붉어지고 그의 주먹이 부들부들 떨리며 너와 아빠의 시선이 마주친다.

1990년대이다. 신문의 머리기사들은 다가올 불경기에 대해 경고하고, 신문은 피난민들이 엄청나게 이민 올 것이

라고 대서특필한다. 이라크인, 유고슬라비아인 그리고 소
말리아인이 수천 명에 이를 것이며 아름다운 우리 스웨덴
을 이민자들이 침략해 들어와 우리의 여행용 트레일러를
훔칠 것이고 우리의 여성들을 강간할 거라고 한다. 곧 새로
운 극우 정당인 신민주당이 창당되고, 여기에 대중매체도
가세한다. 이런 소식들이 기사화되고 공개 집회가 이루어
지고 횃불을 들기 위해 나무 상자가 산더미처럼 쌓인다. 스
웨덴의 원조가 (원래는 야생동물에게 잡아먹혔어야 할) 아
프리카 아이들이 생존하는 데 도움을 줌으로써 재난을 초
래하고 있다는 주장을 편 건 다름 아닌 부빈[6]이다. 노인 범
죄 중 집시들이 일으킨 범죄가 전체의 90퍼센트에 이르며,
벵트 베스테르베리[7]의 딸이 피난민에 의해 에이즈에 감염
되기를 원한다는 말을 한 것은 베르트 칼손이다. 매부리코
에 어부 모자를 쓰고 "전속력으로 앞으로"를 외치던 이안
바흐트마이스터는 이민자들이 모두 에이즈 검사를 받아
야 하며 스웨덴에 절대로 모스크를 허락해선 안 된다고 한
다. 그리고 스웨덴바보들은 이를 반기고 공개 집회는 성공
을 거둔다. 그러면 아빠는?

아빠는 조용히 앉아 있다.

네 방에 쌓아 두었던 신문들을 기억한다. 너는 피난민 캠
프에 방화를 하고 인종차별주의자가 저지른 폭행 사건에
관한 신문 기사들을 오려 내기 시작한다. 이민자들이 공격
받은 일들에 대한 기사가 전면에서 주요 기사로, 논설로,
단신으로 바뀌고 경찰들이 그 일들을 "학생들이 꾸며 낸

농담"이라고 말하는 동안 너는 맬컴 엑스의 자서전을 읽고 미국의 힙합 그룹인 퍼블릭 에너미의 노래를 듣는다. 그러면 아빠는?

아빠는 조용히 앉아 있다.

두 번째로 오랫동안 아빠의 관심을 불러일으킨 유일한 것은 이민자 문제이다. 하지만 그것은 올바른 방향이 아니었다. 왜냐하면 아빠는 이민자들을 "그들"이라고 부르기 시작하고 이렇게 얘기하기 때문이다. "결국에는 그들이 여기 스웨덴에 좀 많아지기 시작했어. 그런데도 여태 스스로 설 줄 모르는 사람이 너무 많아. 1980년대에는 이런 문제가 없었기 때문에 나는 스웨덴인들을 이해할 수 있어. 그리고 대다수 이민자들은 게으른 멍청이들인 데다 전부 사민당을 지지하고 아예 사회복지 기관에 얹혀살면서 자기 전통만 고집하려고 투쟁한다니까."

언젠가 너희 가족이 7시 뉴스 「라포르트」를 보며 앉아 있는데, 아빠가 갑자기 소리를 지른다. "범죄를 저지르고 스웨덴어를 배우지 않으려는 사람들 전부에 대해서 정말 강력하게 단합해야만 해!" 그리고 네가 "강력하게 탄압."이라고 말해 주자 아빠가 말한다. "단압?" 네가 말한다. "탄압." 그러자 아빠가 다시 조용해진다.

이 시점부터 네 아빠는 잠들지 못하고 점점 더 힘들게 눈을 붙이기 시작했다. 밤에는 늘 깨어 있는 상태가 되어 가슴속에 역사적인 이미지들이 줄지어 끊임없이 맴돌아 떠다녔고 정신적 균형을 위협했다. 그는 편안하게 잠들어 있는 네 엄마 옆에서 땀으로 뒤범벅이 되어 한 시간마다 깨어나야 했다. 그는 네 엄마의 모습을 유심히 관찰했다. 그녀의 부드러운 팔 안쪽 살을 어루만지며 자신의 마음을 진정하려고 했다. 살면서 행해 온 것들이 정말 옳은 일들이었는지 그는 곰곰이 회상해 보았다. 초대받지 않은 나라에 그의 몸이 있다는 사실이 정말 옳은 일일까? 게다가 이러한 시류 속에서 그의 아들들을 이곳에 놔두는 게 정말 맞는 일일까? 너와는 달리 그는 간단한 대답조차도 확실히 할 수가 없었다.

불경기라고 비명을 질러 댄 신문 1면을 기억한다. 스웨덴 화폐 가치가 떨어지고 정치가들은 허둥지둥거린다. 아빠는 아무 말 없이 이렇게 속삭인다. "스튜디오가 어느 정도 자리를 잡고 안정이 되자마자 경제가 이렇게 바닥을 치는구나. 삶은 정말 늘 이렇다니까. 그리고 게다가…… 너는 왜 걔네들하고 계속해서 어울려 다니니…… 걔네들 이름이 뭐지? 멜린다와 그 뚱뚱한 인디언 아이 말이다. 너는 왜 다른 친구들하고는 한 번도 안 어울리는 거니? 그냥 보통 친구들 말이야."

아빠가 어떤 의미로 말하는지 너는 정말 이해하지 못한다. 너는 그저 임란이 발루치족이지 인디언이 아니라고 수천 번 지적할 뿐이다.

어느 날 저녁 식사를 하고 나서 너는 반인종차별주의 조직을 시작할 계획을 세우고 있으며, 그 조직의 이름을 아마도 BFL, '평생 블라테(Blatte For Life)'라고 할 생각이라고 말한다. 엄마는 아주 좋은 아이디어라고 생각하고 어린 동생들은 자신들도 참여할 수 있는지 물어본다. 그리고 아빠는?

아빠는 조용히 앉아 있다.

저녁 식사를 모두 끝마치고 엄마가 설거지를 한 후 성난 소리와 함께 찬장 문을 닫는다. 어린 동생들은 거실에서 장난감 디노 라이더를 가지고 놀고 아빠는 계속 앞으로 튀어나오는 배를 긁적거리며 유난히 붉은 입술로 트림을 겨우 참으며 말한다. "너…… 그런데 말이다. 왜 이민자들하고 어울려 다니는 거니? 껌둥이, 인디언, 엿 같은 남아메리카인……. 왜 스웨덴 친구들은 전혀 없는 거냐? 너 인종차별주의자냐? 잘못된 사람들하고 어울려 다니는 거 주의해라. 스웨덴 애들이 훨씬 나아. 이민자들은 그저 너를 이용만하려 들 거다. 이용해 먹다가 그다음에, 정말 네가 필요로하는 때에 네 등에 비수를 꽂는다고."

너는 잘못 들었음에 틀림없다. 왜냐하면 적은 저 밖에 있었기 때문이다. 적은 워커를 신고 머리를 밀었다. 적들은 신민주당이고 VAM,[8] BSS,[9] 울티마 툴레,[10] SL 검표원과 스웨덴 민주당원, 붉은 해변의 볼보 자동차, 사설 경비들과 아무 이유 없이 파욜라의 남자친구를 때린 노르말름의 폭동진압 경찰이다. 적들은 쉘 정유사와 미국의 제국주의자들이고 페르 알마르크[11]와 백인 정착민이며 CIA와 모사드이다. 그런데 적들이 자기 가족 안에 있을 수는 없다. 왜냐하

면 그렇게 되면 예상했던 것보다 더 복잡하고 혼란스러워
지기 때문이다.

명심해라. 네 아빠는 적이 아니다. 그는 전통이 심한 나라
에서 자식들의 성공을 보장해 주려고 노력한 유일한 사람
이다! 그는 야만적인 사회 안에 살고 있는 단 한 명의 현대
적 세계주의자이다. 우리가 스웨덴이라고 부르는 나라가
표면적으로는 문명화되었지만 사고의 구조는 야만적이라
는 것은 사실이다. 그렇지만 네 아빠는 그것을 너와 연관시
킬 엄두를 내지 못했다. 네 아웃사이더적인 사고가 더 강화
될까 봐 그는 무척 두려워했다. 그와 같은 동기로, 그는 스
튜디오가 공격을 받았을 때에도 자신의 가족과 연관시키
지 않기로 했다…….
1991년 늦은 여름 월요일 아침, 네 아빠가 스튜디오에 도
착해 보니 스튜디오 유리창에 검은색 스프레이로 글씨가
잔뜩 씌어 있었는데 글자들이 흘러내리면서 이미 말라 있
었다. 거기에는 이와 같이 씌어 있었다. 백인 혁명, 자비는 없
다, 선한 블라테=죽은 블라테, 공산주의에 죽음을!(실제로 이렇
게 씌어 있었다.)
네 아빠의 스튜디오만이 아니라 비디오 가게, 중국 음식
점, 그리고 아무 죄 없는 상점들 모두와 스웨덴인의 꽃가게
까지 공격을 당했다. 판유리를 깨끗하게 닦아 내기 위해 전
문 업체에 맡겨야 할 정도였다. 상점 사람들은 의심 가는
인물들을 더 주의 깊게 살피기 위해서 서로 협력하기로 약

속했다. 그런 다음 압바스는 일찍 스튜디오를 닫고 퇴근했
다. 그는 그 사건에 대해서 가족들에게 아무 말도 하지 않
았다.

1991년 8월 2일의 일이다. 대학생 다비드 에브레마리암
이 스톡홀름의 트롭스티엔에서 총에 맞는다. 그날 이후 바
로 빨간빛에 대한 이야기가 나오기 시작하고 신문들은 그
범인에게 '레이저 맨'이라는 별명을 부여한다. 바로 그 사건
이 있은 후 엄마와 아빠가 희미한 텔레비전 불빛 앞에 앉아
서 선거 결과를 지켜보고 엄마가 농담으로 말하던 일이 실
제로 똑같이 일어나고야 만다. 보수 정당이 정권을 잡고 극
우 정당인 신민주당이 국회에 입성해서 세력 균형을 이룬
다. 벽에 붙어 있던 팔메의 사진에서 눈물이 흐르고 감옥
에 있던 레파아트는 한숨을 쉬고 만수르의 논문은 여전히
통과되지 않으며 아지즈는 여전히 SL에서 일을 하면서 모
아 두었던 1980년대 히트 곡들이 담긴 레코드판을 팔고 있
다. 스웨덴은 변하고 있으며 네가 밤에 꾸는 꿈들은 점점
더 악화되고 한 번은 네가 잠자는 중에 현관으로 걸어 나갔
는데 눈을 떴을 때 아빠와 마주친다. 아빠는 유령 같았던
너를 침대로 데려가서 눕혀 주고 네가 다시 잠들 때까지 옆
에 앉아 있어 준다. 그다음 날 너는 아빠가 한밤중에 옷을
다 입고 무엇을 하고 있었던 건지 의문이 든다.

네 아빠는 그날 밤을 잘 기억하고 있다. 며칠 후 스튜디

오에 두 번째 공격이 있었다. 이번에는 압바스의 스튜디오 진열창과 중국 음식점만 정치적인 슬로건들로 더럽혀져 있었다. 게다가 사진 스튜디오의 자물쇠 구멍은 껌으로 막아 놓았고 문 앞에 분홍색 아이스크림 어릿광대 조각상이 압바스의 도착을 반기듯 미소 지으며 손을 흔들고 서 있었다. 누군가 피자 가게에서 훔친 것이었는데, 네 아빠가 가까이 다가가서 보고 난 후에야 비로소 그 의미를 깨달았다. 그 조각상 옆에는 쓰레기통이 놓여 있었고 미소 짓는 어릿광대에 씌어 있는 글귀는 아주 쉽게 볼 수 있는 그런 글귀였다. "스웨덴을 깨끗하게 합시다." 오늘날에도 여전히 수천 개의 편의점 주위에 놓여 있는 수천 개의 쓰레기통에서 볼 수 있는 글귀였다.(하지만 네 아빠에게는 끊임없이 생각하게 하는 의미를 담고 있었다.)

그 이후 시기에 네 아빠는 더욱더 깊이 잠들지 못했다. 네 아빠는 희미한 어린 시절의 기억으로 고통받았다. 정치적으로 희생당한 부모를 생각하며 그는 비탄에 빠졌다. 커져만 가는 알제리의 정치적 소란에 그는 무척 마음 아파 했다. 땀으로 뒤범벅이 되어 침대에서 뒹구는 대신에 그는 밤에 산책을 하기 시작했다. 그가 잠든 상태로 걸어다니는 네 모습을 보았던 때도 그런 산책을 하러 밖으로 나가는 중이었다. 너는 반쯤 뜬 눈을 하고서 거친 몸짓을 하며, 즉시 변호사 두 명을 원한다고 소리쳤다. 네 아빠는 너를 네 방으로 옮겨 놓고 헛소리를 하는 네 옆에서 네가 잠들 때까지 기다렸다. 그런 다음 그가 네 뺨을 쓰다듬고 계단을 향해 나는 듯 걸어갔다.

그런 다음 10월이 되어 두 번의 새로운 공격이 발생하는데 먼저 샤흐람 코스라비는 턱에 총을 맞고 그다음에 디미트리오스 카라말레고스는 배에 총을 맞는다. 둘 다 블라테이다. 다시금 사람들은 붉은빛에 관해 이야기하고 시내를 돌아다니고 있는 레이저 맨이 인종차별주의자라고 속삭이기 시작한다. 그래서 너와 네 친구들은 같이 뭉쳐 다니고, 너는 아빠의 침묵 속에 네가 어떻게 성장하고 있는지, 네 이목구비가 얼마나 뚜렷해졌는지, 네 안에 도저히 멈출 수 없는 무언가가 어떻게 자라고 있는지를 느낀다.

같은 시기에 너는 멜린다와 임란과 함께 시내를 돌아다닌다. 음반 가게인 메가의 경비원들이 정기적으로 순찰을 돌며 그들이 너희들을 몇 발자국 뒤에서 따라오다가 너희가 카세트테이프 값을 지불하기 위해서 계산대로 향하자 미소를 지어 보인다. 그곳에서 나오면서 너희는 온갖 욕설을 해 대면서 이 개 같은 메가에 오는 것도 이번이 마지막이라고 말한다. 그런 다음 올렌스 백화점으로 갔는데 거기에도 다른 경비 회사 직원들이 똑같은 의심의 시선으로 너희를 본다. 너희는 계속해서 추적을 당하다가 CD 계산대를 지나가자 경보가 울리며 시간이 정지해 버린 듯 모든 사람이 너희를 뚫어져라 응시한다. 경비들이 달려오자 너는 이렇게 생각한다. '씨, 내가 뭘 가지고 있나?' 검사를 받기 위해서 줄을 서고, 경보가 울리게 된 건 메가에서 사 온 카세트

테이프 때문임에 틀림없다고 네가 설명을 하려고 하지만, 입을 닥치라고 한다. 그런 다음 네모난 방으로 한 줄로 안내되었는데, 뚫어져라 쳐다보는 차가운 시선이 느껴지고 손가락질을 당하고 누군가는 킬킬거리고 바보 같은 스웨덴 노인은 잘되었다며 웃는다. 지루한 기다림과 꼼꼼한 검사가 진행된다. 그런 다음 미안하다는 사과 대신에 여자 경비원이 이렇게 말한다. "좋아요, 이제 가도 됩니다." 따스한 바람이 불어 대고, 이중 거울이 수없이 많은 너희를 만들어 내는 전철로 향하는 문에 도착했을 때쯤 이미 너희들은 대응을 위한 계획을 논의하고 있다.

이틀 뒤 너희들은 올렌스 백화점을 다시 방문한다. 너, 멜린다, 임란은 올렌스 백화점 안으로 고성을 지르면서 쳐들어간 다음, 억양이 무척 심한 블라테 스웨덴어로 떠들어 댄다. 너희들은 화장품 매장에 있던 벌벌 떠는 호모들에게 "이봐, 친구, 어쩐 일이야!"라고 소리 지르기도 하고, 두려워하는 인턴 학생들 사이에 끼어들기도 하고, 스포츠 매장에 있는 미니 농구 골대에서 놀기도 하고, 의류 매장에서 여자 코트를 입어 보기도 한다. 너희들은 간판을 망가뜨리고, 쌓아 놓은 옷을 엉망으로 휘저어 놓고, 멜린다는 긴장해서 침을 삼키고 있는 제복 차림의 경비원에게 손을 흔든다. 비밀 경찰이 투명 인간처럼 행동을 하고 임란이 그에게 다가가 엉덩이를 꼬집으면서 자기가 돈 콜레오네라고 소개하기 전까지는 아무 일이 생기지 않는다. 경계 태세가 최고 단계인 블라테 경보 상황이 되고, 너희들은 지시가 있을 때까지 서 있다가 에스컬레이터를 타고 아래층으로 다시 내려가서, 세르켈 과장까지 경비원들의 에스코트를 받는다. 모두가 안도의 숨을 내쉰다. 그리고 물론 아무도 파트리크를 보지 못했다. 파트리크는 같은 층의 좀 멀리 떨어진 곳에서 리바이스 501 청바지를 입고, 안경을 빌려 쓰고, 계부의 보트 슈즈를 신은 채 주위를 돌고 있었다. 물론 아무도 그가 집에서 만든 경보기 비활성화 자석을 보지 못했고, 픽 퍼포먼스 배낭이 점점 부풀어 오르는 것을 보지 못했다. 그리고 방금까지 챔피언 스웨터, NBA 반바지, 그리고 진품 레이더스 모자들이 쌓여 있었던 선반이 모두 깨끗하게 비워졌다는 사실을 아마도 삼십 분 정도 후에야 알아차렸을 것이다.

파트리크는 얼굴이 상기되어 훈기가 나오는 입구를 통해 걸어 나오고 있는데, 입으로는 휘파람을 불고 있다. 너희들은 전리품을 나누기 위해서 스톡홀름 왕립 공원을 향해 질주한다.

네 아빠는 가을 내내 밤 산책을 계속했다. 그는 정해진 코스를 한 바퀴 돌았다. 매일 밤. 대부분 그는 반복적인 질문들에 대해 스스로에게 설명을 요구했다. 내가 여기서 무엇을 하고 있는 거지? 이렇게 오랜 기간 동안 세금을 내며 살아왔는데 어떻게 이 나라가 이민 온 나를 그리 대할 수 있을까? 그리고 바보 같은 내 아들은 왜 이러한 모욕을 받고 그것을 이상으로 찬양하는 것일까? 수면 부족은 어쩔 수 없이 네 아빠로 하여금 그런 종류의 생각들을 하게 만들었다. '바르게 살지 않는 다른 이민자도 정말 많은데 왜 내 스튜디오를 공격했을까? 다른 이민자들이 질투 때문에, 아니면 그 장소에 눈독을 들여서 나를 공격한 걸지도 몰라!'

그런 다음 11월이 되어서 헤베르손 비에이라 다 코스타가 얼굴과 배에 총을 맞았는데 벌써 가을에만 네 번째 블라테의 희생이었다. 또다시 빨간 레이저가 조준한 것이고 이번에는 이 뉴스가 국제적으로 커다란 이슈가 된다. 인상착의는 베이지색 트렌치코트를 입은 사람으로 묘사된다. 그러자 갑자기 도시 전체의 모든 스웨덴인들이 베이지색 트렌치코트를 입고, 모두가 위협적으로 곁눈질하고, 그들 모두 권총집 같은 것을 겨드랑이에 숨긴 것처럼 수상쩍게 어깨를 내밀고 다닌다.

그런 후 다섯 번째 블라테 희생자가 나왔고 생명을 잃은 것은 이번이 처음이었다. 대학생 지미 라니바르는 만수르가 처음 스웨덴에 도착했을 때 살았던 곳과 같은 학생 기숙사 밖에서 머리에 총을 맞았다. 묵념의 시간이 있었으며 데모와 횃불 행렬이 이루어졌다. 네가 어디로 향하든 빨간 레이저 불빛이 보이기 시작한 게 너는 기억난다. 그 불빛이 각막에 빨갛게 반짝거리고 괴상한 놀음처럼 시작되었던 것이 갑자기 완전히 심각한 것으로 변하기 시작하며 위협을 받고 있다는 느낌이 매우 강하게 들어서 임란은 주머니 안쪽에 버터플라이 나이프를 가지고 다니기 시작하고 멜린다와 너는 각각 공기총을 준비해서 그것 없이는 집 밖을 절대로 나가지 않는다. 너는 멜린다가 맥도날드 계산대 앞에서 실수로 공기총을 떨어뜨렸던 저녁을 떠올린다. 너희가 얼마나 웃어 대며 도망을 갔는지 기억난다. 녹색 신호등이 빨간색으로 바뀔 때 네가 눈을 깜빡거리면서 얼마나 놀랐는지 기억난다. 도시의 신호등이 어떻게 네게 완전히 새로운 의미로 다가왔는지 기억난다. 네가 노를란스가탄을 걷고 있던 어느 날 밤, 차 한 대가 네 옆에 와서 브레이크를 밟았는데, 브레이크 등의 빨간 섬광에 놀란 너는 거의 온몸을 휙 숙인다. 그러고 나서 곧바로 너무 수치스러워져서 마음에 상처를 입는다.

정확하게 똑같은 감정을 네 아빠도 경험했다! 그렇지만 너희는 왜 같은 공포감에 대해서 서로 한 번도 이야기하지 않았니? 왜 너희는 논의를 해 보지 않았니? 네 아빠는 계속해서 스튜디오 문을 잠그기 시작했고, 자신의 소품 가운데 몰래 숨어 있었고, 예약되었던 일을 취소했고, 꿈속에서처럼 환영까지 보게 되었다. 아무것도 할 수가 없지만 네 아빠는 왜 그런지 도저히 설명할 수 없었다. 그럼에도 어느 날 밤 그는 집에서 나와 여느 때처럼 산책을 했다. 베이지색 트렌치코트와 조준하고 있는 빨간빛이 숨어 있는 어둠 속 그림자에 대한 공포에도 말이다. 그렇지만 마구 엄습해 오는 생각들과 고독하게 싸움을 하며 잠을 이루지 못한 채 많은 시간을 보내는 것보다는 모든 게 더 나았다. 그리고 그에게는 대결을 목말라했던 것 같은 도저히 설명이 불가능한 기이한 구석이 아마도 있었던 것 같다. 그는 그해 가을부터 많은 것을 기억하지 못한다.

너는 1992년 1월, 이마에 여드름이 나니까 바보 같은 습관 때문에, 오히려 긁어 부스럼을 만들어 버리던 십 대의 감정을 기억하고 있다. 아빠의 기억력이 흐릿해지기 시작할 때쯤, 아빠는 발레를 연습하고, 아빠는 레오타드를 입고 불타는 링 한가운데로 뛰어넘고, 아빠는 반려동물의 사진을 찍으면서 관중의 우레와 같은 박수에 감사해하며 미소를 지어 보인다.

아빠는 어느 편에 설지 결정하는 것을 거부한다.

아빠는 겁쟁이 배신자다.

아빠가 그냥 오가는 동안 엄마만이 고통을 견뎌 낸다.

아빠가 사라져 가기 시작할 때, 바로 그때 처음으로 너는 엄마를 재발견한다. 마치 엄마가 갑자기 정체불명의 인물에서 유형화되는 것 같다. 엄마가 진정으로 책임을 지게 되고 엄마의 보이지 않는 투쟁은 모든 것을 가능하게 한다. 요새를 지켜 낸 사람이 바로 엄마이며, 절대로 포기하지 않고 저버리지 않은 사람이 바로 엄마이다. 그렇지만 이제 엄마도 지치기 시작하고 때때로 침실에서 엄마의 울음소리가 들려오며 때때로 그녀는 아빠의 재킷 주머니를 살피고, 언젠가 엄마는 아빠에게 애인이 생겼는지에 대해서 네게 묻기도 한다. 그렇지만 여전히 모든 것은 엄마의 통제 아래에 있으며 아빠가 스튜디오에 있을 때나 혹은 밖에 나가서 '산책'하는 시간이 점점 길어질 때에만 엄마가 좀 약한 모습을 보인다.

산책 대신에 왜 '산책'이라고 했니? 무엇을 암시하고 있는 거니? 대신 이렇게 자세하게 기술하려무나.

"나의 아빠가 애인을 두었을 거라는 것은 마치 해가 서쪽에서 뜨거나 베니 힐[12]이 웃기지 않게 되는 경우처럼 도저히 생각할 수 없는 일이었다."

흠…… 이렇게 기술하고 있는 형식이 우리가 함께 쓰는 책의 초반부에서는 나에게 자부심을 가져다주었을지도 모르지만 지금 나는 그저 슬픔으로 좌초될 지경이다. 네가 원한다면 따로 떼어 놓으렴.

여전히 레이저 맨이 레이저로 조준하고 있다. 극장 발코니에 앉아서, 자동차 앞좌석에 몸을 숨기고서, 가로등 뒤에 숨어서. 저기 있잖아, 보이지? ……아니 저기! 언제나 네 뒤에 있고 네 옆에 있다. 때로는 네가 미쳐 가고 있는 것처럼 느껴진다. 1월 22일 에리크 봉캄이라는 대학생이 얼굴에 총을 맞고, 그다음 날 버스 운전사 샤를 들라카마가 배에 총을 맞고, 곧바로 회계사 압디살람 파라가 뒤통수에 총을 맞고, MBA를 마친 알리 알리, 그리고 빌어먹을 레이저 맨이 대체 어떻다고? 그게 음모라는 것은 모두가 알고 있다. 시내에서는 레이저 맨이 한 사람이 아니라 일당이라는 소문이 돈다. 모든 '블라테'들을 극도의 피해망상 환자로 만들고 강

제로 스웨덴에서 떠나게 만들기 위해서 스웨덴 정보기관
세포, 노르말름의 폭동 진압대, 그리고 빌어먹을 왕비 실
비아가 서로 협력해 만든 인종차별주의자 전투원 집단이
라고 말이다. 아빠는 조용히 앉아 있다. 세상에 대항한 자
는 바로 너, 멜린다, 임란, 그리고 파트리크이다. 너희 대 그
들 아니면 엿 같은 너희, 바로 우리이다. 평생 떠돌며 함께하
는 우리들은 예외이다. 바로 우리가 함께 그들의 규칙을 거
부하고 그들의 칸막이를 없애 버린다. 우리는 스웨덴바보
들도 아니고 이민자들도 아니기 때문에 그들의 분류에 우
리는 폭발한다. 우리는 영원히 어떤 곳에도 속하지 않는 사
람들이다. 우리 아빠는 칠레 사람이고 우리 엄마는 스웨덴
중도파 정치인이고 우리는 테뷔에서 태어나 빌라에서 자랐
다. 우리 부모는 나이지리아 출신 화학자이고 우리에게는
세상에서 제일 힘센 경호원 언니가 네 명 있고 우리 아빠
는 싱가포르에서 고급 실크 블라우스를 보낸다. 우리는 파
키스탄에서 태어났고 철 테 안경을 끼고 있고 빨간색 체크
무늬 밴대너를 머리에 두르고 있고 세계 최초로 발루치어
로 랩을 하는 가수를 꿈꾸고 있다. 우리는 튀니지에서 태어
난 아빠와 스웨덴덴마크인 엄마가 있고 우리는 완전히 '스
웨덴인'도 아니고 완전히 '아랍인'도 아닌 뭔가 다른, 제3의
어떤 자들이다. 우리는 단순히 집단적인 것에 그치지 않고
경계도 없고 역사도 없는 새로운 집단으로, 그래서 거기에
는 모든 것이 섞여 있고 혼합되어 있고 교배되어 있는 혼성
그룹으로 우리만의 독자적인 조합을 결성할 수 있도록 성

장하고자 하는 인식을 가지고 있다. 우리는 이제 그들에게 카운트다운이 시작되었다고 상기시켜 주는 자들이다. 너희의 구역질 나는 언어를 취해서 바꿔 버리는 자들이 바로 우리들이다. 우리를 걸러 내기 위해서 지정한 (그리고 가슴의 가장 아름다운 부분을 '무사마귀 지대'라고 부르는) 언어를 결코 받아들일 수 없는 자들이 바로 우리들이다. '간다.'라고 하는 대신에 우리는 '날아간다.'라고 하고, '승리를 거둔다.'라고 하는 대신에 우리는 '소유한다.'라고 하고, '섹스를 한다.'라고 하는 대신에 '난장을 친다.'라고 하고, 당신이 경찰이라고 말할 때 우리는 '파이브오(five-O)'라고 말하고, 너희가 '녹슨다.'라고 할 때 우리는 '빛난다.'라고 하고, 당신이 습지로 떨어지는 동안 우리는 높이 솟구쳐 오르고, 너희들이 생각하고 한숨을 쉬고 있을 때 우리는 벤치 등받이에 기대앉아서 정사각형 보도블록 위에 침을 뱉는다. 농구에서 어시스트라고 불리는 것을 실제로 결정하는 사람은 바로 우리들이고, '메카'는 메가와 전혀 무관하다고 우리는 생각하고, '예쁜 고양이'는 멋진 '몸'을 가지고 있으며 절대로 털이나 족보하고는 상관없다고 우리는 생각한다. 우리가 미래다! 이 마지막 단언을 내린 것은 멜린다이다. 그녀는 반짝거리는 치아를 드러내며 활짝 미소 짓는다. 너는 황혼녘 농구장에서 보았던 그녀의 실루엣을 기억한다. 머리가 헝클어진 아프로 헤어스타일을 하고 다 낡아 빠진 빗을 가지고 있었다. 너는 너무 추워서 반을 잘라 낸 손모아장갑을 끼고 경기를 했다. 그녀의 언니 파욜라가 스물두 살의 나이에 암으로 세상을 떠난 직후였다. 멜린다가 언니에 대해서는 좀처럼 이야기하지 않지만 암조차도 스웨덴의 책임이고 파욜라가 멜린다에게 말했던 것들을 멜린다는 점점 더 많이 말하기 시작한다. 가장 많이 인용한 것은 프란츠 파농이었는데, 너희가 그 사람이 누구인지 몰라도 상관없고 파욜라의 말을 멜린다가 단순히 계속 반복해도 상관없고 너희들이 프란츠 파농이 스웨덴 북쪽 사람이고 에메 세제르가 옛 황제인 것처럼 말을 해도 상관없다.

너희가 공생 관계를 쌓아 가는 것보다 중요한 일은 없다. 서로 싸우려는 아빠들 대신에 너희는 서로 함께한다.

1992년 1월 28일. 핫도그 판매대 주인 이사 아위바르. 총 다섯 발의 총알을 맞는다. 머리에 한 발, 오른쪽에 두 발, 그리고 왼팔에 두 발. 세보 정치가들이 미소 짓고 노르말름의 경찰들이 쉬엄쉬엄 일하는 동안 레이저 맨은 계속해서 블라테들을 쏘아 댄다. 정치가들은 침묵을 즐기고 스킨헤드들은 함성을 지르며 헬리콥터 비행장에서 나치가 히틀러에게 바쳤던 만세 구호 '하일'을 외치며 밤새 축배를 든다.

1월 30일, 하산 자타라. 헤게르스텐에서 머리에 총 한 발을 맞는다. 너희는 모두 그의 가게에서 과자를 산 적이 있다. 자타라는 언어 능력을 상실하고 마비가 된다. 그렇게 봄은 계속해서 공포와 지속적인 숨죽임 속에서 흘러간다.

끝내 어떤 부모들은 싸움을 선택한다. 프리게보[13]와 빌트[14]가 서로 힘을 합친다는 의미로 링케뷔에서 「위 셸 오버컴(We Shall Overcome)」[15]을 불렀을 때, 일부 사람들이 일어나서 자신의 격렬한 분노를 터뜨린다. 어떤 이들은 시위를 이끌고 횃불을 들어 올리며 전국 이민자 파업을 조직한다. 어떤 이들은 전화번호부에서 자신의 성을 없애고 자식들에게 이렇게 말한다. "할 수 있는 한 원하는 것을 무엇이든지 공부하렴. 왜냐하면 이 빌어먹을 나라는 우리가 십 년 동안이나 여기에 머무는 것을 원하지 않는단다. 의학을 공부하고, 경제학을 공부해라. 그런 다음에 여기를 뜨는 거다. 영국에서 사업을 크게 시작하자꾸나. 그리고 교양이라고는 눈을 씻고 찾아봐도 없던 이 야만인들을 떠올리며 비웃어 주자."

그리고 아빠가 거기에 있다. 그는 페키니즈의 사진을 찍고자 하는 스웨덴 개 주인에게 친절하게 미소 짓는 걸 계속한다. 그는 블라테의 투쟁에 참여하는 것에 대해서 거부한다. 그의 참여를 일깨우기 위해서 네가 최선을 다하는 동안 그는 슬픔에 잠긴 겁쟁이 눈으로 너를 쳐다보기만 할 뿐이다.

"그의 참여를 일깨우기 위해서 네가 최선을 다하는 동안"이라고? 한 줄을 전부 웃음으로 채워도 되겠니?
하하하하하하하하하하하하하하하하하하하하하하하하하하하!
너는 네 아빠의 참여를 일깨우려고 하지 않았다. 네 임무는 그의 자부심을 깨 버리는 거였다. 예를 들어 2월 언젠가 네가 형편없는 패배자 스타일의 친구들을 데리고 스튜디오에 진군하듯 내려왔을 때를 기억하니? 그건 비통한 퍼레이드였다. 먼저 넌 다리가 다섯 개는 들어갈 정도의 청바지를 입고, 목에는 메르세데스 별 표시가 달린 체인을 두르고, 법을 어겨 가며 손에 넣은 챔피언 셔츠를 몸에 걸치고 있었다. 그리고 멜린다는 마이크처럼 커다란 머리 모양을 하고 부풀어 오른 스웨트 팬츠를 입고 있었는데 마치 시커먼 여드름 같았다. 마지막으로 일본 스모 선수처럼 뚱뚱한 임란은 색깔을 맞추어서 힙합 텐트처럼 옷을 걸치고 있었다. 너희들 모두 LA 레이더스의 갱스터 마크가 있는 똑같은 모자를 쓰고 있었다.

네 아빠의 재능을 고용한 손님에 대한 어떤 존중심도 없이 너는 커다란 목소리로 "바보 같은 스웨덴 손님"을 위해 하는 작업을 모두 취소해야 한다고 말했다. 네 아빠는 손님에게 용서를 빌면서 한숨을 쉬었다.

"왜 그래야 하는데?"

"듣지 못했어요? 이민자들이 총파업을 한다고요! 모든 이민자들이 오늘 하루는 일을 하지 않기로 했어요."

"난 이민자가 아니야! 모두 왜 나를 이민자라고 하는 거야? 얼마동안 내가 이민을 다녀야 하는데? 난 스웨덴 사람이야. 나는 내 인생의 반을 여기에서 보냈어……."

"그건 상관없어요…… 이 파업으로 스웨덴에 보여 줄 거예요."

"뭘 보여 줘?"

"이렇게 정말 많은 이민자들이 있는 데다…… 일하고 있다는 사실 같은 거요. 그러니까 내 말은…… 왜 아빠는 저 노예 부리는 사람들을 위해서 일을 하는 거에요? 왜 아빠

는 바보 같은 스웨덴 인종차별주의자에게 착취당하려고
하는 거냐고요?"

(이때 너의 혼란스러운 친구들이 힙합 추임새로 고함을 지
르며 응원을 해 주었다. "요, 예, 분명히 말해, 만세!")

"난 절대로 이용당하지 않아!" 네 아빠가 당혹해하며 소
리를 높였다. "난 그저 내 인생을 평화롭고 친절하게 살려
고 하는 것뿐이야. 왜 나를 그렇게 살지 못하게 하는 거야?
왜 나를 너희 방식대로 살라고 강제로 떠다밀려고 하는 거
야? 그냥 살게 날 내버려 둬!"

네 아빠가 너와 애석해하는 친구들을 스튜디오 밖 보도
로 떠밀었다. 그런 다음 그는 문을 잠그고 한숨을 쉬며 치
와와의 사진을 찍기 위해 돌아왔다. 개의 이름이 '에그'였기
때문에 개 주인은 달걀 곽 안에 치와와를 넣고 사진 찍기를
원했다. 손님이 방금 일어났던 일에 대해서 한마디 했다.

"십 대들이란……." 그 남자가 그렇게 말하고는 미소를 지
으며 동정을 보일 요량으로 고개를 옆으로 돌렸다. 네 아빠
가 그에게 같은 방법으로 답을 했고 그들은 이해한다는 의
미로 서로에게 미소를 지어 보였다.

내게 편지를 쓰렴……. 네가 지금 어른으로서 인종차별주
의자의 논리를 논하고 있다고 생각하는 거니? 너와 인종차
별주의자들은 같은 개념의 용어를 사용했다. 너는 블라테
에 관련된 것이면 무엇이든 찬양했고 그들은 스웨덴적인
것이면 무엇이든지 찬양했다. 하지만 네 아빠는…… 그래,
네 아빠는? 그는 자기 혼자서 외로울 뿐이었다. 그는 안팎

으로 고립되어 있었다.

이러한 충돌은 그날 하루로 끝나지 않았다. 스튜디오에서 너와 토론을 한 후에 네 아빠는 집으로 갈 마음이 사라져 버렸다. 그는 집안 분위기를 바꿀 여력이 없었고 근본주의에 대한 네 할머니의 비난과 배신에 대한 너의 비난 사이에 사로잡혀 옴짝달싹할 수 없는 상태였기 때문이었다.

좋은 영감을 떠올리지 못한 채 네 아빠는 일을 하며 긴 밤을 지새웠다. 문을 꽉 걸어 잠근 채 스튜디오 탁자에 앉아서 밤새 라디오를 약하게 틀어 두었다. 그는 스웨덴 페럿 협회가 의뢰한 프로젝트를 수행하는 동안 위스키를 조금씩 마셨다. 그는 (사랑스러운 페럿들과 행복하게 웃음 짓는) 협회의 이사회 사진들을 살폈다. 그는 작업에 대한 생각으로 집중하려고 했다. 잘되어 갔다. 삼십 초가 지나갔다. 그러자 그를 따라다니며 괴롭히는 생각들이 그의 머릿속에 침입해 들어왔다.

마침내 그가 의자에서 일어나 전등을 끈 다음 교외선 역으로 발걸음을 옮기기 시작했다. 무척 많은 눈이 쌓여 있을 때, 스웨덴을 에워싸는 특별한 고요함이 있는 겨울밤이었다. 네 아빠는 가죽점퍼 안에 몸을 파묻고 추위에 몸을 단단히 보호하기 위해서 눈을 가늘게 떴다. 차가운 공기가 네 아빠를 깨웠고 그의 발걸음에 전처럼 활력이 다시 살아날 때쯤 옆에 있던 관목에서 빨간 불빛이 자신을 조준하고 있다는 것을 감지했다. 그는 마치 두려움에 떠는 동물처럼 몸이 얼어붙었다. 그의 머리는 천천히 아래쪽으로 향했다. 그

의 어깨에…… 흔들리고 있는 빨간 불빛 점…… 네 아빠의
심장이 멈추었다.

아이의 순진한 행동처럼 그는 그 점을 떼어 내려고 했다.
그렇지만 그 점은 그의 시도에 그냥 미소 지으며 그의 어깨
에서 그의 몸 중앙부로 옮겨 가서 그의 배 아래로 향했다가
엉덩이, 허벅지 그다음에 다시 가슴으로 뛰어올랐다. 눈이
부실 정도의 레이저 점이 네 아빠의 심장을 향해 밝게 빛났
다. 삶의 마지막 순간이 이제 경각에 달렸다는 사실을 인지
하자 네 아빠의 몸이 심하게 떨렸다.

그는 그냥 그곳에 서서 레이저 빛이 그 자신을 조준하게
내버려 둔 채 총소리를 기다렸다.

그런데 갑자기 관목이 살아 있는 물체처럼 흔들리는가
싶더니 터질 듯한 웃음소리가 들려왔다. 빨간 점은 사라져
버렸고 장난을 쳤던 두 사람이 문을 향해 달음박질쳤다. 입
은 달라붙고 머리는 통증으로 경련이 일고, 여전히 두근거
리는 가슴으로 네 아빠가 그 자리에 서 있었다.

레이저 맨의 범죄가 없었고, 산산이 터진 턱도 없었고,
구멍 난 배도 없었고, 마비된 가게 주인도 없었지만, 누군
가 창고 판유리를 깨고 창문을 통해 마당에서 스튜디오 안
으로 침입하려고 했던 1992년 4월의 그날 밤은 네 가족에
게 엄청난 충격을 준다. 그들은 아빠의 스튜디오 안을 휘젓
고 다니며, 무작위로 물건들을 박살 낸다. 복사기는 바닥으
로 내동댕이쳐지고 네거티브 파일들은 책장에서 뽑혀 아

무렇게나 널브러지고, 포스터는 갈기갈기 찢겨 버린다. 누군가 강아지 간식을 발견하고는 강아지 간식을 서로에게 던져 대기 시작했나 보다. 이보다 더한 장면을 원했던 누군가는 아빠가 참여했던 사진 잡지에 똥을 누고, 스튜디오의 흰 벽에 그 똥으로 길게 똥칠을 해 놓는다. 최악의 상황을 연출하기 원했던 그들 중 누군가가 사용하다 남은 현상액과 정착액 화학약품을 발견하고 나서, 누군가가 마개를 열고 휘발유 냄새가 난다고 말하고, 또 다른 사람이 아이디어를 내자 세 번째 침입자가 그 의견에 찬성하고, 그들은 웃어 대며 환호성을 지르고, 암실 안에 있던 가연성 물건들, 구겨진 포스터, 예전에 사용했던 카디르의 매트리스, 빈 상자, 네거티브 파일들, 말라 버린 화초, 사용하지 않은 나무 액자들을 모조리 모은다. 그런 다음 용액들을 조금씩, 아주 조금씩 뿌리지만, 점점 더 많아져 결국 전부 젖어 버린다. 그들이 문 쪽으로 물러서서는 거칠게 웃어 댄다. 그때 누군가 오줌을 누어야 한다고 한다. 참아, 그건 나중에 해도 되잖아. 씨, 밖에 누군가 있을 거야. 나하고 장난하냐? 아니. 그러면 입 다물어. 누가 불을 붙일래? 네가 해. 싫어. 내가 할게. 그래, 그러면 네가 해. 라이터 있는 사람? 누군가한 명쯤은 라이터를 가지고 있을 거 아냐? 제기랄, 누구라도 있어야 하잖아. 그래, 좋았어. 준비됐지? 이제 시작한다.

암실에서 붙인 불꽃이 뿌려 놓은 휘발성 액체에 닿자 파란 불꽃이 소리 없이 기다리고 있던 물건 더미로 맹렬히 퍼져 나가고, 그들은 낄낄거리며 마당으로 뛰쳐나가고 웃음

소리가 가득 찬다. 여전히 누군가는 오줌을 누어야 하고, 누군가는 자신의 모터바이크 열쇠를 뒤적이고, 누군가는 이렇게 말한다. "위층에 아무도 안 사는 거 확실하지?"

그다음 날 엄마가 전화를 받고 너무 오랫동안 아무 말 없이 서 있다. 엄마가 자세히 설명하기도 전에 너는 네 동료들을 불러 모은다. 주먹을 움켜쥐고 이를 갈면서 모여든 너, 멜린다, 임란, 그리고 파트리크는 교외선의 개표구를 점프해서 넘어가고 에스컬레이터를 뛰어 올라가 출구의 문을 요란스럽게 열어젖힌 다음 쇼핑센터를 뚫고서 자갈길에 너희의 성난 발자국을 남긴다. 멀리서 경찰의 폴리스 라인과 박살이 난 진열창에서 비어져 나온 새까만 검댕이 너희들의 시야에 들어오자 소리 없는 분노가 치밀어 오른다.

보도 가장자리에 혼자 앉아 있는 아빠를 네가 본다. 아빠는 혼자서 중얼거리고 있고, 아빠가 담요를 항상 다리에 덮지 어깨 위에 결코 걸치지 않는다는 점을 모르며 아빠를 알지 못하는 누군가 아빠에게 덮어 준 담요를 두르고 있다.

지금까지 모든 것이 연습이었다. 그렇지만 이제부터는 모든 게 심각해진다. 지금 그들은 너무 멀리 우리를 밀어 버렸다. "이 일을 저지른 사람은 다름 아닌 블라테 범죄자이며, 전형적인 이민자들인데, 그들은 성공한 다른 이민자들을 증오하는 데다……."라고 아빠가 중얼거리는 소리를 너의 친구들은 못 들은 척한다.

이렇게 약해졌을 때 너조차도 아빠를 시험할 준비가 안되어 있었기 때문에 너는 애써 친절하게 이야기한다. "왜 블라테 갱이 벽에 똥으로 VAM이라고 썼을까요?"

아빠가 대답한다. "우리가 사람을 잘못 의심할까 봐. 걔네들은 똑똑해, 너도 알다시피 그들을 볼 때 네가 짐작하는 것보다 훨씬 똑똑하다니까…… 아니면 그들이 'Vamos'[16]라고…… 쓰려고 했는지도 몰라. 남아메리카 애들이 아닐까?"

너는 누가 범행을 저질렀는지 결코 조사하지 않는다. 왜냐하면 경찰이 우려하는 더 중요한 것들이 있고, 네가 닐슨이라는 경찰에게 언제 전국적인 경계경보를 발령하고 이웃을 탐문하고 지문 채취를 위해 가루를 뿌리고 몽타주를 만들 것인지 묻자 마치 네가 농담이라도 했다는 듯이 그가 웃기 때문이다. 그를 보자마자 그 역시 인종차별주의자라는 게 눈에 금방 들어왔다고 너는 말할 수 있다. 그는 뇌물을 받고 VAM에게 매수를 당했다. 완연한 금발에 주근깨 투성이인 데다 바지는 위로 아주 높이 추어올려 입어서 바지가 정말 짧아 보였다. 「말괄량이 삐삐」에 나오는 원숭이와 이름이 똑같은 사람에게 뭘 더 기대하겠는가? 네가 그에게 그렇게 얘기할까? 아니다. 너는 늘 그렇듯 밖으로 내뱉는 대신에 속으로 말한다. 하지만 너의 친구들은 네 의견에 동의한다, 그렇지? 어쨌든 그들은 반대 의견을 내지 않는다.

너는 조용히 걸으며 아파트까지 아빠를 따라간다. 상처가 난 아빠의 손이 떨리고 아빠는 오래된 자신의 행운의 밤을 끄집어냈다가 다시 주머니에 집어넣으며 네가 전혀 알아들을 수 없는 말들을 내뱉는다. 그런 다음 기차를 타고 집으로 오는 동안 아버지는 턱을 올렸다가 내렸다가, 올렸다가 내렸다가 하지만 결국 어떤 작은 소리도 내지 않는다.

그날 이후 아빠는 텔레비전 앞에 놓여 있는 조각상이 된다. 아빠는 「글래머」와 「티브이 쇼핑」을 시청한다. 아빠는 새로운 방식으로 사진작가의 오래된 명언들을 읊기 시작한다. 채널을 바꾸기 위해서 아들들을 거실로 불러들이고 카르티에 브레송이 당연히 옳았다는 사실을 상기시킨다. "이등에게는 점수가 하나도 없다, 이등에게는 점수가 없……" 그런 다음 아빠는 디디 세븐 세제 광고와 말풍선 안에 매달려 있는 인용구에 푹 빠져 버린다.

아빠는 어린 동생들을 혼동하고 몇 번이고 이름을 잘못 부른다.

아빠는 거실에 혼자 앉아서 「팰컨 크레스트」의 재방송을 시청하며 단역배우들의 패션 감각에 대해서 평가를 한다.

아빠는 마법에 걸린 것처럼, 완전히 새로운 차원의 운동 기구인 고리 모양의 '압도메니저' 광고 앞에 앉아 있다. 이 운동기구는 세 가지 다른 방법으로 한꺼번에 배의 근육을 만들어 주고 침대 밑에 용이하게 보관할 수도 있으며 텔레비전을 보며 운동할 수도 있는 데다, 갈색으로 선탠한 사람들이나 주름살 없는 사람들이 이 기구를 사용하는 것을 볼 수 있고, 하루에 십 분만 투자하면 다이어트에 성공해서 새로운 삶을 살 수 있게 해 준다고 한다.

어린 동생들은 초등학교에 다니기 시작했다. 그 애들은 앞니가 빠지고 있고 알파벳 철자를 모두 완벽하게 배우고 있다. 이제 동생들의 나이가 다이내믹 듀오를 시작했을 때 네 나이와 같다는 걸 너는 가끔 생각한다. 그때 네가 무척 컸고 사실상 다 자랐다고 생각했는데, 실제로는 너도 지금의 어린 동생들처럼 아주 조그맣고 이가 빠져서 이와 이 사이에 틈이 있었으며 막대기처럼 가느다란 어린이 팔이었다는 걸 상상하기가 무척 어렵다. 동시에 어린 동생들은 네게 아빠에 관해서 묻기 시작한다. 왜 아빠가 저렇게 이상해지고, 왜 아빠가 하이에나의 소화력에 대해 운운할 때 채널 1번의 자연 프로그램 진행자 소녀가 대답할 거라고 생각하고, 프로답지 않은 카메라맨 때문에 약이 오르는지 궁금해한다. 때때로 어린 동생들은 아빠를 걱정스럽게 쳐다보지만 대체로 다정하게 대한다. 동생들이 숙제를 하다가 도움이 필요할 때면 아빠 대신 너를 찾아온다. 아빠에게 찾아가면 막달레나는 예수의 여자였으며 예수는 은유적으로 역사상 첫 번째 사진작가와 같고 제자들은 예수의 보이지 않는 심복들이었는데 그들은 사진작가의 조수처럼 예수를 십자가에서 내려 풀어 주었고 너희가 아는 그 돌을 옮겼으며 실제로 삶의 거의 모든 것을 사진작가와 관련지어, 그리고 사진작가의 조수들과 연관해 설명할 수 있다고 말하기 때문이다. 그렇지만 아빠의 변화에도 불구하고, 그리고 아빠가 의사한테 진찰받기를 고집스럽게 거부하는데도 불구하고 아빠는 엄마를 때린 적이 단 한 차례도 없다. 또한 어린 동생들의 머리카락 하나라도 잡아채거나 상하게 한 적도 전혀 없다. 반면에 형이 옳은 길을 보여 주려고 하면 종종 기분이 날아갈 듯 텔레비전 앞에서 시엠송을 흥얼거리던 아빠는 순식간에 기분이 바뀌어 비열하다 싶을 만큼 정신이 번쩍 들게 하는 말로 빠른 공격을 가하지만 폭력은 거의 이루어지지 않는다. 공격은 명료하다. 네가 진정으로 테니스를 치고 피아노를 연주하는 외르테르말름의 스웨덴 친구들과 시간을 보내야 할 때, 넌 깜둥이들, 역겨운 이민자들, 땀 냄새 나는 원숭이들과 어울리기 때문에 네가 무엇을 하든 집안의 망신일 것이라는 식이다. 그런데 너는 농구만 해 대고, 교외에 사는 사람들, 구역질 나는 뚱뚱보 인도인, 그리고 거지 같은 놈들하고 지내서 네 삶을 망쳐 버릴 거라고 한다. 아빠가 이런 말들을 내뱉지만 너는 그냥 그 말을 받아들일 뿐 다시 받아치지 않는다. 왜냐하면 텔레비전에서 광고 시간이 끝나고 「글래머」가 다시 시작되면 아빠가 곧 조용해질 것을 알기 때문이다. 그렇게 거친 말들을 쏟아 내는 것은 실제 네 아빠가 아니라는 것을 알기 때문이다. 아빠가 없어졌다. 아빠를 도둑맞았다. 모든 게 스웨덴의 잘못이다.

사 주 후, 아빠가 고요히 증발해 버린다. 엄마는 분노에서 걱정으로, 걱정에서 격분으로, 격분에서 친구들과 눈물을 흘려 가며 대화하는 것으로, 또다시 분노에서 걱정으로 그다음 가슴을 에는 슬픔으로 뺨이 야위어 간다. 엄마는 잠들기 위해서 수면제를 복용하기 시작하고 때때로 멍하니 얼어붙는 바람에 쓰레기봉투를 쓰레기 투입구에 던져 넣는 데 십오 분이 걸린다. 스튜디오는 불에 타 버리고, 아빠는 다 닳아 버린 여행 가방을 꾸려서 가족에 대한 책임을 뒤로한 채 떠나 버렸다.

　네 아빠가 사치스러운 취미를 위해서나 여행객이 방문하는 곳을 좇아 여행을 떠났다고 생각하니? 절대 아니다! 그 여행은 네 아빠의 생존을 위해 절대적으로 필요한 여행이었다! 스웨덴의 변화는 아빠를 겁에 질리게 했고 밤마다 눈물을 흘리게 했다. 전부터 그의 마음에 동요가 생겼다. 그 공격이 있기 전에 그는 매일 자신의 죽음을 보았다. 불이 나고 난 후 그가 옳았다는 생각이 들었다. 너를 위해서 거기에 머물고 싶어 했지만…… 그렇게 할 수가 없었다. 그를 용서할 수 있겠니?

　1992년 동틀 무렵의 새벽, 내가 네 아빠의 모습을 다시 보았던 그날을 또렷하게 기억한다. 난 미래에 내 소유의 호텔을 지으려고 했던 곳에서 밤을 보내고 있었다. 당시에는 호텔 건설에 필요한 자금이 부족해서 몇 달간 작업을 멈춘 상태였다. 경비견의 의욕이 대단해서 공사 자재를 가져갈 범죄 가능성 때문에 굳이 내가 밤에 직접 살피고 있을 필요가 없었다. 나는 임시 저장고 같은 곳에서 잠을 잤다. 그런데 딸깍거리는 소리가 이어져서 정신이 초롱초롱해졌다. 어느새 새벽 동이 트고 있었다. 살금살금 발소리가 들렸다. 아하, 내 머릿속에 누군가 벽돌을 훔치려고 한다는 생각이 들어서 몽둥이를 하나 손에 쥐어 들고 마당으로 몰래 발걸음을 옮겼다. 턱수염이 난 사람 그림자가 벽 주위에서 배회하고 있었다. 그것을 보고 처음에 들었던 생각은 타바르카의 노숙자 거지 중 한 사람일 거라는 것이었다. 나는 하늘 높이 몽둥이를 치켜들면서 소리쳤다. "멈춰!"

잠시 후 내가 실수를 했다는 사실을 깨달았다. "그걸로 나를 치려고?" 네 아빠가 미소를 지으며 자갈 위에 여행 가방을 내려놓았다. "내가 어디로 여행을 하든 극적인 사건들이 나를 따라다닌다니까."

나는 네 아빠를 다시 보게 되어 무척 기뻤다. 불룩해진 배와 텁수룩한 턱수염 때문에 네 아빠가 나를 놀라게 했지만 말이다. 압바스는 타바르카에 더 오랫동안 머물 계획이라고 말했다. 물론 나는 내가 평생 살 집으로 만든 곳으로 그를 안내했다.

그 이후 몇 주 동안 옛 우정에 대한 향수로 우리는 자주 시간을 보냈다. 네 아빠는 그의 스튜디오가 이제 어떻게 스웨덴 사진 협회에서 전국적으로 널리 알려진 아틀리에로 성장했는지에 관한 이야기를 자세히 들려주었다. 그는 자신의 직원인 조수들에 관해서 그리고 국제적인 예술 사진작가들과의 가까운 우정에 관해서 이야기했고 잉마르 베리만, 쿠르트 울손, 그리고 에디 머피와 같은 유명인들과 그의 사진 회합에 대한 스웨덴 잡지들의 관심에 대해서 입이 마르도록 칭찬했다.

"와우! 그러면 왜 내게 빌렸던 돈을 갚지 않는 거야?" 나는 그가 하는 말에 감동을 받아서 물었다.

"사업의 초기 단계에서 제일 중요한 것은 이익을 재투자

하는 거야. 네 호텔도 이러한 방식을 따라야 할 거야."

"어떻게 이렇게 갑자기 성공을 하게 된 거야?"

그는 자신의 거친 턱수염을 쓰다듬으면서 자랑스럽게 설명했다.

"나의 우상이 내게 가르쳐 준 방법을 따랐지, 뭐. 사진 무대에서 활동할 이름을 새로 만들고는 모국어의 완벽한 발음을 위해 내 말씨를 훈련했어."

"그렇다면…… 지금 자네 이름은 어떤 거야?"

이때 네 아빠가 영어의 멜로디로 바꾸어 말했다.

"크리스테르 홀름스트룀 압바스 케미리가 내 이름이야, 사진술은 나의 게임이고."

"크리스테르 홀름스트룀……?"

네 아빠가 고개를 끄덕였다.

"와우, 게다가 크리스테르는 기독교적 전통을 강하게 지닌 이름인 것 같은데?"

나는 감동을 받았다. 네 아빠는 그것을 칭찬으로 듣지 않고 그의 이맛살을 구겨진 종이처럼 만들었다.

"그게 무슨 말이야? 왜 내가 나 자신의 이름을 만들어 내면 안 돼? 카파의 방법을 내 것으로 사용하면 왜 안 돼?"

이상하게 짜증을 내는 네 아빠의 감정이 계속 나빠지지 않도록 나는 입을 다물고 말았다.

저녁에 우리는 타바르카의 부두를 거닐었는데 관광 산업이 성장하면서 그곳에서는 폴라로이드 사진을 찍어 주는 것을 포함해 오 분간 낙타를 타게 해 주는 관광 상품이

제공되기 시작했다. 우리는 오래된 마제스티크 호텔을 지나쳤는데, 호텔의 외부가 약해진 것처럼 보였고 바닷가 근처 아래에 가지런히 난 하얀 치아처럼 기다랗게 늘어선 새로 지은 대형 호텔 사이에서 마제스티크 호텔은 무척 초라해 보였다. 우리는 낙타 인형, 코카콜라라고 찍힌 티셔츠, 장식용 후커와 지나치게 채색한 우편엽서들을 파는 노점들을 지나갔다. 네 아빠는 맞닥뜨리는 모든 사람들을 자신의 눈으로 계속해서 탐색했다. 마침내 내가 질문을 던졌다.

"실제로 누군가를 찾고 있는 거야?"

"내가? 특별히 없는데…… 그냥 변한 것들을 전부 살펴보고 있는 거야. 세상은 확실히 이상해. 여기 타바르카에서는 마이클 잭슨의 레코드판과 「더티 댄싱」 티셔츠를 복사해서 팔고 있고, 스톡홀름에 있는 내 아들은 『코란』을 읽고 니그로들과 어울리며 시간을 보내고 돼지고기를 안 먹으려고 하니까."

"뭐?"

"아무것도 아니야." 네 아빠가 후회하며 그 얘기를 더 하지 않으려고 했다.

스톡홀름에서는 엄마가 아들 셋을 키우고 큰아들은 봄이면 성인이 된다. 진짜로. 너는 집에서 가장의 책임을 떠맡는다. 너는 어린 동생들에게 아빠한테 의지할 수 없기 때문에 이제는 다이내믹 트리오인 바로 너희들이 나서야 하고 너희가 가족에 대한 책임을 져야 한다고 설명한다. 너는 동생들과 함께 셰르홀멘 상가에 장을 보러 간다. 넌 동생들에게 어떤 빵을 사야 하는지 가르치고 가족의 전통으로 점퍼 주머니에 넣어 집에 가지고 오는 마늘만 빼고 다른 물건에 대해서는 전부 어떤 식으로 돈을 내는지 보여 준다. 집으로 오는 길에 너는 동생들에게 이렇게 설명한다. "멍청한 금발 스웨덴 놈들과는 다르게 생긴 우리 같은 스웨덴 사람한테 는 특별한 규칙이 적용된단다. '이등에게는 점수가 없다.'라 는 규칙이야. 우리는 항상 일등을 해야 돼, 알겠니?" 동생들이 똑같이 고개를 끄덕인다. 집에 오면서 너는 몰래 숨겨 두었던 제빵용 초콜릿으로 네가 고안해 낸 오븐 팬케이크를 만들어 주겠다고 한다. 너는 방과 후 수업에서 아픈 동생들을 일찍 데리고 나오고, 연체된 비디오테이프를 비디오 가게에 가져다주고, 너 혼자 세탁장에 내려가 빨래를 하기도 한다. 비록 잠들기 전에 네가 유령의 그림자를 보기도 하고 무시무시한 목소리를 듣곤 했지만 말이다. 그렇지만 그러한 목소리들은 곧 변해 버렸고 무시무시했던 유령의 목소리들은 네가 글을 쓰기 시작한 이야기들의 소재가 된다. 너는 침대에 옆으로 누워서 그 목소리들이 들려주는 이야기를 듣는다. 네 평생 그 목소리들이 너를 무섭게 하고 잠들지 못하게 하고 현관에 서 있도록 너의 잠을 깨웠지만, 이제 비로소 너는 그 목소리들을 이용할 수 있다는 사실을 깨닫는다. 이야기를 상상해 내기 위해서는 체스를 두는 것처럼 해야 한다는 사실을 깨닫는다. 어른으로서 너는 딴생각을 하지 못하고, 어른이 된 아들은 스트레스성 위경련으로 부

억 바닥에 쓰러져 버린 엄마를 업고서 응급실로 달려가야
하고, 어른이 다 된 아들은 엄마가 약한 모습을 보일 때 든
든한 지원군이 되어 항상 옆에 있어 줘야 하고, 그녀를 북
돋아 주는 말을 속삭여 주고, 아빠가 절대로 가족을 잊어
버렸을 리가 없으며 곧 돌아올 거라고 약속한다. "그런데
아빠가 돌아오지 않잖아, 그렇지? 그런데 왜 그이는 전화도
없을까? 그이는 왜 편지도 하지 않을까?" 엄마의 질문은 유
치해서 대답해 주기가 어렵다. 부엌에 넘어질 때 긁혀서 관
자놀이에 상처를 입은 엄마는 네가 상처에 약을 칠해 줄
때 보풀이 끝부분에 살짝 닿자 눈을 감아 버린다. 아무리
그가 원했다고 해도 어쨌든 왔다가 가 버린, 아빠의 역량에
대해 지독한 분노가 네 마음속 어딘가에서 자라난다. 특히
아빠를 아주 필요로 할 때.

일주일이 한 달이 되고 네 아빠는 대접이 후한 타바르카
의 내 집에서 여전히 나와 함께 있었다. 저녁이 되면 그는
홀로 타바르카의 거리를 배회했다. 그는 새벽녘이 되어서
야 흐릿한 눈을 하고 집에 돌아왔다. 옛 고향인 이곳에서도
그는 밤의 악마들로 인해 평안을 얻지 못했다. 때로 난 이렇
게 생각했다. '비록 그가 조국이라고 생각할 만한 곳을 세
군데 지나왔지만 이제 아무것도 없는 것 같구나.'
네 아빠는 내가 언젠가 목격했던 것보다 우울증이 더 깊
었다. 차라리 그가 (헤어스타일 면에서는 아니지만 육체적
면에서 볼 때) 튀니지에서 영원히 사는 게 낫겠다는 생각이

들었다. 동시에 자기 가족에 대한 그리움이 집으로의 여정으로 그를 유혹했다. 어느 날 밤 우리는 해변 바에서 허공에 대고 고함을 지르기도 하고 조심스럽게 물가를 따라서 오랫동안 산책을 했다.

"카디르, 내가 오랫동안 아무 말도 안 해서 미안해. 하지만 이제 솔직해질게. 최근의 스웨덴 생활에 대해서 했던 이야기는 내가 너에게 들려주었던 것만큼 행복하지 못했어."

"네 문제를 나누고 싶은 거야?"

"그것은 너무 많은 것들과 연관되어 있어. 그렇지만 얘기를 해 볼게. 예술 사진 작가로서 가족을 부양한다는 게 예상했던 것보다도 훨씬 더 어려웠어. 입에 풀칠이라도 하기 위해서 반려동물 사진을 찍도록 강요받았어. 먼저 아내가 계속되는 경제적 어려움 때문에 나를 비난했어. 그다음에 그녀는 오히려 지속적으로 늘어나는 나의 작업 시간 때문에 나를 비난했어. 아내의 친척 중 어느 누구도 내가 손마디를 꺾는 것에 더 이상 웃음을 보내지 않게 되었지. 게다가 셰리파는 매년 여름마다 재정 지원을 늘려 주기를 기대했어. 그 바람에 최근 나는 알코올에 대한 욕구가 너무 커져 갔어. 게다가 스웨덴은 레파아트와 팔메가 사라진 뒤로 너무나 많이 변해 버렸거든. 스웨덴인의 모습을 지니지 않은 스웨덴인 열 명이 지난가을과 봄에 총을 맞았어. 인종차별 공격의 빈도수가 빠르게 증가하고 있어. 그래도 이민 정책으로 말하면 항상 환영의 손짓을 하던 나라라고 생각했는데 이제 그게 나에게 가운뎃손가락을 세우는 것으로 바뀌어 버렸지 뭐야. 아니면 위협적으로 주먹을 휘두른다거나."

이쯤에서 우리는 몇 초간 말없이 서 있었다. 네 아빠가 말을 이어 나갔다.

"그렇지만 가장 큰 걱정은 내 아들 문제야."

"어느 아들? 큰아들? 그 아이는 잘 자라고 있잖아, 키도 크고. 너무 비만이 심하다거나 단것에 너무 집착을 한다거나 하는 것 말고 다른 문제라도 일으킨 거야?"

"그 애도 많이 변했어. 다른 이민자 아이들과 시간을 보내는 것에 너무 고집을 부려. 농구를 좀 하긴 하지만 테니스를 해 보라고 했는데 안 하겠다고 거절해 버리더군. 니그로 음악인 힙합을 듣고 창피할 정도의 속어를 마구 섞어 써서 스웨덴어를 망가뜨리고 있다니까."

"왜 그러는데?"

"나도 모르겠어. 그리고 내가 '스웨덴바보들 같은 스웨덴 이름'으로 사진 협회에 가입했다면서 나를 얼마나 비난하는지 몰라."

"아마 십 대 사춘기의 반항기여서 그런 건 아닐까?"

"아니. 그 애의 영혼이 변해 가고 있어. 그 애는 맬컴 엑스의 자서전을 읽고 있지. 그리고 자기 생일날 선물로 어떤 것을 요청했는지 알아? 목에 걸 수 있는 금제 튀니지 지도였어. 경제학을 공부하라고 했지만 하지 않고 나를 '아랍의 이상'을 배반한 배신자라고 불러. 한 번은 그 애가 내 얼굴에 대고 코란을 인용하더라고. 이런 걸 이해할 수 있겠어?"

"코란이라고? 네 아들이? 하지만…… 걔는 스웨덴 토박이잖아? 그 애의 아랍어는 학문적으로 완성되었다기보다 뭐랄까 너무 독창적이어서 우스꽝스럽다고 할까. 어떻게 그럴 수 있는 거지?"

"나한테 묻지 마. 나는 아는 바가 없다고. 하지만 내 잘못은 아니잖아. 내가 스웨덴에서 그들과의 통합이 중요하다고, 다른 이민자들과 관계를 맺는 것이 위험하다고 노래를 불렀잖아. 특히 니그로들에 대해 말이야. 그 아이가 자기 뿌리에 대해 너무 많이 연관 짓는 것을 나는 정말 조심했어. 정치적 성향에 대해서도 나는 끊임없이 위협하듯이 말했지. 그런데도 그 애가 스스로 더러워지기를 원하며 그 진창 속으로 들어가 버린 거야. 밤새 밖에 나가 있지를 않나, 갑자기 스웨덴을 인종차별주의 국가라고 부르지를 않나. 그리고 미래에 튀니지로 이사를 갈 계획이라더군…… 그 애는 미쳤어. 내가 말하지만, 미쳤어."

"듣고 있자니 가슴이 아프군."

"보는 것도 가슴이 아프지."

우리의 대화가 끊기자 황혼 녘 새들의 날카로운 노랫소리로 침묵이 채워졌다. 그런 다음 압바스가 말했다.

"어쨌든 한 가지는 보증해."

"그게 뭔데? 이제 곧 내게서 빌린 돈이라도 갚겠다는 거야?" 내가 농담을 했다.

고아원에서 보냈던 그 시절 이후 보지 못했던 광기 어린 표정으로 네 아빠가 나를 잠시 주시했다.

"내 아버지가 했던 똑같은 실수를 나는 절대로 하지 않

을 거야. 나와 내 아들 사이에 정치가 발붙이지 못하도록
할 거야."

이 부분에서 우리는 두 친구들을 남겨 둔 채 해변에 있
는 바의 스피커에서 이너 서클의 "아 라라라라 롱"[17] 하는
노래가 거슬릴 정도로 크게 울려 대며 붉은 해가 지중해로
잠들기 위해 뉘엇뉘엇 저무는 동안 발가락 사이에 모래를
잔뜩 묻힌 채로 서 있어 보자꾸나.

다시 스톡홀름으로 되돌아오면, 담배를 물고 부드럽게
주름진 눈을 가진 세상에서 제일 좋은 외할머니가 있다. 외
할머니는 자기 남편과 사위의 회사 사무실을 감히 이런 식
으로 훼손해 버린 자에 대한 분노로 불에 타 버린 스튜디오
건물 근처에서 차를 타고 오가며 범인을 색출해 내려고 한
다. 외할머니는 의심이 가는 범인을 쫓으며 도요타 자동차
로 순찰하지 않는 동안은 청소하는 일을 거든다. 너와 임란
과 멜린다 그리고 외할머니는 검댕이 묻은 것들을 씻어 내
고 파편들을 함께 치우기 시작한다. 고칠 수 있는 것들만 빼
고 모두 쓰레기장에 버린다. 너는 남아 있는 네거티브 파일
들을 창고 안에 넣어 둔다. 정반대 색깔인 보라색으로 된 수
백 장의 사진 시리즈, 개와 햄스터, 앵무새와 뱀의 실루엣들.
너희는 외할머니 차고에서 페인트를 가져와서 함께 스튜
디오 안을 다시 칠한다. 외할머니의 에너지에 얼마나 놀랐
는지 기억한다. 외할머니는 새로 불붙은 투지로 중무장하

고, 페인트 자국이 묻은 버켄스탁 샌들을 신고, 흰 진주 목걸이를 겹쳐 두른 일흔여섯 살의 혁명가라는 사실을 보여준다. 굴복당하기를 거부하고, 아빠의 게으름에 대해 자기가 했던 말들을 지금은 후회하는 투사이다. "네 아빠는 좋은 사람이란다. 나는 항상 그렇게 말했다. 그리고 제3세계 국가에서 온다는 게 그리 쉽지 않은 일인데 이곳에 와서 우리의 관습을 이해하려고 했잖아. 어쨌든 시도를 했잖니. 그런 면에서는 인정받아야 해." 나머지 시간에 그녀는 외할아버지와 함께했던 자신의 삶에 관한 이야기를 들려준다. 외할머니가 스웨덴에 새로 이사 와서 군도에서 있었던 결혼식에서 어떻게 외할아버지와 만났는지, 얼마나 외할아버지가 멋있었는지, 외할아버지가 긴장해서 머리를 굽혀 인사를 하다가 외할머니와 어떻게 박치기를 하게 되었는지, 그녀의 브로치에 대해서 외할아버지가 어떻게 칭찬을 했는지에 관해 이야기한다. 처음에는 네가 관심을 가져 주는 척하며 이야기를 들었는데 그러다 보니 어느새 너는 정말로 할머니의 말에 빠져든다. 왜냐하면 외할아버지의 삶 속에서 네 삶을 많이 떠올릴 수 있기 때문이다. 너는 이렇게 생각한다. '모든 게 순환하고 이러니저러니 해도 아빠도 좋은 아빠고, 어쨌든 아빠도 자신이 할 수 있는 한 최선을 다했겠지.' 너는 억지로 아빠의 행동을 이해하려고 한다. 너는 끊임없이 내적 투쟁을 벌여 온 아빠를 변호한다. 너는 아빠가 정말로 힘들었을 것이며 아빠를 이해할 수 있고 아빠가 곧 돌아올 거라고 약속하고 어쩌고저쩌고 한다는 말을 한다. 이것도 이해하고 저것도 이해하고 거지 같은 네 인생의 모든 것을 너는 이해하고, 스웨덴에 관해 판에 박힌 불평을 해 대는 바보 같은 블라테에 대해서도 이해하고, 사회복지를 갈망하는 블라테에게 불평하는 바보 같은 스웨덴인들에 대해서도 이해하고, (이란인들이 자신들을 블라테 수로 계산할 때만 제외하고는) 다른 블라테보다는 항상 더 나아 보이려고 하는 이란 사람을 증오하는 아랍인들에 대해서도 이해하고, 이란인들이 역사적으로 쓰레기 같은 모든 일들 때문에 아랍인을 증오하는 것에 대해서 이해하고, 보스니아인을 증오하는 세르비아인과 튀르키예인을 증오하는 보스니아인과 쿠르드족을 증오하는 튀르키예인과 모든 사람을 증오하는 쿠르드족과 집시를 증오하는 모든 사람에 대해서 이해한다. 단 한 가지 네가 이해하기 약간 어려웠던 것은 아프리카 흑인들이다. 그들은 블라테 계층에서 멀찍이 아래에 위치해 있지만 집시들과는 다르며 그들은 결코 증오를 하지 않는 것 같다. 그들이 증오심이라는 추진력을 사용할 유혹을 어떻게 뿌리쳤는지 이해할 수 없다. 그래도 따지고 보면 증오심이 우리를 계속 앞으로 나아가게 하지 않았는가 말이다. 스튜디오 공간이 산뜻하게 하늘색으로 수리되었다는 생각이 들 때, 여전히 아빠는 행방불명 상태이다.

육 개월이 지나간다.

그러고 나서 이해심이 작별을 고하고 증오심이 찾아와 누군가 네 아빠에 관해 물어 오면 창피해지기 시작한다.

진심으로 하는 말이냐? 너는 네 아빠에 관해서 "창피해지기 시작한다."라고 이 책에 쓰고 싶니? 당장 그 문장을 삭제해 버려라! 우리 모두 절충할 준비가 되어 있어야 해. 예를 들어 전에 내가 이야기하는 것으로 허용되었던 부분에 대해 네가 분개했을 거라는 것을 짐작할 수 있다.

"코란이라고? 네 아들이? 걔는 스웨덴 토박이잖아."

이제 이 문구를 고치겠다. 내가 이렇게 얘기하는 것으로 말이다.

"코란이라고? 네 아들이? 스웨덴 사람이 다 되었던 거 아니었어?" 이 정도가 더 적당해 보이지 않니?

타바르카에 네 아빠가 머무는 동안 나는 자주 중재자가 되어 스웨덴으로 돌아가도록 그를 설득했다.

"이봐 친구, 자 어서. 최소한 가족들한테 전화를 걸어 봐! 가족들한테 답장을 해 주라고! 내가 보니까 큰아들과 관계가 소원해진 게 자네 마음을 무척 아프게 하는 것 같은데, 어서 큰아들하고 연락을 해 봐!"

네 아빠는 아무런 대답도 하지 않았다. 그러고 나서 나는 내가 뭔가 의심하고 있던 일이 일어날 것 같다고 말했다.

"스웨덴으로 돌아가. 아니면 정말 네 아버님이 너에게 했던 비극적인 실수를 똑같이 재현하고 싶은 거야?"

몇 주 후 네 아빠는 스웨덴으로 돌아가는 표를 예약했다. 그의 생각은 확고했다. 자신이 떠나 있던 시간에 대해 가족들에게 용서를 구할 셈이었다. 그게 그의 진심이었고 아무것도 그를 막을 수 없었다. 그는 내게 작별의 인사를 했다.

"자네가 그립겠지만 내가 바라는 바는 그렇더라도 우리가 오랫동안 안 봤으면 하는 거야. 이제 내 가족에게 되돌아갈 거야!"

나는 네 아빠가 잘되기를 바라면서 그의 작별 인사에 손을 흔들어 주었다.

같은 날 저녁 그가 술 냄새를 풍기면서 잔뜩 취해 가지고 내 집 문밖에 와서는 공항으로 가는 동안 뭔가 좋지 않은 일이 있었다며 이해를 구했다.

"무슨 일인데?" 내가 궁금해서 물었다.

"운명의 계시." 네 아빠가 이렇게 대답하면서 고개를 들어 하늘을 쳐다보았다. 네 아빠의 귀국이 지체되는 일은 전통이 된 것처럼 반복되었다. 운명의 계시가 계속해서 그의 출발을 막았다. 햇빛이 밤나무 사이로 잘못 비쳤다거나, 알밤이 주머니 속의 동전하고 부딪혀서 걱정스럽게 쨍하고 소리가 울렸다거나, 뉴스 머리기사가 뭐였더라…… 알밤에 대해서 나왔다거나? 네 아빠는 진정 돌아가기를 원했지만 동시에 그는 돌아갈 수 없었다. 너도 이렇게 이중적으로 모순되는 감정을 경험해 본 적이 있지 않니?

아빠가 사라져 보이지 않는다.

아빠는 기체가 되어 버린다.

매우 역설적으로, 아빠가 없는 동안 그의 존재감이 그 어느 때보다도 더 강하게 자라난다.

　갑자기 저기 헬리콥터 창문 뒤에 앉아 있는 아빠의 실루엣이 보인다. 회전하는 날개 밑으로 등을 구부리고 뛰어나온 아빠가 대통령과 계급장으로 어깨가 무거워 보이는 장군과 악수를 나눈다. 그런 다음 아빠가 단상에 올라 환호성을 지르는 대중들에게 손을 흔들고, 정말 시간이 많이 소요되었던 인종차별에 반대하는 새로운 법을 약속한다. 그리고 차별을 해 온 회사들은 자멸하게 될 것이라는 약속도 한다. 그러자 대통령이 박수를 치고, 장군은 아빠의 연설에 경의를 표하고, 국민들은 굉장히 기뻐한다. 아빠는 이마에서 흘러내리는 땀을 손수건으로 닦는다. 아빠는 군대 사열을 돌고 난 후 냉장고처럼 시원한 리무진 뒷좌석으로 향한다.

　아빠는 백열전구가 켜진 헬스장에서 운동을 한다. 거기

에서 아빠는 아령을 들어 올리며 몸을 단련하고, 귀리 파스타를 먹고, 땀이 나도록 샌드백을 친다. 샌드백에는 BSS 로고 스티커와 베르트 칼손의 얼굴이 붙어 있다. 아빠는 두 배로 늘릴 수 있는 줄자로 이두박근과 허벅지 근육을 재고, 권총에 기름칠을 하고 정확하게 발사하기 위해서 (조심스럽게, 또 조심스럽게) 총알을 장전한다. 아빠는 아들들에게 쿵푸의 압통점과 손가락만으로도 살해할 수 있는 혈을 어떻게 누르는지에 대해 모든 것을 가르쳐 준다. 아빠는 스킨헤드 인형을 정확하게 명중시키고, 조직을 구성해 스킨헤드들과 스웨덴 민주당을 추적한다. 물론 아빠는 바로 그 비열한 죽일 놈들을 남쪽 변두리에서 찾아낸다. 지나가는 행인에게 빨간 레이저 빛을 겨누었던 망상광 레이저 맨이 그놈들이었고 아마도 블라테가 자전거도로에 널브러지면서 턱을 다치는 것을 보고 웃어 댔던 것도 바로 그 놈들이었다. 그리고 저곳을 보라! 저기에 아빠가 다시 집에 와서 스튜디오를 열고 반려동물 사진 대신 블라테를 폭행하는 경찰들, 인종차별주의자 경비원들, 그리고 스웨덴 민주당의 탈세 혐의에 대해 사진을 찍기 시작한다. 아니라면? 이 시간에 아빠는 대체 무얼 하고 있는 걸까? 잘 모르겠다.

위에 쓴 이야기가 실제 사실이 아니라 네 상상이라는 것을 독자들이 이해할 수 있을까? 네 아빠가 결코 자신의 가족을 버리려고 했던 것이 아니라 스웨덴 사회의 변화 때문에 어쩔 수 없이 그렇게 되었던 것이라는 것을 독자들이 이해할 수 있을까? 그들 자신의 이야기가 아닌 다른 사람의 이야기에 대해 전체적인 이해가 가능할까? 의심이 내 가슴을 짓누르기 시작했다.

그 이후 몇 달 동안 네 아빠는 타바르카의 해변에서 폴라로이드 카메라로 여행객들의 사진을 찍어 주면서 생활을 꾸려 갔다. 그는 자신의 귀국을 위한 자금을 마련했다. 그는 네 엄마를 그리워했다.

어떻게 페르닐라와 헤어질 수 있을까라고 네가 곱씹어 생각한다면 내가 좀 더 자세하게 이야기해 줘야겠구나.

물론 네 아빠는 네 엄마를 그리워했다. 그 누구보다도 더. 이 우주 어디에도 그렇게 우아하고 지적인 여성은 없을 거라는 것, 이는 그의 강한 확신이었다. 지금도 여전히. 하지만 동시에, 어느 날 사랑이 모두, 진부한 일상의 반복적 생활 모습을 찾아 버린다는 것이 삶의 비극적 부분이다. 지각 변동과 인공 하늘의 폭발로 시작했던 사랑조차도. 그리고 매일 밤 파이요트에 들어와서 "그녀의 이름은 베리만이야! 페르닐라 베리만!"이라고 외치던 남자조차도. 존재할 수 있는 가능성의 모든 벽들을 산산이 허물어 버릴 듯했던 사랑조차도. 너의 입을 바짝 마르게 하고 갈망으로 인해 땀이 나게 했던 사람이, 어느 날 네가 일어나 보니 치실로 이를 닦기 위해 섬뜩하게 얼굴을 찡그리고 욕실 거울 속의 네 옆에 거대한 엉덩이와 늘어진 가슴을 가진 채 서 있다. 횃불을 보며 시를 연상하고 예술을 변화시키기 위해서 자신의 삶을 불사르겠다던 멋진 젊은이가 어느 날 일어나 보니 갑자기 사자코의 뚱뚱한 사진작가가 되어 버렸다. 그런 게 삶의 비극적인 순간들이고 귀국을 준비하던 네 아빠가 하던 생각들이었다.

결국 네 아빠는 용기를 내어 네 엄마에게 온 편지에 답장을 하려고 했다. 그녀는 분노가 폭발해서 거의 죽을 지경이었고, 네 아빠가 도망쳐 버린 것을 부분적으로 이해하지만 동시에 이혼을 할 수밖에 없다는 내용의 편지를 썼다. 또한 그녀는 너에 대해서도 걱정이 많다는 얘기를 썼다. 너는 밤마다 시내를 어슬렁거리며 돌아다니는 시간이 길어졌다. 어느 날 밤에는 너에게 전철역의 공공시설물 파괴 혐의를 제기한 경찰관 두 명이 너를 집까지 바래다주었다. 또 네 친구들과의 전화 통화는 점점 더 거칠고 이상한 스웨덴어로 들렸으며, 다가오는 11월 30일에 네가 인종차별주의와 반인종차별주의 사이의 전통적인 싸움에 참여할 거라며 네 엄마는 걱정했다.

"부탁해요. 집으로 돌아와서 이혼 수속을 밟아요. 그리고 당신 아들과 이성적인 대화를 해 봐요." 네 아빠는 가방을 싸서 드디어 집으로 돌아가기로 결정했다. 나는 그의 성공을 기원했고 그에게 작별 인사를 했다. 만약 그의 방문이 비극적인 결말을 가져올 줄 알았더라면…… 물론 즉시 그를 막으려고 했을 것이다.

1993년이 되었고 아빠가 종적을 감춘 지 일 년 반이 지났다. 11월 30일이 가까워 온다. 인종차별주의자들의 경축

일. 그들은 횃불을 들고 왕궁을 지나 스웨덴 왕 칼 12세의 동상에 꽃다발을 헌화할 것이다. 그들은 레이저 맨과 신민 주당을 칭송할 것이고, 큰 소리로 국가를 불러 댈 것이고 코담배를 뱉고는 '하일'이라고 소리를 외치고 부츠를 신고 발을 굴러 댈 것이다. 우리의 도시에서! 아빠가 없는 동안 너는 성장했고 전쟁을 시작했다. '평생 블라테'라는 조직을 결성하고 충분히 오랫동안 기다려 왔다. 우리는 그들과 싸울 것이다, 우리는 정체불명의 혼혈아들이다, 모든 것의 혼합물이다, 색안경을 쓰고 분류해 놓은 칸막이를 부숴 버린 사람들이다. 그리고 그들은? 단순한 흑백논리 속에 안주하려는 자들이며, 엿 같은 유구, 자유, 그리고 기쁨[18]을 지키려는 자들이다.

언젠가 스튜디오 실비아였고 그다음에는 크리스테르 홀름스트룀 압바스 케미리의 반려동물 사진 스튜디오였던 곳이 이제는 '평생 블라테'의 모임 장소가 되고, 절대로 배신한 아빠의 길을 걷지 않는 투사들로 이루어진 새로운 세대를 위한 조직의 본부가 된다. 여기에서는 모두가 함께 어울린다. 변두리에서 온 사람들이 시내에서 온 아이들과 만나고, 페미니스트들이 라스타파리안들과 어울리고, 동성애자들이 이성애자들과 어울리고, 무정부주의자가 사파티스타와 어울리고, 니그로와 스웨덴인이 어울리고, 블라테와 백인이 어울리고, 체첸인과 러시아인이 어울리고, 쿠르드족과 튀르키예인(!)이 어울리고, 이란인과 아랍인 그리고 유대인(!)이 어울린다. 자기혐오가 전혀 없고, 모두가 같은 편이다.

언젠가 당혹스럽게도 반려동물 스튜디오였던 곳이 이제는 아주아주 위대해져 간다.

나에게 편지하렴……. 네 스웨덴적 요소를 최소화하려는 야심 속에서 네가 결정적으로 인종의 가치가 중요하다는 식으로 결론 내리기 시작했다는 사실이 얼마나 희극적인지 이제 네가 알까? 사람들을 인종과 연관 짓는 것보다 더 '스웨덴바보들' 같은 것이 무엇이겠니? 어떤 사람들이 스웨덴인들보다 더 잘할까? 그리고 우리와 그들의 존재를 수용하는 사람들보다 더 인종차별주의자들의 귀염둥이인 건 누굴까? '블라테'로서 자신의 존재를 받아들이는 '블라테'보다 더 날이 서 있지 않고 무해한 사람은 누굴까? 이 글을 쓰는 동안 나는 '희극적인'이라는 말이 '비극적인'이라는 말로 대체되어야 함을 깨달았다.(나에게 그것들 사이의 경계가 점점 더 모호해져 가는 듯하다.)

1993년 11월에 네 아빠가 알란다 공항에 도착했다. 살면서 처음으로 그는 의심스럽게 쳐다보는 시선 없이 입국 심사대를 통과했다! 네 아빠에게는 좋은 신호였다. 센트랄 역에 도착해서 그는 추억을 좀 떠올려 보려고 자신의 옛 단골 카페에 자리를 잡았다. 카페는 인테리어를 새로 단장했고 상당히 다양한 종류의 커피를 제공하고 있었으며 이제는 치아바타와 파스타 샐러드까지 고를 수 있었다. 담배를 피우는 것은 법으로 엄격히 금지되어 있었고, 옛 아리스토캣츠 회원들은 한 명도 보이지 않았다. 네 아빠는 혹시 만수르나 무스타파 또는 아지즈의 소식에 대해서 아는 바가 있는지 종업원들에게 물어보았다. 그들 모두 자신의 고개를 가로저었다.

자신이 떠나 있던 세월에 대해 네 엄마에게 용서를 빌기 전에 먼저 네 아빠는 스튜디오의 상태를 살펴보고 싶었다. 그는 교외선 역을 향해 자신의 발걸음을 옮겼다. 교외선 역 개표구를 지나면서 그는 과거 SL에서 일했던 것을 떠올렸다. 시내를 벗어나자 그는 전철의 조종실에서 너와 함께 보냈던 날들, 탄토 공원에서 보냈던 휴일들, 작은 욕실의 암실에서 보냈던 모든 시간들을 떠올리며 향수에 젖었다. 더할 나위 없이 아름다운 스톡홀름의 가을 풍경, 반쯤 얼어붙어 반짝이는 호수, 붉게 물든 숲과 아담한 전원주택들이 보이는 다리 위를 그를 실은 교외선이 휙휙 지나갔다. 풍경이 그의 마음속에서 요동치던 긴장감을 다소 누그러뜨려 주었다.

압바스는 그의 스튜디오 간판이 없어졌다는 사실을 멀리서 알아볼 수 있었다. 그는 문을 열고 어둠 속을 응시했다. 스튜디오의 새로운 색상과 맞닥뜨리자 네 아빠는 뒷걸음질치며 마치 그 모습이 고통스러운 장면인 것처럼 코앞에 자신의 손을 대고 부채질했다. 스튜디오의 상태가 전과는 완전히 달랐다. 물론 불이 나는 바람에 반쯤 수리를 해야 했다. 그렇지만 벽 색깔이 고상한 흰색 대신 하늘색이 되어 있었다! 벽에는 맬컴 엑스와 니그로의 다양한 힙합 가수들의 초상화가 그려져 있었다.(하나는 아이스 티인가, 아이스 큐브 혹은 아이스 맨 아니면 아이스크림이었나? 네 아빠는 기억해 내지 못했다.) 바닥은 쿠션과 담요로 가득 차 있었고, 꽁초가 가득 담긴 재떨이와 먹다 남은 사과가 말라 비틀어진 채로 있었다. 탁자에는 말렉 알로울라와 파트리크 샤무아소 같은, 네 아빠가 잘 모르는 이름의 작가들 책이 너덜너덜해진 상태로 놓여 있었다.

네 아빠가 작업하던 물건들의 잔해는 모두 창고에 들어가 있었다. 거기는 여전히 화재 피해를 입었던 흔적이 또렷하게 남아 있었다. 여느 때처럼 네가 겉은 수리를 했지만 전체를 수리하기는 역부족이었다. 예전에 자신이 작업했던 물건들을 네 아빠가 뒤적거리며 살펴보았다. 그는 자신의 옛 사진들에 의해서 최면이 걸린 듯했다. 거기에는 모든 게 정신없이 섞여 있었다. 화염에 손상된 반려동물 사진, 열기에 기포가 일어난 채 배트맨과 슈퍼맨처럼 변장을 한 네 어린 동생들이 담겨 있는 네거티브 필름, 엘브셰 애견 박람회에서 찍었지만 지금은 불에 검게 타 버린 사진, 낭만적인 햇살에 누워 있는 네 엄마의 여신 같은 실루엣이 노랗게 변질되어 버린 모티프 들이 있었다. 이제 전체 인생의 모습이 천천히 흐려지더니 사라져 버렸다. 아마도 네 아빠는 눈물을 흘렸을 거다. 몇 시간이 그렇게 지나갔나 보다. 갑자기 현관에서 열쇠가 짤랑거리는 소리가 났다. 누군가 스튜디오로 들어오려고 했다.

네 아빠는 창고에서 나와 조심스럽게 둘러보았다. 그러자 먼저 그림자 하나가 보였다. 그다음에 검은색과 흰색이 섞인 카피에를 쓰고 얼굴에는 잔뜩 여드름이 나 있으며 머리를 완전히 밀어 버린 채 군인 재킷을 입은 사람이 한 명서 있었다. 그는 스튜디오 안에 서서 자신의 목을 흠흠거리더니 노트에 뭔가를 적으면서 동시에 뭔가를 생각하는 듯 엄지로 자신의 콧구멍을 후비고 있었다. 그건 바로 너였다.

BFL은 본부에서 집회를 소집했다. 나는 조직에서 자칭 장군(코드명은 '아이-온 캐리-온' 별칭은 '도우 요나스'와 '크메르족 우두머리')이었기 때문에 먼저 도착해 있다. 열쇠를 가지고 있는 사람이 나이고, 네트워크의 설립자가 바로 나이다. 모든 규정을 정한 것도 나이고 아주 비밀스럽게 노크를 하도록 결정한 것도 나이다. 곧 임란이 도착하고 그다음에 멜린다가 오고 마지막으로 파트리크가 도착한다. BFL의 최고 핵심층이자 중앙 지휘부이다. VAM 조직과 BSS 센터와 신민주당이 많은 표를 얻어서 의석을 차지한 구를 바늘로 표시해 놓은 스웨덴 지도를 매번 업데이트하는 모임을 시작한 것이 바로 우리들이다. 게시판에 새로운 적의 사진을 붙여 놓는 것도, 투쟁 선언문을 작성하고 미래를 위한 대체적인 전략을 세우는 것도 바로 우리들이다.

그런 다음 우리는 바닥에 앉아서 마리화나를 말고 저녁 집회와 야간 작전의 계획을 세운다. 우리는 간혹 파트리크를 밖으로 내보내 의심스러운 정보원 차량이 거리에 있는지 살펴보게 한다. 멜린다가 불을 켜서 마리화나에 불을 붙인 다음 그것을 차례로 돌린다. 초록빛 마리화나가 제대

407

로 타들어 가자 생기가 도는 느낌으로 가슴이 평온해지고 연기가 자욱하다. 우리는 다른 동료들을 기다린다. "우리가 몇 시라고 했지?" 8시였다. 그런데 십오 분 정도 일찍 스튜디오 문에서 노크 신호가 들려오기 시작한다.

여기에 오는 사람들은 모두 죽을 각오를 하고 싸우기로 결심한 사람들이다. 폴리에스테르 자매들, 농구를 같이 하는 친구들, 빛나는 형제자매들, 수백만 세대들. 먼저 멜린다 자매들이 어슬렁어슬렁 계단을 내려오고 그다음에 임란의 농구 팀 구성원 전체, 그다음에 말뫼 쪽 부대를 이끌고 있는 하닌과 청소년 부대를 책임지고 있는 시아가 온다. 그다음 아리스토캣츠의 아이들인 엘리프, 다프네, 카이, 그리고 미네가 도착한다. 그다음 너와 옆 반인 모하메드가 도착한다. 그는 통합에 대한 토론에서 쓸데없는 말들을 제거해 버리기로 약속한 상태이다.

네 아빠는 노크 소리, 시끄러운 목소리, 현관문이 몇 번이고 열렸다가 닫히기를 되풀이하는 소리를 들었다. 그는 창고 문을 조심스럽게 닫아서 아무에게도 들키지 않을 수 있었다.

그런 다음 모두 5시에 출발한 교외선을 타고 온 커다란 무리가 들이닥친다. 다 함께 온 기자들, 오이비오와 라우벤, 데브림과 바냐가 있다. 법을 책임지고 있는 샹이 손을 흔들고 연극을 확대하려는 엠마와 파르나즈가 환영 인사를 받고 영화 산업을 인계받을 폰티키스도 와 있다. 컴퓨터를 지원하는 동료 다보르와 율리우스와 함께 외무부에 침투하려고 하는 에르네스토도 있다. 마키는 실업학교에 대한 공격을 지휘하고 있고 레에나는 정치학과에 맹공을 가한다. 인사를 나누고 포옹을 한다. 부숨 모세스는 왕립 공과대학에서 총장직을 수행하고 있다. 그리고 키팔레크 카림! 그는 철학과 교수가 되려고 준비하고 있다. 그리고 스웨덴 국영방송 SVT의 차기 본부장인 나디아가 있고 조만간 북유럽 최대 조간신문사 《다옌스 뉘헤테르》의 편집국장이 될 스본코가 있다. 그리고 저기에 센이스와 고란 그리고 무스타파와 골바리 그리고 크세니아와 베흐나스 그리고 그와 그녀 그리고 그들과 너희들 그리고 우리들…….

마침내 모두가 좁은 바닥에 모여 둘러앉는다. 따스한 실내 공기로 창문에는 김이 서려 있다. 멜린다가 일어나서 회의를 개최한다고 선언한다. 멜린다는 가장 최근의 활동을 통해 얻은 결과를 요약해서 다음과 같이 보고한다. 모든 게 성공적이며 편지 폭탄이 신나치주의자들에게 보내졌고 밤에는 레룸에서 쿠르드인을 모욕한 스킨헤드를 방문해서 그를 묶은 채로 불을 붙인 야채 가게에 남겨 두기로 했다. 자기 운전사였던 칼 구스타프 벨마다니를 피부색이 검고 이름(그러니까 성)이 이상하다는 이유를 노골적으로 언급하며 해고한 스웨덴 합참의장이 빠른 시일 내에 후회하게 될 것이다. 놀이공원 스카라 솜마르란드는 소유자가 인종차별주의자라는 이유로 보이콧당하고 있다. 석간신문 《엑스프레센》은 전단지에 쓴 "이민자에 대해 스웨덴 사람들의 생각은 이렇다. 그 사람들 싹 쓸어내 버려!"라는 글로 보이콧당하고 있다.

셰보라는 인종차별주의적 마을이 공세를 받고 있다. 비비안네 프란센[19]은 지속적인 감시 아래 놓여 있다.

모두 함성을 지르고 박수를 치며 건배를 하고 등을 두드려 준다.

네 아빠가 숨어 있었던 창고 안으로 마리화나의 달콤한 냄새가 조금씩 새어 들어왔다. 그것은 점점 더 커지는 목소리들과 함께 수반되었다. 그러고 나서 울부짖는 네 말소리가 진동했다.

"멜린다가 일어나서 회의의 시작을 알렸어."

'무슨 회의?' 네 아빠는 곰곰이 생각했다. '대체 저 밖에서 쟤네들이 무엇을 하고 있는 거지?'

멜린다에 이어 임란의 차례이다. 그가 일어서서 차후 활동에 관해 이야기하고, 스케치한 것과 지도를 보여 주고, 블라테 대표단이 지역마다 어떻게 잠입해 들어갈지 미래의 전략을 설명한다. 천천히 그렇지만 확실히 영향력을 키워 더 많은 블라테들이 동참할 수 있도록 할 거라고 한다.

모두 함성을 지르고 박수를 치며 건배를 하고 등을 두드려 준다.

삼십 분 정도 후에 네 아빠가 문을 열었는데 날카로운 소리가 났다. 네 아빠는 소리를 질러 대느라 목이 쉬어 버린 너의 목소리를 들었다. "모두가 함성을 지르고 박수를 치며 건배를 하고 등도 두드려 주었어." 네 아빠가 용기를 그러모아 문을 더욱더 열어젖힌 다음 퇴폐주의에 빠져 버린 너를 보기 위해서 스튜디오 안을 살폈다.

그런 다음 임란이 내게 발언권을 넘긴다. 사실 내가 마지막 연설을 하려던 참이다. 집회 때마다 마지막에 영감을 주는 말을 내가 하는데 늘 그렇듯이 내가 말을 시작하자 주변이 완전히 조용해진다. 여느 때처럼 나는 겁쟁이 배신자인 전 세대에 관련된 이야기를 중심으로 연설을 한다. 나는 아빠가 염병할 배신자이며 빌어먹을 '엉클 톰'[20]이며 '흑인 하인'이며 '베네딕트 아널즈'[21]라고 한다. 내가 욕하는 건 모든 아빠에게 해당되는 사항이다. 왜냐하면 진짜 아빠는 결코 자기 자식들을 배신하지 않기 때문에 진짜 아빠라면 지금 떠나 있지 않을 것이고, 진짜 아빠라면 반란을 이끌고 자금 같은 것은 염두에 두지 않아야 한다. 그리고 우리는 절대로 우리의 부모처럼 되지 않을 것이라고 맹세하자며 하늘을 향해 주먹을 불끈 추켜올리며 끝을 맺는다. 나는 주먹을 뻗은 무리 앞에 서 있고 우리는 경건하게 약속을 한다. 그러자 그곳에는 환호가 일고 경의를 표하며 함성을 지르고 휘파람을 불어 대는 소리들로 가득 찬다. 그리고 모두가 요나스, 요나스, 한 번 더, 한 번 더라고 한목소리로 외치지만 나는 사양하고 이렇게 말한다. "이제 됐습니다. 지금으로서는."

집회가 끝나자 우리는 다가올 혁명을 위해 투쟁가를 부르고, 무슨 일이 일어나도 절대로 포기하지 않을 것을 맹세한다. 그 후에야 군대는 집으로 해산한다.

우리는 숨을 크게 내쉬고 의사록을 덮고 나서 맥주로 건배를 하고 고인이 된 친구들을 위해서 몇 잔 부어 준다. 외할아버지를 위해서 한 잔, 지미 라니바르를 위해서 한 잔, 파욜라를 위해서 두 잔. 우리는 오늘 저녁의 진짜 과업을 위해서 힘을 비축해 왔다. 그것은 은밀한 공격으로 우리 자신이 직접 하는 게 최선이다. 장군들도 때때로 전투에 참여해야만 한다.

하지만 요나스…… 아무도 스튜디오에 난입하지 않았다! "군대"도 없었다. 그곳에는 그저 너와 이성을 잃은 친구 세 명만 있었다. 네가 네 아빠를 욕보이고 보이지도 않는 군대를 향해 손을 흔들며 긴 연설을 하는 동안 멜린다, 임란, 그리고 파트리크가 바닥의 방석 위에 앉아 있었다. 네 아빠는 창고로 다시 살금살금 기어 들어와서 맥없이 주저앉아 쪼그린 채 흐느끼기 시작했다. 비통한 이 연극을 목격한 후네 아빠는 가슴이 타들어 가는 것을 느꼈다.

네 아빠는 무엇을 본 걸까? 그의 아들이 자신의 투쟁을 절대로 포기하지 않겠다는 의미는 무엇을 말하는 걸까? 파랗게 칠한 반려동물 사진 스튜디오에 틀어박혀서 혁명을 상상해 내고 있었던 것인가? 자신의 아들이 잘못된 상상의 세계에서 시간을 보내기 위해 싸울 의지를 물었던 것인가?

네 아빠는 이렇게 생각했다. '내 아들은 정신적 균형을 잃어버렸어. 아들이 미쳐 버렸어. 역할극의 안개 속에 붙잡혀 버렸어.' 창고에 앉아 있는 동안 그의 절망은 커져 갔고 소변도 참을 수 없을 정도로 마려워졌다. 저 밖에서 너희들은 힙합 음악을 있는 대로 크게 틀어 놓고 욕이 아니라 굉장한 칭찬인 것처럼 서로를 끊임없이 "예 브라더" 혹은 "예 블라테"라고 부르며 신나게 법석을 떨어 댔다. 그러다가 음악 소리가 꺼졌다. 비닐봉지를 만지작거리는 소리가 들렸고 다시 네 목소리가 들려왔는데, 네 아빠의 모습을 '엉클 톰'과 비교하는 게 벌써 세 번째였다.

네 아빠는 어렸을 때 이후 잊고 지냈던 분노를 바로 그때 경험했다. 그것은 수모를 받으며 지냈던 모든 세월, 보이지 않는 분투와 투쟁, 그리고 가족을 부양하기 위해서 바쳤던 모든 세월이 이제는 보이지 않는 형체들을 '자신의 군대'라 이름 붙이고 주기적으로 큰 소리로 불러 대며 환각 속에서 헤매고 있는 미친 아들로 인해 하수구로 모두 흘러 내려가 버린 데 대한 격분이었다.

"형제들, 이제 우리 가 볼까! 이제 인정사정없는 블라테 혁명을 일으키는 거야! 그들의 엉덩이에 더 이상 불가능할 때까지 커다란 뚜껑을 집어넣어 주자고."

나는 그날 밤을 기억한다. 왜냐하면 영화에서 보는 것처럼 하늘에는 별이 총총 떠 있었고 우리는 마리화나를 한껏 빤 후 맥주 같은 것들을 들이켠 데다 여느 때처럼 나는 그날 저녁의 게임 마스터였으며 여느 때처럼 대성공이었기 때문이다. 우리가 던전 앤드 드래곤을 그만둔 것도 오래전이었고, 지금은 새로운 시대의 새로운 전투를 한다. 미스 슈퍼 줄루와 MC 무스타치오 대신에 모두가 각각 자기 자신일 뿐이다. 거의. 약간 더 힘도 세졌고 용기도 더 생겼으며 밤에 페인트 붓을 다루는 재능은 최고였다. 우리는 다음 임무를 수행할 준비가 되어 있다. 하늘은 어둡고, 가을밤이어서 꽁꽁 얼어붙은 빳빳한 장갑 안에 차가운 냉기가 돌고, 비닐봉지 안에는 페인트 통과 새로 산 넓은 붓이 들어 있다.

문이 잠기고 너희들의 외침 소리가 사라지자 스튜디오 안은 정적에 잠겼다. 네 아빠는 숨어 있던 곳에서 살며시 빠져나왔다. 그리고 화장실에서 안도하며 참았던 방광을 비웠다. 그러고 나서 스튜디오의 어둠 속에 혼자 남겨진 그는 교외선 역으로 향하는 네 명의 실루엣을 쫓아갔다. 그는 무언가를 과다 복용한 상태였다. 그는 경계선을 넘어갔다. 아마도 여러 번 그를 못 견디게 만든 너의 모욕 때문이었을지도 모르겠다. 아마도 그 말들이 그의 내밀한 공포를 공격했던 것일까?(확실히 진정한 모욕은 우리를 가장 참을 수 없게 하지 않을까?)

육교에서 압바스는 인기척 없는 밤 너희가 교외선 역에다 엄청난 양의 하늘색 낙서를 어떻게 해 놓았는지 목격했다. 너희들은 플랫폼 바닥과 대기실 유리창에 "평생 블라테"
와 "빌어먹을 VAM"이라는 바보 같은 말들을 생쥐처럼 재빠르게 써 놓았다. 그것을 본 네 아빠는 너희를 비웃었다. '와, 상당히 정치적인 효과를 대대적으로 불러올 수 있겠는걸.' 동시에 그는 자신의 목에 걸려 있던 카메라를 인식했다. 의도된 계획은 아니었다. 그저 카메라가 목에 걸려 있었을 뿐이다. 왜인지 모른 채 그는 렌즈를 노출시키고 사진을 찍기 시작했다.

　네 아빠는 밤새 너희 뒤를 밟았다. 네 아빠는 너희가 세르겔 광장 바닥의 흰 삼각형 부분과 무작위로 고른 전기함, 그리고 스톡홀름 왕립 공원에 그려진 체스 모양 광장 안에 너희의 바보 같은 문구를 어떻게 적는지 지켜보았다. 네가 하늘색의 칼 12세 대제 동상을 어떻게 더럽혀 놓는지 그리고 파트리크가 가까이에 있는 계단에 어떻게 "블라테 파워"라고 쓰는지도 지켜보았다. 그는 너희가 구시가지 감라스탄으로 연결된 다리에 어떻게 글자를 쓰는지도 지켜보았다. 잠시 후 왕궁 근처에 너희가 있는 것을 보았고 너희가 오래된 성벽에다 어떻게 너희 문구를 그려 놓는지도 보았다. 그러다가 경비병들이 저벅거리며 다가오자 페인트 붓들을 감추고 휘파람을 불며 슬며시 달아나는 너희 모습도 지켜보았다. 네 아빠의 카메라는 그 모든 것을 담았다.

　그날 밤 우리는 우리 말들로 도시를 수놓는다. 나와 멜린다, 임란과 파트리크. 우리는 우리의 색깔로 모든 것을 덮어 버리고, 우리의 흔적을 남긴다. 가슴 뛰는 흥분감, 차가운 가을 공기 때문에 입에서 뿜어져 나오는 입김, 후디를 입어 따스한 목, 페인트 냄새, 페인트가 묻어 질척질척한 페인트 붓, 기진맥진한 내 오른팔, 얼굴을 보호하려고 두른 목도리에서 풍기는 담배 향이 기억난다.

몇 시간 후 계획했던 바가 거의 끝나 가고 페인트도 바닥이 나기 시작한다. 공격 대상이 딱 하나 남아 있는데 그곳이 가장 위험한 곳이다. "너희들이 뭐라고 할지 모르겠지만, 이것으로 충분하지 않을까 싶은데?" 멜린다가 머리에 있던 빗을 다시 고쳐 꽂은 다음 우리를 쳐다본다. 그녀의 턱에는 작은 파란색 페인트 방울이 하나 튀어 있었는데, 바로 그때 그녀의 모습은 이 세상에서 가장 아름다워 보인다. 왜냐하면 그녀가 노란 가로등 불빛 아래에 서서 이렇게 외쳤기 때문이다. "흩어지길 원한다면, 좋아, 그렇게 해, 그런데 난 계속할 거야."

당연히 우리는 멈추지 않는다. 네 명이서 함께 스킨헤드의 헬리콥터 비행장을 향해 내려간다. 낄낄거리던 모습은 사라진 지 오래다. 임란의 목젖이 위아래로 오르내리고 파트리크는 어깨 뒤를 힐끔거리고 페인트 통들이 땡그랑거리고 택시들이 손님을 찾고 있다. 멜린다가 앞장을 서고, 하늘색 페인트 얼룩이 묻은 비닐봉지와 미친 듯 위아래로 날뛰는 그녀의 빗이 차가운 터널 조명 아래에서 반짝거린다.

그런 다음 어둠 속에서 반대편을 살핀다. 거기에는 별이 총총한 하늘이 있고 물에서는 찰싹찰싹거리는 소리가 들리고 흔들거리는 헬리콥터 비행장이 있고 스킨헤드의 흔적이 남아 있다. 빈 맥주 캔들, 펄럭이는 쉬스템볼라예트 비닐봉지들, 인종차별주의적인 낙서들. 리다르홀름의 실루엣이 오른쪽으로 높이 서 있고 멀리 떨어진 파티 장소에서 음악이 들려온다. 그렇지만 그곳에는 우리만 있다. 아무도 그곳에 없다. 멜린다가 낮게 소리를 지른다. "가자!" 손모아장갑을 끼고 있어서 아주 어설픈 동작으로 움푹하게 들어간 페인트 통 뚜껑을 비집어 연다. 멜린다와 임란이 각자 맡은 방향을 망보는 동안 나와 파트리크가 시작한다. 내가 붓에 적셔 빠른 속도로 페인트 통을 비워 가면서 나치스트 상징을 모두 지워 버리는 동안 물에서는 찰싹찰싹 물결이 일고, 땀으로 윗입술이 촉촉해진다. 그런 다음 콘크리트 벽에 눈물처럼 흘러내리는 글자들을 써 내려간다. 신랄하게 빛을 내고 있는 글자들은 영원히 그곳에 있을 것이다. 나는 무아지경이 된 채 그 글자들을 써서 뭐라고 썼는지 거의 기억나지 않는다. 단지 단어와 단어 그리고 단어를 쓸 뿐이다. 이 순간에는 그저 나와 페인트와 불멸성의 영구함만이 존재하기 때문에 모든 두려움과 공포는 사라진다. 그리고 나만의 방식으로 흔적을 남겨 놓는 게 내 습관이고 멜린다와 임란이 비웃으며 늙은 아줌마 서체라고 부르던 스타일로 쓰지 않았다고 주장하는 것이 더 끝내주는 듯했던 건 당연하다. 우리가 팻 캡과 진짜 스프레이 통을 가지고 구름 한점 없이 맑은 콤프턴 하늘 아래에 서서 우리 같은 슬럼가 젊은이들의 그림자를 완벽히 드리우며 여러 가지 색깔로 반짝반짝 빛나게 스프레이로 낙서를 한다는 것은 분명 기막히게 멋진 듯했다. 게다가 우리가 스킨헤드들이 가장 좋아하는 장소를 커다란 페인트 붓과 외할머니가 쓰다 남긴 차고의 하늘색 페인트로 더럽힌다는 것에는 무언가 아름다운 구석도 있었다.

우리가 역할을 바꾸자마자 야간 열차가 지나가면서 전기 케이블에 불꽃이 튄다. 파트리크가 터널을, 내가 부두를 살피고 나서 모든 것이 준비된다. "시작해!" 나는 군화 소리와 "하일."이라고 외치는 소리를 듣고, 경찰 워키토키에서 들리는 안절부절못하는 어조의 목소리와 「스타워즈」의 R2D2를 항상 생각나게 하는 그런 소리를 찾아내려고 귀를 기울인다. 그렇지만 찰싹거리는 물소리와 멀리 떨어진 파티 장소에서 들려오는 베이스 선율 말고는 아무 소리도 안 들린다. 멜린다의 글씨는 내 것보다 더 명확하게 빛나 보인다. "빌어먹을 BSS!" 그리고 임란이 쓴 말은 "씹할 VAMS 엄마들!" 그다음은 사실 그리 멋져 보이지 않는다. "베르트 엉덩이는 빨개!"[22]

그때 갑자기 발소리가 들린다. 발소리가 틀림없었나? 새까만 어둠을 뚫고 나는 곁눈질로 본다. 길을 잃은 개 주인인가 아니면 술주정뱅이인가 아니면 매복했다가 습격하려고 하는 열 명에서 열두 명 정도의 스킨헤드? 그러고 나서 나는 갑자기 번쩍이는 빛 때문에 눈이 안 보인다. "에이 씨, 그게 뭐였지?" 멜린다가 소리친다. 임란은 페인트 붓을 떨어뜨리고 파트리크가 고함친다. "교외선이야!" 하지만 철로는 인기척 하나 없이 조용하다는 것을 모두 깨닫고 나서 멜린다가 편집증적으로 부두를 주시한다. "거기 누구 있어요, 예?" 그리고 나는 쭈그려 앉은 채 또다시 한 번, 두 번, 세 번, 플래시가 터지는 동안 안 돼라고 소리친다. "사진을 찍는 사람이 있어!" 우리가 소리를 지르며 터널 안으로 내려가 늦기 전에 가까스로 목도리로 얼굴을 가렸을 때 위협적인 스킨헤드 한 부대가 우리 목에다 숨을 헐떡이며 우리 등 뒤에서 인종차별주의적 구호를 외쳐 댄다.

뒤에서 자동차 엔진 소리가 심하게 부릉거리고 있을 때 우리는 막 터널에서 빠져나온다. 우리는 발걸음 속도를 늦추고 나서 좀 진정이 된다. 세상이 갑자기 파란색으로 변할 때까지 모두 서두르지 않는다. 누군가 경찰에 전화를 걸고 단숨에 우리는 구시가 골목길로 들어선다. 숨이 턱까지 차오른다. 엔진 기어 변환, 워키토키 소리, 확성기에서 흘러나오는 소리, 경찰차의 번쩍거리는 파란색 불빛. 멜린다가 소리친다. "양동이를 비워 버려!" 헬리콥터 비행장에서 이제 좀 떨어져 있더라도 말이다. 우리는 골목길을 통과해 달리고, 카페와 자갈길을 지나, 뒷마당으로 들어가서, 한숨을 돌리고는 세로 홈통 뒤에 몸을 숨기고 지켜본다. "그들이 사라질 때까지 기다리자고. 알았지?" 이제 괜찮다는 생각이 들고, 도중에 거의 잡힐 지경이었지만 마지막 순간에 짭새들을 따돌리는 데 성공해서 웃음이 흘러나온다. 그때 다시 짭새들이 그곳에 나타나는데, 이제는 차가 두 대이다. 우리는 있는 힘을 다해서 달린다. 임란의 몇 발자국 뒤에서 뒤쫓는 사이렌과 차의 속도를 올리는 소리가 들리고, 작은 집들 사이로 발소리가 메아리친다. 막다른 골목에서 잡히기 직전까지 타다닥타닥닥 발소리가 시끄럽다가 영화 같은 결말을 맞는다. 어둠 속에서 목소리가 확성기를 타고 "멈춰!"라고 소리치고 우리는 멈춰 선다. 우리가 헐떡이며 서 있자 우리 얼굴에 눈부신 파란색 불빛이 드리운다.

편지를 쓰렴…… 어떻게 감히, 삐쩍 마른 십 대 애들 셋(나머지 하나는 엄청나게 뚱뚱했지.)이 헬리콥터 비행장에 들어갈 생각을 했을까? 넌 그 위험을 몰랐던 거냐? 네 아빠는 의도적으로 플래시를 사용했다. 너희 버릇을 고쳐 주려고 했던 것이다. 그리고 너희가 갑자기 오들오들 떠는 토끼가 되어 구시가 터널 안으로 부리나케 도망치는 광경을 보면서 그는 즐거워했다.

하지만 한 가지에 관해서는 네가 내 말을 믿어야만 한다. 경찰에 전화한 자가 네 아빠는 아니었다. 그가 자기 사진들을 경찰에게 넘긴 것은 다른 문제였다. 그는 복수심으로 정신이 혼미한 상태에서 그랬다. 그는 배신감을 느꼈던 상황에서 그렇게 한 것이었다. 그는 너의 미래를 위해서 그렇게 했다. 그는 매우 철저하게 네가 페인트 붓을 들고 있던 모습을 찍은 사진은 포함하지 않았다. 오직 파트리크, 멜린다, 그리고 임란만 사진에 노출되었다. 그리고 어쨌든 이들 세 사람은 너의 에스코트를 받을 가치가 없는 아이들이었다. '이 세 아이들은 내 아들의 혼미한 상상력을 부추길 정도로 어리석지 말았어야 해! 만약 그 아이들이 내 아들의 머리에 아웃사이더의 씨를 뿌리려고 한 거라면, 이건 그에 상응하는 값을 치른 것뿐이야!'(이게 네 아빠의 말이었다.)

이것이 우리가 함께 떠나보낸 마지막 가을이다. 봄에 파트리크, 임란, 그리고 멜린다에 대한 선고가 내려졌기 때문이다. 그들은 예상했던 것보다 가혹한 형량을 받았다. 아마도 우리가 도망가려고 했기 때문이다. 아마도 그들이 헬리콥터 비행장에서 왕궁으로 조각상으로 그리고 스튜디오까지 이어진 우리의 종적을 전부 알아냈기 때문이다. 아마도 우리가 마지막까지 자백하기를 거부했기 때문이다.(비록 신발과 손, 그리고 점퍼 소매에 페인트 얼룩이 남아 있었지만 말이다.) 아마도 누군가 경찰에 사진을 한 다발 안겨 주었기 때문이다. 그 사진 다발은 눈물이 묻은 렌즈로 찍은 것처럼 흐릿하게 교외선 플랫폼에서 헬리콥터 비행장까지 모든 것이 기록된 사진이었다. 짐작하건대 그 사진들 때문이었다. 사진은 거짓말하지 않는다고 판사가 혀를 차며 말하고 멜린다를 응시한다. 멜린다는 어른 의자에 가녀린 어깨를 하고 앉아 훌쩍거리는 엄마와 그녀의 경호원 언니들을 바라본다. 그녀의 아프로 헤어스타일은 단정하게 빗질되어 늘어져 있고 초록색으로 변한 그녀의 금목걸이는 싱가포르 블라우스 아래에 숨겨 매달려 있고 그녀의 손에 있던 BFL 문신은 거의 지워져 버렸고 그녀가 눈도 깜박이지 않고 내가 썼던 글자들을 모두 자기가 쓴 거라며 죄를 인정할 때

재판장에서 그녀의 목소리는 거의 들리지 않는다. "물론 인종차별주의자들은 모두 자기 엄마와 섹스를 한다고 쓴 것도 바로 저고 '빌어먹을 짭새들'이라고 쓴 것도 물론 저고 저조차도 그 의미가 무엇인지 설명할 수 없는 약간 이상한 스타일로 글자를 길쭉하게 쓴 것도 물론 저예요."

아빠는 굳게 서 있다.

나는 마지막 장면이 거의 기억나지 않는다. 아빠의 기념장에 달린 맹꽁이자물쇠를 뜯어낸 엄마, 스웨덴에 돌아온 아빠, 지하철 검표원으로 돌아온 아빠, 스튜디오는 닫아 버리고 이혼 수속이 진행되는 것을 기다리며 소파에서 자고 있는 아빠의 모습이 흐릿하게 기억이 난다. 더 기억나는 게 뭐지? 숨을 제대로 쉬지 못하는 엄마의 소리? 엄마의 짧은 신음 소리?

엄마가 봉투를 들고 저쪽에 서 있다. 봉투에는 네거티브들로 가득 차서 아빠가 고집스럽게 부인했던 것들에 대한 증거들이 흘러내린다. "당신 정말로 그렇게 생각하는 거야? 내가 바람피웠다고? 아니면 내가 내 아들을 따라다니면서 아들 친구들을 체포당하게 했다고? 말도 안 돼!"

하지만 네거티브들이 거기에 펼쳐져 있다. 어떤 것들은 얼굴 없이 몸만 보여 주고 또 어떤 것들은 밤의 색깔들과는 반대의 세계가 나타나 있다. 거기에는 나의 파란색 표범의 등이 교외선 플랫폼에 페인트를 칠하고 있다. 멜린다와 임란은 세르겔 광장을 칠하고 있고, 파트리크는 계단에 블라테 파워라고 쓰고 있고 네 명 모두의 실루엣이 차례로 서서 스웨덴 왕궁 담벼락에 색을 칠하고 있다.

엄마는 무궁한 강직함을 드러내 보인다. 엄마는 조금의 타협도 일절 하지 않는다. 아빠의 여행 가방을 가져오라고 어린 동생들을 지하실로 내려보내고, 엄마는 오렌지색 부엌 가위를 가져와서 짐을 싸기 시작한다.

아빠가 SL에서 퇴근해 집에 돌아온 그날 저녁, 가위로 적어도 하나 또는 두 개의 구멍을 빠짐없이 낸 넥타이, 양말, 속옷, 셔츠, 바지, 그리고 티셔츠가 들어 있는 가방들이 현관에 준비되어 있다.

오른손에 석간신문을 들고 베레모를 비스듬히 쓴 채 SL 재킷을 입은 아빠가 어떤 모습으로 현관에 서 있었는지 나는 기억한다. 아빠는 엄마를 쳐다보고 아들들을 쳐다본다. 그가 소심하게 웃는 걸로 보아서, 처음에 그는 모든 게 농담이라고 생각한 듯하다. 악의 없는 작은 거짓말과 몇 가지 실수로 이렇게 화를 내는 것은 아니지? 그 누가 실수 한 번 안 하겠어? 아빠는 신발 끈을 풀고 엄마는 거울이 깨질 듯한 목소리로 소리를 질러 댄다. 그러자 어린 동생들이 울기 시작한다. 아빠는 설명을 하려고 하면서 도망갈 구멍을 찾으려고 한다. 내가 한 건 모두 우리 아들의 최선을 위해서 한 일이고 그런 여자들은 오래전의 일이며 아무런 의미가 없었다고 말하려고 한다. 그렇지만 엄마의 눈물이 해안가 모래언덕에 소풍을 갔을 때 갑작스레 쏟아져 내린 비처럼 왈칵 쏟아져 내리고 엄마의 뺨은 베르트 칼손이 승리의 표시를 보여 주던 것을 보았을 때처럼 굳어 있다. 아빠는 여러 가지 다른 언어로 미안하다는 말을 하려고 하고 스웨덴어로 용서하라고 하며 아랍어로 애칭을 부르고 프랑스어로 사랑한다고 말하지만 엄마는 어떤 언어로도 진정이 되지 않는다. 아빠가 엄마의 뺨을 어루만지려 하자 그녀는 옆으로 물러서며 그를 문 쪽으로 밀쳐 낸다. 그녀의 뺨은 너무 빨개서 이마가 하얗게 빛나고 갑자기 아빠는 목소리를 바꾸어 말한다. "나는 물러서는데, 당신은 전혀 물러서지 않는군." 아빠가 나를 쳐다보고 나는 아빠를 쳐다본다. 우리의 눈이 서로 마주친다. 우리는 서로의 눈동자를 응시하지만 나는 항복하지 않는다. 이번에는 그렇게 안 한다. 왜냐하면 엄마와 아들 사이에 아무것도 돌아올 게 없기 때문이다.

결국 아빠가 신발 끈을 묶은 후 여행 가방을 들고 발코니 통로를 향해 걸어간다. 어린 동생들은 여전히 큰 소리로 울고 있고 아빠의 다리에서 떨어질 줄 모른다. 아빠는 아랫입술을 깨물고 엄마는 머리에 쇠스랑처럼 자신의 손을 헤집어 넣은 채 웅크려 앉아 있다. 나는 절대 잊을 수 없는 말로 그리고 내가 원하더라도 책에는 도저히 쓸 수 없는 말로 아빠에게 작별 인사를 하고 손을 흔든다.

그래? 네 입장에서는 그런 말들을 물론 빼도 되겠지만

네 아빠는 원할지도 모르잖아? 여기에 네가 했던 말을 정확히 써 넣으렴. 그 말이야말로 너의 오랜 침묵에 대한 결정적인 문구이기 때문이다. 너는 네 아빠의 작별 인사에 대고 그런 말로 소리쳤다.

......

네 아빠가 스웨덴에서 돌아왔을 때, 나는 그의 모습을 거의 알아볼 수 없었다. 그의 머리는 하얗게 세었고 일부는 머리카락이 완전히 빠져서 대머리처럼 되어 있었다. 그의 눈 밑은 크게 부어올라 있었고 프랑크푸르트에서 비행기를 갈아타려고 공항 바에서 잠시 머물다가 발을 삐는 바람에 절뚝거렸다.

"그래, 가족들과 재회는 어땠어?" 나는 걱정스레 물었다.

"응, 잘 만났어. 아내가 후회하며 배우자로 다시 자신과 함께해 주길 원했지. 그리고 나와 내 아들은 서로 가장 친한 친구 사이가 되기로 했지."

"그래…… 넌 여기서 다시 뭘 할 셈이야?"

네 아빠는 입술을 꾹 다물었다.

"나에게 말해 주지 않을 거야?"

"응."

"하지만 다른 기회에?"

"다음번에."

"그러면 지금은?"

"잘 모르겠어."

네 아빠는 타바르카에 영원히 정착했다. 그는 아크라프의 낡은 아틀리에를 인수해서 그곳을 현대화하고 여행객들에게 아랍 환경을 배경으로 얼굴 사진을 찍을 기회를 제공했다. 사막 배경에서는 사람들이 단봉낙타 몰이꾼이 되었고, 하렘 배경에서는 뚱뚱한 술탄이 되었고, 카바[23] 배경에서는 순례하는 이슬람교도가 되었다.

압바스는 자신의 가족, 스웨덴의 깨끗한 수돗물, 다리 위에서 바라보는 황혼 녘의 경치, 여름의 라일락 향기들을 끊임없이 그리워했다. 하지만 그가 자신의 모든 것을 바쳤던 그 나라에서 고립되어 살기는 불가능했다. 그는 이름을 바꾸었으며, 스웨덴어를 완벽하게 발음하기 위해서 혀를 구부려야 했다. 게다가 아들의 이름조차 '유네스' 대신에 '요나스'라고 지어 주어야만 했다! 더 무엇을 요구할 게 있겠는가? 그럼에도 여전히 스웨덴이라는 나라는 그를 언제까지나 아웃사이더로 간주한 곳이었다.

그 후 몇 해 동안 그가 자신을 가장 망연자실하게 한 게 너의 배신이었다고 생각했음을 나는 인정할 수밖에 없다. 늦은 밤 우리가 위스키를 마시면서 우정을 나누고 있을 때 그는 너에 관해서 이렇게 말했던 것 같다.

"그 뱀 같은 녀석이 내가 나의 뿌리를 배신했다고 말할 무슨 권리가 있는 거야? 정신이 혼미한 그 멍청한 바보 녀석이 뿌리에 대해서 뭘 알아? 그 애가 투쟁에 대해서 무얼 알아? 그 애는 혼미한 상태에서 계속 시간을 보내 왔어. 그렇지 않으면 스웨덴 엄마의 배에서 태어났고 스웨덴에서 태어난 애한테 어떤 이름을 붙여 줄 수 있었겠느냐고. 인종 차별주의자에 대한 투쟁을 자기 목표로 선언하고 멍청한 이민자 무리와 어울리며 시간을 보내는 애한테 말이야. 어 렸을 때부터 자라 왔던 나라의 언어임에도 불구하고 의도 적으로 말씨를 변형시켜 버린 애에게 도대체 다른 무엇이 라고 부를 수 있는 거지? 내 아들은 문화가 결여된 슬픈 인 물이야. 걔는 스웨덴 사람이 아니야, 걔는 튀니지 사람도 아 니야, 걔는 아무것도 아니야. 충분히 다 자란 카멜레온처럼 상황에 따라 자기 자신을 변형시켜 버림으로써 계속 생기 는 충치와도 같아."

(요나스, 미안하지만 나는 네 아빠가 실제 했던 말들을 쓸 수밖에 없구나.) 나는 대답했다.

"하지만…… 너 역시 그렇지 않아?"

"그렇지! 하지만 내게 그것은 자랑스러운 명성이었어. 나 는 자유로운 세계주의자야! 그렇지만 내 아들에게는 수치 스러움 그 자체이지."

그다음 몇 년 동안 나는 외교관 역할을 했다. 나는 자부 심이 대단했던 네 아빠가 아들과의 관계를 뭉개 없애 버 리지 않도록 납득시키려고 노력했다. "전화를 해!" 네게 편 지를 보내려고 시작은 했지만 절대로 끝을 맺은 적이 없었 다! 네 아빠는 나의 제안을 그저 거부할 뿐이었다. 그의 자 존심이 그를 막아 버렸다. 그리고 너도 알고 있다시피 그가 1997년 가을에 우편엽서를 네 어린 동생들에게 보내도록 네 아빠에게 권고했던 것도 바로 나였다. 그건 내 과오였다. 미안하구나. 네 아빠가 약간이라도 화를 밖으로 좀 표출할 수 있다면 좋을 거라고 생각했다. 그래서 우리는 알코올의 취기로 우편엽서에 글을 작성했다. 네 아빠는 그다음 날 바로 후회했다. 그렇지만 여느 때처럼 그의 위신은 그가 전화로라도 네게 사과하는 것을 막아 세우고 말았다.

그리고 너는 그날을 기억한다. 곧 쌍둥이 어린 동생들의 생일이었기 때문이다. 너는 고등학교를 다니기 시작했고, 점심시간에 너희는 학교에서 집으로 돌아온다. 너희란 너와 학급 친구 호만으로 전날 밤에 방영한 「요! 엠티브이 랩스」를 볼 계획이다. 너의 집은 그의 집처럼 편해서 너희는 현관에서 신발을 마구 벗어젖힌다. 네가 우편물을 살펴보는 동안 호만이 비디오를 되감고 있다. 네가 우편엽서에서 타바르카의 디자인과 튀니지의 우표를 보자 최악의 상황이 순간적인 기쁨으로 변해 버린다. 우편번호에 특별히 구부려 쓴 숫자들이 있는 아빠의 고전적인 아름다운 손 글씨체를 알아본 기쁨이다. 물론 너는 후회하게 될 거라는 것을 느끼지만 네 두 동생에게 보낸 우편엽서 두 장에 씌어 있는 글을 읽는다. 그리고 물론 네가 읽는 구절들이 결코 지워 버릴 수 없는 흔적을 남길 거라는 것을 알고 있음에도 너는 두 우편엽서에 정확히 똑같이 씌어 있는 문장을 읽는다.

이 세상 모든 사람이 나를 배신했다. 너희 둘만 빼고.

아빠가 '너희 둘'이라고 구체적으로 언급한 것마저 너는 기억한다. 그리고 너는 우편엽서를 구겨 버리지 않고 크게 욕을 하지도 않는다. 하지만 호만은 알아차린다. 그의 아빠도 배신자였기 때문에, 그의 아빠가 자기 아내의 새로운 직장 동료에 대한 걱정과 구직 면접을 단 한 번도 받지 못한 좌절로 아내를 때리기 시작했기 때문에, 그리고 지금은 그의 아빠가 뢰다 크반 극장에서 팝콘 판매원으로 일하고 있기 때문에 호만은 네게 묻지 않고도 이해한다. 호만은 왜 때때로 네가 눈물을 흘리는지, 전철에서 아들과 함께 있는 낯선 어떤 아빠를 보게 될 때 전율하는지, 왜 네가 3인조 힙합 그룹 노티 바이 네이처의 트레치가 "I was one who never had and always mad, never knew my dad muthafuck the fag." [24] 라고 랩을 할 때 항상 전율하는지 정확하게 이해한다. 호만은 네 아빠를 훔쳐 간 나라에 대해 네가 느끼는 분노를 안다.

그해가 지나갔고, 관광객이 늘어났으며, 네 아빠는 자기 일과 스웨덴에 대한 기억만 가진 채 완전히 고립되어 살았다. 1998년 우리는 알렉스 볼드윈(그의 이름은 정말 그랬다. 유명한 할리우드 배우 이름하고 거의 비슷했다.)이라는 미국 관광객과 알게 되었다. 우리는 함께 호텔 바에서 술을 여러 잔 마셨는데 알렉스는 자신이 미국에서 성애 사업에 많은 관련이 있다고 했다. 또한 포르노그래피는 항상 새로운 시장을 찾고 있으며 아직 유일하게 개척되지 않은 곳이 아랍 세계라고 말했다.

"아랍의 포르노그래피 지사를 만드는 데 좀 도와주겠소? 당신에게 엄청난 돈을 모으게 해 줄 거요."

알렉스는 네 아빠가 자기 아이디어를 어떻게 받아들이는지 보기 위해 잠시 말을 멈추었다.

"아니, 어쩌면 당신들이 종교적 항의를 할지도 모르겠지만……."

"걱정하지 말게." 내가 말을 끊었다. "전통이라는 짐이 우리의 등을 무겁게 짓누르지는 않소. 그렇지, 압바스? 하지만 넌 아랍 여성들을 미국에서 구해야 할지도 몰라. 누가 카메라 앞에서 자기들의 에로틱한 것을 보여 줄 준비가 되어 있겠느냐 말이야. 그리고 소품과 배우들을 활용해 로스앤젤레스나 비벌리힐스에서 차도르를 쓴 여성의 사진을 찍는 게 안 될 건 없잖아? 왜 굳이 여기서 우회적인 방법으로 일하겠어?"

알렉스가 나의 순진함에 미소를 지었다.

"물론 우리가 배우를 고용할 수 있고, 로스앤젤레스 스튜디오에서 아랍적인 분위기를 위조해서 최대한 꾸며 낼수도 있을 거요. 그리고 이미 그런 사진들은 얼마든지 있소. 하지만 우리 손님들은 그렇게 판에 박힌 일반인들이 아니라오. 우리 손님들은 최고만을 찾는다네. 그들은 특히 진품에 엄청나게 굶주려 있거든. 우리의 손님들은 가짜 페즈나 미국의 스튜디오라는 것을 즉시 알아챌 거요. 그러니까 이런 식으로 모방해서 어떻게 하려 하는 것은 안 된다오!"

알렉스는 호텔 바의 천장에 있는 등을 제어하는, 금이

간 지구본 모양의 버튼을 집게손가락으로 가리켰다.

"이해하겠소? 게다가 성애물은 정치 리듬에 영향 받는 분야라오. 걸프 전쟁이 끝나자마자 우리는 아랍 포르노에 대한 고객들의 수요가 얼마나 증가했는지 알게 되었지. 미래는 아주 밝다네."

"단 한 가지……." 네 아빠가 말했다. "우리 사진들이 누군가의 사생활을 침해한다거나 욕보이지 않는 것이 내게는 무척 중요하오. 나는 포르노그래피가 아니라 그저 에로틱하게만 사진을 찍고 싶소. 난 남용해서는 안 되는 커다란 재능이 있으니까 말이오. 웨스턴, 케르테스, 빌 브란트 같은 사진작가들에게서 시작된 횃불을 계속 이어 나가야만 한다오!"

"물론이오." 알렉스가 대답했다. "그 세 사람은 누구요?"

"그 세 사람은 나체 사진을 예술로 승화시켰다오."

"나를 믿게나." 알렉스가 진정시키면서 자기 명함을 우리에게 건넸다.

그 이후 몇 해 동안 압바스가 알렉스와 함께 일했던 것을 시인해야겠구나. 내가 그를 도왔다. 우리는 엄청난 액수의 돈을 지불하는 대가로 카메라 앞에서 성적인 표현을 하겠다는 튀니지의 학생들과 매춘부들하고 계약을 맺었다. 처음에는 베일을 쓴 채 자기 다리를 벌리고 입술을 볼록하게 내밀면서 즐겁다는 듯 카메라를 유혹하는 관능적인 여성 한 명만의 사진을 찍었다. 하지만 국제적으로 세계가 확장됨에 따라 카메라 앞에서 남자들과 함께 요염한 자세를 취하는 여성들의 사진까지 작업을 확대해야 한다고 나는 네 아빠를 설득했다.

내게는 명확한 동기가 있었다. 서방 세계와 아랍 세계 사이의 마찰로 우리 사진에 대한 수요가 기하급수적으로 증가했다. 석유에 대한 마찰, 테러 공격 또는 이라크 공습은 베일을 쓴 여성들의 성적인 모습을 보여 주는 사진에 대한 굶주림을 키웠다. 네 아빠는 결국 항복했고 대중적으로 엄청난 성공을 거두었다. 우리의 첫 번째 성공은 유머러스하고 에로틱한 『알라딘과 그의 마법 매춘부』였다. 이어서 『창녀라비아의 로렌스』와 『카사블랑카 ×××버전』이 나왔다. 특히 프랑스에서 매우 인기 있던 것은 성적을 올리고 싶어 하는 베일 쓴 학생들에게서 황홀경을 경험하는 애꾸눈 교장 선생님을 연출한 시리즈였다.(『교장 선생님의 사무실』, 『베일 속의 낙제』, 『Part 1-6』.) 이슬람교도 음식에다 성적으로 군인을 결부시킨 다른 형태의 것도 있었다.(『폭풍 디저트 – 군인에게 음식 먹이기』)

우리의 사진은 미국과 유럽 모두에서 엄청난 성공을 거두었다. 우리의 특별한 고객들은 거의 모든 작품들을 찾았으며 오직 몇 작품만 낭패를 보았다.(실패한 사진 시리즈 중 한 예가 『사담과 임질』인데 극히 특정된 고객 영역만 제외하고는 판매가 매우 제한되었다.) 곧 우리는 거듭되는 사진 시리즈마다 등장하는 우리만의 사진 속 영웅인 남자 주인공을 탄생시켰다. 우리의 첫 번째 여주인공에게는 색광녀 '미스 허니 밀크 교주'라는 이름을 붙였다. 그녀는 유전을 소유한 이슬람교도로 결박당하는 것을 좋아하고 동시에 버려진 주유소에서 자신이 발견한 백인 남성들과 쓰리섬을 즐겼다. 미국에서의 성공이 신호탄이 되어 우리가 함께 작업한 여성은 피터 노스와 같은 성애물의 대가와 함께 단독 사진을 찍기 위해서 마이애미로 초청받았다. 우리는 그녀를 자리를 남자 주인공으로 교체했으며 코미디언 로언 앳킨슨의 방식을 빌려 왔다. '미스터 빈' 대신에 우리는 '미스터 베두인'을 만들어 냈다. 미스터 베두인은 스스로를 끊임없이 성적으로 우스운 상황에 놓이게 하는 매우 유머러스한 남자였다. 호텔 방을 빌린 그는 여주인의 쌍둥이 두 딸에게서 특별히 후한 대접을 받게 된다.(『학교에 가기에는 너무 추운 날』) 길을 잃은 그는 오아시스에서 성관계에 굶주린 사우디 에어로빅 강사 일곱 명에게서 특별히 후한 대접을 받게 된다.(『1000 그리고 타이츠 하나』)

곧 우리는 남자가 강압적인 상황에서 베일을 한 여성과 강제로 관계하는 사진 시리즈를 사람들이 특히 좋아한다는 사실을 알게 되었다. 남자는 가급적 백인이어야 했다. 여자는 되도록 강제로 성관계를 하게 하고, 베일은 웬만하면 두 조각으로 찢어 버리고, 성행위는 될수록 일정한 순서를 따라 일어나야 했다. 입으로, 앞으로, 뒤로 그리고 다시 입으로. 예를 들어 남자는 에로틱하게 증기가 피어오르는 대중탕에 침입하는 군인을 연기하거나 베일을 쓴 여성 직원을 자기 사무실로 불러들이는 사장 역할을 맡았다. 시나리오가 중요한 것은 아니었다. 가장 결정적인 것은 여성의 베일이 찢겨 나가고 여성의 털이 노출되고 남성의 하얀 알몸 일부가 여성의 얼굴에 들어가 있는 것이었다.

스웨덴 이주 후 그에게 영향을 미쳤던 냉담과 무관심 같은 불쾌한 감정을 담은 시리즈들을 네 아빠가 사진으로 담는 동안 나는 실무적인 것을 모두 책임졌다. 그의 재정 상태는 꽃을 피웠지만 여전히 그는 행복과는 거리가 멀었다. 그를 방해했던 것은 도덕적 측면에서의 모호성이 아니었다. 우리의 사진에서 연기를 했던 여성들은 모두 전적으로 혼자서 결정했다는 사실을 기억해라. 정액을 삼킬 때마다 그리고 항문 성교를 할 때마다 그들은 매우 후하게 보상을 받았다. 그리고 그 누구에게 그녀들이 주인인 몸에 대해 여성의 권리 문제를 제기할 만한 합법성이 있을까? 네 아빠는 계몽된 서구 세계 남자로 함께 일한 모델들과 천진난만하게 함정에 빠지는 일은 결코 벌이지 않았다.

결과적으로 그의 기분을 어둡게 한 것은 도덕상의 문제가 아니었다. 그의 기이한 입장 때문이었다. 그는 일생에 걸쳐 가족을 기쁘게 해 주기 위해서 돈을 엄청나게 많이 벌려고 싸워 왔다. 그는 설거지를 했고 개똥을 치웠으며 전철도 운전했고 반려동물 사진도 찍었다. 그리고 이제 그의 재정 상태가 드디어 꽃을 피우게 되었는데, 그에게는 그 돈을 같이 공유할 가족이 없었다. 그는 생전 처음으로 수없이 후회했고 곧 본질적이지 않은 것들에 자신의 사진 재능을 허비하는 데 구역질이 나기 시작했다.

2000년, 네 아빠가 엄청난 이자와 함께 내게 빌렸던 돈을 갚을 수 있게 된 마법의 날이 찾아왔다. 그는 이제 자유로웠지만 그의 기분은 행복과는 멀리 떨어져 있는 것 같았다. 내가 이렇게 말했다.

"정말 축하해, 이제 우리는 드디어 셈이 끝난 거야! 이제부터 무엇을 할 거야?"

"나도 모르겠어. 하지만 나는 에로틱한 사진을 찍는 일은 그만둘 거야. 돈은 이제 충분해."

내가 내 소유의 호텔 개업을 위해 막바지 준비를 하는 동안 네 아빠는 전기로 간추려 볼 만한 자신의 기억을 모으고 싶어 했다. 그의 우상이었던 카파와 프랭크, 카르티에 브레송과 애버던처럼. 네 아빠는 자신의 삶과 작품을 다큐멘터리로 만드는 것을 열망했다. 그는 마음에 들어 하는 사진에다가 자신의 잃어버린 가족을 위해 그의 행위를 설명한 글을 함께 섞어 책에 담으려고 했다. 그는 자기 방에서 이 사이에 연필을 넣은 채 물어뜯으며 조각을 내느라 정신없이 바빴다.

"자서전은 어떻게 되어 가?" 내가 가끔 물었다.

"아주 안 좋아." 네 아빠가 대답했다. "내 인생을 순서대로 정리하는 게 너무 어려워. 내 기억들이 모두 이것저것으로 다 섞여 버려서 내 역사를 어떻게 시작할지조차 아무 감이 안 잡혀."

"어쩌면 우리가 서로 도울 수 있지 않을까? 자네가 작가로서 겪는 고통을 치유하기 위해서 네 삶을 나에게 이야기하면 어떨까?"

436

그래서 네 아빠가 이야기를 하기 시작했다. 그리고 그는 이야기하고, 이야기하고, 또 이야기했다. 단어들이 사무실의 아침을 채웠고 점심 도시락과 황혼 녘 해변의 산책을 채웠다. 그 전이나 그 후에나 내가 전혀 네 아빠에게서 볼 수 없었던 모습으로 그는 가슴을 열어 이야기했고 또 이야기했다. 밤이 되면 우리는 완전히 새로 지은 호텔 지붕 위에 올라갔다. 우리가 어린 시절에 그랬던 것처럼 똑같이 대마초를 나누어 피웠고, 네 아빠가 단어들을 폭포처럼 쏟아 내는 동안 우리는 하늘이 진동하는 것을 느낄 수 있을 정도로 가까이에 총총 떠 있는 별을 응시했다. 이상한 무질서 속에서 그의 알제리 고향 마을, 밤나무, 텔레비전 스타 망누스 헤렌스탐, 그리고 스톡홀름 군도의 햇살에 관한 말들이 뒤섞였다. 그의 말은 결코 멈출 줄 몰랐다. 내가 노골적으로 하품을 하는데도 그 말들은 나를 따라 침실로 들어왔고, 내가 이를 닦을 때면 그 말들은 욕실 문을 통과해 나를 따라 들어왔으며, 심지어는 내가 자려고 전등을 껐을 때에도 어둠 속에서 들려왔다. 마치 네 아빠가 누구한테 들려주지 않았던 모든 것을 드디어 쏟아 내야만 하는 듯했다.

다음 날 아침 식사를 하면서 그는 사라진 아빠에 관한 이야기를 다시 말하기 시작했다. 어쩌고저쩌고, 어쩌고저쩌고, 어쩌고저쩌고, 그의 다정한 엄마가 어쩌고저쩌고, 어쩌고저쩌고, 어쩌고저쩌고, 사진 예술이 어쩌고저쩌고, 어쩌고저쩌고, 어쩌고저쩌고. 계속해서 몰려오는 그의 자기중심적인 말의 파도에 몹시 지친 나머지 나는 그의 말을 끊었다.

"한 가지만…… 네 어머니가 모우사에 대해서 진실을 말하는 건지 어떻게 알 수 있어? 어머니가 그냥 지어낸 얘기 아니야?"

네 아빠가 좌절했다.

"그 말은 내가 이제껏 들은 말 중에서 제일 바보 같은 말이야. 왜 어머니가 그랬다고……."

"아마도 네 어머니가 그러니까…… 다른 사람하고 성관계를 갖게 되었던 건 아닐까? 적절치 않은 어떤 사람하고? 그러니까 예를 들어 이웃집 농부?"

"그게 무슨 의미야…… 라시드가 그러니까…… 그런데 우리가 만났을 때 그는 왜 아무 말도 하지 않……."

네 아빠가 입을 열었다. 다시 그리고 또다시. 하지만 마치 그가 어렸을 때와 똑같이 아무 소리도 나지 않았다. 그는 사라졌다가 몇 분 후 사진을 들고 되돌아왔다. 그 사진에는 그가 찍었던 라시드의 모습이 들어 있었다.

"솔직히 말해 봐. 분명히 우리한테 조금이라도 닮은 구석이 있어 보여?"

네 아빠가 라시드의 사진을 앞에 들고 있었다. 그리고 나는 인정해야만 했다. 많이 닮지 않았다. 두 사람은 똑같았다. 1984년 젠두바의 수크에서 찍은 사진 속에서 칠면조를 들고 있는 사람과 2000년 타바르카에서 지금 바로 내 앞에 앉아 있는 사람은 똑같은 사람이었다. 똑같이 눈 밑이 무겁게 처져 있었으며, 똑같이 슬프게 바라보는 시선, 똑같이 듬성듬성 빈 곳이 있는 은빛 머리는 각각 의복으로 감추어져 있었다. 네 아빠는 베레모를 쓰고 있었다. 네 할아버지는 카피예를 쓰고 있었다. 마치 정치적 동기로 아들과의 관계를 상실한 공통된 경험처럼 그들의 얼굴에는 정확히 동일한 점이 남아 있었다.

"와우." 내가 말했다.

"와우." 네 아빠가 말했다. "하지만 그러면 모우사는 누구지?"

"네 어머님이 상상으로 만들어 낸 결과가 아닐까?"

네 아빠는 긴장해서 이마를 문질렀고 아무런 답을 찾지 못했다. 같은 날 저녁 늦게 네 아빠가 내 방문을 두드렸다. 여느 때처럼 나는 인터넷에 접속해서 새로운 코미디 시리즈를 검색하고 있었다.

"카디르, 나쁜 농담처럼 들릴지 모르겠어. 하지만 나에게 약간의 돈을 빌려주었으면 해. 곧 돌려준다고 약속할게. 내 아빠가 했던 똑같은 실수를 하지 않기 위해서 내 마지막 운을 꼭 걸어 봐야겠어. 정치적인 결과가 두려워서 나와 내 아들이 갈라서도록 두지 않을 거야!"

나는 그에게 미소를 지었고 내 돈을 그에게 위임했다. 그 다음 날 그가 사라져 버렸다. 다시. 그의 전통에 충실하게, 그는 예고 없이 작별 인사를 했다. 그는 자신의 사진 장비를 모아 스튜디오를 닫아 버리고 튀니지를 떠났다.

네 아빠가 어디로 떠났는지 짐작할 수 있겠니? 황혼의

나이에 그는 자신의 삶을 약자를 보호하는 데 헌신하기 위해 세상으로 나갔다. 그날 이후 그는 반려동물, 관광객의 유머 모티프 또는 베일에 영감을 받은 에로틱한 사진에 단한 컷도 허비하지 않았다. 대신에 계속해서 이름을 바꿔 가며 아프가니스탄에서의 미국 전쟁 범죄, 아프리카 전쟁의 비극, 다국적 기업이 환경에 미치는 부정적 효과에 대한 사진들을 소개했다. 폴 브리커라는 이름으로 네덜란드의 엄격한 이민법에 항의하기 위해 입을 바늘과 실로 꿰맨 이란의 망명 신청자 사진을 찍었다. 홍콩에서 그는 남베트남의 어린이 죄수 사진을 찍었고, 미국에서는 멕시코 이민자들을 못 들어오게 하려고 세워 놓은 강철 장벽을 찍었다. 그는 또한 중국의 노예 공장을 사진으로 기록했으며 (강철로 끝을 뾰족하게 만든) '고무탄'에 상처를 입은 팔레스타인 아이들을 사진에 담았다.

인터넷을 통해서 나는 네 아빠의 찬란한 성공을 추적했다. 사진을 찍지 않을 때면 그는 세계 도처의 정치적 지식인들과 밀접한 관계를 구축해 갔다. 그는 스팅과 함께 껍질째 짜낸 주스를 마시고, 그는 아룬다티 로이 같은 작가들과 아침 겸 점심을 먹으며, 한 달에 한 번 정도 노엄 촘스키와 전통적인 스크래블 게임을 즐긴단다. 그리고 U2의 보노가 부른 「이븐 베터 댄 더 리얼 싱」이라는 노래를 아니? 이 노래를 누구에게 헌정했는지 알아맞혀 보렴! 바로 네 아빠를 칭송하는 노래란다!(미국 판 CD 디자인을 확인해 보렴.)

그렇지만 그 모든 것들에도 불구하고 그는 무척 외롭고

고독하단다. 그는 여전히 계속 가족들을 그리워한다. 그는 자기 아들들과 관계가 끊겼다는 것에 슬퍼한다. 그렇지만 그는 어떻게 용서를 구해야 할지 모른다. 반면에 그는 절대로 다시 짓밟아 버리지 않을 비할 데 없는 확신이 있다. 네 아빠는 절대로 동화되기 위해서 다시 누구를 속이지 않을 것이다. 돈을 쫓아 타협하는 그를 너는 결코 다시 볼 수 없을 것이다. 그게 가치 있는 것이 아니니까 말이다. 네 아빠가 자신의 삶을 너무 늦게 발견한 것은 아닌지 모르겠다…….

책을 어떻게 끝냈으면 좋겠는지 알고 싶니? 웅장한 마지막 장면에서 이제 책을 출판할 작가(=너)가 우연한 결과로 사라졌던 자신의 아빠와 조우하게 된다.

우선 네가 아파트를 나와서 밤 산책을 어떻게 하는지 보여 주자꾸나. 너는 슬픈 발걸음으로 스톡홀름 주위를 배회하고, 하룻밤 동안 전혀 소득이 없는 글쓰기로 너무 피곤해져서, 스쳐 지나가는 시선들에 무거운 부담을 느끼고, 아무도 너를 몰라보기를 바라고, 언젠가 네가 썼던 모든 글에 대해 후회를 한다. 너는 네 아빠를 그리워한다. 강한 절망감, 일련의 비극들, 어두운 비구름, 폭풍우, 비로 인해 휘어진 숲, 총에 맞아 떨어진 작은 새들로 장면을 채우렴. 오티스 레딩의 「파파파파파(새드 송)」에서처럼 모든 것이 슬프다.

그다음…… 구시가지 감라스탄에서 다리를 건너 스톡홀름 왕립 공원으로 향할 때 네 눈은 하늘로 향해 두 팔을 벌린 엄청나게 큰 밤나무에 사로잡힌다. 너는 멈춰 서서 나무를 바라보고, 이유는 기억하지 못하지만 네 아빠가 주었던 오래된 알밤을 꽉 쥔다. 다시 산책을 시작하려고 할 때 너는 공원 반대편에 똑같은 앵글로 서 있는 사람을 발견한다. 그는 사내다운 말총머리를 새로이 붙였고, 구치 신발을 신고 있고, 그의 외양은 무척 부유하고 굉장히 성공한 남자인 듯한 인상을 준다. 두 사람은 서로의 눈을 응시하는데 너는 불현듯 그 사람이 바로 태양에 검게 그을린 네 아빠라는 사실을 알아챈다.

지난 삶의 충돌에 대한 생각은 전혀 떠오르지 않고 너희는 기쁨에 소리를 지르고 서로에게 달려가서 서로의 몸을 감싸 안는다. 프랑스어로, 아랍어로, 스웨덴어로 안부 인사를 내뱉는다. 행복이 충만한 장면으로 바꾸어라! 동쪽에서 태양이 깨어나기 시작하고, 택시들이 환호의 경적을 울려대고, 신문팔이와 노숙자와 밤낚시꾼이 미국 영화에서처럼 서서히 갈채를 보내기 시작하고, 하나둘씩 차례로 뺨에 눈물을 흘리는 사람들이 아들과 아빠의 관계 회복에 박수를 보내기 시작한다. 모든 게 오티스 레딩의 "덤 덤 덤" 하는 「해피 송」처럼 의기양양하다. 나무에서 알밤이 비처럼 떨어지고 너희의 눈은 미소 짓고 거울을 보는 듯 똑같이 이 문구를 내뱉는다.

"평생 나는 너에 대한 나의 자부심처럼 나에 대한 너의 자부심이 영원하고 보편적이 되는 것만을 바라 왔다."

그러고 나서 너희는 갑자기 말을 멈춘 다음 처음으로 놀란 시선을 교환한 후 시원스럽게 웃는다.

너와 네 아빠가 구시가를 향해 함께 기쁨에 차서 걸어가고, 다이내믹 듀오를 떠올리며 그리워하고, 하늘색 페인트 흔적을 가리키며 웃는 모습을 독자가 볼 수 있도록 하자. 마지막으로 독자는 네 아빠가 이렇게 말하는 것을 듣는다.

"가족에게서 고립되었던 것은 너무나 가혹한 일이었다. 난 너무 심한 절망에 빠져서 가족과 재회할 수만 있다면 무엇이라도 할 준비가 되어 있었단다. 옛 친구로 하여금 현재 내가 성공한 정도를 과장한 것 같은 이메일을 보내게 할 준비까지 되어 있었지. 그 모든 것은 내 인생의 선택들을 네게 이해시키려는 거였단다."

네가 네 아빠를 향해 미소 짓고 영원한 우정과 용서를 아빠에게 약속하는 모습을 독자들이 바라본다. 독자가 스톡홀름에 있는 밤나무 아래에서 눈물을 짓고 서 있는 동안 너희들의 실루엣이 조심스럽게 깨어나고 있는 태양의 아지랑이 속으로 사라져 간다. 독자는 대지를 향해 허리를 굽힌 후 알밤을 하나 주워 자신의 주머니에 집어넣고는 태양이 깨어나는 리듬에 맞추어 집으로 향한다. 독자는 미소를 지으며 이렇게 생각한다. '진실로 이건 훌륭한 사람에 관한 훌륭한 책이었어!'

에필로그

맹렬히 안부 인사를 전하며!

네 서류가 도착했다. 그 서류를 읽어 보았단다. 꼼꼼히 신중하게. 매 구절마다. 네 글에서 최소한 하나라도 긍정적으로 놀랄 만한 것을 찾아보려고 내 손가락에 불이 날 정도로 살펴보았단다.

휴우.

침착…….

침착.

내가 쓴 프롤로그와 내가 실제로 네게 보낸 이메일로 이 책을 시작하겠다는 아이디어는 그렇게 바보 같은 일은 아니다. 그렇다고 현명한 처사도 아니지만. 내 구절들이 네 아빠의 교향곡이 될 것에 첫 번째 음색이 될 것이다. 유감스럽게도 곧 그 교향곡이 완전히 실패라는 사실을 알게 되겠지! 내가 네 글의 밋밋하고 늘어진 부분들은 조목조목 살펴 가며 잘라 버리마.

내가 제일 처음 실망한 것은 책의 제목이다. 왜 내가 반대했는데도 책 이름을 『몬테코어 ― 오직 하나뿐인 호랑이』라고 붙인 거니? 구글에서 찾아보니 '몬테코어'는 라스베이거스 쇼에서 유명한 조련사 콤비 지크프리트와 로이가 길들인 백호였다고 하더구나. 하지만 이 호랑이와 네 아빠 사이에 무슨 관계가 있는 거니? 왜 『나의 아빠 ― 남자, 신화, 전설』이나 『나의 아빠 ― 세계적으로 유명한 사진작가』 같은 적절한 제목을 붙이지 않은 거니? 아니면 비평가들에게 환심을 살 수 있도록 『잃어버린 아빠(그리고 시간)를 찾아서』 같은 프루스트적인 제목은 어떠니? 네가 말도 안 되는 제목을 쓰겠다고 고집할지언정, 지크프리트와 로이에 관련된 것들은 책 전체에서 절대 쓰지 말아야 한다. 왜 스팽글 달린 흰색 옷을 걸친 자들이 네 아빠를 알제리에서 젠두바로, 스톡홀름에서 뉴욕으로 유도하게 하는 거니? 왜 그들은 허공에 대고 채찍을 휘두르는 걸까? 왜 그들은 악명 높은 호랑이를 제어할 때 독일식 스웨덴어로 말하는 걸까? 그리고 왜 그런지, 내게 알려 주렴. 왜 불쌍한 로이는 책의 끝 부분에서 배를 반쯤 물려 피에 뒤덮이는 거니? 책의 제목에 대한 동기 부여를 위해서 그런 거니? 이런 건다 억제해라!

두 번째 실망은 나와 네 아빠의 언어 톤을 포착해 내려는 네 열정이 무너져 버렸다는 것이다. 네가 쓴 텍스트를 마치 카디르가 쓴 것처럼 하여 반복적인 유머를 만들면서 카디르를 희생시켰다. 너의 멍청한 스웨덴어 규칙으로 스웨덴어를 배웠던 사람이 쓴 것처럼 하는 것이 정말 좋은 방법일까? 아니! 너는 내 문법적인 부분을 너무 과장하고 있다. 내 언어적 개성을 너무 강조하고 있잖아. 넌 내 글에다 창피한 은유를 섞어 놓았잖아. 왜 나는 계속해서 사막들과 모래 언덕들이라고 언급해야 하니? 너는 왜 내가 "대중탕에서처럼 따뜻한 증기가 피어오르고……."라고 쓰게 하거나 "그녀는 낙타처럼 목이 길고 등이 튀어나왔다."라고 쓰게 한 거니? 세리파의 엉덩이는 "사하라의 사막처럼 넓었다."라고 내가 언제 말했어? 나의 은유는 그것과는 다르고 훨씬 더 질적으로 우수하며 더 잘 훈련되어 있는데 말이다. 나는 또한 네 언어적 시도에서 그와 같은 불합리한 부분을 많이 찾아냈다. 때때로 너는 내가 "물어보다."라고 쓰게 하고 때로는 더 유식해 보이는 듯한 "질문하다."라고 쓰게 하더구나. 때때로 "걷다.", 때로는 "나아가다."라고 하게 만들고 때때로 "느낌", 때로는 "감정"이라고 해 놓았다. 어떤 게 진정한 내 단어일까? 네가 안다고 생각하니?

세 번째 실망은 네 글에 계속 틀린 부분이 섞여 있다는 거야. 마을 이름의 철자를 잘못 쓴다거나, 연도를 대충 적는다거나, 전혀 존재하지 않았던 것을 상상한다거나 하더구나.(예를 들어 1960년대 젠두바에 있던 에미르의 과자 공장에 자동화된 금속 원반 같은 게 있었다는 것 말이다. 하하하! 무척 우습지. 그건 1970년대에 처음 도입되었단다.)

너는 또 특이한 이름을 이상하게 쓰더구나. 그런데 난 그게 실수라기보다 의도적이라는 사실을 알게 되었다. 내가 그렇게 잘 속아 넘어갈 사람으로 보이니? 몇몇 이름들의 철자를 제대로 해 읽는다면 뭐라고 쓴 건지 내가 모를 거라고 생각했니? 네가 쓴 글의 서체를 의도적으로 다르게 했다는 것을 내가 눈치채지 못할 거라고 생각한 거니? 은밀히 정치적 견해를 밝히려고 한 치명적 시도들은 삭제해 버려야 한다! 너와 나의 미래를 위해서.

네 번째 실망은 네 글이 유머가 완전히 결핍된 코미디를 만드는 데 너무 빠져든 것처럼 보인다는 것이다. 왜? 물론 방귀를 뀌는 낙타는 약간 재미가 있지. 한 번은. 아니면 두 번 정도까지는. 그렇지만 방귀 뀌는 낙타로 하여금 네 아빠의 신비로운 이야기에 여섯 번이나 들어가게 만드는 것은 유머가 아니다. 방귀 뀌는 낙타는 전부 없애라!

나의 다섯 번째 실망은 네가 네 아빠의 주의에도 여전히 진실과 허구를 구별하는 걸 아주 어려워하는 듯하다는 거였다. 종전처럼 상상이 냄새 고약한 죽 안에서 현실과 섞여 있다. 정확한 현상(네 아빠의 사진에 대한 재능 같은 것이 그 예이다.)이 완전한 오류와 혼합되어 있다.(네 아빠가 악명이 높고 충실하지 못하게 해변에서 여자나 꼬드기는 그런 사람처럼 그려져 있는 것 말이다.) 사람들은 에로틱이라고 하는

데 네 아빠의 후기 사진을 포르노그래피라고 부르는 이유는 뭐니? 독자들이 정확성에 대해 의구심이 들 정도로 알밤에 대한 주제와 네 아빠의 늦은 성공을 강조하는 이유는 뭐니? 왜 허구의 캐릭터에 스튜디오에서 모임을 갖는 진짜 친구들의 이름을 집어넣은 거니? 왜 네 아빠가 "소잉카가 말한 것처럼 호랑이는 자기가 호랑이라는 것을 광고하지 않는다."라는 구절을 반복하게 한 거니?

네 글은 진실과 타협이라는 두 가지 면에서 멀리 떨어져 있다. 단지 네가 용케 네 아빠의 진짜 이야기를 약간 잡아냈을 뿐이다. 나의 유일한 설명은 이렇다. 너에게는 적합한 재능이 없다. 너는 작가인 척하는 불행한 사람이다. 너는 거짓된 이야기를 만들기 위해서 네 아빠를 등쳐 먹는 기생충이다. 너에게 실망이다. 네 아빠가 언젠가 너를 책망한 그대로가 다였다!

나의 섹시한…… 아니, 그러면 안 되지. 나도 '식스스(sixth)'라는 거 안단다. 여섯 번째 실망은 책에서 동기부여가 안 된 모든 구절들이다. 왜 루크 스카이워커와 다스 베이더에 관한 글을 분석한 거니? 갑자기 펠릭스 본필스 같은 인물은 왜 등장한 거니? 그리고 왜 네가 "나의 개인적인 증오 목록"이라고 이름 붙인 것을 중요한 부분에 배치하면서까지 전념했니? 모욕을 당한 사람들은 전부 누군데? 그들은 네 아빠가 전혀 모르는 사람들이야! 유능한 노르웨이 여기자를 "네 등을 조심해라, 다음에 『케이블 텔레비전의 책 위조자』라고 하는 책이 나올 건데 바로 너를 다룬 거야!"

같은 문장으로 협박한 이유는 무엇이니? 먼저 "자서전 읽기의 왕"이라고 칭송된 다음에 에로틱한 장면에서 반복적으로 등장해 처음에는 오렌지로 그다음에는 털이 빳빳한 닥스훈트로 묘사된 《스벤스카 다그블라데트》의 그 불쌍한 남자 비평가는 누구니? 이런 유치한 것들은 없애라!

하지만 이 책에서 가장 최악은, 도저히 용서가 안 되는 것은, 그리고 네 글의 출판을 불가능하게 하는 것은 끝 부분의 에필로그이다. 거기에다 너는 『몬테코어』를 준비하기 위해 튀니지로 돌아가서 젠두바에서 육 개월을 보내고 네 아빠의 어린 시절 옛 친구들을 인터뷰했다고 썼더구나.

너는 이렇게 썼다. "고아원 시절 아빠의 가장 친한 친구는 카디르가 아니었다고 모두가 주장했다. 또한 카디르는 술과 게임에 중독되어 있었고 1990년대 초 어느 날 흔적도 없이 사라져 버렸다. 소문에 따르면 그는 포커를 치다가 엄청나게 돈을 잃은 후에 목을 매 자살했다고 한다. 그게 정말 사실인 걸까? 그 사건은 내 아빠에게 어떤 영향을 주었을까? 그를 깊은 나락으로 빠져들게 한 이 비극적인 사건은 실제였을……."

이건 사실이 아니야! 카디르는 살아 있어! 카디르는 원기 왕성하단다! 안 그러면 누가 이 편지들을 쓰고 있는 거겠니? 타바르카에서 작은 호텔을 시작한 것은 네 아빠가 아니다. 인터넷을 검색해서 코미디 시리즈를 내려받은 건 네 아빠가 아니다. 아들과의 관계를 다시 회복하기 위해서 열심히 예전 친구의 이름으로 이메일을 보내기 시작한 사람은 네 아빠가 아니다. 바로 나다. 네게 이걸 쓰고 있는 사람은 바로 나, 카디르야. 알겠니?

이 책을 만드는 프로젝트를 결정적인 실패로부터 구해 내기 위해서는 내가 말하는 대로 해라. 먼저 위에 쓴 지침 사항들을 따라라. 너의 거짓된 정보를 나의 진짜 글로 모두 바꿔라. 틀린 철자들을 수정해라. 나의 문법을 바로잡아라. 내가 쓴 a, a, o를 å, ä, ö로 정정해라. 너의 에필로그를 이 이메일로 대체해라.

네 책에 어떠한 경제적인 지원도 하고 싶지 않다. 나는 책 표지에 내 이름이 들어가는 것을 원치 않는다. 네가 네 아빠의 인생에 관해서 진정한 이야기를 서술하는 것이 내가 바라는 전부이다.

이걸로 작별을 고한다.

잃어버린 친구
카디르

주

1부

1 Mossad. 정식 이름은 Mossad Merkazi Le-Modiin U-Letafkidim Meyuhadim. 히브리어로 '중앙 공안 정보 기구'라는 뜻으로 이스라엘에 있는 5대 정보기관 중의 하나다.

2 Front de Libération Nationale. 알제리 유일의 합법 정당으로 사회주의국가 건설을 위해 설립되었다. 프랑스와 벌어진 알제리 독립전쟁 (1954~1962)을 이끌었던 혁명 단체를 결집해 1954년 3월에 알제리의 젊은 군인들의 모임인 '통일과 행동의 개혁 위원회'가 만든 것으로, 이후 튀니지와 모로코의 민족주의자들과 힘을 합쳐 알제리를 비롯한 북아프리카에서 프랑스 세력을 몰아내기 위해 싸웠다.

3 북아프리카와 중동 지역에서 일반적으로 야외 시장을 뜻한다.

4 물담뱃대. '후커'라고도 부른다.

5 베트남 전쟁에서 미군에 납품되어 사용되던 것으로 흔히 '정글도'라고 부르는 칼이다. '마쳇', '마셰티' 또는 '만도'라고도 부른다. 탐험가들이 정글에서 나무줄기 등 길을 막는 것을 자를 때 주로 사용한다. 원래는 라틴 아메리카에서 유래한 것으로 한국의 낫처럼 원주민들이 벌초나 벌채를 할 때 썼던 도구이다.

6 sic. 스웨덴어 속어로 영어의 cool, good 등의 의미를 지닌다.

7 Rinkebysvenska. 링케뷔는 스톡홀름에 있는 지역명이다. 링케뷔 스웨덴어는 오늘날 하위 계층의 언어로 여겨지는데 다른 나라에서 이주해 온 이민자들과 그들의 후손들이 사용하는 언어로 받아들여지고 있다.

8 스웨덴어 hor는 '매춘부'를 뜻하는 영어 whore와 발음이 동일하며 의미가 유사하다.

9 Maurice Challe(1905~1977). 1961~1962년에 알제리가 프랑스로부터 독립하는 것을 저지하려고 했던 네 명의 프랑스 장성 중 한 사람으로, 모리스 샬 외에 라울 살랑, 앙드레 젤레, 에드몽 주오가 있다.

10 Paul Delouvrier(1914~1995). 프랑스 정치가로 1985년에 에라스무스상을 수상했다.

11 알제리 독립전쟁 당시 프랑스 쪽에 가담하여 프랑스의 이익을 위해 활동한 알제리 출신 군인을 '아르키(Harki)'라고 부른다. 독립을 갈구한 알제리인들에게 아르키는 배신자라는 의미를 내포하며, 좀 더 일반화되어 사용될 때에는 그들의 가족이나 굳이 군인이 아니더라도 같은 의도로 행동했던 일반인까지 포함하기도 한다.

12 스탠드업 코미디언인 제리 사인필드가 자신의 삶을 연기한 시트콤이다. 일상생활에서 흔히 일어나는 일들을 우스꽝스럽게 표현한 미국의 인기 드라마이다.

13 「사인필드」에 등장하는 네 명의 주요 인물 중 한 명이다. 이웃 노총각 크레이머, 청년 사업가 조지 코스탠자, 공주병 일레인 베네스, 그리고 최고의 스탠드업 코미디언 제리 사인필드가 그들이다. 엉뚱한 괴짜 캐릭터인 크레이머는 폭탄을 맞은 것 같은 머리를 하고 있다.

14 아메드 벤 벨라(Ahmed Ben Bella, 1916~2012). 알제리 최초의 총리이자 선거로 선출된 알제리 공화국 최초의 대통령으로서 알제리를 사회주의 경제로 재편한 인물이다. 프랑스에 대항한 알제리 독립전쟁의 주요 지도자였다.

15 영국의 가수로 「디 온니 웨이 이즈 업」이라는 댄스곡으로 널리 알려졌다. 아버지는 자메이카 사람이고 어머니는 영국 사람이다.

16 '금지된 것'이라는 뜻이다.

17 이슬람교에서 메카를 순례하는 행위나 메카 순례를 마친 사람을 높여 이르는 말이 '하지(Hāji)'이다.

18 아랍인들이 주로 입는 긴 겉옷으로 소매가 넓고 두건이 달려 있다.

19 Philippe Halsman(1906~1979). 라트비아의 수도 리가에서 태어나 파리에서 사진가로 인정받았으며 1940년에 뉴욕으로 진출해서 세계적

인 인물 사진 작가가 되었다. 미국 《라이프》 표지 사진을 101번 찍은 사진작가로 유명하다.

20 튀니지의 맥주.

21 Otis Redding(1941~1967). 1960년에 데뷔한 미국 조지아 주 출신의 흑인 가수이다. 흑인이면서도 당시 드물게 백인 팬들을 많이 보유했던 오티스 레딩은 1967년 12월에 불의의 비행기 추락 사고로 사망했는데, 사망 직후에 발표했던 싱글 곡 「시틴 온 더 독 오브 더 베이」가 전미 차트 정상에 오르는 히트를 기록했다. 이 솔뮤직은 그의 곡 가운데 최고의 명곡으로 꼽힌다. 1965년부터 뉴욕, 로스앤젤레스, 그리고 디트로이트에서 흑인 폭동이 일어나면서 억눌려 왔던 흑인들의 권리를 쟁취하고자 하는 운동이 일었는데, 이때 흑인의 자긍심을 고취하기 위해 새로이 등장한 용어가 바로 영혼을 뜻하는 '솔(Soul)'이었다. 대부분의 흑인들은 반인종차별 투쟁과 솔을 동격으로 생각했다.

22 James Brown(1933~2006). 미국의 리듬앤드블루스와 솔뮤직의 작곡가이자 가수이다. 20세기의 가장 영향력 있는 실력파 가수 중 한 명이며 솔뮤직의 대부라고 불린다. 그는 아프리카 리듬의 음악을 주로 했으며, 1960년대부터 1980년대까지의 음악에 커다란 영향을 끼쳤다.

23 Etta James(1938~2012). 미국의 전설적인 리듬앤드블루스와 솔뮤직 여가수이다. 그래미 음악상을 네 차례 수상하고 그래미 평생공로상까지 받은 그녀는 1993년 로큰롤 명예의 전당에 등록되었다.

24 Charles Aznavour(1924~2018). 프랑스 샹송 가수이자 작사가이며 작곡가이다. 1942년부터 노래를 부르기 시작했고 에디트 피아프에게 인정받아 솔로 가수로 활동했다.

25 Léo Ferré(1916~1993). 프랑스의 대표적인 지성파 샹송 가수이자 작곡가 및 시인이다. 본래 모나코 몬테카를로 태생이다.

26 Edith Piaf(1915~1963). 프랑스의 대중적 국민 가수이며 2차 세계 대전 이후 최고의 샹송 가수라는 평가를 받았다.

27 스웨덴 룬드 태생의 작가이며 기자이다.

28 스웨덴 스톡홀름 태생의 작가이며 기자이다.

29 스웨덴 말뫼 태생의 작가이다.

30 Centrala studiestödsnämnden의 약어로 '중앙 학생지원위원회'를 의미

하며 교육연구부 산하에 있는 스웨덴 정부 기관이다. 스웨덴의 학생들에 대한 지원과 관련된 모든 행정을 담당하고 있다.

31 열대 지방에 있는 초가집의 한 종류.

32 자동 장치에 의해서 연주자 없이 특정한 악곡을 연주하는 오르간으로 손잡이로 축을 돌리면 많은 핀이 박혀 있는 원통을 회전시켜 그 핀이 송풍관을 개폐하면서 기계적으로 음악을 연주한다.

33 "완벽해, 완벽해."라는 뜻의 프랑스어.

34 1523년에 바사 왕가가 시작되었는데 당시 초대 왕이 구스타브 바사였다.

35 사마린(Samarin)을 잘못 발음한 것이다. 사마린은 세데로트사에서 1923년에 출시한 상품으로 산을 중화하는 제산제이다.

36 선라이트(Sunlight)는 영국의 리버풀 근교에 있는 레버 앤드 컴퍼니에서 1884년부터 생산하기 시작한 비누이다.

37 스토마톨(Stomatol)은 20세기 초에 스웨덴에서 처음 나온 치약 브랜드이다.

38 필립스 라디오.

39 드리크 샴피스(Drick champis)는 레몬 맛이 나는 탄산음료이다.

40 "피스케뷔 종이는 여기서 판매합니다."라는 문구를 잘못 발음했다. 피스케뷔 종이 공장은 스웨덴의 노르쇠핑에 있으며, 1906년부터 종이를 만들었다.

41 마세티 외곤 카카오(Mazetti Ögon Cacao)는 덴마크 사업가 에밀 닐센이 1888년에 세운 초콜릿 공장이다.

42 람뢰사바텐(Ramlösavatten)은 스웨덴의 대표적인 미네랄워터이다.

43 티데만스 투박(Tiedemanns Tobak)은 북유럽의 담배 회사이다.

44 Habib Burquiba(1903~2000). 튀니지의 초대 대통령.

45 Hähnchen. '닭', '닭고기', '겁쟁이' 등의 뜻을 가진 독일어.

46 chicken boy. '소심한 놈'이라는 뜻의 영어.

47 hare. '산토끼', '겁쟁이' 등의 뜻을 가진 스웨덴어.

48 '이봐요, 멋진 아가씨, 슈퍼모델이 되고 싶지 않으세요, 어때요?'라는 뜻의 영어.

49 '미술관은 어디 있지요?'라는 뜻의 스페인어.

50 '잠깐! 좀 더 천천히 통화할 수 있을까요?'라는 뜻의 이탈리아어.

51 '테니스 치시겠습니까?'라는 뜻의 독일어.

52 Robert Capa(1913~1954). 로버트 카파는 헝가리계 유대인이자 미국인으로 본명은 엔드레 에르뇌 프리드만(Endre Erno Friedmann)이다. 세계적인 사진 에이전시 '매그넘 포토스'의 설립자인 동시에 20세기의 유명한 전쟁 보도 사진작가로서 스페인 내전, 중일전쟁, 2차 세계 대전 중의 유럽 전선, 1차 중동전쟁, 1차 인도차이나전쟁을 취재했다.

53 1970년대 중반 마이애미 사운드(펑키 리듬의 댄스음악)의 대표 주자였는데, 「셰이크 유어 바디(Shake Your Body)」라는 곡으로 한국에서도 상당한 인기를 끌었다.

54 Popular Front for the Liberation of Palestine의 약어로 '팔레스타인 해방인민전선'을 의미한다. 3차 중동전쟁 중 6일 전쟁에서 아랍 국가들이 이스라엘에 패하자, G. 하바시가 기존 아랍 민족주의 운동의 군소 단체인 돌아온 영웅(Hero of Return), 팔레스타인 해방국민전선(National Front for the Liberation of Palestine), 그리고 독립 팔레스타인 해방전선(Independent Palestine Liberation Front) 등을 통합하여 PFLP를 결성하였다.

55 1975년 석유수출국기구(OPEC)의 빈 회의 당시 회의장에 난입, 세 명을 사살한 뒤 칠십여 명을 억류한 채 인질극을 벌인 악명 높은 테러리스트이다. 1976년에 발생한 에어프랑스 항공기 불법 탈취 사건에도 관여했으며 많은 테러 사건의 배후에 있었다.

56 1968년에 조직되어 가장 악명 높은 테러리스트 단체 중의 하나로 기록된 독일의 적군파(Rote Armee Fraktion, RAF)는 1960년대에 학생들이 주도한 반전운동의 일환으로 모습을 드러냈다. 원래는 바더-마인호프 강(Baader-Meinhof Gang)으로 불렸다. RAF가 내세우고 있는 정치적 목적은 자본주의를 무너뜨리고 미국의 존재를 독일에서 완전히 제거하는 것인데, 마르크스주의 혁명을 달성하기 위한 수단으로 반체제주의 활동과 테러리즘을 활용하고 있다.

2부

1 크리스마스 때 마시는 스웨덴의 전통 탄산음료.

2   스웨덴 이민자 중에는 핀란드인이 가장 많은데 보통 이들을 '스웨덴핀
    란드인'이라고 부른다.

3   Kastanjevägen. kastanj는 '밤', '밤나무'를 뜻한다.

4   "하나, 둘, 셋, 나치 경찰들."이라는 뜻의 독일어.

5   곱수머리 그대로 크게 부풀린 흑인들의 둥근 곱슬머리 모양.

6   『정글북』에 등장하는 캐릭터로, 모글리는 정글에서 늑대들에게 키워
    진 주인공이며, 바기라는 흑표범으로 모글리의 보호자이고, 시어 칸
    은 모글리를 잡아먹으려 하는 호랑이이다.

7   작가는 원문에서 '아빠'와 '엄마'를 '아빠들'과 '엄마들'이라는 복수 형
    태로 사용하고 있는데 한국어 판에서는 편의상 '아빠'와 '엄마'로 번역
    해 표기했다.

8   튀니지 교통수단의 하나로 정원이 여덟 명 정도인 승합 택시.

9   아랍의 유목민 등이 머리에 착용하는 네모난 천.

3부

1   스웨덴제 사탕.

2   클래스 트레이터는 사회주의 조직에서 사용하는 용어로 직접 또는 간
    접적으로 개입하여 계급에 대한 관심을 보이거나, 부르주아 계급에
    대한 항거로써 그들의 경제적 이익에 대해 반대 입장에 서는 프롤레타
    리아 계급의 일원을 지칭한다. 특히 시위에서 피켓라인을 무시하는 군
    인, 경찰, 노동자 들을 말하며 기본적으로 현상 유지를 수월하게 하는
    데에 따른 임금을 받는 모든 사람을 뜻한다.

3   원문에서 전자는 영어 The Swedes, 후자는 스웨덴어 Svenskarna로 표
    기하고 있다. 둘 다 '스웨덴 사람들'을 뜻한다.

4   보통 티백 형태로 윗입술과 잇몸 사이에 끼워 넣는 스웨덴의 무연 담배.

5   스웨덴 달라 지방에서 전통적으로 생산되는 나무조각 말.

6   미나리과의 식물로 씨앗을 양념으로 사용한다.

7   "그녀를 잃을지도 몰라요. 너무 늦었을 수도 있습니다."라는 뜻의
    영어.

8   아스트리드 린드그렌의 동화 『뢴네베리아의 에밀』이라는 작품에 등

장하는 장난꾸러기 주인공.

9 Arbetarnas Bildings Forbund. 스웨덴의 노동자 교육 연합으로 직업을 위한 훈련이 아닌 마음의 훈련을 중시하는 인문주의 성인 교육에 바탕을 둔다.

10 12월 1일부터 24일까지 매일 한 장씩 넘길 수 있도록 24개의 숫자만으로 구성된 크리스마스 철의 달력.

11 1971년 5월 12일에 일어난 시위로 쿵스트레드고르덴의 전철역 입구를 만들기 위해서 느릅나무들을 베고 젊은이들의 약속 장소였던 찻집을 헐어 버리기로 한 시에 항거하기 위해 약 3000명의 사람들이 모였다. 결국 시가 시민에게 굴복했다.

12 Disco-Very. 디스커버리(Discovery) 채널을 음악 채널 이름으로 잘못 안 것이다.

13 여기에 나온 단어들은 스웨덴어 단어 철자가 프랑스어나 영어 단어와 같거나 거의 비슷하다. 예컨대 '우산'은 스웨덴어로 paraply, 프랑스어로 parapluie이며 '대로'는 스웨덴어로 aveny, 프랑스어와 영어로 avenue이다. '지갑'은 스웨덴어로 portmonnä, 프랑스어로 porte-monnaie, '가치'는 스웨덴어로 valör, 영어로 value이다. '부적절한'은 스웨덴어로 malplacerad, 영어로 misplaced이다. '우수한'과 '활발한'은 각각 excellent와 vital로 스웨덴어와 프랑스어, 그리고 영어의 철자가 같다. '발음하다'는 스웨덴어로 prononcera, 영어로 pronounce, '끝나다'는 스웨덴어로 terminera, 프랑스어로 terminer, 영어로 terminate이다. '방치하다'는 스웨덴어로 negligera, 영어로 neglect, '행진하다'는 스웨덴어로 marschera, 프랑스어로 marcher, 영어로 march이다. '응답하다'는 스웨덴어로 respondera, 영어로 respond, '체류하다'는 스웨덴어로 logera, 프랑스어로 loger, 영어로 lodge이다.

14 '뇌'를 뜻하는 스웨덴어의 hjärna, '기꺼이'를 뜻하는 스웨덴어 gärna, 도시 이름 Järna의 발음이 '예르나'로 서로 같다.

15 '산타클로스'를 뜻하는 스웨덴어 Tomten과 '마당'을 뜻하는 스웨덴어 tomten은 철자가 같고 강세가 다르다.

16 '……와 같은 것'이라는 뜻의 스웨덴어 Att vara lik와 '시체이다'라는 뜻의 스웨덴어 Att vara ett lik는 발음이 유사하다.

17 스웨덴의 관습법으로 스웨덴의 자연을 즐길 수 있는 권리를 보장한
    다. 숲이나 들판, 산 등에서 자유롭게 거닐 수 있으며 특별한 허가 없이
    야영과 채취가 가능하다.

18 super. '최고의' 또는 '아주'를 뜻하는 스웨덴어. '술을 마시다.'를 뜻하
    는 스웨덴어 동사 supa의 현재형인 super와 철자가 똑같다. 요나스는
    super를 후자의 의미로 받아들여 스웨덴인들의 바람이 술을 마시는
    것이라고 보았다.

19 fullständigt. '완전한'을 뜻하는 스웨덴어. 요나스는 이를 full과 ständigt
    라는 두 단어로 분리해서 생각하고 있다. ständigt는 '끊임없이', '계속
    해서'라는 뜻이며 full에는 '완전한'과 '술에 취한'이라는 두 가지 뜻이
    있다.

20 helt och fullt. '빠짐없이', '최대한으로'를 뜻하는 스웨덴어. fullt에 '취해
    서'라는 뜻이 있다.

21 sakta i backarna. '진정해'라는 뜻의 스웨덴어. backarna의 기본형은 en
    back인데 여기에는 '후진'이라는 뜻도 있고 '술이나 음료수 한 상자'라
    는 뜻도 있다. 요나스는 후자의 뜻을 생각하고 있다.

22 det kan du slå dig i backen på. '정말이다'라는 뜻의 스웨덴어. 요나스는
    back에서 '뒤', '등' 대신 술 상자를 연상하고 있다.

23 lyckost. '행운아'를 뜻하는 스웨덴어. '행운'을 뜻하는 lycka와 치즈를 뜻
    하는 ost를 나누어 보고 있다.

24 sillmjölke. '겁쟁이'를 뜻하는 스웨덴어. sill은 '청어', mjölk는 '우유'를 뜻
    한다. 끝에 e가 붙어 사람을 뜻하는 말이 된다.

25 filbunke. '미련한 놈'을 뜻하는 스웨덴어. fil은 '산패유', bunke는 '사발'
    을 뜻한다.

26 paradis. '낙원'을 뜻하는 스웨덴어. parad는 '행진', is는 '얼음'을 뜻한다.

27 stormförtjust. '아주 행복한'을 뜻하는 스웨덴어. storm은 '폭풍', förtjust
    는 '기쁜', '즐거운'을 뜻한다.

28 kör i vind. '좋아'라는 뜻의 스웨덴어. kör는 '출발', i vind는 '바람 속으
    로'를 뜻한다.

29 lugn i stormen. '진정해라'라는 뜻의 스웨덴어. lugn은 '침착하다', i
    stormen은 '폭풍 속에서'를 뜻한다.

30 björntjänst. '학대', '구박'을 뜻하는 스웨덴어. björn은 '곰', tjänst는 '서비스'를 뜻한다.

31 스웨덴어 fjäll에는 '산맥'과 생선의 '비늘'이라는 두 가지 뜻이 있다.

32 스웨덴어 val에는 '고래'와 '선거'라는 두 가지 뜻이 있다.

33 något i hästväg. '아주 특별한 무언가'라는 뜻의 스웨덴어. hästväg는 본래 '마로'를 뜻하는데 '무언가'를 뜻하는 något와 합쳐지면 '아주 특별한 무언가'라는 뜻이 된다.

34 hårfager. '아름다운'을 뜻하는 스웨덴어. hår는 '머리', fager는 '매끈한', '보기 좋은'을 뜻한다.

35 hårfint. '신비로운', '은은한'을 뜻하는 스웨덴어. hår는 '머리', fint는 '예쁜', '멋진'을 뜻한다.

36 hårklyverier. '사소한 것을 골치 아프게 따짐'이라는 뜻의 스웨덴어. hår는 '머리', klyva는 '쪼개지는', '빠개지는'을 뜻한다.

37 hårhandskarna. '냉정한'을 뜻하는 스웨덴어. hår는 '머리', handskarna는 '장갑'을 뜻한다.

38 목 보호에 도움을 주는 스웨덴제 파란색 목 사탕.

4부

1 그리스 신화에서 저승의 문을 지키는 머리가 셋 달린 개.

2 사람 머리와 사자 몸통에 용 또는 전갈의 꼬리를 한 괴물.

3 스웨덴어에는 통성명사와 중성명사가 있는데, 통성명사에는 en, 중성명사에는 ett라는 관사를 사용한다. 명사 종류에 따른 관사를 잘못 사용했음을 의미한다.

4 프랑스 동남부와 이탈리아 서북부의 지중해 연안 지역이다.

5 오스만 제국의 공격으로 엄청난 난국에 봉착하게 된 로마인들이 튀르크인들을 '블라테(Blatte)'라고 불렀다. '바퀴벌레'라는 뜻도 있다. 최근 경멸의 의미로 '머리가 검은 민족'들을 '스바트스칼레(Svartskalle)'라고 하는데 블라테는 보다 중립적인 뜻으로 사용된다.

6 갱스터 랩 그룹 N.W.A의 노래 「퍽 더 폴리스」의 한 구절로 "경찰들은 엿이나 먹어라. 지하에서부터 나타난, 젊은 블라테들은 피부색이 갈색

이라고 욕을 먹는다네."라는 의미다. 원래 '깜둥이(nigga)'였던 부분을 '블라테(blatte)'로 바꿔 소리쳤다. 이 곡은 가상 법정에서 미국 경찰들을 고소하는 내용으로 경찰들의 인종차별과 가혹 행위에 대해 분노를 표출한다.

5부

1 '자, 준비하라!'라는 뜻의 프랑스어. en garde는 '준비'라는 뜻으로 펜싱 시합 전에 주심이 양 선수에게 내리는 준비 명령이다.

2 아야톨라 호메이니(Ayatollah Khomeini, 1902~1989). 이란의 종교가, 정치가, 이란혁명의 최고 지도자로 왕정을 부정하고 이란의 서구화 및 세속화 정책에 반대했다. 아야톨라는 일반적으로 이슬람교 시아파의 고위 성직자 물라 중에서 신앙심과 학식이 뛰어난 사람에게 주는 존칭이다.

3 스웨덴의 유명 연예인이며 연예인 기획사 대표로 활동하고 있다. 1991년 이안 바흐트마이스터와 함께 신민주당이라는 극우 정당을 만들어 1991~1994년 회기의 스웨덴 국회에 국회의원 349석 중 25석을 얻어 진입하는 데 성공했다.

4 1864년에 창간된 스웨덴의 대표적인 조간신문.

5 '그래, 미친놈아!'라는 뜻의 스페인어.

6 욘 부빈. 스웨덴 정치가로 극우 정당인 신민주당의 국회의원으로 활동했다.

7 스웨덴의 정치가로 자유민주당의 대표였으며, 1991년 총선에서 중도 우파의 승리로 보수당 당수였던 칼 빌트가 총리가 되자 사회부 장관과 부총리 및 평등장관 등을 두루 거쳤다.

8 Vitt Ariskt Motstand의 약어로 '백인 아리아인 저항 단체'를 의미한다. 스웨덴의 국가사회주의와 관련된 네트워크로 1991년에서 1993년 사이에 적극적으로 활동했던 공격적인 신나치주의 조직이다. VAM은 심각한 범죄와 연루되어 있으며 스웨덴의 국가사회주의 정당을 창당하는 데 영향을 주었다.

9 Bevara Sverige Svenskt의 약어로 '스웨덴을 스웨덴으로 보존하자'라는 뜻의 백인 극우주의자 단체이다.

10 Ultima Thule. '최북단', '세상의 끝'이라는 의미인데 여기서는 스웨덴의
    극우주의자 밴드를 가리킨다.

11 스웨덴의 작가이자 정치가로 1975~1978년 사이에 자유민주당 대표
    와 노동부 장관을 역임했으며, 2003년 미국의 이라크 침공에 전폭적
    인 지지를 보냈다.

12 Benny Hill(1924~1992). 영국의 코미디언이자 배우.

13 비르기트 프리게보. 스웨덴 자유당 소속의 정치가로 1990년대 보수당
    집권 초기에 이민자 문제와 관련한 장관직을 역임했으며 「위 셀 오버
    컴」이라는 노래를 즐겨 부른 것으로 잘 알려져 있다.

14 칼 빌트. 스웨덴 보수당 소속의 정치가로 1991~1994년 스웨덴 총리를
    역임했다.

15 1950~1960년대 흑인 민권운동의 대표적인 저항 음악으로 피트 시거
    를 비롯해서 조앤 바에즈, 브루스 스프링스틴, 루이 암스트롱 등 많은
    음악가들에 의해서 불렸고, 지금도 세계 곳곳의 저항 운동에서 널리
    불린다.

16 '가자', '자'라는 뜻의 스페인어.

17 1968년에 결성된 5인조 레게 밴드 이너 서클이 1993년에 발표한 노래
    「스위트(아 라 라 라 라 롱)」의 한 구절로 이 구절이 경쾌한 리듬 안에서
    계속 반복된다.

18 스웨덴 국가 1절의 가사 중 "당신의 조상, 당신의 자유, 당신의 기쁜 아
    름다움."이라는 부분을 비꼬아 말하고 있다.

19 스웨덴 정치가로 1994년에 극우 정당이었던 신민주당의 총재이자 국
    회의원이었다. 스웨덴 사회에 미치는 무슬림의 영향력과 스웨덴 이주
    민 정책에 관한 발언으로 외국인에 대해 적대적이라고 비판받았다.

20 백인의 시중을 들거나 그들의 비위를 맞추기 위해 굴종하는 흑인을
    가리키는 모욕적인 말로 해리엇 비처 스토의 『톰 아저씨의 오두막』에
    나오는 인물의 이름에서 유래했다.

21 미국 독립혁명의 반역자.

22 베르트는 신민주당의 베르트 칼손을 의미한다.

23 메카에 있는 이슬람교의 성전으로 전 세계 이슬람교도들은 여기를 향
    해 예배를 드린다.

24 "난 결코 가졌던 적이 없어, 항상 미쳐 있었지, 난 결코 알았던 적이 없어, 내 역겨운 찌꺼기 아빠를."이라는 뜻의 가사이다.

옮긴이의 말

『몬테코어』는 최근 세계적으로 명성을 얻기 시작한 스웨덴의 대표적인 신예 작가 요나스 하센 케미리의 두 번째 장편 소설이다. 케미리의 가족사에 대한 사적인 이야기인 동시에 스웨덴으로 이주해 간 이민자들의 정착 과정을 보여주는 매우 중요한 작품이라고 할 수 있다. 스웨덴에 비유럽계 이민자가 본격적으로 유입된 시기는 1972년부터인데, 이라크전쟁 때는 스웨덴이 수용한 난민의 수가 미국과 유럽 전 국가들이 받아들인 난민의 총수를 넘어설 정도로 이주민이 많았다. 1990년 이후에는 중동과 아프리카 국가에서 건너온 이민자들이 점점 늘어나는 추세이다.

소설 속에서 페르닐라를 만나 스웨덴에 이주한 요나스의 아버지 압바스는 다른 난민들이나 망명자들과는 상황이 좀 다르지만, 소설에서 보듯이 스웨덴 사회에 정착하는 것이 순조롭지는 않았을 것이다. 사실 '통합'을 목표로 삼는 스웨덴은 다문화주의 사회의 이상적인 모델로 널리 알려져 있다. 통합을 위해 스웨덴 정부는 이민자 또는 국외 배경을 지닌 사람들이 스웨덴어를 배울 때 매달 보조금을 지급하고 주택 편의를 돕기 위해서 임대주택을 공급해 왔다. 그럼에도 이민 1세대가 노동 시장에 진입하여 원하는 직장과 적합한 직업을 찾는 것은 매우 어려운 일이었다. 1990년대 들어서는 스웨덴의 경제 상황이 극도로 악화되면서 이전에 쉽게 볼 수 없었던 파업이 발생하고 실업률도 높아졌다. 이러한 이유로 인해 소설에도 등장하는 이안 바흐트마이스터의 극우 정당인 신민주당이 국회에 진출하기도 했다. 신민주당은 평소 스웨덴 국민들로부터 인종차별적이라는 비난을 받던 정당이었다. 이러한 스웨덴 사회의 분위기는 비유럽계 이주민들을 더욱 힘들게 했다.

내가 처음 스웨덴 땅을 밟은 것은 작가 케미리가 초등학교를 다니던 1989년이었다. 소설의 주요 배경이 되는 시기를 함께했기 때문인지 번역을 하면서도 그 시절을 돌아보며 큰 공감대를 이룰 수 있었다. 특히 케미리가 소설에서 언급한 레이저 맨은 유학생이었던 나에게도 상당한 위협으로 느껴졌다. 1991년 유학생들이 사는 스톡홀름 대학교의 기숙사 주변에서 이란 출신 학생이 레이저 맨에게 총에 맞는 사건이 일어나기도 했다. 소설의 주요 등장인물들처럼 당시 유학생들도 밤에 외출을 자제했던 기억이 난다. 아마도 어린 케미리에게는 이런 사건들이 더욱 충격적이고 무서웠을 것이다.

2011년 서울 국제 공연 예술제에서 케미리의 첫 번째 희곡 「침입」의 공연을 준비하면서 그에게 서신으로 인터뷰를 청한 바 있는데, 그때 케미리는 레이저 맨에 관해 다음과 같이 언급했다.

다른 모든 나라와 마찬가지로 스웨덴도 인종차별, 성차별, 동성애 공포증이라는 문제를 안고 있다.(그리고 그것은 많은 사람들에게 공포감을 준다). 나도 스웨덴에서 태어나고 자랐지만 내 정체성에 대해 의문을 가지고 있던 십 대 때 여러 사건이 발생했다. 가장 기억에 남는 것 중 하나는 내가 쓴 소설 『몬테코어』에서도 나타난다. 1990년대 초 외국인을 혐오하는 분위기가 커지면서 스톡홀름에서 한 극우주의자가 전형적인 스웨덴 사람의 외모를 가지지 않은 사람을 총으로 쏘는 사건이 발생했다. 레이저 총을 사용해서 레이저 맨이라고 불렸던 이 사람은 칠 개월 동안 무려 열한 명의 무고한 사람을 죽였다. 당시 일들은 파시즘과 이슬람 혐오가 갈수록 커지고 있는 최근의 여러 유럽 국가들에서 무슨 일이 벌어지고 있는지 상기시켜 준다. 몇몇 사람들은 레이저 맨을 외로운 미치광이쯤으로 폄하하려고 했지만, 사실 그는 사뭇 달라진 정치 기후를 대변하는 인물로도 볼 수 있다. 이러한 측면에서 레이저 맨은 최근 노르웨이에서 테러를 일으킨 아네르스 베링 브레이비크와 유사점이 많다. 두 사람 모두 명확하게 반이민 정서를 가지고 있었고, 막연한 외부 위협에서 조국을 방어해야 한다고 주장하면서 자신이 벌였던 참극을 정당화하려고 했다.

현재 스웨덴의 다문화주의는 '주류 사회'의 존재를 인정하지 않고 다양한 문화가 평등하게 인정되어야 한다고 강조하지만, 스웨덴 사회에서 이민자 사회와 주류 사회의 격차는 더욱 벌어지고 있는 것이 사실이다. 특히 스웨덴어 구사 능력에 따라 문명화 정도를 평가받는다. 스웨덴어를 얼마나 잘 구사하느냐에 따라 그 사람의 됨됨이를 가늠한다는 것이다. 소설 속에 등장하는 링케뷔 스웨덴어는 마치 미국 흑인들이 사용하는 독특한 영어 억양처럼 이민자 스웨덴어라는 방언으로 자리를 잡았다. 그렇지만 현재 스웨덴 사회에서 링케뷔 스웨덴어는 매우 부정적으로 받아들여진다. 요나스의 아버지가 언어를 통해서 스웨덴의 문명과 의식을 체화하려고 하는 것도 모두 이러한 이유에서이다. 그뿐 아니라 요나스에게 백인인 스웨덴 사람들을 만나라고 종용하는 아버지의 모습에서 이민자에 대한 스웨덴 사회의 정서가 고스란히 드러난다. 요나스의 아버지는 이러한 언어 체득 과정을 통해서 스웨덴인으로 탈바꿈하길 바라지만, 자신의 정체성을 스웨덴인의 그것에 동일화하려는 욕망이 좌절되면서 일종의 자기 콤플렉스 징후들을 보여 준다. 즉 열등감 때문에 스웨덴인이 되기를 열망하지만 어떻게 해도 스웨덴인이 될 수 없어서 다시 열등감에 고통을 받는다. 이러한 콤플렉스가 본래부터 있었던 것은 아니다. 스웨덴 사회와 스웨덴 사람들이 은연중에 강요하는 허위의식과 그 허위의식을 진실로 받아들이는 아버지의 동화작용이 만들어 낸 가상 효과에서 비롯된 것이 아닐까 싶다. 이런 과정을 거치면서 요나스의 아버지는 자신의 과거를 스스로 폄하하고, 알제리인도, 튀니지인도, 스웨덴인도 아닌 기형적인 정체성을 형성하고 만다.

케미리의 『몬테코어』는 기존 스웨덴 문학에서 흔히 볼 수 없었던 주제로 스웨덴 문학의 다양화에 크게 기여했다. 주류 문화와 이민자 문화 사이의 간극 때문인지, 스톡홀름의 링케뷔나 말뫼의 로센고르덴 같은 특정 지역을 바라보는 스웨덴 주류 사회의 시선은 차갑다. 『몬테코어』는 주류 사회의 시각에서는 도저히 관찰할 수 없는 그 지역 이민자의 모습과 생각을 보여 줌으로써 주류 문화와 이민자 문화 간의 소통과 섞임을 시도한다. 『몬테코어』로 대표되는 스웨덴의 이주자 문학은 새로운 주제와 서사 기법으로 자신의 영역을 확장하여 이제 스웨덴 문학 지형도에서 간과할 수 없는 중요한 위상을 차지하고 있다. 최근 스웨덴 문학의 흐름을 짚어 볼 수 있는 중요한 키워드로서 케미리는 우리가 계속해서 주목해야 할 작가라 할 수 있다. 앞으로도 좋은 작품들이 나오기를 기대한다.

『몬테코어』에 관심을 가져 준 민음사와 수월치 않았던 번역 작업을 위해서 많은 도움을 준 민음사 편집부에 특별히 감사의 말을 전하고 싶다. 또한 본 작품의 번역을 위해 지원을 해 준 스웨덴 문화예술위원회(Statens kulturråd)에 깊은 감사의 말씀을 드린다. 끝으로 번역을 위해서 옆에서

커다란 힘이 되어 준 아내 최정애와 딸 홍서희에게도 감사
의 말을 전한다.

2012년 7월

홍재웅

옮긴이 홍재웅

스웨덴 스톡홀름대학교에서 스트린드베리 연구로 박사학위를 취득했으며, 현재 한국외국어대학교 스칸디나비아어학과 교수로 재직 중이다. 스웨덴, 노르웨이, 덴마크 문학의 번역 작업과 연극 공연 작업 등 북유럽의 문화를 소개하는 다양한 일에 매진하며, 북유럽과 한국 사이의 외교적 유대 관계를 돈독히 하는 데도 힘을 보태고 있다. 저서로 *Creating Theatrical Dreams*, 『유럽과의 문화 교류를 위한 연극제 자료조사 I, II, III』, 역서로 『꿈의 연극』, 『인구 위기』, 『3부작』, 『보트하우스』, 『나는 형제들에게 전화를 거네』, 『아버지의 원칙』 등이 있다.

몬테코어

1판 1쇄 펴냄	2012년 7월 20일
2판 1쇄 찍음	2024년 6월 20일
2판 1쇄 펴냄	2024년 6월 30일

지은이	요나스 하센 케미리
옮긴이	홍재웅
발행인	박근섭·박상준
펴낸곳	(주)민음사

출판등록	1966. 5. 19. 제16-490호
주소	(135-887) 서울시 강남구 신사동 506번지
	강남출판문화센터 5층
대표전화	02-515-2000 | 팩시밀리 02-515-2007
홈페이지	www.minumsa.com

한국어 판 © (주)민음사, 2012, 2020, 2024. Printed in Seoul, Korea

ISBN 978-89-374-5652-7 (03890)

이 책은 스웨덴 예술원 번역 지원금을 후원받았습니다.(The cost of this translation was defrayed by a subsidy from the Swedish Arts Council, gratefully acknowledged.)